© Hermann Köpf

Dagmar Bach, Jahrgang 1978, liebt Harmonie und heißen Tee und hat auch in ihrem Beruf als Innenarchitektin lange dafür gesorgt, dass sich die Menschen um sie rundherum wohlfühlen. Zu ihren eigenen Lieblingsorten gehören ihre Geschichten, die sie sich schon immer ausgedacht hat und seit einigen Jahren aufs Papier bringt. *Zimt*, die Serie rund um Vicky King, die in andere Welten springen kann, erschien 2016 und wurde auf Anhieb ein »Dein-SPIEGEL«-Bestsellererfolg. Seitdem widmet sich Dagmar Bach ganz ihren Büchern und beschert ihren Leser*innen regelmäßig wohlige, lustige und romantische Lesestunden. Die Autorin lebt mit ihrer Familie in München. Mehr über die Autorin auf *www.dagmarbach.de* oder auf Instagram: @ *dagmarbach.de*

Alle Bände der *Glück*-Trilogie:
Band 1: *Glück und los!*
Band 2: *Glück und wieder!*
Band 3: *Glück und selig!*

Weitere Informationen zum Kinder- und Jugendbuchprogramm der S. Fischer Verlage finden Sie unter www.fischerverlage.de

DAGMAR BACH

Glück & los!

LINA UND DIE SACHE MIT DEN WÜNSCHEN

Teil Eins

FISCHER Taschenbuch

Aus Verantwortung für die Umwelt hat sich der Fischer Kinder- und Jugendbuch Verlag zu einer nachhaltigen Buchproduktion verpflichtet. Der bewusste Umgang mit unseren Ressourcen, der Schutz unseres Klimas und der Natur gehören zu unseren obersten Unternehmenszielen.

Gemeinsam mit unseren Partnern und Lieferanten setzen wir uns für eine klimaneutrale Buchproduktion ein, die den Erwerb von Klimazertifikaten zur Kompensation des CO_2-Ausstoßes einschließt.

Weitere Informationen finden Sie unter: www.klimaneutralerverlag.de

Die Hörbücher zur Trilogie,
gelesen von Christiane Marx, sind im Argon Verlag, Berlin,
erschienen und im Buchhandel erhältlich.

MIX
Papier aus verantwortungsvollen Quellen
FSC® C014496
FSC www.fsc.org

Erschienen bei FISCHER Kinder- und Jugendtaschenbuch
Frankfurt am Main, November 2022

Vignetten: Inka Vigh
Satz: Pinkuin Satz und Datentechnik, Berlin
Druck und Bindung: GGP Media GmbH, Pößneck
Printed in Germany
ISBN 978-3-7335-0490-8

Für alle, die wie Lina an das Glück glauben.
Und an die ganz große Liebe.

1

»Vorsicht, der kracht in uns rein!!!«, schrie ich und duckte mich hinter den Beifahrersitz. Mein Herz schlug bis zum Hals, und ich ließ mein nur fünfzehn Jahre kurzes Leben Revue passieren, weil wir hier vermutlich gleich das Zeitliche segnen würden. Ich hatte vorher noch *nie* erlebt, dass Papa dermaßen halsbrecherisch Auto fuhr! Und dann riss er auch noch das Lenkrad urplötzlich nach links, so dass ich trotz meines Gurtes gegen die Tür flog.

»Au! Papa!!!«

»Hey, das war cool, fast wie in *The Fast and the Furious*. Du bist nur auf zwei Rädern um die Kurve«, rief mein großer Bruder Mats begeistert und deutete nach vorne. »Schau mal, und den da überholst du auch noch locker.«

Doch mein Vater setzte den Blinker und fuhr einen Hauch weniger schwungvoll von der Stadtautobahn ab, in Richtung Flughafenterminal. Trotzdem begannen meine Eingeweide, sich verräterisch zu verknoten.

»Mir ist schlecht«, sagte ich von hinten und hielt mir den Bauch.

»Setz dich in die Mitte und schau nach vorne, wir sind ja

gleich da«, sagte Papa und warf mir über den Rückspiegel einen prüfenden Blick zu. Er kannte mich und meinen nervösen Magen nur zu gut, und tatsächlich wurde er ein bisschen langsamer und nahm die Kurven nicht mehr ganz so eng. Ich hatte ihm schon zu viele Autopolster ruiniert.

Zum Glück kamen wir im Parkhaus an, bevor Schlimmeres passierte, und Papa hielt auf einem Kurzzeitparkplatz.

»Blöd, dass es hier so voll ist, ausgerechnet heute. Egal, wir laufen durch die Abflughalle und dann erst die Treppe rauf zum Ankunftsbereich, das geht schneller!«, sagte er und warf einen entsetzten Blick auf seine Armbanduhr, während wir aus dem Auto sprangen. »Mist, die müssten schon gelandet sein.« Dann rannte er los, Mats und ich hinterher.

»Nur weil du unbedingt noch eine Runde spielen wolltest!«, meckerte Mats, der mit mir Seite an Seite zwischen den Autoreihen hindurchjoggte.

»Ich? *Du* wolltest doch immer weitermachen! Oder wer hat die ganze Zeit gesagt: *Ey, ich kann jetzt nicht aufhören, ich hab 'ne Strähne?*«

Papa war vor uns hinter den Glasschiebetüren verschwunden, die ins Terminal führten. Wir rannten hinterher, zwischen parkenden Autos und Absperrpollern hindurch.

»Vorsicht!!!« Ich konnte gerade noch einen Haken schlagen und der Familie mit den vollgepackten Gepäckwägen ausweichen, die urplötzlich aus dem Nichts erschienen war. Doch Mats konnte leider nicht schnell genug anhalten, er versuchte noch, einen Bocksprung über den Rollwagen zu machen, aber – zu spät.

»Was soll das?«, rief die Frau, die panisch ihre beiden Kleinkinder an den Händen grapschte und vom Wagen wegzog.

»'tschuldigung, ehrlich!«, rief Mats, denn er hatte die Beine trotz seiner Sportlichkeit nicht rechtzeitig nach oben ziehen können. Den kompletten Wagen hatte er abgeräumt, alle Taschen fielen zu Boden und purzelten durcheinander.

»Sorry, sorry, sorry!«, rief er entschuldigend, rappelte sich sofort wieder auf, packte meine Hand und zog mich weiter.

»Wir müssen denen helfen!«, protestierte ich.

»Wir müssen vor allem die Zwillinge abholen, sonst macht Bea uns einen Kopf kürzer! Wenn man *einmal* ein bisschen Glück braucht ... jetzt tu was, Lina! Du behauptest doch immer, du kannst Wünsche erfüllen. Also los – ich wünsche mir, dass dieser verdammte Flug sich verspätet hat!«

»Haha!«, presste ich verbissen hervor.

Dass ich das mit dem Glückbringen ernsthaft behauptet hatte, war schon einige Jahre her, in einem Alter, in dem andere an Glitzereinhörner und Drachen glauben. Aber Mats nutzte jede Gelegenheit, mich damit aufzuziehen.

Allerdings – ab und zu klappte es tatsächlich. Ungefähr einmal im Jahr, und natürlich war das reiner Zufall. Aber was hatte ich hier zu verlieren?

Wir waren mittlerweile im Terminal angekommen. Wir mussten leider auf die komplett andere Seite, um zum Ankunftsbereich für die internationalen Flüge zu gelangen, und es war schon halb zwölf. Wir waren fast eine Stunde zu spät, und nirgendwo entdeckte ich eine Anzeigetafel. Keine Ahnung, ob der Flieger schon gelandet war oder nicht. Deshalb versuchte ich es einfach.

Ich löste mich von meinem Bruder und blieb kurz stehen. Ich hätte gerne einen ruhigeren Ort gehabt für mein, äh – *Vorhaben*, aber heute musste es eben so gehen. Hier. Direkt neben der Schlange an Leuten, die am Check-in-Schalter für ihren Urlaubsflug nach Rhodos anstanden. Und ohne meine obligatorischen Hilfsmittel, was ein Gelingen schon mal grundsätzlich in Frage stellte.

Ich kniff ganz fest die Augen zu.

Bitte, bitte, dieser Flug soll Verspätung haben, wir wollen uns nicht gleich als neue Familie am ersten Tag blamieren!

Dann fing ich an, einen kleinen Tanz aufzuführen. Na ja, es war eher nur eine Schrittfolge, zusammen mit einem *Lied*.

»Eins, zwei, drei, im Sauseschritt tanzen alle Kinder mit, die Lina ist jetzt an der Reihe und tanzt für uns, macht mit! Zweimal springen, rundrum drehen, viermal klatschen, stampfen, stehen!«

Während ich mich gerade vor ungefähr hundertfünfzig Leuten zum Deppen machte – die Urlauber um mich herum glotzten mich mit großen Augen an –, stellte mein Bruder sich nur auf die Zehenspitzen, um auf die Uhr auf dem Display vor uns zu sehen.

»Fertig? Dann los, weiter!«, rief er und rannte wieder los, und ich ihm hinterher.

Es musste einfach geklappt haben, es musste!

Auf wundersame Weise durchquerten wir die Ankunftshalle ohne größere Zusammenstöße. (Auch wenn Mats sich kurz vor unserem Ziel in der Hundeleine eines überdrehten Boxers verwickelte, der sofort dachte, dass er einen neuen Spielkameraden gefunden hatte, und begeistert an ihm hochsprang.)

Aber den Vogel schoss Papa ab, zu dem wir gerade wieder aufgeschlossen hatten. Der brüllte nämlich, als wir hinter einer riesigen Reisegruppe vor der Rolltreppe feststeckten: »Lassen Sie mich durch, ich bin Pilot!« Dabei fuchtelte er wie wild mit seinem Ausweis der Fluggesellschaft, und die Leute waren so verdutzt, dass sie tatsächlich zur Seite sprangen und uns Platz machten.

»Muss das nicht heißen: *Lassen Sie mich durch, ich bin Arzt?*«, fragte ich Mats, aber der konnte gar nicht aufhören zu lachen. Er hatte offenbar – trotz allem – einen Riesenspaß.

Der verging ihm allerdings, als wir drei schlitternd vor der großen Anzeigetafel in der Ankunftshalle zum Stehen kamen. Schnaufend und schwitzend starrten wir nach oben.

»Der Flieger aus Vancouver ist schon gelandet. Vor über einer Stunde. Überpünktlich«, sagte Papa zerknirscht. Mats und ich stöhnten gleichzeitig auf.

Mist.

»Nur weil du noch unbedingt eine Runde spielen wolltest!«, fing mein Bruder wieder an und knuffte mich in die Seite.

»Nein, nur weil *du* gesagt hast, wir spielen so lange, bis du auch mal wieder eine böse Karte hast. Kindskopf!«

»Selber«, maulte Mats, zuckte dann allerdings nur mit den Schultern, so wie er immer gerne Probleme einfach wegzuckte. »Aber wird schon nicht so schlimm sein, die stecken bestimmt noch in der Zollkontrolle. Als wir nach dem Besuch bei den beiden aus Kanada zurückgekommen sind, war ich eine geschlagene Stunde in dem Kabuff und musste meine dreckige Wäsche von den Zollbeamten durchsuchen lassen.«

»Weil der Sonnyboy immer verdächtig ist«, sagte ich.

»Hey, die Zollbeamtin hat die ganze Zeit mit mir geflirtet!«

»Das glaubst nur du.«

Im Gegensatz zu mir hatten Mats und Papa die Zwillinge schon kennengelernt – ich war in den Ferien nicht dabei gewesen, als die beiden sie zusammen mit Bea in Vancouver besucht hatten. Meine unüberwindbare Flugangst hatte mir einen Strich durch die Rechnung gemacht. Ich war schon ein bisschen traurig, vor allem, als ich die vielen tollen Fotos sah, die die drei mir schickten, aber trotzdem hätte mich nichts und niemand in diese Sardinenbüchse von Flugzeug bekommen. Zumindest nicht, wenn sie vorhatte, vom Boden abzuheben.

Aber leider lag mein Bruder falsch. Die Zwillinge waren natürlich *nicht* bei der Zollkontrolle aufgehalten worden, sondern sie saßen auf einer Bank neben dem kleinen Souvenirgeschäft. Ich erkannte sie von den Urlaubsbildern von Mats und Papa und von den Fotos, die in Beas Wohnung waren, allerdings waren sie darauf teilweise um einiges jünger. Und – fröhlicher. Die echten Versionen hier hatten nämlich eher die Ausstrahlung von Gewitterwolken.

»Ach herrje. Das musste ja jetzt nicht unbedingt sein, dass wir uns so sehr verspäten«, murmelte Papa und rief dann: »Vincent! Arthur! Hier sind wir!« Er winkte und ging den beiden entgegen. »Ach, ist das schön, dass wir uns wiedersehen! Wie geht's euch? Tut uns leid, dass wir erst jetzt kommen, aber wir, äh – wurden aufgehalten. Soll ich euch das Gepäck abnehmen?«

Die beiden murmelten sich etwas Unverständliches zu und standen dann von der Bank auf. Im Stehen überragten sie mich gut einen halben Kopf, obwohl ich schon recht groß bin, und auf den ersten Blick wirkten sie massiver als zum Beispiel Mats: breite Schultern, kastiger Oberkörper, lange Beine, kinnlange, dunkle Haare. Ihre Hände hatten sie hartnäckig in den Taschen ihrer Jeans vergraben, und sie machten keine Anstalten, uns ordentlich zu begrüßen. Und sie schauten recht … *gewittrig* eben.

Na ja, vielleicht waren sie einfach ein bisschen schüchtern. Das passte prima zu meiner Aufregung, die mir nach diesem turbulenten Vormittag in den Knochen steckte, deswegen quatschte ich erst mal los.

»Hey, Jungs, wie schön, dass wir uns endlich kennenlernen, das ist ja wirklich Wahnsinn, wie gleich ihr ausseht, wie kann ich euch denn unterscheiden? Hab ganz vergessen, Bea zu fragen. O Mann, das war gerade was, Mats ist von diesem Hund angesprungen worden, der hat so getan, als ob sie sich seit tausend Jahren kennen, und hat ihn fast umgeworfen beim Hochspringen. Das war doch ein Boxer, Mats, oder? Oder wie heißen diese Hunde, die so schlabberige Lippen haben und dauernd sabbern? Mops? Nee, das sind die Kleinen. Na egal, jedenfalls sind Mats und ich gerannt wie zwei Irre, immer hinter Papa her, der die ganze Zeit mit seinem Flughafenausweis rumgewedelt hat, ich glaube, alle Leute hatten Angst vor uns, und ich meine, einen Kollegen von ihm gesehen zu haben, wie hieß der gerade noch – Roland? Ronald? Der hat jedenfalls so getan, als ob er uns nicht kennt, kann ich irgendwie verstehen. Und dann ist noch nicht mal mein Wunsch in Erfüllung gegangen, dass sich euer Flug verspätet, dabei war ich so sicher, dass es mal wieder klappt! Es tut uns wirklich, wirklich leid, dass wir nicht früher da waren, aber es ist *wirklich* etwas dazwischengekommen, und deswegen auch dieser dicke Spiegeleifleck von heute Morgen auf meinem T-Shirt, ich wollte mich eigentlich umziehen, ich hatte nur keine Zeit mehr, aber na ja, wir wohnen ja ab morgen zusammen, da werdet ihr mich schon noch mal in sauberen Klamotten sehen. Aber geduscht hab ich, keine Sorge! Und außerdem seid ihr ja auch nicht mehr so taufrisch, guck mal, du hast da auch was auf deinem Pulli, ist das Marmelade? Oder Ketchup? Egal.« Ich schenkte den beiden ein Lächeln. »Also, was ich eigentlich sagen wollte: Hallo. Ich bin Lina.«

Ich spürte, wie Mats neben mir anfing zu kichern. Sein ganzer Körper bebte während seines Versuchs, nicht laut loszuprusten, und ich musste ihm meinen Ellbogen in die Seite rammen, damit er aufhörte. Außerdem wusste ich gar nicht, was er hatte. Ich meine, klar, ich hatte vielleicht ein bisschen viel geredet, aber schließlich musste irgendein Familienmitglied unseren Fauxpas wiedergutmachen.

Leider konnte ich so ganz spontan nicht sagen, ob es geklappt hatte. Die Zwillinge starrten mich nämlich einfach nur an – und sagten gar nichts.

Nach ein paar Sekunden des (zuerst beharrlichen, dann eher

peinlichen) Schweigens versuchte Papa, die Situation ein bisschen aufzulockern.

»Na ja, also, ihr seht – Lina freut sich sehr, dass ihr wieder da seid. Wie wir alle übrigens! Wie war's denn in der Businessklasse? Hat alles geklappt?« Papa hatte seine Beziehungen spielen lassen, so dass die Zwillinge ein Upgrade bekommen hatten, auch wenn sie dadurch zwei Tage später nach Hause gekommen waren als geplant. Mit dem Schulanfang morgen war das zwar etwas knapp, aber hey – Businessklasse! Das machte sicher den Stress wett.

Nur ganz ehrlich, wenn Vancouver wirklich die Stadt mit den glücklichsten Bewohnern der Welt sein soll (zumindest stand das neulich so in Papas Reisemagazin), hatte sie auf die Zwillinge nicht diesen Effekt gehabt, zumindest nicht nachhaltig. Die beiden sahen aus, als ob sie den ganzen Weg von Kanada hierher auf der Ladefläche eines Lasters verbringen mussten – die Haare zerzaust, die Augen rot, die Ringe drumherum tiefviolett, die Mundwinkel in steilem Winkel nach unten gezogen.

»Gebt es zu, ihr habt die ganzen zehn Stunden nur Filme geschaut«, sagte Mats lachend und schlug einem von beiden freundschaftlich auf die Schulter. Wer wer war, konnte ich beim besten Willen nicht sagen, denn sie hatten sich ja noch nicht mal vorgestellt.

Aber die Zwillinge zeigten weiterhin keine Reaktion.

»Bist du Vincent? Oder Arthur?«, fragte ich den Linken von beiden, der mich durch seinen dunkelbraunen Haarvorhang anstarrte. Vielleicht starrte er aber auch nur meine Sommersprossen an, es sind nämlich ganz schön viele, und auf meiner blassen Haut sehen sie ein bisschen so aus wie schwarzer Pfeffer. Oder meine Zahnlücke zwischen den Schneidezähnen. Aber ich mochte irgendwie beides. Und bisher hatten sich noch alle daran gewöhnt.

Nachdem der nix sagte, probierte ich es mit dem anderen.

»Äh, und du bist …?«

Ich erntete einen mürrischen Blick. »Hundemüde. Könnten wir jetzt fahren, bitte?«

»Also, Papa, du hast es gehört. Hundemüde und der Schweiger wollen heim.«

Mats, der hinter mir stand, fing schon wieder an zu kichern.

»Du bist wohl eine ganz Schlaue, was?«, fragte mich Hundemüde und durchbohrte mich mit seinen grauen Augen.

Ich lächelte verbindlich und verkniff mir einen Konter. Ich wusste ja, dass Jungs manchmal wunderlich sind, aber diese beiden hier waren schon ziemlich speziell. Auch wenn ich mir vorstellen konnte, dass man sich nach so einem Interkontinentalflug matschig fühlen konnte. Wahrscheinlich sehnten sie sich einfach nach einer Dusche und etwas Ordentlichem zu essen. Deswegen wollte ich mal nicht so sein.

Papa nahm Hundemüde seinen überdimensionalen Rucksack ab und winkte ihm, ihm zu folgen. Der Schweiger klammerte sich weiterhin an seinem Gepäck fest und trug es, ohne zu murren – geschweige denn überhaupt sonst einem gesprochenen Wort –, zum Auto. Vielleicht hatte er Angst, dass Papa mit seiner schmutzigen Wäsche türmen würde.

»Bea kann es gar nicht abwarten, euch endlich zu sehen.

Wenn wir nach Hause kommen, ist sie sicher schon zurück vom Termin mit ihrer Mutter.«

Das konnte ich mir nur zu gut vorstellen. Ein Termin mit Beas Mutter war auch nichts, was ein normal denkender und fühlender Mensch freiwillig in die Länge zog. Eine Stunde reichte da schon, um für die nächsten Wochen traumatisiert zu sein. Sagte Papa jedenfalls, ich hatte sie persönlich noch nicht kennengelernt.

Wir machten uns auf den Weg zurück ins Parkhaus, und Papa versuchte angestrengt, mit den Zwillingen ins Gespräch zu kommen. Was nicht leicht war, denn ihre Antworten fielen, soweit ich das mitbekam, ziemlich einsilbig aus. Armer Papa.

Während die drei vor uns gingen, nahm Mats mich kurz zur Seite und raunte mir ins Ohr: »17:3, Lina. Vielleicht soll es einfach doch nicht sein.«

»*Du* hast doch gesagt, dass ich es mit dem Glückbringen versuchen soll!«

Er zuckte entschuldigend mit den Schultern. »Alte Gewohnheit, schätze ich.«

Ich seufzte. Ich wollte es ja nicht zugeben – aber vielleicht hatte mein Bruder damit ausnahmsweise mal recht.

Mats' und meine alte Gewohnheit ging auf einen Kindheitsspleen von mir zurück. Als ich klein war, hatte ich nämlich einen Tick. Während meine damalige beste Freundin Susu aus dem Kindergarten den ganzen Tag ihr imaginäres Zauberpony versorgte, war ich der Meinung, dass ich Glück bringen kann. Also, so richtig Wünsche erfüllen und so. Und meine Familie hatte mich darin sogar unterstützt! Na ja, zumindest hatten sie mich nicht ausgelacht. Das mochte daran liegen, dass meine Ururgroßmutter niemand anderes war als Gloria Petrus aus dem Dorf Himmelstor (heute ist das ein Vorort unserer Stadt). Gloria ist so eine Art Stadtlegende. Von ihr erzählen sich die Leute noch heute, dass sie vor vielen, vielen Jahren Herzenswünsche erfüllen konnte. Die Wünsche konnte man in einem Schließfach im Postamt hinterlegen. (Damals gab es noch keine E-Mails oder Computer oder Internet … ziemlich gruselige Vorstellung, ich bin ja so was von froh, in der heutigen Zeit zu leben!)

Durch ihren hübschen Namen, ihr einnehmendes Wesen und ihre spezielle Fähigkeit begannen immer mehr Leute, ihre Wünsche an ihr Postfach zu schicken, in der Hoffnung, dass Gloria sie erfüllen würde. Ob meine Ururgroßmutter das jedoch wirklich konnte, kann mir allerdings heute niemand mehr sagen. Viele behaupten, ja. Und weil die Geschichte so schön ist, möchte ich gerne daran glauben.

Nach ihrem Tod hörte das Briefeschreiben der Leute nach und nach auf. Bis vor etwa zehn Jahren ein Journalist auf die alte Stadtlegende stieß. Er recherchierte und fand heraus, dass das Postfach immer noch existierte. Seit seinem Artikel füllt sich das Fach wieder mit Briefen. Viele Kinder schreiben wieder ihre Weihnachtswünsche dorthin, weil sie denken, dass ihre Briefe dann direkt in der Himmelswerkstatt landen. Mama und ich beantworteten sie alle, in Gedenken an Ururgroßmutter Gloria. Einmal die Woche setzten wir uns gemeinsam hin und bastelten bei Kerzenschein und schöner Musik kleine Antwortkarten.

Ich dachte als Kind immer, dass ich diese besondere Gabe geerbt hatte. Und meine Eltern ließen mich in diesem Glauben, was ich aus heutiger Sicht sehr nett von ihnen fand. Nur Mats hat mich als Einziger immer aufgezogen, vor allem, weil ich als Sechsjährige so ein komisches Ritual hatte, von dem ich dachte, dass es beim Glückbringen helfen würde. Und das ich heute aus alter Gewohnheit wieder abgespult hatte.

Ja, ich hatte lange an mich geglaubt. Und in meiner Erinnerung hat es wirklich geklappt, ziemlich oft sogar! Aber jetzt, wo ich fünfzehn und damit fast erwachsen bin, hat mich die Realität eingeholt. Ich habe akzeptiert, dass es so was wie gezielte Wunscherfüllung nicht gibt. Alles nur Zufall oder Einbildung. Dass ich nichts Besonderes bin, keine Glücksbringerin, und schon gar nicht Wünsche erfüllen kann, seien es meine eigenen oder die von anderen.

Und trotzdem passiert es ab und an, dass es mit mir durchgeht und ich mein kleines Tänzchen aufführe, weil insgeheim doch noch ein Fitzelchen in mir glauben will, damit alles zum Besseren wenden zu können. Mein Bruder lauert nur so auf solche Gelegenheiten, ja, er stachelt mich sogar an, denn er ist besessen davon, mir zu beweisen, dass ich spinne. Deswegen diese Wette. Und auch wenn mir sonnenklar ist, dass ich haushoch verliere – ich sag nur 17:3!!! (wobei meine drei mickrigen Treffer leider Zufall waren) –, kann ich einfach noch nicht aufhören. Ja, ich weiß, ich bin inzwischen schon viel zu alt für solche Träumereien. Und doch ertappe ich mich manchmal bei dem Gedanken, dass es trotz allem ein bisschen schade ist.

Wir waren mittlerweile wieder im Parkhaus angekommen. Papa hat zwar ein großes Auto, aber wir alle hatten nicht an die überdimensionalen Reisetaschen der Jungs gedacht, die sich jetzt nicht nur im Kofferraum, sondern auch auf der dritten Sitzreihe stapelten.

Was bedeutete, dass ich mich auf die Rückbank zwischen die beiden fröhlichen Plaudertaschen quetschen musste. Hundemüde machte dabei seinem Namen alle Ehre. Kaum hatte Papa das Auto aus der Parklücke auf die Straße gelenkt, sackte sein Kopf schon an die Scheibe, er verlor jede Körperspannung und fing an, tief zu schnaufen.

Der Schweiger zu meiner linken Seite allerdings schien noch um einiges fitter zu sein. Kerzengerade saß er neben mir und starrte aus dem Fenster.

Es musste ein komisches Gefühl sein, nach einem Jahr Kanada wieder hier zu sein. Und noch komischer, dass sich in der Familie einiges ändern würde. Denn ab morgen wohnten wir alle zusammen.

Papa und die Mutter der Zwillinge, Bea von Bergen, hatten sich vor einem guten Jahr bei unserer Freundin Therese kennengelernt, der das österreichische Feinkostgeschäft um die Ecke gehört. Die beiden hatten beim Einkaufen gleichzeitig nach einem Glas mit steirischer Marillenmarmelade gegriffen, und – ja, es hört sich super kitschig an – nach drei Sekunden Blickkontakt war es um sie geschehen. Sie verliebten sich Hals über Kopf ineinander und sind praktisch seitdem zusammen. Bea schwört heute noch Stein und Bein, dass es nicht Papas gutes Aussehen war, das sie beeindruckt hatte. (Er kam damals nämlich gerade von der Arbeit und trug noch seine Pilotenuniform.) Nein, es war der Funke, der praktisch sofort übergesprungen ist – direkt von Papa über das Marmeladenglas bis zu Bea. Und so, wie Bea meinen Papa immer ansieht, glaube ich ihr.

An göttliches Schicksal, das sie zusammengeführt hat, glauben beide allerdings erst, seit sie herausgefunden haben, dass sie direkt nebeneinander wohnen. Zwar nicht im selben Haus, aber im benachbarten. Selbes Stockwerk, selbe Seite – und so würde morgen ein Bauunternehmen kommen, in die trennende Wand ein Loch schlagen und eine Tür einsetzen. Damit wäre dann das letzte Hindernis überwunden, und Bea, Papa, Vincent, Arthur, Mats und ich würden in einer riesigen zusammenhängenden Wohnung leben. Ich für meinen Teil freute mich sehr darauf, genau wie Mats, der sogar ab morgen mit den Zwillingen in eine Stufe gehen würde.

Aber was in Beas Söhnen vor sich ging, das konnte man wirklich nicht ansatzweise erahnen.

»Hast du Deutschland vermisst?«, fragte ich den Schweiger neben mir. Vielleicht konnte man ja mit gezielten Fragen irgendetwas aus ihm herauslocken.

Er zuckte mit den Schultern. »Nicht wirklich«, murmelte er. Zumindest sprechen konnte er.

»Ja, na ja, morgen geht ja auch schon wieder die Schule los, das ist natürlich blöd. Aber freust du dich nicht auf deine Freunde? Und auf Bea? Oder gibt man das nicht zu, wenn man cool sein will?«

Ich weiß nicht, warum ich das gesagt habe. Vielleicht, weil er mich schon wieder so strafend ansah, als ich seine Mutter erwähnt hatte.

»Ich mag sie sehr, übrigens.«

»Schön für dich«, murmelte er und drehte sich wieder Richtung Fenster. Seine Körpersprache verriet mir, dass er sich zumindest nicht auf das Zusammenleben mit seiner neuen Stiefschwester freute. Mehr oder weniger unauffällig versuchte er nämlich, von mir wegzurutschen, um mich nicht berühren zu müssen. Ich wusste nicht, was ich davon halten sollte, hatte aber in diesem Moment auch keine Lust auf eine Diskussion über gutes Benehmen.

Ich glaubte sowieso nicht, dass sich so viel ändern würde, auch wenn der Mauerdurchbruch zwischen Papas und Beas Wohnung gemacht war. Schließlich behielt jeder sein eigenes Reich, aber dank der neuen Tür konnten wir uns in Zukunft wenigstens sparen, im Schlafanzug die Treppe runter, über den Gehweg und wieder zur anderen Tür hineingehen zu müssen, wenn wir zusammen frühstücken wollten.

Um das Schweigen im Auto zu unterbrechen, fing ich deswegen an, dem wachen Zwilling von den Bauarbeiten zu erzählen, ob er wollte oder nicht. Davon, wie das Bauunternehmen schon die Stelle rund um den Durchbruch vorbereitet hatte, und dass der Folienverschlag in unserem Flur aussah wie die schäbige Dusche damals auf dem Campingplatz an der Adria. In diesem Urlaub hatte mich erst eine Qualle erwischt und dann die Magen-Darm-Grippe der Nachbarskinder, mit denen ich immer unterwegs war.

Doch ich hätte genauso gut mit dem Gepäck hinter mir reden können – der Typ zeigte keinerlei Reaktion, antwortete nicht, ja, er schaute mich noch nicht mal an.

Also hielt ich irgendwann den Mund und atmete direkt auf, als Papa das Auto in der Straße vor unserem Haus parkte.

Und außer einem gemurmelten »Danke, bis später« brachten meine neuen Stiefbrüder auch nichts mehr über die Lippen, ehe sie mit ihren vollgestopften Taschen im Hauseingang verschwanden und uns drei auf dem Gehweg zurückließen.

»Die sind nett«, sagte ich.

»Das wird schon«, sagte Papa, dem mein sarkastischer Ton nicht entgangen war. »Lass die zwei sich mal ordentlich ausschlafen, dann sind sie zwei neue Menschen.«

Ja, zwei neue Menschen wären prima. Diese beiden hier fand ich nämlich nicht so prickelnd.

2

Der erste Tag unseres neuen Lebens begann am nächsten Morgen Punkt sieben Uhr früh, an einem Montag im September. Es war der erste Schultag – aber das war noch nicht mal ansatzweise so spannend wie das, was in unserer Wohnung passierte.

»Also, ich sach mal so, wenn ihr Kinder heute Nachmittag aus der Schule kommt, ist hier alles erledigt. Da könnt ihr dann hin und her gehen, wie ihr lustig seid. Ein Durchgang, der so aussieht, als ob er immer schon da gewesen wäre.«

Papa, Mats und ich standen im Flur unserer Altbauwohnung und schauten auf den gewaltigen Folienverschlag, den Herr Gieseke vom Bauunternehmen bereits letzte Woche aufgestellt hatte.

»Keine Sorge, ich hab auf den Holzboden dreifach Vlies gelecht, damit da nix passiert. Ich meine, wenn die Mauerbrocken zu groß sind und beim Rausschneiden runnerfallen, dann kann's passieren, dass sie durch den Boden brechen und – *zack!* – auf dem Esstisch eurer Nachbarn unter euch liegen bleiben.«

Ich stellte mir unwillkürlich Frau Clements Gesichtsausdruck vor, wenn ihre geliebte Suppenterrine mit Bouillabaisse von einem zentnerschweren Mauerbrocken zerschmettert würde – mitsamt ihrer Zimmerdecke.

Papa hatte anscheinend das gleiche Bild vor Augen.

»Es macht uns wirklich nichts aus, wenn es länger dauert. Lieber, äh, nicht die Sache mit der Suppe.« Frau Clement (oder *Madame* Clement, wie wir sie nennen, schließlich kommt sie aus Frankreich) hat nämlich eine Schwäche für handbemaltes Porzellan aus Marseille. *Viel* handbemaltes Porzellan. Ihre komplette Wohnung sieht aus wie einer dieser Souvenirläden, in denen Mama immer etwas mitnimmt, weil sie meint, die Besitzer kämen anders nicht über die Runden angesichts des Plunders, den doch sonst niemand kaufen würde. Also, zumindest Madame Clement schien dort regelmäßig zuzuschlagen. Bis zum Alter von acht Jahren durften Mats und ich sie deshalb nicht besuchen. Papa meinte, dass der Versicherungsschutz unserer Haftpflicht da nicht mitgemacht hätte.

Herr Gieseke und sein schnauzbärtiger Kollege standen immer noch neben uns und beratschlagten jetzt über ihre Vorgehensweise. So einfach und unproblematisch, wie er das gerade angepriesen hatte, war es dann wohl doch nicht. Aber immerhin ging es auch um einen türhohen Ausschnitt in der Wand. Das fast meterdicke Mauerwerk musste dabei vorsichtig mit einer speziellen Säge geschnitten und dann scheibchenweise aus der Wand gelöst werden – damit eben die Sache mit den großen Felsbrocken und Madame Clements Suppe nicht passierte.

»Ich glaube, ich ruf mal den Mike an, damit er uns Verstärkung schickt«, sagte Herr Gieseke und verschwand mit seinem Telefon im Treppenhaus.

Vermutlich keine schlechte Idee, denn auch Papa nickte sofort ganz eifrig. Er war ein sehr friedliebender Typ und hatte gerne ein gutes Verhältnis zu seinen Nachbarn.

Herr Gieseke hatte den Auftrag für die Baumaßnahmen bekommen, weil er der Schwager von Kathrin aus dem zweiten Stock in Beas Haus war und da auch schon mal zwei Wohnungen miteinander verbunden hatte. Bea war mit ihr befreundet und hatte sich sofort die Adresse geben lassen, nachdem sie und Papa beschlossen hatten, die Sache mit der gemeinsamen Wohnung durchzuziehen.

Mats und ich fanden Papas Freundin cool. Ich glaube zwar, dass viele Leute aus unserem Bekanntenkreis für uns gehofft hatten, dass Mama und Papa wieder zueinanderfinden würden, aber Mats und ich sahen das nicht so. Bea passte langfristig gesehen viel besser zu Papa. Und Mama würde auch noch ihren Traumprinzen kennenlernen, da war ich mir sicher.

Meine Eltern hatten sich vor gut siebzehn Jahren bei einem Rucksackurlaub mitten in den peruanischen Anden kennengelernt. Ein paar gemeinsame Tage und Nächte ohne Strom und fließend Wasser auf einer Yakfarm hatten gereicht, dass sie sich drei Wochen später nach ihrer Rückkehr ihre erste gemeinsame Wohnung suchten. Ohne Yaks und die lästigen Bettflöhe von dort, dafür mit meinem Bruder Mats als Souvenir, der sich knappe neun Monate später in ihrem Einzimmerapartment einnistete.

Damals waren beide Mitte zwanzig und so verliebt ineinander, dass sie kaum Essen oder Schlaf brauchten (so erzählt Mama es jedenfalls immer). Sie genossen ihr Leben und ihre junge Liebe in vollen Zügen, und meinen Bruder schleppten sie einfach überallhin mit. Sogar in den Himalaya, wo ich im Jahr darauf entstanden bin. (Wenn man bedenkt, wie viel Angst ich vor großen Höhen oder vor dem Fliegen habe, erscheint es mir als reinste Ironie, dass der Grundstein für mein Leben irgendwo zwischen Kathmandu und dem Everest-Basislager gelegt wurde.)

Nach Mats' und meinen Babyjahren allerdings wurde meinen Eltern klar, dass das bei ihnen mit der ewigen Liebe doch nicht so hinhauen würde. Sie trennten sich als Freunde, die sie noch heute sind. Mats und ich blieben bei unserer Mutter, während Papa nur fünf Minuten von uns eine andere Wohnung nahm, und wir sahen ihn so oft, dass es für uns Kinder am Ende keinen großen Unterschied machte, ob er bei uns übernachtete oder nicht. Papa und Mama waren immer da für uns, und weder damals noch heute fühle ich mich als Scheidungskind.

Vor über einem Jahr bekam Mama dann die Chance, für ihre Firma nach New York zu gehen – begrenzt auf zwei Jahre, dennoch würde in dieser Zeit ein ganzer Ozean zwischen uns liegen. Und obwohl ich gewusst hatte, dass ich sie unheimlich vermissen würde, überredeten Mats und ich sie, sich ihren Traum zu erfüllen und zu fliegen. Wir bleiben in der Zwischenzeit bei Papa, der ja nur um die Ecke wohnte, weshalb wir unser Leben praktisch nicht umstellen mussten. Papa fliegt Langstrecke, was bedeutet, dass er viel zu Hause ist, bis auf ein paar Tage im Monat, die er in L. A. oder Dubai oder Singapur oder sonst wo verbringt. Da ist dann Therese da, Mats' und meine Patin, die sich um uns kümmert.

Unser Arrangement klappt wirklich gut, auch wenn Mama mir natürlich fehlt. Aber wir telefonieren und skypen so oft wie möglich, und es vergeht selten ein Tag, an dem wir uns nicht sprechen. Und schließlich ist Bea ja auch noch da. Die war heute Morgen allerdings noch gar nicht bei uns gewesen, im Gegensatz zu sonst. Wahrscheinlich hatte sie nebenan alle Hände voll zu tun, die Zwillinge aus dem Bett zu trommeln und sie in die Schule zu schicken. So müde, wie die beiden gestern Nachmittag gewesen waren, war das sicher kein leichter Job. Aber dafür hatte sie für heute Abend schon ein großes Abendessen angekündigt. Das erste gemeinsame Familienessen in der neuen, zusammenhängenden Wohnung.

Ich für meinen Teil freute mich darauf.

Während Herr Gieseke telefonierte und anschließend seine Maschinen verkabelte, holten Mats und ich unsere Müslischalen aus der Küche und setzten uns auf die Schuhbank im Flur, um ja nichts zu verpassen. Ich glaube, neugieriger als wir war nur Papa, der die ganze Zeit vor uns auf und ab tigerte. Für ihn war das Zusammenlegen der Wohnungen eine Riesensache, vor allem, weil jetzt auch die Zwillinge zurück waren. Obwohl sich alle einig waren, dass er für die beiden Sechzehnjährigen nicht einen auf Vater machen sollte, war er dennoch ein bisschen aufgeregt.

»Papa, entspann dich«, sagte Mats und schaufelte sich einen Löffel Haferflocken in den Mund. »Alles wird gut. Das wird toll, sogar Mama findet, dass wir den Durchbruch machen sollen.«

»Hm ... aber was ist, wenn sie mich doch nicht mögen?« Papa schob die Hände in die Taschen seiner Cargohose und schaute in Richtung Folienverschlag.

»Wer denn, die Zwillinge? Was gibt's da nicht zu mögen?«, fragte ich. »Im Urlaub fanden sie dich nett, und nach der Businessklasse hast du sowieso einen Stein bei denen im Brett, hat Bea gesagt. Das klappt schon. Solange Madame Clements Porzellan heil bleibt, ist alles klar. Oh, schau mal, da ist er ja wieder. Geht's jetzt endlich los? Wird es sehr laut?«

Herr Gieseke war wieder im Flur aufgetaucht, in jeder Hand eine Kabeltrommel.

»Was die Stromversorgung angeht, sind Altbauten nicht so wirklich praktisch«, schnaufte er, »ich musste im Keller bei den Waschmaschinen kurz was umstecken, aber ich denke, jetzt geht es.«

Zusammen mit seinem schnauzbärtigen Kollegen machte er sich daran, die große Mauersäge anzuschließen.

»Bereit? Es könnte laut werden.«

»Kein Problem!«, riefen wir drei unisono zurück, und Gieseke nickte.

»Dann mal los.«

Er verschwand zusammen mit dem Schnauzbart hinter den Folien. Und dann wurde es *wirklich* laut. Wer immer in diesem Haus bis jetzt noch geschlafen hatte – jetzt war er definitiv wach.

Allerdings kamen die beiden nicht weit: Keine zwei Minuten später standen schon die ersten Nachbarn in unserer Tür. Und zwar *nicht* in Form von Madame Clement.

Bedauerlicherweise.

»Wie kommt ihr dazu, im Keller den DSL-Verteiler auszustecken?«, schrie Mandy Rauhe, die im Erdgeschoss zusammen mit ihrem Freund Ralf wohnt. Beide studieren Soziologie und sind erstaunlich viel zu Hause. Das weiß ich, weil beide ihre Schreibtische so aufgestellt haben, dass sie, wenn sie daran sitzen, genau aus dem Fenster sehen können. Jedes Mal, wenn man unten am Haus vorbeigeht, sieht man mindestens einen von beiden oder beide gleichzeitig hinausschauen. Vielleicht müssen sie das tun, um für ihr Studium zu recherchieren – sicher ist nur, dass sie alle Leute aus ihrer näheren Umgebung tagtäglich beobachten. Und das machen sie auch ganz ungeniert – so richtig mit Kissen auf der Fensterbank und so. Und wenn man sie dann grüßt oder zumindest winkt, gucken sie einen nur an wie Kühe auf der Weide, die beim Wiederkäuen erwischt wurden. Was ich persönlich ziemlich unhöflich finde, genau wie das Beobachten generell, und deswegen mag ich die beiden auch nicht besonders.

Wenn jemand allerdings deswegen mal was zu ihnen sagt, werden sie gleich fuchsteufelswild und beschweren sich, dass man sie nur nach ihrem Äußeren beurteilt und sowieso einfach generell Vorurteile gegen sie hätte.

Ich habe keine Vorurteile, mir ist es eigentlich total egal, wie jemand aussieht oder sich anzieht. Aber hingucken muss ich trotzdem immer, wenn ich Mandy oder Ralf sehe, Mats und ich haben nämlich mal nachgezählt: Sie haben beide zusammen neun Piercings an Mund und Nase, dreiundzwanzig Ohrringe und geschätzt drei Quadratmeter an Tattoos. Aber nicht so was Cooles wie bunte Blumenranken, sondern derbe Anker, Totenköpfe und Kreuze und so was alles, aber gut, das war ja eine Frage des persönlichen Geschmacks. Doch obwohl die beiden mit ihrem Äußeren wirklich auffallen und so anders sind als die meisten, sagt Papa immer, dass sie die größten Spießer seien, die er kenne.

Und der hässliche, braungemusterte Frotteebademantel und die Lammfellpantoffeln, die Mandy an diesem Morgen anhatte, gaben ihm da zumindest ein kleines bisschen recht.

»Wir brauchen das Internet!!!«, kreischte sie fast so laut wie eben noch die Mauersäge, und Herr Gieseke ging instinktiv einen Schritt rückwärts.

»Das Kabel im Keller war nicht beschriftet, also –«

»Wir, wir … müssen doch … *lernen*! Mit Internet! So eine Frechheit, man kann doch nicht einfach das DSL kappen! Ich, ich … habe ein Recht auf Internet!!!« Mandy kriegte sich überhaupt nicht mehr ein, und aus ihrem Mantelkragen krochen rote Flecken ihren Hals hinauf bis zu ihren silbernen Ohrsteckern.

»Ich glaube eher, die haben die ganze Nacht durchgezockt«, flüsterte Mats mir zu, der sich mit mir sicherheitshalber ein paar Schritte in Richtung Küche zurückgezogen hatte. »Wahrscheinlich waren die gerade beim letzten Level von ihrem Online-Ballerspiel, als der Gieseke den Stecker gezogen hat.« Er räusperte sich und sagte lauter: »Ihr Armen, müsst ihr wirklich schon so früh lernen?«

Die roten, glasigen Augen und der mörderische Blick, den Mandy Mats gerade zuwarf, sprachen Bände.

»Ja, ich überlege mir tatsächlich auch, ob ich überhaupt mal studieren soll«, überlegte ich laut, »es sieht bei Mandy so anstrengend aus. Ich weiß nicht, ob das was für mich ist.«

»Ihr zwei da hinten haltet die Klappe!«, keifte sie jetzt und versuchte, mit einer furchteinflößenden Kopfbewegung ihre halblangen Haarsträhnen aus dem Gesicht zu werfen.

»Gute Ohren hat sie, das muss man ihr lassen«, sagte Mats kichernd, aber vorsichtshalber zog ich ihn am Ärmel ganz in unsere Küche, um aus Mandys Blickfeld zu verschwinden. Sie hatte nämlich gerade einen besorgniserregenden Blick auf den großen Vorschlaghammer der Baufirma geworfen.

Nur nix riskieren.

»Sagt mal, müsst ihr nicht in die Schule?«, fragte Papa, und ich warf einen Blick auf die Küchenuhr.

Mist!

»Viertel vor acht, Mats, mach schnell!!!«

Mein Bruder fluchte ebenfalls, pfefferte seine Müslischale in die Spüle und grapschte nach seinem Rucksack. Bevor wir loskonnten, mussten wir allerdings noch an Mandy vorbei, die dummerweise Verstärkung von Ralf bekommen hatte, der sich wie ein Bodyguard hinter ihr in unserer Wohnungstür aufgebaut hatte (aber deswegen nicht weniger müde aussah) und Papa und Herrn Gieseke weiterhin übel beschimpfte.

Papas Gesichtsausdruck nach zu schließen fand er das gar nicht lustig, aber ich wusste, dass er eigentlich den Hausfrieden wahren wollte, weswegen er die Beschwerden an sich abprallen ließ.

»Schaut auf eure Handys, ehe ihr in die Schule geht«, raunte er uns allerdings noch zu, »wenn ich in fünfzehn Minuten keine Nachricht geschrieben habe, haben sie uns wahrscheinlich gemeuchelt. Ruft dann die Polizei und kommt nicht mehr her, verstanden?« Er tat so, als ob er flüsterte, dabei konnte ich am Funkeln in seinen Augen sehen, dass die beiden Zocker-Zombies jedes Wort verstehen sollten.

»Alles klar, Papa!«, sagte Mats mit todernster Miene. »Am besten sollen sie gleich das SEK schicken, oder?«

»Ja, wäre das Beste. Also, falls wir uns nicht mehr sehen: Ich hab euch beide sehr lieb.« Er hustete theatralisch. »Es war so schön, euer Papa zu sein. Na ja, und falls doch: Bis später, schönen ersten Schultag!«

Laut lachend schoben Mats und ich uns an Mandy und Ralf vorbei und rannten die Treppe hinunter.

3

Mats und ich rasten wie zwei Irre durch die Straßen, ähnlich wie gestern am Flughafen. Unsere Schule lag nur zehn Minuten von der Königinstraße entfernt, in der wir wohnten, und heute schafften wir es dank des Sprints in fünf.

Trotzdem lag der Pausenhof ausgestorben vor uns, aber es war auch kurz vor acht. Alle hatten sich schon in Richtung ihrer Klassenzimmer getrollt, wo es den obligatorischen Kampf um die Sitzplätze geben würde, wie an jedem ersten Schultag. Ich keuchte, als ich hinter meinem Bruder die steinernen Treppenstufen hinaufrannte, und fluchte innerlich.

Was hatte ich mich eigentlich auf diesen Tag gefreut! Das durfte ich natürlich nicht so laut sagen, sonst würden meine Freunde mich für bekloppt halten, doch es war tatsächlich so. Am ersten Schultag war alles so frisch und unverbraucht: die brandneuen Hefte, die gespitzten Stifte, die ordentlichen Klassenzimmer … Ich für meinen Teil feierte immer so ganz für mich ein kleines Neujahrsfest. Alles neu, alles auf null. Wer wusste, was das Jahr bringen würde?

Außerdem war ab heute Schluss mit meinem Dasein in dem hässlichen, pseudomodernen Anbau, in dem die Fünft- bis

Achtklässler untergebracht waren. Ab diesem Tag gehörte ich endlich zu den Großen. Wir bekamen einen Klassenraum im gediegenen Altbau, und die Pausen durften wir in Zukunft am Platz vor dem Gebäude verbringen und wurden nicht mehr auf dem kargen Innenhof tausendmal von wild rennenden Fünftklässlern angerempelt.

Obwohl ich so in Eile war, erfasste mich in diesem Moment große Vorfreude. So viele Möglichkeiten, so viel Neues, so viel – ach, es roch sogar ganz anders im Altbau, stellte ich fest, als ich neben Mats die geschwungene Steintreppe nach oben spurtete. Nicht mehr nach Kinderschulranzen, ranziger Milch und ungewaschenen Sporthosen, sondern nach Leder, Büchern, Coolness und Kaffee. Im zweiten Stock lagen im rechten Flügel die Klassenräume der Neunten und auf der anderen Seite die der Zehnten – also die von Mats, Vincent und Arthur, die in diesem Schuljahr sogar in die gleiche Klasse gehen würden. Aber natürlich waren die alle schon in ihren Zimmern, nur wir Hansson-Geschwister tanzten mal wieder aus der Reihe. Wobei Mats sich nicht sonderlich aufregte – das tat er nie, und damit kam er erstaunlich gut durchs Leben, denn es fügte sich alles sowieso irgendwie. Eine Eigenschaft, um die ich ihn manchmal beneidete.

Ich winkte ihm zu und rannte, als wir oben angekommen waren, sofort nach rechts zu unserem neuen Klassenzimmer.

Bitte, bitte, lass die Hempe noch nicht aufgeschlossen haben! Ich muss für Kim und mich einen guten Platz ergattern, ich hab's versprochen!

Gute Plätze waren in der Schule das A und O. Die kamen

noch vor guten Lehrern und sogar vor gutem Essen in der Cafeteria. Und da ich im Gegensatz zu meiner besten Freundin Kim kein Morgenmuffel bin und gut aus dem Bett komme, hatten wir seit Jahren die Abmachung, dass ich an Großkampftagen aka ersten Schultagen früh da sein würde. Das hatte auch immer super geklappt. Bis heute.

Doch an diesem Morgen hatte ich noch nicht mal einen Hauch von Glück. Die Tür zu meinem Klassenzimmer stand bereits weit offen, und fast alle anderen waren schon da.

Nur noch ein einziger Tisch war frei.

Der, der direkt in der ersten Reihe vor dem Lehrerpult stand.

Mist. Kim würde mich umbringen.

»Das ist jetzt nicht dein Ernst, oder?« Die Stimme meiner besten Freundin drang in mein Ohr, und als ich mich umdrehte, funkelte sie mich aus ihren dunklen Mandelaugen vorwurfsvoll an. »Ich hab mich auf dich verlassen!«

»Kimmi, es tut mir echt leid … bei uns war zu Hause die Hölle los. Mandy und Ralf waren da, im Frottee-Kampfanzug!«

Kim seufzte und zog mich zum freien Platz. »Ich wollte doch ans Fenster und an die Heizung. Jetzt denken alle, dass wir Streber sind.«

»Nein, jetzt denken alle, dass wir so cool sind, dass wir uns sogar einfach vors Lehrerpult setzen.«

»Ja, genau.« Sie rollte mit den Augen und warf ihr langes, pechschwarzes Haar in einer fließenden Bewegung über die Schulter. Kims Mutter ist aus Singapur und hat ihr jede Menge tolle Gene vererbt. »Vorbei die geflüsterten Unterhaltungen in der letzten Bankreihe, vorbei Zettelchen schreiben, vorbei –«

»Vorbei die Augen zusammenkneifen und Falten um die Augen bekommen, weil man von hinten fast nichts mehr sieht«, sagte ich, während ich mich rechts von ihr auf den Stuhl fallen ließ. »Sieh es doch mal positiv: So brauchst du wenigstens dieses Jahr noch keine Brille, weil du alles prima lesen können wirst.«

Kim seufzte. »Okay. Schön. Ich will wirklich keine Brille. Jetzt erzähl, was ist bei euch zu Hause los? Ist das Loch schon in der Wand?«

»Ja, die hatten schon angefangen, aber dann kam Mandy rauf, und –«

»Hey, habt ihr gehört?« Mein guter Freund Simon, der hinter uns saß, tippte mich an. »Die Hempe ist anscheinend in den Ferien überraschend weggezogen, wir kriegen einen anderen Klassenlehrer.«

Kim wirbelte herum. »Woher weißt du das?«

Simon zuckte mit den Schultern. »Von meiner Schwester aus der Elften. Und die hat's vom Hausmeister gehört.«

Kim sah mich mit aufgerissenen Augen an. »Nein, das darf nicht sein, die Hempe war die netteste Lehrerin der Schule! Nicht dass wir noch den Rümmel bekommen – oder die Olbricht.«

Das wäre wirklich fatal. Herr Rümmel war vielleicht noch ganz nett, doch roch er ganz unangenehm nach nassem Hund, der Kette rauchte – Kim und ich würden hier vorne ersticken. Und Frau Olbricht war ungefähr hundert Jahre alt, hörte schwer und trug immer ihre Pullunder verkehrt herum, so dass der V-Ausschnitt nach hinten zeigte und man ständig daraufstarren musste.

Bitte, bitte, ich wünsche mir, dass wir nicht Frau Olbricht bekommen, und auch nicht Herrn Rümmel. Bitte, ein netter Klassenlehrer muss her!

»Lina, könntest du vielleicht da ein bisschen … du weißt schon«, flüsterte Kim mir ins Ohr, damit die anderen uns nicht hörten. Als meine beste Freundin war sie über meinen Kindheitstick natürlich informiert und fand überhaupt nichts Lächerliches daran. Ganz im Gegenteil. Genau wie Mama hatte sie mich immer ernst genommen und unterstützt, weil sie der Meinung war, dass ich ihr schon mindestens drei Wünsche erfolgreich erfüllt hatte. (Nummer eins: Reitstunden mit acht, Nummer zwei: eine abgesagte Reise zur Verwandtschaft mit zwölf, und Nummer drei, erst vor kurzem: Kennenlernen von Moritz aus der Zehnten. Und mit dem war sie dann tatsächlich vor ein paar Wochen zusammengekommen!)

»Grad eben erledigt«, flüsterte ich, und Kim nickte zufrieden. Ich hatte zwar nicht meinen Tanz aufgeführt, aber damals bei den Reitstunden hatte ich das auch nicht. Vielleicht klappte es ja diesmal! Gebannt schauten wir wie alle anderen zur Tür, und ich hielt die Luft an, als endlich jemand den Raum betrat.

»Oooh …«, entfuhr es der ganzen Klasse gleichzeitig, und unsere diesjährige Klassenlehrerin blieb stirnrunzelnd vor der Tafel stehen.

»Für diese freundliche Begrüßung gibt's heute gleich schon mal Hausaufgaben auf!«, sagte sie und verzog ihren Mund zu einem gehässigen Lächeln.

Ich unterdrückte ein Stöhnen.

Das waren nicht Frau Olbricht und auch nicht Herr Rümmel.

Sondern – Frau Blum.

Und an *die* hatten wir alle nicht gedacht. Dabei war sie viel schlimmer als beide zusammen. Die Abiturienten letztes Jahr hatten einen Teil ihrer Abizeitung aufgezogen wie einen Horrorcomic, und sie hatte darin die Hauptperson gegeben.

Mit einem lauten Knall pfefferte sie ihre vollgepackten Fahrrad-Satteltaschen vor Kims und meiner Nase auf das Pult, und wir hüpften vor Schreck auf unseren Stühlen nach oben.

»Also gut, Leute, dann fangen wir mal an. Ich bin Frau Blum. Ihr habt sicher schon von mir gehört. Ich bin eure neue Klassenlehrerin, und ihr habt bei mir Deutsch und Geschichte. Und« – sie fletschte ein Gebiss wie ein Hai – »Latein. Weil dieses Jahr so wenig Lehrer da sind, haben wir drei Fächer miteinander. Super, oder?«

Ihre Zahnreihen glänzten im Licht der grellen Deckenlampe, und ich schluckte.

Das lief ja mal … gar nicht gut.

Kim warf mir einen unglücklichen Blick zu, aber ich konnte nur mit den Schultern zucken. So viel zu dem Wunsch: *Ein netter Klassenlehrer muss her.*

Ich hatte also Frau Blum in Latein, Deutsch und Geschichte. Frau Olbricht in Erdkunde. Herrn Rümmel in Englisch. War Klassensprecherin geworden (weil sonst niemand wollte, und ich hatte die bleierne Stille um mich herum nicht mehr ertragen und mich gemeldet), Verwalterin der Klassenkasse (siehe oben) und verantwortlich für den riesigen Philodendron, der sich durch das gesamte Klassenzimmer schlängelte (weil – ja, genau – sonst niemand wollte). Meine Bilanz für das neue Schuljahr lief ganz klar ins Minus. Und das, obwohl ich mir so wünschte, dass der Tag nach dem unerfreulichen Start besser werden würde!

»Und dann auch noch Sport am Freitag in der zweiten und dritten Stunde! Dann bin ich den Rest des Tages völlig verschwitzt und zerzaust, das ist doch eine Zumutung!«, ereiferte sich meine beste Freundin, als wir in der Mittagspause in Richtung Cafeteria gingen.

Immerhin hier konnte ich sie beruhigen. Ich kannte keinen Menschen, der so wenig verschwitzt und zerzaust war wie Kim. Bei ihr saß jedes Haar tipptopp, sie schwitzte, wenn überhaupt, nur unsichtbar, roch nie und hatte so kleine Poren, dass man sie nur mit der Lupe sehen konnte.

»Und dann noch bei der Temme! Die wird uns auch den ganzen Winter draußen über den Platz scheuchen!«

Ja, die Sportlehrerin war ebenfalls nicht meine Wunschkandidatin, auch da war mein Versuch gescheitert, etwas zu bewirken. Und mit jedem Tiefschlag an diesem Vormittag sickerte in mir die Gewissheit weiter durch, dass es einfach nicht sein sollte. Dass ich wirklich null Einfluss auf meine Umwelt hatte. Ich wurde von meinen Mitschülern sogar mitfühlend angesehen, weil ich so ein Pech hatte, und bekam in der Pause Schokoriegel zugesteckt.

Also:

Wünsche erfüllen? Niemals.

Glück bringen? Fehlanzeige.

Stattdessen war ich viel zu gutmütig und ließ mir lauter doofe Jobs aufs Auge drücken, weil ich mal wieder nicht *Nein* sagen konnte.

So beschloss ich, mich den wirklich wichtigen Dingen des Lebens zu widmen und alles andere erst mal zu vergessen.

»Hm, hier riecht es sogar viel besser als in der Unterstufenkantine!«, sagte ich, als Kim und ich uns in der Mittagspause durch die vollen Gänge bis zur Cafeteria drängten.

In der Kantine im Altbau ging es deutlich gesitteter zu als in unserer früheren Mensa im Unterstufenbau. Nicht mehr so viel Schubsen, dafür mehr zu gucken und …

»Ravioli!«, rief ich erfreut.

Kim und ich reihten uns in die Schlange ein, um uns eine Riesenportion geben zu lassen.

Dieser Ort war ebenfalls einer der Gründe, warum ich mich auf die neunte Klasse gefreut hatte. Anstelle des riesigen, höllisch lauten Speisesaals drüben im Anbau hatte diese Kantine hier richtig Atmosphäre. Von der Essensausgabe aus ging man in einen breiten Flur, von dem nebeneinander insgesamt fünf kleinere Säle mit Tischen und Stühlen abzweigten, wo wir sitzen konnten.

Jeder Saal hatte an der Seite Flügeltüren, die auf eine gepflegte Terrasse hinausführten, die im Sommer ein ganz toller Ort für die Mittagspausen war. Gleich hinter der Terrasse erstreckte sich das dichte Grün des Botanischen Gartens, der direkt an unsere Schule grenzte, so dass man völlig vergessen konnte, dass man sich in einer Großstadt befand.

Jetzt im Herbst allerdings waren wir auf die Innenräume angewiesen – und wenig später wurde uns auch klar, was mit dem Wort *gemütlich* einherging: verdammt klein, wenn die Hälfte der Mittel- und Oberstufe auf einmal essen wollte.

Kim und ich versuchten unser Glück im ersten Speisesaal. Vor Jahren hatte mal eine Klasse hier die Aufgabe gehabt, unterschiedliche Bezeichnungen für die Räume zu finden und entsprechendes Informationsmaterial auszuhängen. Thema waren die Pioniere der Luftfahrt – es gab einen Gebrüder-Wright-Raum, einen Lindbergh-Raum und so, aber der Lehrer, dem dieses Projekt am Herzen gelegen hatte, war mittlerweile nicht mehr an der Schule, und niemand hatte sich seit dem engagierten Start weiter darum gekümmert.

Außer ein paar Schülern, die das Fliegereithema etwas anders interpretiert hatten.

Heute gab es daher die Räume mit den Namen *Orion*, *Enterprise*, *Galactica*, *Millennium Falcon* und *Tardis*. (Wobei der *Tardis* wirklich winzig war, aber das war das Gefährt von *Doctor Who* schließlich auch. Das Zimmer, in dem die Lehrer aßen, war übrigens der *Todesstern*. Da hatte zwar jemand irgendwann das Bild dazu entfernt, der Name war allerdings geblieben.)

Leider war der erste Raum, *Orion*, total überfüllt. Genau wie *Galactica* und *Enterprise*.

Ach, verdammt, ich wollte endlich mal etwas Positives an diesem verwünschten Tag erleben! Wir trugen unsere Teller mit Ravioli zum *Millennium Falcon*, und dort drüben, zwischen ein paar Zwölftklässlern am Tischende, entdeckte ich tatsächlich eine Lücke. Kim und ich sprinteten los, und anscheinend war mein Gesicht verzweifelt genug, denn die anderen hatten Mitleid mit uns und machten ein bisschen Platz. Vielleicht strahlte ich ja auch meine Unglücksaura des Vormittags aus, was mir aber egal war, Hauptsache, wir konnten sitzen und mussten nicht wie ein paar ganz arme Mädels aus unserer Parallelklasse am Boden hocken und die Tabletts auf den Knien balancieren.

»Ob Moritz mich hier hinten findet?«, fragte Kim und drehte sich ständig um, um die Tür im Auge zu behalten. »Er hat gesagt, er isst meistens im *Galactica*, wo die anderen Zehntklässler sind.«

»Ist doch egal, da können wir ja ab morgen hin.« Ich war zu hungrig, um Kim darin zu unterstützen, ihren Freund zu finden. Ein ausgeglichener Blutzuckerspiegel hatte jetzt oberste Priorität, und ich wollte mich auch lieber mit ihr unterhalten, als ihr beim Kuscheln zuzusehen.

Ich war gerade dabei, meine Nudeln in mich hineinzuschaufeln, als einer der Zwölftklässler sein Geschirr zusammenschob und aufstand. Sofort löste sich ein Mädchen von der Wand, an der es bisher gelehnt hatte, und kam zu uns. Es war Senta aus der Parallelklasse. Ich kannte sie kaum, aber Kim hatte mir schon öfter von ihr erzählt, sie waren beide im Chor und hatten sich in diesem Jahr bei der Chorfreizeit zu Anfang der Sommerferien angefreundet.

»Hey, ihr zwei, darf ich mich dazusetzen?«

»Logisch«, sagte ich und deutete auf den freien Stuhl mir gegenüber.

»Puh, danke. Ich laufe hier schon 'ne halbe Ewigkeit auf der Suche rum, aber immer hat mir jemand den Platz vor der Nase weggeschnappt. Mein Essen ist schon eiskalt. Habt ihr jemanden um die Ecke bringen müssen, um den Tisch zu kriegen?«

»Nein, da hatten wir heute wenigstens *einmal* Glück. Gewissermaßen verdient, nach einem Vormittag in der Hölle, oder, Lina?«, sagte Kim.

Ich konnte nur mit dem Kopf wackeln, weil ich gerade den Mund voller Nudeln hatte.

Senta setzte sich und strich die Haare ihres dunkelbraunen Pagenkopfs hinter die Ohren. Sie hatte ein sehr nettes Lächeln, und wie Kim und ich hatte auch sie sich eine doppelte Portion Pasta geben lassen. Kulinarisch passten wir schon mal ganz prima zusammen.

»Was ist denn heute Vormittag passiert?«, fragte sie und begann ebenfalls zu essen.

»Bei uns ist alles schiefgelaufen, was nur geht: schreckliche Lehrer. Beknackter Platz direkt vor dem Pult. Und Lina hat ungefähr alle Ämter aufs Auge gedrückt bekommen, die es gab. Und das, obwohl sie normalerweise so viel Glück hat. Oder bringt. Aber heute …«

»Du bringst wirklich Glück?« Senta ließ die Gabel wieder sinken. »Kim hat mir das beim Chor mal erzählt, aber ich hab gedacht, sie würde mich veräppeln.«

»Ich doch nicht!«, kicherte meine beste Freundin und zwinkerte mir zu. »Nein, Lina kann das wirklich. Allein bei mir hat es schon drei Mal geklappt!«

»Echt?«

»Das war reiner Zufall«, widersprach ich.

Aber Kim wollte davon nichts hören. »Ich bin trotzdem

sicher, dass es früher funktioniert hat. Vielleicht ist es ja auch eine Frage des Alters, weswegen es zum Beispiel heute nicht so hingehauen hat.«

»Ich glaube, es ist eine Frage des Aberglaubens«, entgegnete ich seufzend. »Zeit, sich den Fakten zu stellen, Kimmi. Ein paar Mal hat es einfach der Zufall gewollt, dass irgendwas sich gefügt hat, aber mit mir hatte das nichts zu tun. Und ob Ururgroßmutter Gloria so ein Talent hatte, bezweifele ich inzwischen auch stark. Höchstwahrscheinlich hatte sie auch nur eine verrückte Familie wie ich, die sie in ihrem Irrglauben unterstützt hat.«

»Also, ich glaube nach wie vor, dass Gloria Petrus etwas Besonderes war. Allein der Name!«, sagte Kim.

Senta ließ die Gabel sinken. »Gloria Petrus – da gab es doch mal dieses Postfach. *Himmelstor*, oder wie hieß das? Das, an das man seine Weihnachtswünsche schicken konnte?«

Ich nickte. »Ja, genau. Sie war meine Ururgroßmutter.«

»Echt? Wahnsinn!!! Ich hab als Kind jedes Jahr hingeschrieben und mir immer ein Pony gewünscht! Und leider nie eins bekommen«, sagte sie wehmütig. »Aber dafür hab ich ganz nette Karten zurückbekommen!« Sie schien ehrlich begeistert, ihre mokkafarbenen Augen glänzten.

»Heute antwortet Lina auf die Kinderwünsche«, erklärte Kim, aber ich zuckte nur mit den Schultern.

»Oder Mama. Irgendjemand muss es ja machen«, sagte ich. »Weder Mats noch Papa haben Lust drauf, und ich finde, die Kinder verdienen eine Antwort. Die machen sich solche Mühe mit ihren Wunschzetteln, das glaubt ihr gar nicht! Und irgendwie muss man den Zauber ein wenig wahren. Die armen

Kleinen erfahren noch früh genug, dass es niemanden gibt, der ihre Wünsche wie durch Zauberhand erfüllt.«

»Hm.« Senta und Kim schauten auf einmal so betroffen, als ob sie diese Wahrheit eben selbst zum ersten Mal gehört hätten.

»Jetzt guckt nicht so! Santa Claus ist und bleibt nun mal eine amerikanische Erfindung. Hey, seit wann hat Helen denn einen Freund?«

Kim und Senta drehten den Kopf gleichzeitig in die Richtung, in die ich deutete. Am anderen Ende vom *Falcon* saß unsere Klassenkameradin Helen, Schulter an Schulter mit einem gutaussehenden Jungen, und tuschelte ihm irgendetwas ins Ohr, ehe sie ihn auf die Wange küsste.

»Keine Ahnung«, sagte Senta. »Der ist aber nicht aus unserem Jahrgang. Zehnte? Oder sogar Elfte?«

»Elfte Klasse, Florian Wenzel. Gut in Leichtathletik. Hochsprung und Speerwerfen«, sagte Kim bestimmt. Sie war ein wandelndes Schülerlexikon. »Ich glaube, das geht aber erst seit zwei Wochen mit den beiden.«

Ich seufzte und sagte: »Aber sie scheinen gut zusammenzupassen. Wie sie lachen! Und er streicht ihr sogar dauernd die Haare aus dem Gesicht, damit sie nicht in der Soße hängen.«

Kim kicherte und knuffte mich in die Seite. »Keine Sorge, du findest auch noch den Richtigen.«

Versonnen sah ich zu Helen. »Erst gestern Abend hab ich noch diesen Film gesehen, den mit diesem tollen blonden Typen, hab schon wieder vergessen, wie der heißt. Jedenfalls, der hat am Schluss auf diesem Jahrmarkt auf das Mädchen gewartet. Er war schon ewig lange da, und als sie dann ankam und ihn entdeckt hat, gab es nur noch die beiden auf der Welt. Denen war es total egal, wie die anderen Leute sie angeschaut haben. Sie sind sich einfach in die Arme gefallen und haben sich geküsst. Wie zwei Magnete, die voneinander angezogen werden und gar nicht anders können. Ich glaube, er hat sogar ein bisschen geweint, weil er so froh war, sie zu sehen. Und nein, Kim, sag jetzt nicht, dass das nur ein Film war, so was gibt es in echt auch!«

Senta zog fragend die Augenbrauen hoch. »Du willst also, dass ein Typ wegen dir heult?«

»Ich will, dass ein Typ wegen mir den Rest der Welt vergisst«, ereiferte ich mich. »Und umgekehrt! Okay, das muss jetzt nicht so unbedingt in der Öffentlichkeit sein, aber ihr wisst schon, was ich meine. Ich will mich so sehr verlieben, dass ich nicht mehr weiß, wo oben und unten ist! Und dem Jungen soll es genauso gehen!!!«

Ich glaube, ich war ein bisschen laut geworden, denn einige Köpfe im *Falcon* drehten sich zu mir um, und hier und da wurde gekichert.

Ups!

Kim tätschelte versöhnlich meine Hand. »Ich bin sicher, dass es bald klappt. Ganz bestimmt.«

»Natürlich wird es das. Ich meine, das Schuljahr hat gerade erst angefangen – na ja, ein bisschen holprig vielleicht, aber es kann ja nur besser werden.«

Ich schob meinen leeren Teller von mir und sah Kim und Senta an. Zeit für ein Bekenntnis. »Ihr beiden seid meine Zeugen – ich habe zwei Vorsätze für dieses Jahr«, sagte ich feierlich.

»Erstens: Ich werde mich verlieben. Dieses Schuljahr. Unsterblich, unwiderruflich und für die Ewigkeit. Und gerne auf den ersten Blick. Diesen Jungen muss es doch hier irgendwo geben! Vorschläge werden übrigens gerne angenommen.«

Kim und Senta nickten ehrfürchtig. »Und zweitens?«

»Äh, ach so – dieser Spleen mit dem Glückbringen muss aufhören. Ich kann's nicht, konnte es nie und werde es auch nie können, Schluss, aus. Weil es so was einfach nicht gibt. Und Kim, wenn du Mats noch mal dabei erwischst, wie er mich anstachelt, trittst du ihm gegen das Schienbein. Und mir auch, wenn ich aus irgendeinem anderen Grund in alte Muster zurückfallen sollte.«

»Abgemacht«, sagte Kim grinsend. Ich glaube, sie wartete schon ewig auf eine Gelegenheit, meinem Bruder einen Tritt zu verpassen. Und auch Senta nickte.

Zufrieden lehnte ich mich zurück.

Ha, das wäre doch gelacht!

Das Schuljahr war schlecht gestartet? Mir doch egal!

Ich war schließlich selbst für meine Zukunft und mein Glück verantwortlich.

Und diese glückliche Zukunft begann … genau jetzt!

4

Seit Jahren pflegten mein Bruder und ich die Tradition, den Nachmittag des ersten Schultags mit unserer Patin Therese zu verbringen. An diesem Tag allerdings machte uns Mats' Fußballmannschaft einen Strich durch die Rechnung: außerplanmäßiges Training mit Anwesenheitspflicht und Mannschaftsfototermin. Mein Bruder würde also maximal nachkommen können, falls er es vor dem Familienabendessen überhaupt noch schaffte.

Darüber war ich aber gar nicht so sehr enttäuscht. Denn es gab in meinem Leben außer den neuen Familienverhältnissen gerade noch andere Veränderungen, die ich leider nicht mehr länger ignorieren konnte. Und dafür brauchte ich ganz dringend weibliche Unterstützung.

»Meine BHs haben noch im Juni gut gepasst, ich versteh das gar nicht. Dabei hab ich doch obenrum gar nicht so viel!«, beklagte ich mich bei Therese, mit der ich durch die Wäscheabteilung eines großen Kaufhauses streifte.

»Das ist ganz normal, Schatz, kein Grund zur Sorge. Du bist ja auch noch mal in die Länge geschossen, wie groß bist du jetzt?«

»Eins siebzig«, antwortete ich und befühlte im Vorbeigehen eine besonders zart aussehende Spitzenunterwäsche. »Ich mag lieber was Sportliches.«

»Das gibt's da hinten.« Therese hatte sich bei mir untergehakt und tätschelte mir die Hand. »Wir finden schon das Richtige.«

Sie zog mich in besagte Richtung, und ich tappte dankbar neben ihr her. Sie wusste einfach immer, was ich brauchte, und in Augenblicken wie diesen war ich noch glücklicher als sonst schon, dass ich sie in meinem Leben hatte.

Therese ist die Wiener Antwort auf Monica Bellucci: dunkle Haare, volle Lippen, Wickelkleider, hohe Schuhe. Eine Wahnsinnsfrau, äußerlich wie innerlich. Sie ist Mamas und Papas beste Freundin und – am allerbesten – Mats und meine Patin. Sie wohnt nur ein paar Straßen von uns entfernt, und ein Leben ohne sie ist für mich überhaupt nicht vorstellbar. Sie ist immer für uns da, wenn Mama geschäftlich verreisen oder Papa fliegen muss, wenn wir krank sind oder einen Rat von jemandem brauchen, der nicht zur Familie gehört. Sogar mein cooler Bruder hat sie ganz oben in seinem Kurzwahlspeicher im Handy. Und seit Mama in New York ist, sind sie, Mats und ich noch näher zusammengerückt.

»Ich muss Mats fragen, ob er auch neue Klamotten braucht, dann gehe ich mit ihm Ende der Woche noch mal los … oh, sieh mal, die hier sind hübsch, oder?«

Wir arbeiteten uns durch die Wäscheständer und gingen schließlich gemeinsam zu den plüschigen Umkleiden. Während ich ein Teil nach dem anderen anprobierte, hatte Therese es sich auf dem kleinen Hocker in meiner Kabine gemütlich gemacht, strich ihr marineblaues Kleid glatt und fragte mich über meinen ersten Schultag aus.

Und weil sie die beste Patin der Welt ist, stöhnte sie an den richtigen Stellen (Lehrer, Klassensprecher und Philodendron) und bekam leuchtende Augen, als ich ihr von meinen beiden Vorsätzen berichtete.

»Das mit der Liebe geht irgendwann von ganz allein, du wirst sehen. Man kann es nur leider nicht erzwingen. Entweder stimmt die Chemie oder nicht. Und wenn sie nicht stimmt, muss man sich das selbst ganz schnell eingestehen, das wäre mein einziger Rat für dich.«

Ich nickte.

»Aber was die Sache mit den Wünschen betrifft … mein Schatz, meinst du nicht, dass du da etwas voreilig bist?«

Energisch schüttelte ich den Kopf. »Nein, bin ich nicht. Ich kann keine Wünsche erfüllen. Schau, der passt doch gut!«

Therese nickte. »Der schwarze sitzt super. Aber nimm noch einen hautfarbenen, den kannst du dann unter weiße T-Shirts anziehen. Also, was ich sagen wollte – denk doch nur an deine Ururgroßmutter Gloria. Wer sagt denn, dass du nicht wirklich ihr Erbe antrittst und einmal genau so begabt sein wirst wie sie? Hast du es in letzter Zeit öfter versucht mit dem Glückbringen?«

Ich nickte. »Ja. Einmal am Flughafen, als ich mir gewünscht habe, dass das Flugzeug der Zwillinge Verspätung hat. Und dann noch heute Morgen, ich wollte einen netten Klassenlehrer. Beides ging in die Hose.«

»Na ja, da waren die Situationen auch vielleicht ein bisschen zu spontan.« Ich griff nach dem Sport-BH, den Therese mir hinhielt.

»Aber wie soll ich denn sonst versuchen, Glück zu bringen? Ich weiß doch jetzt nicht, wer was in ein paar Tagen ganz dringend möchte!«

Sie tippte sich mit dem Finger an die Lippe. »Hm, aber eigentlich weißt du das schon, oder? Denk doch an dein Postfach!«

»Jaaa?« Ich wusste nicht, worauf sie hinauswollte.

»Du fängst doch bestimmt in nächster Zeit wieder an, Glorias Postfach zu leeren, wegen der Weihnachtswünsche. Nimm dir doch einfach die ersten fünf Briefe oder Karten vor, die du findest. Und diese Wünsche versuchst du zu erfüllen.«

»Ich soll kleinen Kindern ihre LEGO-Wünsche schon vor Weihnachten erfüllen?«

Sie zuckte lächelnd mit den Schultern. »Versuch's doch einfach. Sieh es als harmlose kleine Übung an. Und falls es nach den fünf Wünschen immer noch nicht klappt, hast du wenigstens Gewissheit.«

Sie lächelte und fing dann an, in ihrer Handtasche nach ihrem Lippenstift zu suchen.

»Das klingt jetzt aber schon ein bisschen verrückt, findest du nicht?«, fragte ich.

Therese hatte sich zum Spiegel gedreht und schminkte sich die Lippen nach. »Du würdest dich wundern, was es auf der Welt noch für verrückte Geschichten gibt. Ich bin Wienerin, vergiss das nicht. Wir kennen Tausende solcher Geschichten.

Wir hatten schließlich Sigmund Freud!« Sie drehte sich wieder zu mir. »Ich sehe doch, dass das Thema dich beschäftigt. Probier es, und wenn es nicht klappt, kannst du es ein für alle Mal abhaken.«

Ich seufzte, nickte aber. »Apropos Haken: Ich krieg den hier nicht mehr auf. Hilfe!«

»Das ist der Grund, warum selbst ich nicht alleine zum Wäschekaufen gehe!«, sagte Therese lachend und befreite mich.

Eine Stunde später verließ ich mit meiner Patin und drei neuen BHs das Kaufhaus. Und mit großer Freude darüber, dass ich mein heimliches Herzensthema noch nicht abschreiben musste. Gleich morgen würde ich zu Glorias Postfach gehen. Und versuchen, ob ich jemanden glücklich machen konnte.

5

Beschwingt ging ich nach diesem schönen Nachmittag nach Hause, in freudiger Erwartung auf das erste gemeinsame Familienabendessen. Doch beim Betreten unserer Wohnung wurde ich plötzlich unsanft beiseitegestoßen und landete halbliegend auf unserer Schuhbank.

»Entschuldige, Mädchen, wollte ich nich, aber die Eimer sind so schwer, nächstes Mal mach ich das nur mit Container und Rutsche, das sach ich dir!« Ein schwitzender Herr Gieseke schob sich mit hochrotem Kopf an mir vorbei hinaus ins Treppenhaus, wo er laut polternd die Stufen nach unten ging.

»Äh, ich dachte, die wollten die Mauer Stück für Stück raussägen? Wer hatte denn die Idee mit der Bombe?«, fragte ich in die Staubwolke, die durch den mittlerweile zerfetzten Folienverschlag gekrochen war und sich in der ganzen Wohnung verteilt hatte.

»Lina, bist du das?« Beas Stimme kam von rechts, und ich kniff die Augen zusammen, weil der Staub mir in den Augen brannte. Die Gestalt von Papas Freundin materialisierte sich vor der dunklen Wandöffnung, in einer Hand hielt sie ein Telefon, die andere hatte sie in ihre verstaubten Haare gekrallt.

»Himmel, schau dich mal um! Dabei wollte ich es euch so schön machen, und gerade hat auch noch Hasso angerufen, er steht gleich vor der Tür, ausgerechnet heute! Dein Vater hat einen Kurzstreckenflug übernommen, er müsste aber bald wiederkommen, und ich hab versucht, die Stellung zu halten. Ich hab bei Herrn Nguyen Essen bestellt, aber noch nicht geholt, die Jungs kommen gleich vom Eishockey, meine Küche ist ein Saustall, und hier liegt so viel Schutt wie in Pompeji.« Bea zeigte auf das Chaos hinter sich, ihre normalerweise wunderschön gewellten Haare kringelten sich störrisch um den Kopf.

Ich starrte sie an. »Wer war Hasso gleich noch? Der Hund von deiner Freundin Kathrin? Ach nein, der heißt ja Rokko.«

Bea stöhnte und rieb sich die Stirn. »Hasso ist mein Exmann. Der Vater der Jungs.«

»Oh.«

»Genau.«

Über den wusste ich fast noch weniger als über Beas Eltern. Nur, dass der Vater von Vincent und Arthur praktisch immer durch Abwesenheit glänzte und irgendwas mit Immobilien in Südfrankreich machte. Wie hatte Papa ihn gerade neulich noch genannt?

»Der aufgeblasene Schwätzer.«

»Wie bitte?«

»Äh – ach, nichts. So schlimm wird das schon nicht werden. Komm, zuerst kümmern wir uns mal ums Essen, mit vollem Magen ist alles –«

Mein Versuch, Bea aufzumuntern, wurde durch deren melodische Türklingel unterbrochen.

»O Gott, er ist schon da!«

Ich tätschelte ihr aufmunternd die Schulter. »Schlimmer als Frau Blum ist er bestimmt nicht. Und sieh es mal als Vorteil, er spricht kein Latein.«

Bea starrte mich an, aber ich konnte mich nicht mit Erklärungen aufhalten, denn schon wieder schrillte die Türglocke. Herrje, Hasso war aber auch ungeduldig.

»Komm, Bea«, sagte ich, »wir machen auf, vielleicht geht er ja ganz schnell wieder, wenn er die Baustelle sieht.«

Doch es war nicht der Vater der Zwillinge, der vor Beas Haustür stand, sondern ihr Nachbar, Herr Hegemann, der mich immer an *Hatschi* erinnerte, den Zwerg aus dem Schneewittchen-Cartoon. Strahlend drückte er ihr einen kleinen Blumentopf mit blauen Usambaraveilchen in die Hand. »Bea, meine Liebe, entschuldigen Sie bitte die Störung, aber ich war jetzt einfach so neugierig, weil den ganzen Tag ja nun schon so ein Lärm ist, und weil Sie mir erzählt hatten, dass Sie den Durchbruch machen würden, wollte ich mal schauen ... oh, hallo, Lina!«

»Hallo, Herr Hegemann!«, antwortete ich und winkte durch das Loch in der Wand. Er war ein ganz putziger älterer Herr, der zusammen mit ungefähr hunderttausend Büchern und CDs in der Wohnung unter Bea wohnte. Er liebte Literatur und Opern, und einmal hatte ich einen ganzen Nachmittag bei ihm verbracht, weil ich ein Referat über Ludwig van Beethoven halten musste. Er hatte mir alles erzählt, was ich wissen musste (und noch viel mehr), und dann hatten wir gemeinsam eine Aufzeichnung von *Fidelio* angesehen und dazu Spritzgebäck gegessen. Auf mein Referat hatte ich hinterher eine glatte Eins bekommen.

Ich wusste, dass Bea Herrn Hegemann sehr, sehr gern hatte – aber leider nicht jetzt im Augenblick. Doch ehe sie anfangen konnte, eine Abwimmelungsoffensive zu starten, klingelte es schon wieder, diesmal allerdings bei uns.

Zusammen mit Herrn Gieseke, der keuchend, mit hochrotem Kopf und leeren Eimern wieder bei uns oben angekommen war, stand Madame Clement auf unserer Schwelle.

»Oh, bon jour, Madame«, sagte ich, denn unsere Nachbarin sprach nur sehr ungern deutsch. Und ich wollte schon mal ein bisschen vorlegen, falls sie im Begriff war, sich wegen des Lärms zu beschweren. Oder falls doch ein Krümelchen Putz in ihrer Bouillon gelandet war.

»Bonsoir, Lina, comment ça va?«

»Ganz gut, merci, voulez-vous, äh, also … reinkommen? Mais il est très staubig hier!«

Mein Französisch war wirklich nicht das Allerbeste, aber bisher war ich mit meinen Gerade-noch-Dreiern so weit durchgekommen, dass ich keine Nachhilfestunden nehmen musste.

Madame Clement nickte und schob sich sofort an mir vorbei. Ganz klar hatte die Neugier sie hier hochgetrieben, genau wie Herrn Hegemann, der auf der anderen Seite des Durchbruchs stand, Fragen stellte und so tat, als ob er nicht bemerkte, dass Bea auf heißen Kohlen saß.

Madame Clement war nicht weniger interessiert, und sie wirkte auf unserer Baustelle wie ein Paradiesvogel in einem Mehltopf. Sie trägt immer sehr lange und sehr bunte Kleider und dazu farblich passenden Lidschatten und Nagellack und Stilettos. Mama sagt, dass sie es nur deshalb schaffe, schön und elegant auszusehen, weil sie Französin sei. Das läge den Frauen im Blut, sie selbst würde in den Sachen nicht halb so gut aussehen.

Und weil Madame wusste, wie schlecht es bei mir um ihre Muttersprache bestellt war, trippelte sie sogleich in Richtung des Durchbruchs, um zu Bea zu gelangen – sie war ein großer Fan von ihr, weil sie so toll kochte, und besser noch: weil sie Französisch sprach. Und obwohl Herr Gieseke und sein schnauzbärtiger Kollege wieder lautstark ihre Eimer mit Steinbrocken füllten, schwebte Madame beinahe durch das Loch in der Wand, ohne ein einziges Stäubchen abzubekommen. Sogar Herr Gieseke staunte.

»Wie hattse denn das gemacht? Wo es hier überall so dreckig ist, man meint ja, wir hätten das ganze Haus abgerissen. Ach herrje, Mädchen, du bist auch irgendwo drangekommen.«

Ich sah an mir herunter. Ich hatte Jeans an und einen dünnen Pullover. Der war vorhin noch dunkelblau gewesen, jetzt sah ich allerdings aus wie aus einem Werbespot für das Bäckerhandwerk. Nicht so toll für das allererste gemeinsame Familienabendessen.

»Bea, kommst du allein klar? Ich will mich nur eben umziehen –«

Doch Bea hörte mich nicht, sie war nämlich dabei, Herrn Hegemann und Madame Clement in Richtung Küche zu lotsen. Die drei waren gerade um die Ecke ihres Flurs verschwunden, als schon wieder ihre Türglocke ging.

»Ich geh schon!«, rief ich demnach gezwungenermaßen und schlüpfte nun meinerseits durch das Loch. Blöderweise hatte ich dabei so unglücklich Luft geholt, dass ich direkt die Staubwolke einatmete, die Schnauzbart soeben aufgewirbelt hatte, als er mit seinem Besen herumhantierte.

Ich musste so sehr husten, dass mir die Tränen kamen, und ich keuchte und japste, als ich auf den Türöffner drückte und Beas Wohnungstür aufmachte.

Ein Mann stand mir gegenüber, und erschrocken taumelte ich einen Schritt zurück. Ich hatte angenommen, dass jemand unten geläutet hatte, und nicht hier oben.

Aber ich kam gar nicht dazu, nachzufragen, denn ich musste schon wieder husten. Herrje, was war denn heute los?

»Seit wann dürfen denn Handwerker die Tür aufmachen? Holen Sie mal sofort Bea von Bergen!«

»Ich, äh … kkkccchhh-kkkcchh-kkkccchhh …«

Der Typ, ein etwa vierzigjähriger Anzugträger mit dunklen, nach hinten gegelten Haaren, sah mich mit hochgezogenen Augenbrauen an.

»Jetzt mach mal Platz, Mädel, ich muss zu Frau von Bergen, warum macht sie eigentlich nicht selbst auf? Sie wusste doch, dass ich komme, sie könnte ja auch *einmal* einfach da sein, na ja, aber das war ja schon immer so.«

Ah, natürlich. Hasso. Aka *Der aufgeblasene Schwätzer*.

Ich trat einen Schritt zur Seite und ließ ihn ein, während ich mir verstohlen mit dem Ärmel über das Gesicht wischte.

»Wo ist sie denn nun?« Er bellte richtig. Aber war Hasso nicht sowieso eigentlich ein Hundename?

Ich zwang mich, ein Lächeln aufzusetzen. »In der Küche, ich bringe Sie. Ich bin übrigens Lina Hansson. Die Tochter von Beas Freund.«

Das Wort *Freund* betonte ich nur hauchzart zu viel. Aber das reichte schon, um ihm ein abschätziges Schnauben zu entlocken.

Störte mich allerdings null. Mit hocherhobenem Kopf ging ich den langen Flur entlang.

Beas Wohnung war bestimmt dreimal so groß wie unsere – und ebenso viel schicker. Während Papa fast die komplette Einrichtung beim Möbelschweden gekauft hatte und nur ab und zu durch Mitbringsel von seinen Reisen ergänzte, war bei Bea alles von vorne bis hinten durchgestylt. Wo bei uns alle Wände klassisch und einfallslos weiß waren, hatte Bea ein Faible für Farben: das Wohnzimmer war moosgrün, das Esszimmer hatte auberginefarbene Wände, und die Wohnküche war ein Mix aus Weiß, Schiefergrau und Türkis. Zu ihrem klassischen Fischgrätparkett und den endlos hohen, blütenweißen Stuckdecken sah das wirklich klasse aus, genau wie die modernen Möbel, die sie scheinbar willkürlich in den Zimmern verteilt hatte.

Es gab eigentlich nur einen Raum, der mir nicht so gut gefiel: der *Salon*. Das Zimmer war riesig, wurde allerdings ausschließlich dafür benutzt, Beas Eltern zu empfangen, weil die sich so gar nicht mit dem modernen Geschmack ihrer Tochter anfreunden konnten. Ein Jammer, denn so waren etwa fünfzig Quadratmeter schönster Wohnraum vergeudet. Aber scheinbar wurde Bea irgendwann das Gemecker ihrer Eltern über ihre

Einrichtung zu viel, weshalb sie einen Raum geopfert hatte, in dem sich ihre halbadlige Verwandtschaft aufhalten konnte, ohne jeden Moment in Ohnmacht zu fallen. Sprich, sie hatte das Zimmer vollgestellt mit antiken Möbeln (alles Erbstücke), zwei riesigen matschbraunen und steinharten Chesterfield-Sofas, jeder Menge Staubfänger-Samtvorhänge und geschmackloser Porzellanfigürchen, die schon vom Hinschauen beinahe zersprangen. (Das letzte Mal allerdings, als ich den Salon geschaut habe, hatte Bea dort drei voll beladene Wäscheständer stehen.)

Das Familienessen, das Bea für diesen Abend geplant hatte, würde in ihrer Wohnküche stattfinden, ganz am Ende der Wohnung. Das Esszimmer benutzte Bea sehr selten außer sie hatte mehr als zehn Gäste da, was nicht besonders oft vorkam.

Aus der Küche hörte man schon die Stimmen von Herrn Hegemann, Bea und auch von Madame Clement. Alle drei unterhielten sich angeregt auf Französisch, doch als ich zusammen mit Hasso den Raum betrat, kühlte die Stimmung spürbar ab, alle verstummten schlagartig. Und die vorher strahlende Bea wurde innerhalb einer Sekunde ernst.

»Hasso. Wie schön.«

Wie *schön* es für sie war, ihren Exmann zu sehen, konnte man an ihrem Gesicht unschwer erkennen: so schön wie eine Operation am offenen Herzen ohne Narkose.

Der nickte nur, ignorierte erst mal geflissentlich unsere Nachbarn und sah sich in Beas Küche um.

Im Gegensatz zu unserer schlauchartigen Studentenkombüse war sie ein *echter* Wohnraum: Küche, Esszimmer und Wohnzimmer in einem. Rechts eine lange, ultramoderne Kochzeile in Steingrau, davor eine Kücheninsel mit sechs Barhockern. Links stand ein riesiger, ovaler Esstisch mit gemütlichen Sesseln, und an der Wand daneben war mein absolutes Highlight: der offene Kamin mit zwei Lesesesseln davor. Als ich das erste Mal hier war, dachte ich, dass ich in eine dieser aufwändigen Anzeigenkampagnen von überteuerten Homedekorherstellern gerutscht wäre. Fehlten nur noch ein Haufen putziger Kinder und Hunde in Flanellhemdchen und Lackschuhen.

Doch trotz des tollen Ambientes verzog Hasso ärgerlich den Mund. »In unserer Villa war die Küche viel größer. Da hattest du fast ein ganzes Stockwerk für dich.«

Bea schnaubte. »Ich will kein Stockwerk für mich. Ich fühle mich hier sehr wohl.«

Doch auch wenn ich Hasso alles andere als sympathisch fand, hasste ich es, wenn die Stimmung um mich herum gefror. Ich musste versuchen, das Eis etwas zu brechen.

»Stimmt«, sagte ich deswegen hastig, »ich finde es auch supergemütlich hier! Ich dachte auch erst, ui, ganz schön schnieke und so, aber ich bin wahnsinnig gerne hier, am liebsten mag ich den Kamin, da hab ich mich sogar im Hochsommer immer davor gesetzt und schon vom Winter geträumt, da ist es dann bestimmt besonders gemütlich. Ich freue mich schon, wenn wir den endlich anschüren können. Wenn es so weit ist, bekommt ihr mich dann hier nicht mehr raus!«

Bea lächelte mich dankbar an, aber Hasso fing schon wieder an zu kläffen.

»Soweit ich weiß, habt ihr doch eine eigene Küche.«

»Und soweit *ich* weiß, geht dich das überhaupt nichts an«, sprang mir Bea bei und seufzte dann leise. »Die Jungs sind noch beim Eishockey, müssten aber jeden Moment kommen.«

»Ich warte.«

Herr Hegemann und Madame Clement hatten sich ungefragt an den Esstisch gesetzt. Vielleicht wollten sie damit Bea ihre Solidarität ausdrücken. Oder sie waren – was durchaus möglich war – einfach nur neugierig. Auch ich blieb, wo ich war, obwohl ich mich wirklich gerne umgezogen hätte. Denn man konnte nie genug Leute auf seiner Seite haben, und Bea machte mir nicht den Eindruck, als ob sie an diesem Abend besonders gute Nerven hatte. Vorsichtshalber zog ich mich aber hinter den Küchenblock zurück, um etwas Distanz zwischen mich und den Schnösel zu bringen. Wenn er doch einfach gehen würde …

Doch da tat sich im Flur schon wieder was.

»Was ist denn hier passiert?«, hörten wir eine Stimme, und eine zweite murmelte irgendwas, ehe sie von einem Hustenschwall unterbrochen wurde.

Aha. War also immer noch staubig da vorne.

»Arthur, Vincent, kommt ihr mal bitte in die Küche?«, rief Bea, und ein paar Sekunden später standen meine neuen Mitbewohner im Raum.

Fast taten sie mir ein bisschen leid, denn beide schienen kurz aus dem Konzept gebracht, weil sie offensichtlich nicht damit gerechnet hatten, ihren Vater hier anzutreffen.

»Oh. Hallo, Papa«, sagte einer irgendwann mit mäßiger Begeisterung, der andere nickte nur. (Übrigens trugen sie beide die gleichen Klamotten – okay, es waren die Klamotten ihrer Eishockeymannschaft, schwarze Trainingsanzüge mit dem Vereinslogo, aber das entschärfte die Doppelte-Lottchen-Sache ja nun nicht.)

Hasso schien sichtlich erleichtert, nicht mehr alleine mit uns zu sein. »Endlich kommt ihr! Und groß geworden seid ihr. Das Jahr im Ausland hat euch gutgetan! Ihr seht immer mehr aus wie ich!«

Ich legte den Kopf schief und schaute ganz genau hin. Und verkniff mir schließlich zu sagen, dass seine Söhne um Welten besser aussahen. Denn weder hatten sie die überbreite Stirn oder den Stiernacken ihres Vaters noch dessen Hang zu klobigen Fingerringen.

Während der nun anfing, die beiden mit seinen neuesten Erlebnissen an der Côte d'Azur zu beglücken, huschte Bea neben mich und flüsterte mir ins Ohr.

»Könntest du schnell das Essen holen? Müsste längst fertig sein, ich schätze mal, die Jungs haben tierisch Hunger, und du sicher auch, und wann kommt Mats eigentlich? Oje, und Christoph muss ja auch bald da sein, hoffentlich ist Hasso da schon wieder weg, die beiden verstehen sich nicht so gut …«

Da hatte ich eine Idee. »Warte mal eben.« Ich schrieb Mats eine Nachricht – wir hatten ein paar geheime Codes, und ich nutzte diesmal den für SOS – und bat ihn, das Essen von Herrn Nguyen abzuholen. Mein Bruder müsste normalerweise jetzt auf dem Heimweg vom Fußballtraining sein, da konnte er alles gleich mitbringen. Seine Antwort kam zum Glück prompt – ein Daumen nach oben.

»Okay, Essen ist schon einmal erledigt!«, wisperte ich, und Bea tätschelte mir dankend die Schulter.

Hasso schwafelte immer noch, aber zumindest sprach er nun nicht mehr ausschließlich über sich, denn ich hörte die Zwillinge hier und da Antworten murmeln, als er sie mit Fragen über ihren Kanadaaufenthalt löcherte.

Bea schien sich für einen winzigen Augenblick zu entspannen – um keine Minute später wieder zusammenzuzucken.

Denn im Flur hörte man erst ein lautes Poltern, dann schwere Schritte, die in Richtung Küche eilten.

»Guten Abend zusammen!«, sagte Papa, als er im Türrahmen erschien, und zog sofort die Aufmerksamkeit auf sich. Er trug noch seine Uniform, denn er kam direkt vom Flughafen. Bea strahlte ihn erleichtert an, und Papa ging schnurstracks zu ihr und drückte ihr einen lauten Schmatz auf den Mund. Und dann noch einen.

Erst dann drehte er sich zu Hasso um.

»Ach, ich habe ja gar nicht bemerkt, dass Sie auch da sind«, sagte er gehässig. Huch, so kannte ich ihn ja gar nicht! »Wie geht's denn so? Hatten Sie eine gute Anfahrt aus Frankreich? Ist doch Ihr Cabrio vor dem Haus, oder? Das im Halteverbot?«

Hassos Augen verengten sich zu schmalen Schlitzen.

»Was geht *Sie* das an?«

»Ach, es lief nur gerade ein lieber Bekannter vorbei, der ist zufällig Verkehrskontrolleur. Ich glaube, Sie haben jetzt ein Knöllchen, Herr von Bergen.«

Hasso eilte zum Fenster und sah nach unten. Offenbar konnte er den Strafzettel bis hier oben erkennen, denn er fluchte leise.

Papa allerdings grinste schadenfroh und zwinkerte Bea zu, die warnend die Hände hob. Aber Papa war noch nicht fertig.

»Sagen Sie, was ich schon immer wissen wollte … warum haben Sie eigentlich nach der Scheidung Ihren Nachnamen behalten? Eigentlich nimmt man ja nach der Trennung wieder seinen Mädchennamen an. Oder, na ja, den *Jungennamen*, in Ihrem Fall.«

Sofort spitzten alle die Ohren. Man erlebte äußerst selten, dass Papa so offensiv zynisch mit jemandem sprach, und ich persönlich fand diese Seite von ihm äußerst spannend. Vor allem in Verbindung mit dem Immobilienmakler.

»Ich hab mich schon gefragt, warum Beas Eltern auch *von Bergen* heißen«, erkundigte ich mich jetzt auch scheinheilig, und Hasso presste vor Wut die Lippen zusammen.

Die Blicke von Herrn Hegemann und Madame Clement wanderten aufmerksam zwischen meinem Vater und Hasso hin und her, um ja nichts zu verpassen. Ich konnte die beiden verstehen, das hier war besser als das Premiumabo von Netflix.

»Das ist nun mal mein Name«, gab Hasso zurück. »Der meiner Kinder und meiner Familie, wenn Bea« – er deutete mit seinem siegelberingten Zeigefinger auf Papas Freundin –, »wenn Bea mich damals nicht Knall auf Fall sitzengelassen hätte.«

Ups. Das hörte ich zum ersten Mal.

Aber Bea blieb cool. »Ich hätte das vielleicht auch nicht getan, wenn ich nicht herausgefunden hätte, dass du schon jahrelang eine Affäre mit deiner Büroleiterin hast«, sagte sie.

Sie war ganz ruhig, aber die Luft in der Küche war plötzlich zum Schneiden dick. Selbst die Zwillinge hielten ihre Klappe, doch ich meinte, dass ein Hauch von Missbilligung über ihre Gesichter huschte, während sie ihren Vater ansahen.

»Das müssen wir hier nicht diskutieren«, presste der Betrüger zwischen den Zähnen hervor. »Außerdem bin ich ja auch nicht wegen *dir* hier, sondern ausschließlich wegen meiner Söhne. Ich wollte sie eben *auch* nach ihrer Rückkehr sehen. Kommt, Jungs, wir gehen was essen, dann haben wir mehr Ruhe als hier. Was wollt ihr? Sushi? Oder Französisch?«

Ich beobachtete gespannt, was passieren würde. Wenn die beiden Rückgrat hatten, würden sie hierblieben, denn sie mussten doch wissen, wie sehr Bea sich auf diesen gemeinsamen Abend gefreut hatte.

»Na ja, also –«

»AAAUUUAAAHHH!!!«

Ein markerschütternder Schrei aus dem Flur unterbrach den Zwilling, gefolgt von Türenknallen und ziemlich unflätigen Flüchen, die ich eindeutig meinem Bruder zuordnen konnte.

Bea rannte sofort nach draußen, dicht gefolgt von Papa, während Hasso einfach nur dastand und seine breite Stirn in Falten legte. Sogar Herr Hegemann und Madame Clement waren vor Schreck aufgesprungen, und mein Herz pochte schnell, als ich mich aus meiner kurzen Schockstarre löste, um ebenfalls nach Mats zu sehen.

Doch der kam mir schon entgegen, und er war putzmunter. In einer Hand balancierte er drei große Tupperdosen, mit der anderen deutete er hinter sich.

»Ich hab das Essen mitgebracht. Und einen Schwerverletzten.«

Hinter ihm erschienen Bea und Papa, die einen aufgeregten Herrn Gieseke in die Küche schoben, dicht gefolgt vom Schnauzbart.

Herr Gieseke jammerte und hielt seine rechte Hand umklammert, die in ein ehemals weißes, nun blutbeflecktes Handtuch gewickelt war. »Du lieber Himmel, dabei wollte ich doch nur noch schnell die Folien ordentlich wegschneiden, als die Tür so plötzlich aufschwang, und dabei ist mir das Messer ausgekommen, o Gott, das blutet ja wie Sau! Ich glaub, ich werd ohnmächtig.«

Er sackte theatralisch auf einen der Sessel am Esstisch. Bea beugte sich über seine Verletzung und murmelte Papa etwas zu, der lostigerte, um den Verbandskasten zu holen.

Im Gegensatz zu mir hatte Mats überhaupt kein Problem mit Blut oder generell der ganzen Aufregung um ihn herum.

»Hab ich einen Hunger!« Seelenruhig holte er Besteck und ein paar Teller, pfefferte sie auf den Tisch und machte sich daran, das bestellte Essen vom Vietnamesen auszupacken. »Zweimal Rinderfilet mit Zitronengras und einmal Huhn mit Kokos und noch irgendwas. Dreimal Sommerrollen. Eine Schüssel Pho-Bo-Suppe. Und der Reis?«

Er hob den Kopf. »Bea, hast du denn keinen Reis bestellt? Und wirklich nur vier Gerichte? Das reicht doch höchstens für mich.«

Die Zwillinge blickten plötzlich genauso entsetzt wie er. Aber Bea war zu sehr mit Herrn Gieseke beschäftigt, um zu antworten. Und auch ich konnte nicht recht auf meinen Bruder und Beas Söhne achten. Stattdessen hievte ich mich auf einen Barhocker und versuchte, nicht auf das Massaker zu sehen. (Beim Anblick von zu viel Blut wurden mir die Beine immer etwas wackelig.)

Papa hatte Herrn Gieseke in der Zwischenzeit ein Schnapsglas hingestellt und schon zweimal nachgefüllt – aber wenigstens hatte der Gute jetzt wieder rote Wangen und war nicht mehr so käsebleich.

»Also, wir fangen dann schon mal an«, sagte Mats seelenruhig und schob den Zwillingen, die sich strategisch günstig links und rechts von ihm am Esstisch postiert hatten, die Schüsseln zu.

Was Hasso auf den Plan brachte. »Was soll das denn? Jetzt lässt du es auch noch zu, dass sich der Lieferjunge an den Tisch setzt und meinen Jungs alles wegisst?«

Mats, der seine Gabel zum Mund geführt hatte, verharrte mitten in der Bewegung.

»Welcher Lieferjunge?«

Papa, der gerade die Schnapsflasche zurückgestellt hatte, richtete sich alarmiert auf.

»Wie haben Sie meinen Sohn genannt?«

»Ihr Sohn???« Hasso lachte ungläubig und schüttelte den Kopf. »War ja eigentlich klar, dass das Ihrer ist, bei dem Benehmen.«

»Was soll das denn bitte heißen?! Außerdem, *Ihre* Jungs machen doch auch nix anderes als er!«

Tatsächlich saßen die drei einträchtig nebeneinander am

Tisch, jeder eine Gabel in der Hand, und machten sich über das Essen her, während Bea Herrn Gieseke die Hand verband.

Hasso nutzte seine Statur, um möglichst bedrohlich auszusehen, und auch Papa hatte sich in der Mitte des Raums aufgebaut. Er war zwar ein paar Zentimeter kleiner als Beas Ex, aber schlanker und sportlicher, und sah in seiner Pilotenuniform tausend Mal souveräner aus als Hasso.

Plötzlich war die Luft aufgeladen wie vor einem Gewitter, und ich legte schnell mein Handy weg, von dem ich gerade noch eine Nachricht geschickt hatte, weil ein Blick auf die Schüsseln und die drei Jungs genügte, um mir klarzumachen, dass das Essen niemals reichen würde. Herr Nguyen musste die Bestellung vertauscht oder etwas falsch verstanden haben.

Papa hatte mir mal gestanden, dass der »bescheuerte Immobilienmakler« in ihm das Blut zum Kochen brachte und er nicht garantieren könne, sich erwachsen und vernünftig zu verhalten, wenn der ihm noch mal blöd käme.

Leider war genau das gerade passiert.

Diesmal hielt ich mich nicht damit auf, überhaupt darüber nachzudenken, ob ein bisschen Glückbringen die Situation entschärfen konnte. Für Liedchen, Tänzchen und sonstige Kindereien war das hier zu ernst. Bei Alarmstufe Rot war gesunder Menschenverstand gefragt.

Die Leute, die nicht zur Familie gehörten, mussten hier raus.

Jetzt sofort.

Allen voran der kläffende Hasso.

»Herr von Bergen, sagten Sie nicht, dass Sie in Südfrankreich arbeiten?«, fragte ich scheinheilig. »Madame Clement hier stammt aus Marseille, vielleicht hat sie ja ein paar Tipps für Sie, wegen Häusern und so.« Ich wandte mich an Madame Clement. »Madame, voulez-vous parler avec Monsieur von Bergen, parce qu'il est un très bon Makler und spricht … äh … formidable Französisch. Und er kennt sicher auch ein paar ganz tolle Porzellangeschäfte!«

Unsere Nachbarin spitzte die Ohren und strahlte den Vater der Zwillinge an. Bea hatte mir mal verraten, dass Madame Clement ein paar Ferienwohnungen in ihrer Heimat besaß und diesbezüglich sehr clever und überaus geschäftstüchtig war.

Ehe Hasso wusste, wie ihm geschah, hatte sie sich ihm schon an den Arm gehängt und führte ihn aus der Küche, vermutlich, um ihn mit nach unten in ihre Wohnung zu nehmen und ihm dort ein Gespräch aufzudrücken. Das hatte sie mit Papa auch schon mal gemacht, und damals war er für drei Stunden verschwunden.

Wie alt Madame Clement wohl war? Mir fiel auf, dass ich das gar nicht wusste. Mitte vierzig? Fünfzig? Viel älter? Das war wirklich schwer zu sagen. Das Einzige, das ich wusste, war, dass sie begonnen hatte, mit Hasso zu flirten. Dieses Lachen-und-den-Kopf-in-den-Nacken-Werfen war eindeutig.

Egal, Hauptsache, die beiden waren miteinander beschäftigt und näherten sich der Wohnungstür.

Ich wandte mich meinem nächsten Opfer zu. »Herr Hegemann, sagen Sie …« Herrje, wie konnte ich ihn denn jetzt höflich hier rausbringen? »Äh, sagen Sie, wie viel Uhr ist es eigentlich?«

Der Gute erbarmte sich und sah auf seine Armbanduhr. »Gleich acht Uhr, du lieber Himmel, schon so spät. Na, ich muss mich wieder auf den Weg nach unten machen, die Tagesschau geht ja gleich los, nicht dass die sich fragen, wo ich bleibe«, sagte er lachend und wandte sich an Bea, um sich zu verabschieden.

Ha, wieder das richtige Knöpfchen gedrückt! Obwohl ich wirklich ein schlechtes Gewissen hatte, ich mochte die Leute ja alle, aber im Moment waren es einfach zu viele.

Herr Gieseke und der schüchterne Schnauzbart ergriffen zum Glück selbst die Initiative.

»Wir gehen denn auch mal, bin völlig erschlagen, im wahrsten Sinne des Wortes, was für ein Tag!«, sagte der verletzte Bauarbeiter und hielt seine verbundene Hand hoch. »Ich glaube, der Mike muss morgen jemand anderes schicken, ich weiß nicht, ob meine Flosse das so mitmacht. Na, wir werden sehen. Komm, Karli, Feierabend.«

Der Schnauzbart grunzte dankbar.

Bea hielt sich keine Sekunde lang damit auf, die Bauarbeiter daran zu erinnern, dass ihr für heute Abend ein perfekter Mauerdurchbruch und eine saubere Wohnung versprochen worden war, statt sie in einer staubbedeckten Trümmerbaustelle zurückzulassen. Stattdessen schob sie tatkräftig Herrn Gieseke aus dem Zimmer. »Aber sicher doch! Morgen ist auch noch ein Tag, meine Herren. Den Feierabend haben Sie sich verdient. Ich bringe Sie raus!« Damit verschwanden die drei samt Papa im Flur.

Zurück blieben Mats, die Zwillinge und ich. Und jede Menge

leergefutterte Schüsseln von bestem vietnamesischem Essen! Das konnte doch nicht sein, oder? Ich ging zum Esstisch und hob die leeren Schüsseln hoch.

»Hm. Danke, dass ihr alles so schnell aufgegessen habt«, sagte ich. »Dann bekommen wir morgen garantiert auch schönes Wetter!«

»Nicht wahr?«, sagte einer der Zwillinge, und der andere grinste mich süffisant an. »Wir haben uns wirklich extra viel Mühe gegeben.«

»Wobei das eigentlich nur für den hohlen Zahn war. Ich hab immer noch Kohldampf«, schob sein Bruder hinterher.

Mats, der eben aufgestanden war und das Geschirr in die Spülmaschine räumte, klopfte mir mitleidig auf die Schulter. »Tja, ab jetzt heißt es am Tisch schnell sein. Essen ist Krieg, Schwesterchen.«

Ich starrte die Jungs fassungslos an. Doch ehe ich noch etwas erwidern konnte, ging wieder die Klingel, und die drei Jungs stöhnten gleichzeitig auf.

»Nicht noch jemand!«, jammerte Mats.

»Keine Sorge, ich kümmere mich schon um den ungebetenen Gast«, sagte ich hoheitsvoll und versuchte, mein Grinsen zu unterdrücken. Dieser Besuch war ausnahmsweise nicht unerwünscht, aber das würde ich den Jungs nicht verraten.

Ich hopste hinaus in den Flur, wo ich Bea und Papa allein vor dem Mauerdurchbruch antraf. Beide sahen erleichtert aus – und dann strahlend glücklich, als sie die Tür aufmachten und Therese davorstand. Inklusive einer riesigen Auflaufform voller …

»Marillenknödel!«, jauchzte Bea und gab ihr einen Schmatz auf die Wange, während Papa ihr das Essen abnahm.

»Bedank dich bei Lina, die hat mir ein SOS geschickt«, sagte Therese und warf uns allen noch eine Kusshand zu. »Ich muss los, lasst es euch schmecken. Ich hoffe, euer erster Familienabend läuft gut! Bis morgen!«

Ich schnappte mir die Schüssel von Papa und kehrte zurück in die Küche. Die Augen der Jungs leuchteten auf, als sie entdeckten, was ich in den Händen hielt.

»Wie war das eben noch?«, fragte ich scheinheilig und hielt meinen Arm schützend um die Marillenknödel. »Essen ist Krieg? Na, dann hab ich jetzt jedenfalls die bessere Munition.«

6

Leider kann ich es nicht ertragen, kleine Kinder weinen zu sehen. Genauso wenig kann ich es ertragen, wenn Hunde einen mit schiefgelegtem Kopf anbetteln. Und dummerweise gilt das auch für hungrige Jungs, wenn sie Marillenknödel sehen.

Ich bin einfach zu weich für diese Welt.

Wobei – wenn nicht noch Herr Nguyen persönlich keuchend an unserer Tür aufgetaucht wäre und Unmengen an vietnamesischem Essen geliefert hätte, das seine Bedienung tatsächlich vergessen hatte mit einzupacken, hätte ich nicht garantieren können, ob ich nicht doch eine eiskalte Killerseite in mir entdeckt und alle Marillenknödel für mich behalten hätte.

So aber saßen wir kurz darauf mehr oder weniger einträchtig um den Tisch und futterten Knödel, Sommerrollen, Kokoshühnchen und gebratenen Tofu um die Wette. Bea und Papa wechselten verliebte Blicke, die Zwillinge sahen nach genügend Nahrungszufuhr ausnahmsweise mal nicht griesgrämig, sondern fast normal aus, und alles in allem fühlte es sich jetzt doch ein bisschen nach dem an, was Bea sich vermutlich unter einem ersten Familienabend vorgestellt hatte.

»Da bekomme ich ja fast Lust, mal wieder selbst etwas für euch zu kochen«, sagte sie und blickte stolz in die Runde.

»Echt? Oh, das wäre toll!«, rief ich, und der Zwilling am Kopfende links von mir grunzte komisch.

»Aber Frühstück muss nicht zusammen sein, oder?«, murmelte der Zwilling mir gegenüber, was ich nicht besonders nett fand.

»Bist du Arthur oder Vincent?«, fragte ich ihn.

»Ich bin Arthur!«, sagte der andere, und Vincent guckte mal wieder finster.

»Vincent, Arthur, hört jetzt auf mit den kindischen Spielchen!«, sagte Bea scharf. »Lina, das neben dir ist Vincent, Arthur sitzt dir gegenüber.«

Ich ließ meinen Blick von einem zum anderen wandern. Hatten die sich etwa gerade für den jeweils anderen ausgegeben? Wie alt waren die denn? Sechs?

»Und, Lina, wie war's in der Schule?«, versuchte Papa von den beiden Sonnenscheinchen abzulenken, und ich nahm den Themenwechsel dankbar an. Bea hatte sich so auf heute Abend gefreut, ich wollte es ihr nicht verderben, indem ich den beiden ordentlich Kontra gab. Also erzählte ich von meinem Tag und versuchte, Hanni und Nanni, so gut es ging, auszublenden.

»Und, gab es irgendwelche interessanten Neuzugänge in eurer Klasse?«, fragte Mats.

Ich sah meinen Bruder mit hochgezogenen Augenbrauen an. »Interessant für *dich* oder für *mich*?«

Er grinste. »Na ja, wenn du sooo fragst …«

»Weder noch. Keine neuen Mädels, keine Jungs. Nur die

altbekannten Gesichter. Was echt schade ist, denn ich hatte wirklich gehofft, dass mal jemand dabei ist, der mich umhaut. Das jedenfalls ist mein einer Vorsatz für dieses Jahr!«

Plötzlich war es still am Tisch.

Hoppla.

War mir das jetzt wirklich rausgerutscht? Egal. Immerhin würden wir von jetzt an eine Familie sein.

»Wie meinst du denn das?«, fragte Papa leicht alarmiert.

»So, wie ich es gesagt habe«, sagte ich so würdevoll wie möglich.

»Ah – so, so«, murmelte Papa, der plötzlich ziemlich hektisch ein Stück von seinem Knödel abschnitt und in den Mund steckte.

»Und was ist der zweite?«, fragte Arthur.

»Wie bitte?«, fragte ich überrascht.

»Was ist dein zweiter Vorsatz?«

Ich sah ihn eine Weile an, verblüfft, dass seine Frage ausnahmsweise nicht spöttisch klang. Trotzdem hatte ich gerade in diesem Augenblick keine Lust, jetzt auch noch das Glücksbringerthema anzuschneiden.

»Ach, nicht so wichtig«, murmelte ich.

Mats schob sich noch einen Löffel Reis mit Hühnchen in den Mund. Seine Augen funkelten, und ich wusste, er war noch längst nicht so weit, mich von der Leine zu lassen. »Hast du denn für deinen ersten Vorsatz schon jemanden im Auge?«, fragte er prompt.

Ich nahm noch etwas von den Betelblätterröllchen. »Leider nein«, gab ich zu und wünschte mir nun doch, das Thema nie angesprochen zu haben. Aber aus der Nummer kam ich jetzt so schnell nicht wieder raus – nicht bei meinem Bruder Mats. Ich beschloss, die Flucht nach vorn anzutreten.

»Es heißt doch, man strahlt aus, was man sich wünscht, und beeinflusst damit seine Umwelt so, dass es dann in Erfüllung geht?«, fragte ich in die Runde. »Also, wenn das stimmt, dann strahle ich ab sofort Liebe aus. Wie ein Heizstrahler oder ein Weihnachtsbaum! Dann wird schon jemand zurückstrahlen.«

»Aber *definitiv* wird jemand zurückstrahlen!«, rief Bea. Sie warf Papa einen verklärten Blick zu. »Welcher Junge würde sich nicht in dich verlieben, wenn er dich kennenlernt?«

»Eine Menge«, murmelte ich und wirbelte zu meinem Nebenmann herum. Hatte er etwa gerade haargenau das Gleiche gesagt?

Was für eine Frechheit!

»Mein lieber Vincent«, begann ich zuckersüß, »mir ist durchaus bewusst, dass mir nicht alle Jungs zu Füßen liegen. Die schauen nämlich immer zuerst meine Freundin Kim an, weil die so tolle Mandelaugen hat. Wenn sie danach mich und meine Zahnlücke sehen, werde ich sofort in die Guter-Kumpel-Schublade gesteckt. Was okay ist, ich bin gerne Kumpel. Aber so manchmal …« Ich schaute aus dem Fenster, wo die Sonne hinter den Häuserdächern gegenüber untergegangen war. *Manchmal wünsche ich mir, dass ich die Eine für jemanden bin. Die, ohne die er nicht mehr sein kann.*

Ich sprach es natürlich nicht laut aus. Aber ich fühlte es umso mehr. Ich wollte keinen harmlosen Pausenhofflirt, sondern etwas, das echt war. Das dauerte. Das mich bis in die Haarspitzen ausfüllte und mir das Gefühl gab, alles richtig gemacht zu haben. Im Gegensatz zu Mats, der mit allen flirtete und der Meinung war, dass er seine große Liebe sowieso nicht mit unter dreißig kennenlernen würde, glaubte ich, dass man sie durchaus früher treffen konnte. Ich wollte *die* große Liebe. Idealerweise auf den ersten Blick, aber zur Not würde es auch der zweite oder dritte tun.

Ich sah hoch und bemerkte, dass alle Augenpaare auf mir ruhten.

»Themawechsel«, sagte ich knapp und stand auf. »Ich hol uns ein paar Servietten.«

»Schau mal in der Guten-Kumpel-Schublade nach«, hörte ich einen der Zwillinge hinter meinem Rücken sagen, und da hatte ich einen kleinen Aussetzer.

Ich bin ein wirklich geduldiger Mensch. Ehrlich. Aber mein Körper reagierte, ehe mein Hirn sich dazwischenschalten konnte.

Ich grapschte zwei der Kastanien, die Bea heute Nachmittag aufgesammelt und auf dem Küchentresen liegengelassen hatte, und warf sie auf die Jungs.

Mit jeder Hand eine.

Mitsamt der stacheligen Schale.

Und sie trafen beide ihr Ziel recht gut.

»Hey!«

»Autsch!«

Ich zuckte mit den Schultern und lächelte zuckersüß. »Hoppla, die sind mir aus der Hand gerutscht, *Kumpels*.« Dann setzte ich mich, lud meinen Teller wieder voll und hob den Kopf. »Mag noch jemand einen Marillenknödel?«

7

Der Abend war nach meinem Kastanienweitwurf doch noch ganz nett geworden. Die Zwillinge hatten ein bisschen von ihrem Eishockeytraining erzählt, und ich hatte mit Genugtuung bemerkt, dass sie mich plötzlich mit mehr Respekt ansahen. Vermutlich, weil ich aus dem Handgelenk ziemlich perfekt getroffen hatte. Mit Sporteinlagen konnte man Jungs eben immer beeindrucken.

Ich versuchte jedenfalls, weiterhin das Beste im Menschen zu sehen und die Ablehnung der Zwillinge (beziehungsweise ihr kindisches Benehmen) auf Schlafmangel, Zeitumstellung, Pubertät und das Jungssein im Allgemeinen zu schieben.

Kam Zeit, kam sicher eine bessere Einstellung mir gegenüber.

Der Meinung war auch Kim, mit der ich am darauffolgenden Tag in Thereses Bistro an unserem Stammplatz am Fenster saß und auf ihren Freund wartete. Besser gesagt: Sie wartete auf ihren Freund Moritz und ich auf Senta, die ebenfalls vorbeikommen wollte.

Thereses Bistro ist klein und schmal, aber mit der rotweiß gestreiften Markise und den Kürbissen links und rechts vom

Eingang mit den großen Sprossenfenstern, durch die gedämpftes Licht fällt, macht es den Eindruck, als könne es gut in London stehen oder New York. Vielleicht liegt das auch an den rohen Backsteinwänden innen und der endlos hohen Decke. Therese bietet ausschließlich österreichische Spezialitäten an wie Kürbiskernöl, Kaffee und Pralinen, und mittags gibt es immer ein Lunchspecial, nachmittags selbstgebackenen Kuchen.

Hier riecht es immer süß und würzig zugleich und ein bisschen nach frischem Brot. Seit ich Thereses Laden kannte, ist dieser Geruch für mich ein Zeichen von Gastfreundschaft und Geborgenheit, und meine Freundinnen teilen meine Meinung, so dass wir uns oft hier treffen.

Und heute eben zu viert. Ich hatte Senta meine Physikformelsammlung geliehen, die sie mir zurückbringen wollte, und ich hatte es extra so eingefädelt, dass sie ebenfalls hierherkam. Denn so sehr ich meine beste Freundin liebe – in Gegenwart ihres Freundes war sie einfach nicht hundertprozentig sie selbst, und außerdem schmuste sie dann dauernd mit ihm herum. Und ich hatte keine Lust darauf, als fünftes Rad am Wagen dabeizusitzen.

Nachdem Kim und ich den vorherigen Abend in allen Einzelheiten haben Revue passieren lassen und ich ihr das Versprechen abgenommen hatte, dass die Unstimmigkeiten zwischen den Zwillingen und mir unter uns bleiben sollten – ich wollte nicht, dass das in der Schule die Runde machte, schon um Beas willen nicht –, kam Senta durch die Eingangstür, dicht gefolgt von Moritz.

»Na endlich«, sagte Kim und erhob sich sofort von ihrem Platz, als die beiden zu unserem Tisch kamen.

Moritz war in der Zehnten, genau wie Mats und die Zwillinge, aber soweit ich wusste, waren sie nicht weiter befreundet. Er war groß, mittelblond, hatte unheimlich blaue Augen und ein Lächeln, das laut Kim ihr jedes Mal eine Gänsehaut bescherte – im positiven Sinne. Ich konnte ihre Reaktion nicht ganz nachvollziehen, aber das war ja auch völlig in Ordnung. Schließlich musste er ihr gefallen und nicht mir, und solange er freundlich war und sie gut behandelte, hatte ich nicht vor, mich einzumischen.

»Hey, Ladies, alles klar? Cooles Outfit, Lina!«, sagte er, ehe er Kim auf die Wange küsste und ihr etwas ins Ohr flüsterte. Ich sah an mir herunter. Jeans und dünner Wollpulli, das war jetzt mal echt nichts Besonderes, aber ich sagte artig: »Danke.« Ich glaube, er wollte einfach nett sein, denn er sagte immer so was zu mir.

Ich drückte Senta zur Begrüßung kurz an mich und schob sie auf den Stuhl direkt neben mir. Denn wie erwartet fingen Kim und Moritz ziemlich schnell an, sich nebeneinander auf die Bank zu kuscheln, Händchen zu halten und sich gegenseitig mit kleinen Häppchen von dem Stück Nusszopf zu füttern, den Kim zuvor noch bestellt hatte.

Ich wechselte kurz einen Blick mit Senta, und wir mussten uns das Lachen verkneifen. Wir beide kannten Kim als absolut resolutes, unabhängiges und selbstbewusstes Mädchen. Das alles war sie natürlich auch jetzt noch, nur wenn Moritz dabei war, hatte man den Eindruck, als ob jemand einen Weichzeichnungsfilter über sie gelegt hätte. Wie über Doris Day damals bei ihren Filmen. Alle scharfen Ecken und Kanten waren verschwunden, denn sie war plötzlich um einiges geduldiger und freundlicher mit ihrer Umwelt.

»Danke für die Formelsammlung«, sagte Senta, nachdem wir bei Thereses Bedienung Nina noch einen Tee bestellt hatten, und legte mir das Buch hin. Meine Patin selbst war gerade nicht im Bistro. »Ich hab mir heute eine neue bestellt. Keine Ahnung, wer sich meine gemopst hat«, sagte Senta und schob sich ihre haselnussbraunen Haare hinters Ohr.

»Wenigstens verstehst du ein bisschen was von Physik. Wenn ich Simon nicht hätte, der mir ab und zu was erklärt, wäre ich aufgeschmissen.«

Simon ist ein Freund von mir, Klassenbester in Mathe und Physik, mein sporadischer, privater Nachhilfelehrer – und unsterblich verliebt in Kim. Ich hatte ihr auch aus diesem Grund verboten, sich von ihm helfen zu lassen, denn der arme Kerl macht sich schon bei jedem »Guten Morgen« von ihr falsche Hoffnungen. Und Kim konnte manchmal ein wenig sperrig sein, wenn es um Feingefühl anderen Mitmenschen gegenüber ging – außer bei Moritz. Bei dem kriegte sie irgendwie immer die Kurve und war sehr viel netter und nachsichtiger als sonst. Aber vielleicht ist das einfach so, wenn man einen Freund hat, ich kenne mich da schließlich nicht aus.

Senta und ich saßen bei unserem Tee, und als Moritz und Kim anfingen, sich zu küssen, verdrehten wir beide gleichzeitig die Augen und mussten dann wirklich lachen.

»Jetzt hast du dir neulich mein Gejammer beim Mittagessen

anhören müssen«, fing ich an und rührte einen Löffel Zucker in mein Glas, »aber ich weiß gar nicht, was bei dir so los ist. Hast du einen Freund?«

Senta schüttelte den Kopf. »Nein, hab ich nicht. Und ich bin ganz zufrieden so. Das heißt natürlich nicht, dass ich nicht offen bin für das, was kommt, aber – nein.« Sie schleckte ihren Löffel ab. »Kein Freund in Sicht.«

»Und bist du in jemanden verknallt?«, flüsterte ich ihr zu, aber ich brauchte keine Angst zu haben, dass Kim oder Moritz uns hören konnten. Die waren beschäftigt.

»Nein, auch da: Fehlanzeige. Mir geht es ähnlich wie dir. Bisher war nicht der Richtige dabei, aber ich habe mich auch noch nicht aktiv auf die Suche begeben. Ich bin der Meinung, dass er schon irgendwann kommen wird. Und so lange warte ich und trinke Tee.« Sie zwinkerte mir zu und nahm noch einen Schluck.

Während ich darüber nachdachte, ob Sentas Strategie vielleicht doch besser wäre als meine, klingelte das Glöckchen über der Eingangstür, und Therese kam zurück.

Ihre Bedienung Nina begrüßte sie fröhlich, und Ernst, Thereses Koch, warf ihr aus der kleinen offenen Küche eine Kusshand zu. Wunderte mich nicht, denn Therese mag einfach jeder – und ihre Mitarbeiter lieben sie.

Sogar Moritz und Kim lösten sich bei ihrem Anblick voneinander und lächelten meine Patin an.

»Setz dich doch zu uns«, bot Kim ihr an, aber Therese schüttelte lachend den Kopf.

»Tut mir leid, ich bin in Eile. Aber macht es euch schön und bestellt euch noch was Gutes, zum Schuljahresbeginn lade ich euch ein.«

Sie ging nach hinten zu Nina an die Theke.

»Deine Patin ist echt ein Schatz«, sagte Senta bewundernd, und als wir gehen wollten, bedankten sich alle artig bei ihr.

Ich umarmte Therese zum Abschied. »Danke.«

»Gern geschehen, Schatz. Habt einen schönen Nachmittag. Und denk daran«, raunte sie mir ins Ohr, »geh mal wieder zu deinem Postfach und nimm die ersten fünf Wünsche. Denk nicht so viel nach, sondern versuch es einfach, ja?«

»Okay«, sagte ich und drückte sie für einen kurzen Moment, so fest ich konnte, ehe wir uns voneinander lösten.

»Bis bald! Und sag Bea, ich hab ihr den Holunderblütenessig beim Großhändler mitbestellt!«

»Mach ich«, antwortete ich und folgte den anderen nach draußen.

Natürlich hatte ich über das nachgedacht, was Therese und ich in Sachen Glück beim Einkaufen besprochen hatten. Aber dass sie auch an diesem Tag davon anfing und mich extra noch mal ermunterte, gab mir den entscheidenden Rückenwind.

Denn wenn sogar sie glaubte, dass an der Sache etwas dran sein konnte, lohnte es sich vielleicht wirklich, das eigentlich Unmögliche doch noch einmal zu versuchen.

Am nächsten Tag machte ich mich nach dem Unterricht direkt auf den Weg zum Postamt an der Fürstenstraße. Hier befand sich das Schließfach, das ursprünglich Ururgroßmutter Gloria gehört hatte. Seit Mama in den USA war, blieb die Arbeit zwar an mir hängen, aber ich hatte sie schon immer geliebt. Das ganze Jahr über sammelten wir hübsche Postkarten, Stempel und Stifte, mit denen wir dann inkognito als Engelein den Kindern kleine Antwortkarten schicken konnten. Und jedes Jahr schrieben uns Eltern zurück, dass unsere Nachrichten genauso große Freude beschert hatten wie nachher an Weihnachten die echten Geschenke.

Traditionell fingen wir rund um den Schulbeginn damit an, das Postfach regelmäßig zu leeren, das war dann meistens so Anfang September. Und wegen Thereses Vorschlag hatte ich an diesem Tag das erste Mal richtig Bauchkribbeln, als ich die ausgetretenen Sandsteinstufen zu dem altehrwürdigen Postgebäude hinaufging und durch die schwere Holztür den Vorraum betrat.

Das alte Postamt ist eine der Attraktionen in unserer Stadt. Es steht in jedem Reiseführer und ist denkmalgeschützt. Und auch wenn ich schon so oft hier gewesen bin, erfüllt es mich jedes Mal mit Ehrfurcht. Die Decke der Halle liegt so weit oben, dass man die hohen Bögen in dem schummrigen Licht gar nicht richtig erkennen kann. Mama hatte mir früher erzählt, dass Oma dort oben schon mal ein Engelchen gesehen hätte. Ich habe nie an dieser Aussage gezweifelt, und seitdem schaue ich jedes Mal, wenn ich hier bin, automatisch nach oben und suche die vielen Steinsimse mit den Augen ab. Aber außer ein paar verirrten Tauben habe ich leider noch nie etwas entdecken können.

Die eigentliche Schalterhalle des Postamts erreicht man durch eine moderne Glasschiebetür, die direkt gegenüber dem Eingang liegt. Aber zur Linken erstreckt sich das Foyer fast über die gesamte Hausbreite, und hier befinden sich die alten Schließfächer: hunderte kleiner Kästchen, die in die dicke Steinmauer eingelassen sind. Das *Himmelstor*-Fach liegt am anderen Ende des Raumes. Das Siebte von links, das Dritte von unten. Zu zählen brauchte ich die Reihen schon lange nicht mehr, denn ich fand das Fach im Schlaf. Durch die regelmäßige Benutzung sah es außerdem aus wie neu. Das Messing der kleinen Griffe glänzte, und sogar die winzigen Blumenrankenintarsien auf den Türen waren gut zu erkennen.

Die Fächer sind außerdem so alt, dass man nicht mal einen Schlüssel braucht, um sie zu öffnen. Von außen sieht jedes für sich nämlich aus wie ein kleiner Tresor: eine Klappe, etwa so groß wie ein normales DIN-A4-Blatt, mit einem aufgesetzten Schild mit Namen und Postfachnummer. Darunter ist das Rädchen – die Verriegelung erfolgt wie bei diesen alten Safes durch eine Zahlenkombination.

Als Kind hatte ich oft so getan, als sei ich ein total geheimer Geheimagent, der in seinem Schließfach die nächste Anweisung finden würde. *Mission Lina Impossible*. Und sogar heute fing mein Herz an, ein bisschen schneller zu klopfen, als ich die Zahlen nacheinander einrasten ließ.

5-11-27-13.

Und – *klick*.

Ohne ein Geräusch schwang das Türchen auf.

Während ich hierhergelaufen war, hatte ich noch überlegt,

ob ich wirklich die obersten fünf Briefe nehmen sollte oder fünf willkürliche aus dem Stapel, den ich erwartete.

Aber die Frage beantwortete sich von selbst, als ich in das Dunkel des Fachs sah und nur eine einzige Postkarte darin fand.

Sie war ziemlich unscheinbar, und außer der Adresse des Postfachs hatte jemand in Druckbuchstaben darauf geschrieben:

Ich wünsche mir, dass ich ab Samstag perfekt beatboxen kann.

Als Absender stand da nur: *Bastian Henn*. Ansonsten keine Adresse.

Samstag? Nicht erst zu Weihnachten? Bastian schien es ja ganz schön eilig zu haben, dachte ich, als ich die Karte in die Tasche schob. Und außerdem – beatboxen? Das war schon sehr speziell. Aber vielleicht war sein größtes Idol ja Justin Timberlake und er selbst womöglich eher unmusikalisch.

Und was konnte nur genau am Samstag so wichtig sein, dass es so eilte? Fragen über Fragen häuften sich in meinem Kopf, als ich nach Hause kam, und eine gespannte Aufregung machte sich in mir breit.

Ich hatte eine Aufgabe. Ich wusste zwar noch nicht genau, wie ich sie erfüllen würde, aber ich wollte auf jeden Fall alles geben.

Bastian, ich komme!

Zu Hause zwang ich mich, mich erst um meine Hausaufgaben zu kümmern, ehe ich weiter über Bastian nachdenken durfte.

Wenigstens waren meine Hefte noch blütenweiß und neu, nicht wie am Schuljahresende, wenn schon zu viele schlechte Erinnerungen an den Unterricht im Heft stecken und ihre negative Energie verbreiten. Aber trotzdem nervten mich Englisch und Geschichte (ich sag nur *Novemberrevolution*), während ich mit Mathe überraschend gut klarkam. Ich brauchte knapp eine Stunde und hatte deswegen noch Zeit, ehe ich am frühen Abend zu meinem Salsa-Schnupperkurs aufbrechen musste. (Kim hatte mich dazu überredet, sie liebte das Tanzen fast noch mehr als ich.) Und natürlich passte das prima in meinen neuen Vorsatzplan – denn wer wusste schon, wen ich bei diesem Kurs alles traf. Ich meine, Salsa ist doch geradezu perfekt, um sich auf den ersten Blick zu verlieben, oder?

Ich schob die Schulsachen an den Rand meines Schreibtischs und holte die Karte aus meiner Tasche.

Bastian Henn. Ohne Adresse. Die Briefmarke war sogar in unserer Stadt abgestempelt worden, gestern. Die Wahrscheinlichkeit war also hoch, dass Bastian hier wohnte. Doch die Druckbuchstaben sahen jetzt nicht unbedingt nach einem Kind aus. Vielleicht ein Jugendlicher? Aber wer über, sagen wir, zehn Jahren glaubte noch an das Christkind, geschweige denn an die Existenz eines himmlischen Weihnachtspostfachs?

Mein Blick schweifte zu meinem Laptop, der neben dem Bett auf dem Fußboden lag.

Und eine Minute später saß ich im Schneidersitz auf dem Bett, hatte, den Computer auf dem Schoß, den Namen eingetippt und kaute während des Suchvorgangs auf den Fingernägeln. Normalerweise fand ich es ziemlich doof, anderen Leuten im Internet hinterherzuschnüffeln, und schimpfte mit Kim jedes Mal, wenn sie das tat, aber heute hatte meine Neugier gesiegt. Den Jungen, der solche Wunschkarten schrieb, musste ich finden.

Es gab einige Leute mit dem Namen *Bastian Henn*, allerdings niemanden, der aussah, als ob er jünger war als dreißig. Und nur ein Einziger von ihnen wohnte in unserer Stadt, und der war Mitte vierzig, wenn sein Steckbrief auf dieser Jobplattform stimmte. Er war leitender Angestellter bei einer Versicherungsgesellschaft, seine Hobbys waren Reisen und Musik. Sein Gesichtsausdruck auf dem Bild sah so aus, als ob eine Hand auf einer heißen Herdplatte lag, während der Fotograf auf den Auslöser drückte. Der arme Kerl. Vielleicht arbeitete er ja in der Abteilung für Brandschutzversicherungen.

Tja, Musik, das war allerdings ein weitverbreitetes Hobby und konnte so ziemlich alles bedeuten … ob das Beatboxen beinhaltete, konnte ich beim besten Willen nicht herauslesen.

Das Klingeln unseres Telefons unterbrach meine Recherche. Ich tapste rüber in die Küche, wo das Mobilteil lag, und nahm den Anruf an.

Es war Noah, Mats' bester Freund. Einer der wenigen Jungs, die ich kannte, die gerne telefonierten.

»Hey, Lina, geht's dir gut? Hat Mats gerade Mädelsbesuch? Er geht nicht an sein Handy.«

»Nicht dass ich wüsste, aber das heißt ja nix. Warte, ich schau mal eben. Mats?« Ich hämmerte an seine Zimmertür, aber erfolglos. Sicherheitshalber guckte ich hinein, aber er war nicht da.

»Ich mach mich mal auf die Suche. Hast du kurz Zeit?«, fragte ich Noah und lief durch unsere Wohnung.

»Klar. Wie war dein Schulanfang?«, fragte er, und ich musste lächeln. Noah wusste fast so gut wie mein Bruder, wie sehr ich diese Jahreszeit mochte. »Irgendwelche neuen Vorsätze?«

»Und ob! Mats? Nee, auf dem Klo ist er auch nicht. Ich suche mal weiter. Also, Vorsätze. Ja, die gibt's. Die Liebe. Ganz großes Thema. Sag mal, kennst du nicht jemanden, der was für mich wäre?« Im Wohnzimmer war mein Bruder auch nicht.

Ich hörte Noah am anderen Ende der Leitung keuchen. »*Der was für dich wäre?* Ein *Junge?*«

Ich rollte mit den Augen, als ich zurück in den Flur ging und durch den frisch verputzten Mauerdurchbruch schlüpfte. »Ja, ein Junge. Was glaubst du denn? Ein Außerirdischer?«

»Also, ehrlich, ich werde dich ganz sicher nicht verkuppeln. Du bist so was wie meine Schwester! Und abgesehen davon würde Mats mich umbringen. Nein, das lass ich mal schön sein. Du bist doch auch eigentlich noch viel zu jung dafür, oder?«

»Ich bin *fünfzehn*«, gab ich zurück. Hier vorne war von meinem Bruder auch keine Spur zu sehen, aber ich hörte hinten in der Küche Stimmen. »Du warst gerade mal vierzehn, als du deine erste Freundin hattest!«

»Bei mir ist das was anderes.«

»Wieso denn, bitte? Das ist also wirklich so was von … ach, vergiss es. Ich bin ganz sicher, dass ich bald jemanden finde. Jemand ganz besonderen. Vielleicht bei euch in der Fußballmannschaft?«

»Keine Chance, Lina. Mein Leben ist mir lieb, und keiner

der Jungs, die ich kenne, ist auch nur annähernd gut genug für dich.«

Ich musste grinsen. »Och, das hast du jetzt aber süß gesagt. Auch wenn ich inhaltlich nicht ganz einverstanden bin. Aber na ja, dann muss ich es eben alleine schaffen. Ah, ich habe Mats übrigens gefunden«, sagte ich, als ich Beas Küche betrat. »Der sitzt hier bei Vincent und Arthur und lässt seiner armen Schwester nix von den Zimtschnecken übrig.«

»Ich find's echt super, dass wir jetzt alle in einer Klasse sind!«, sagte Noah. »Die Zwillinge sind echt cool.«

»Ja, total cool«, erwiderte ich. »Ein Paradebeispiel an Fröhlichkeit und Verbindlichkeit, die beiden. Ich geb dir jetzt mal Mats. Ciao, Noah!«

Mats grinste, als er den Hörer von mir annahm, und die Zwillinge schauten mich abwartend an. Keiner von beiden sagte ein Wort. Wenigstens hatten sie heute mal nicht das Gleiche an. Einer trug einen schwarzen Kapuzenpulli, der andere einen grauen Strickpullover. Aber natürlich wusste ich trotzdem nicht, wer wer war.

»Und, wie war euer Tag? Mats hat erzählt, dass er schon so viele Hausaufgaben aufhat, dass er kaum fertig wird.«

Wieder einmal war *ich* es, die das Gespräch suchte.

Und wieder einmal bekam ich nur eine blöde Antwort.

»So schlimm ist es auch nicht«, sagte der eine Zwilling und fing an, auf seinem Handy zu tippen. Der andere schaute mich weiterhin finster an.

»Habt ihr immer noch Jetlag?«, fragte ich. »Ihr seht echt noch ein bisschen müde aus. Wie lange dauert so was denn?«

Der sonst schweigende Haarvorhang sagte: »Was interessiert dich das?«

Okay, das reichte.

»Wenn ihr euch meinen Abdeckstift für die Augenringe ausleihen wollt, gerne. Sagt einfach Bescheid«, sagte ich zuckersüß, nahm mir die letzte Schnecke aus der Tüte und biss herausfordernd hinein.

Wieso eigentlich hatte ich von Anfang an das Gefühl gehabt, dass *ich* darauf hoffen sollte, von denen gemocht zu werden?

Ich würde einfach den Spieß umdrehen! Sollten *die* mir doch beweisen, dass sie nett waren. Ich würde ihnen sicher nicht mehr hinterherlaufen oder freundlich sein. Zwei Tage waren Limit, selbst für mich.

Ich aß mein Gebäckteilchen auf, winkte Mats kurz zu, der immer noch telefonierte, und ging hoheitsvoll und ohne die Zwillinge eines weiteren Blickes zu würdigen zurück in unsere Wohnung.

Die konnten mir langsam mal den Buckel runterrutschen.

Im Salsa-Schnupperkurs lernte ich zwar keinen Traummann kennen, aber dafür tanzte ich mir den Frust über die miesepetrigen Stiefzwillinge von der Seele. Tanzen hilft einfach gegen alles, finde ich. Und ein bisschen lästern mit der besten Freundin über unsere Sonnenscheinchen tat sein Übriges.

Am Abend mied ich tunlichst den neuen Durchgang und

hielt mich ausschließlich bei uns auf. Mats hatte sich in seinem Zimmer verschanzt, entweder weil ihn der schulanfängliche Ehrgeiz gepackt hatte – oder, das war wahrscheinlicher, weil er mit einer seiner unzähligen Verehrerinnen chattete.

Papa war im Wohnzimmer und kümmerte sich um den Papierkram – er hasste das, deswegen stapelten sich wochenlang alle möglichen Briefe und Rechnungen, bis eine Reaktion darauf dringend wurde und er stöhnend bis spät in die Nacht am Tisch saß und alles erledigte.

Ich dagegen kümmerte mich weiter um die Wunschkarte. Ich vertiefte meine Internetrecherche über Bastian und fand dabei einen Eintrag, bei dem ein gewisser *Bastian H.* sich in einer Kneipe für einen Talentwettbewerb angemeldet hatte. Zumindest stand das in winzigen Buchstaben auf dem Flyer, den man auf der Website öffnen konnte. Aber außer dass es verschiedene Kategorien wie Gesang, Gitarre, Klavier, Percussion und so weiter gab, konnte ich nicht mehr herausfinden, als dass es dort um sechs Uhr losging.

Am Samstagabend.

Nachdenklich strich ich mit den Fingern über die gerade, erwachsene Schrift auf der Postkarte, und ganz tief in meinem Bauch begann es zu kribbeln.

Eine Vorahnung vielleicht? Oder doch nur Hunger, weil Mats mir nur noch ein Stück Pizza übriggelassen hatte?

Aber da war etwas anderes: Vor meinem inneren Auge erschien plötzlich das Bild meiner besten Freundin Kim, die so felsenfest davon überzeugt war, dass ich es konnte. Dass ich Glück brachte.

Meine Vernunft sagte *Nein*, aber ich hatte mich von Therese nur zu gerne noch ein letztes Mal ermutigen lassen. Mir war klar, dass ich das Kapitel vermutlich recht bald abschließen musste, wenn die nächsten fünf Versuche nicht klappen würden.

Doch trotzdem – was konnte es schaden, die Sache ordentlich zu Ende zu bringen? Ich würde alles versuchen, den Wunsch zu erfüllen. Wirklich alles.

Samstagabend würde ich in diese Bar gehen und Bastian Henn suchen. Und dann – bestenfalls (und wenn er es überhaupt war) – seinem Glück ein bisschen auf die Sprünge helfen. Und wenn es nicht klappte, würde ich darüber lachen, meine Utensilien in einen Karton stecken und ganz weit hinten in meinem Schrank vergraben.

Zusammen mit dem letzten Zauber meiner Kindheit.

Linas Wunscherfüllungsutensilien

– Das schulterfreie, gepunktete Glücksoberteil
(Das hatte ich damals an, als Kim das erste Mal ihrem jetzigen Freund Moritz begegnet ist. Sie hatte ihn beim Schulfest am Getränkestand stehen sehen, und ich musste mir für sie wünschen, dass er auf sie aufmerksam wird. Hab ich gemacht, und kurz darauf hat er sie in der Schlange vorgelassen, wo sie dann auch gleich ins Gespräch gekommen sind. Kim will heute noch nicht von mir hören, dass sie ihn allein durch ihr zauberhaftes Wesen beeindruckt hat, sondern sie glaubt, dass ausschließlich meine Gabe dafür gesorgt hat, dass Moritz sich in sie verliebte. Und dass sie dann bei dieser Party am See zusammengekommen sind.)

– Ein kleiner Becher Erdbeerquark bzw. dessen Deckel
(Der hatte leider auch mit Moritz zu tun. Ich hatte den Quark aus Verzweiflung kurz vor der Party am See gegessen, weil wir sonst nichts mehr zu Hause hatten, obwohl ich Erdbeerquark normalerweise hasse. Kim hatte mir die ganze Zeit wegen Moritz in den Ohren gelegen, und ich hatte leider, leider den Deckel abgeschleckt, als ich noch mal in ihrem Sinne den Wunsch formuliert habe. Gerade frage ich mich, wer abergläubischer ist. Kim oder ich?)

– Eine Parmesanreibe

(Die hatte ich damals dabei, als Mats sich mit zwölf diese supertollen neuen Fußballschuhe wünschte. Die Reibe hatte ich in meinem Rucksack, weil Mamas Tasche schon so voll war – wir waren in der Stadt unterwegs und hatten sie gerade neu gekauft. Mats hat tatsächlich die Schuhe bekommen, ich hab's mir für ihn gewünscht, weil er Mama und mich mit seinem Gejammer so genervt hat. Heute glaube ich eher, dass Mama ihm die Dinger so oder so gekauft hätte, damit endlich Ruhe ist, aber andererseits … ach, ich glaube einfach an meine Käsereibe!)

– Der Spielzeughubschrauber von unserem damaligen Nachbarskind Linus

(Den hat er mir immer heimlich in den Rucksack gesteckt, woraufhin ich das Teil natürlich dauernd irgendwohin mitgeschleppt habe. Kim hatte mal eine Pferdephase und hat mir so lange in den Ohren gelegen, bis ich es versucht habe. Und prompt – noch am gleichen Tag – durfte sie die erste Probestunde beim Reitverein vereinbaren, ihre Mutter hatte endlich nachgegeben!)

– Ein Kompass

(Den hatte ich damals zufällig dabei, als ich durch meine Wünscherei verhindert habe, dass Kim ihre Verwandtschaft besuchen musste. Wir waren beide zwölf und wollten bei uns eine Pyjamaparty machen und dabei nonstop Tanzfilme ansehen. Und kurz vorher hatte ich für Papa den Kompass im Outdoorladen abgeholt, mein Geburtstagsgeschenk für ihn. Ich glaube, seitdem habe ich das Teil mehr herumgeschleppt als er.)

– Pferdeschwanz drehen

(Und wieder Moritz. Das Pferdeschwanzdrehen habe ich dauernd am See gemacht, kurz bevor die beiden zusammengekommen sind. Im Gegensatz zu Kim hatte ich mich zwischendurch nämlich nicht so gut amüsiert auf der Party, weil ich eine Weile neben Alexa saß, die mir haarklein von ihrem eitrigen Backenzahn erzählte.)

– Fünf Mal schlucken

(Das habe ich gemacht, als Mama ihre teure Armbanduhr verlegt hatte, da war ich vielleicht acht. Aus Mitgefühl habe ich sofort alle Glückshebel in Bewegung gesetzt, was Mama dazu gebracht hat, unter dem Badezimmerschrank nachzusehen. Bingo! Außerdem hilft das schnelle Schlucken auch immer bei Schluckauf.)

– An zehn glatzköpfige Franzosen denken

(Auch hier war Mamas Uhr im Spiel, und gerade frage ich mich, ob ich damals nicht doch das Glückbringen mit der Schluckaufbekämpfung verwechselt hatte. Blöd, dass mein Aberglaube so groß ist. Hätte ich bei Mamas Uhr nicht an Chris Hemsworth denken können???)

– Singen & Tanzen:

»Eins, zwei, drei, im Sauseschritt tanzen alle Kinder mit, die Lina ist jetzt an der Reihe und tanzt für uns, macht mit! Zweimal springen, rundrum drehen, viermal klatschen, stampfen, stehen!«
(Das habe ich gemacht, als ich mir einmal etwas für mich gewünscht habe. Mit sechs. Ist zwar in Erfüllung gegangen, mir aber inzwischen so peinlich, dass ich es hier nicht weiter ausführe. Nein, Kim, und du auch nicht. Keine schriftlichen Beweise, bitte!!!)

8

Die nächste Woche verging ohne besondere Vorkommnisse. Mats hatte sich pünktlich zu Schuljahresbeginn zwei neue Verehrerinnen eingefangen, die abwechselnd bei uns zu Hause anriefen, Papa kämpfte immer noch mit den Steuerunterlagen, Bea bereitete ihren nächsten Kochkurs am kommenden Wochenende vor, und die Zwillinge waren entweder beim Leichtathletik, Eishockey oder in ihren Zimmern. Was – so ganz unter uns – das Zusammenleben in unserer neuen Patchworkfamilie um einiges erleichterte.

Ich hatte Kim gleich am Tag nach meiner Postfachleerung von Bastian Henn und seiner Karte erzählt – und natürlich auch von Thereses Vorschlag am Tag zuvor. Seitdem beteuerte sie mir stündlich, dass sie mich hundertprozentig bei meinen Plänen unterstützte – jammerte mir allerdings genauso oft die Ohren voll, dass sie mich am Samstag nicht würde begleiten können, obwohl sie vor Neugier umkam. Aber sie musste mit ihrer Familie Essen gehen, denn die Schwester ihrer Mutter war aus Singapur zu Besuch, und da wurde ein striktes Programm durchgezogen, dem jedes Familienmitglied Folge zu leisten hatte.

Ehrlich gesagt, war ich aber gar nicht so enttäuscht, dass ich alleine gehen musste. Mein Unternehmen *Glücksbringer* war heikel, und die Erfolgsquote rechnete ich mir optimistisch mit zwanzig Prozent aus. Denn ich wusste ja überhaupt nicht, was ich da tat und warum es ein paar Mal funktioniert hatte, dass ein Wunsch in Erfüllung gegangen war, und ganz viele andere Male nicht. Deswegen wollte ich lieber keine Zuschauer dabeihaben, aber ich versprach meiner besten Freundin, ihr hinterher alles haarklein zu erzählen, Ehrensache.

Glücklicherweise stellte Papa auch keine komischen Fragen, als ich Samstagnachmittag verkündete, dass ich noch mal losmüsste, um etwas einzukaufen. Sicherheitshalber holte ich mir gleich die Erlaubnis, bis neun wegbleiben zu dürfen. Nicht dass es am Ende an mangelnder Zeit lag, dass mein Vorhaben zum Scheitern verurteilt war.

Nur Mats fragte blöd: »Na, musst du dir mal wieder Simons Gejammer wegen Kim anhören? Heute in der Mittagspause hat er so geschmachtet, dass es wirklich *alle* im *Galactica* gemerkt haben.« Aber diesmal nahm ich mir die Twins zum Vorbild und antwortete einfach nicht. Er musste schließlich nicht alles wissen, was seine kleine Schwester so trieb. So würde ich ihn jetzt erst mal glauben lassen, dass ich mit Simon unterwegs war, auch wenn das vielleicht nicht die feine Art war. Aber ich brauchte einen klaren Kopf für mein Vorhaben und ganz bestimmt niemanden, der mir in irgendeiner Weise dazwischenfunkte.

Mit meinen Vorbereitungen startete ich schon am Nachmittag. Ich brauchte meine Utensilien – die Sachen, die auf Kims und meiner Liste standen. Fast alles war in unserer Wohnung, nur die Parmesanreibe war drüben bei Bea. Papa hatte sie ihr neulich gegeben, nachdem sich bei ihrer der Griff abgelöst hatte. Ungünstigerweise hielt Bea an diesem Nachmittag einen ihrer heißbegehrten Kochkurse ab. Aber es half nix, das Ding musste her.

Als ich in ihre Küche kam, duftete es schon so lecker, dass ich sofort wieder Appetit bekam, obwohl ich gerade gegessen hatte. Die Kursteilnehmer an diesem Tag waren ein Ehepaar, er war, glaube ich, Engländer, sie Deutsche. Sie schienen sehr sympathisch, und Bea wirkte völlig entspannt in Gegenwart der beiden, was keine Selbstverständlichkeit bei ihren Kursen ist.

Doch ich hielt mich nicht zu lange bei ihr auf, denn schließlich hatte ich eine Mission. In einem unbemerkten Augenblick mopste ich die Käsereibe aus der Schublade, schob sie unter mein T-Shirt und machte, dass ich wieder zurück in unsere Wohnung kam. Ich war nervös, und Bea hatte eine unheimliche Art, so etwas zu spüren. Ich wollte nicht, dass sie anfing, mich deswegen zu löchern.

Zurück in meinem Zimmer, hörte ich eine Weile Musik und tippte Kim ein paar Nachrichten, ehe ich mich endlich auf den Weg machen konnte. Die Parmesanreibe hatte ich schon eingepackt, und ich war gerade auf dem Weg in unsere Küche, um den Erdbeerquark zu holen, als ich plötzlich jemanden auf der anderen Seite des Mauerdurchbruchs stehen sah.

Ein Mädchen, etwa so alt wie ich, starrte mich an.

»Hey. Kann ich dir helfen?«, fragte ich, weil sie sich nicht rührte.

Schließlich blinzelte sie. »Ich, äh ... wollte gerade gehen. Meine Eltern machen einen Kochkurs bei Bea. Ich bin Vicky.«

»Ah, okay. Die Kochkurse bei Bea sind der Hammer, ich treibe mich dann immer in der Nähe rum, weil so viel zum Probieren abfällt. Ich war vorhin drüben, deine Eltern sind supernett! Dein Papa ist Engländer, oder?«

Weil sie immer noch ein wenig unschlüssig guckte, beeilte ich mich, mich vorzustellen. »Entschuldige – ich bin Lina. Mein Papa und Bea sind ein Paar, sie haben die Wohnung nebeneinander. Leider nicht im gleichen Haus, deswegen wurde vor ein paar Tagen dieser Mauerdurchbruch gemacht.«

Ich deutete auf das mittlerweile sauber verputzte Loch in der Wand, und Vicky lächelte und strich sich ihre braunen, schulterlangen Haare hinter die Ohren.

Sie war mir von der ersten Sekunde an sympathisch, und wir kamen schnell ins Gespräch, obwohl ich mich langsam auf den Weg machen sollte. Was aber gut passte, denn sie war nicht von hier und hatte irgendwo in der Stadt ihre Freunde verloren und noch dazu ein kaputtes Handy, weswegen sie kurz bei ihren Eltern vorbeigeschaut und telefoniert hatte. Wir beschlossen, zusammen nach unten zu gehen, ich konnte ihr die richtige Richtung zeigen.

Es war komisch. Obwohl ich eigentlich in Eile war, war etwas an Vicky, das ziemlich außergewöhnlich war. Sie kam mir total vertraut vor. Sie wartete im Flur, während ich zwischen der Küche und meinem Zimmer hin- und herlief, um Kompass, Quark, Spielzeughubschrauber und Postkarte zu holen. Das Glücksoberteil hatte ich schon vorhin angezogen, und da es schulterfrei war, stopfte ich vorsichtshalber noch eine Strickjacke in meinen Rucksack. Bloß nichts vergessen …

Plötzlich hielt Vicky mir Bastians Postkarte hin. Huch, hatte ich die nicht gerade noch in der Hand gehabt? Herrje, ich musste mich konzentrieren, sonst wäre die ganze Sache ja von Anfang an zum Scheitern verurteilt!

Schnell stopfte ich sie zurück in meinen Rucksack und zog mir dann meine Jacke an. Auf in den Kampf!

»Okay, jetzt bin ich fertig! Wollen wir?«

Vicky lächelte. »Gerne!«

Auf dem Weg nach unten erzählte ich Vicky von den Kochkursen, die bei Bea stattgefunden hatten.

»Einmal war eine kleine Gruppe von Leuten da, die wollten nur Sachen kochen und essen, die blau sind. Kannst dir ja vorstellen, wie begeistert Bea war? Mir jedenfalls würde auch nicht viel einfallen, was blau ist. Blaubeeren vielleicht und Zwetschgen. Ich glaube, sie hat dann irgendwas mit Tintenfisch gemacht, uh, da hab ich schnell das Weite gesucht. Von den Leuten spricht sie heute noch manchmal, sie fragt jetzt vorsichtshalber alle Teilnehmer vorher nach ihren Vorlieben.«

Wir waren unten angekommen, und Vicky sagte, dass sie in die Schillerstraße müsse, um ihr Handy reparieren zu lassen.

»Da können wir ein Stück zusammen fahren!«, bot ich ihr an, und gemeinsam machten wir uns auf den Weg zur U-Bahn.

Dank Vicky hielt sich meine Nervosität in Grenzen, auch wenn meine Gedanken immer wieder zu Bastian schweiften. Aber ich ließ mich gerne von ihr ablenken, als sie mich nach unserem neuen Leben in der Patchworkfamilie fragte.

»Und wie ist es so mit deinen Stiefbrüdern? Versteht ihr euch? Ich hab sie vorhin auf dem Weg in die Wohnung gesehen.«

Ich erzählte ihr von deren Austauschjahr in Kanada. Und davon, dass sie bisher kaum mit mir gesprochen hatten.

Und dann sagte sie etwas, das mich so sehr interessierte, dass es mich sogar kurz meine bevorstehende Mission vergessen ließ.

»Ich bin vorhin ein Stück hinter den Zwillingen, äh, gelaufen, im Treppenhaus. Und habe dabei praktisch gezwungenermaßen gehört, wie sie sich unterhalten haben.«

»In ganzen Sätzen und ohne Grunzlaute? Kaum zu glauben«, sagte ich, und Vicky musste lachen.

»Sie haben über ein Mädchen gesprochen. Hast du schon mal von einer Sophia gehört?«

Ruckartig blieb ich stehen und starrte Vicky an. »Wirklich? Das wäre ja mal was ganz Neues! Sophia, nein, leider sagt mir das gar nichts. Aber super, dass du es mir erzählt hast. Da werde ich bei Gelegenheit mal ganz gründlich nachbohren.« Sofort war ich allerbester Stimmung. Endlich erfuhr ich mal etwas über die Zwillinge. Solche Informationen waren strategisch ungeheuer wertvoll, vor allem dann, wenn man sie unerwartet einsetzen konnte. »Hach, das wird prima, wo sie sich doch lieber gegenseitig die Arme abhacken würden, als mir etwas Persönliches zu erzählen!«

Wir näherten uns der U-Bahn-Station, und ein Blick auf meine Armbanduhr verriet, dass ich mich nun wirklich beeilen musste. Der Talentwettbewerb würde gleich anfangen, und ich wusste nicht, wann genau Bastian dran sein würde. Nicht dass mein Vorhaben alleine deswegen scheiterte, weil ich zu spät kam!

Logischerweise mussten wir dann auch noch ausgerechnet Mats in die Arme laufen, der sofort anfing, Vicky anzubaggern – wie er es eben bei allen hübschen Mädchen machte. Der Automatismus war bei ihm wirklich angeboren. Zum Glück ließ die sich aber nicht sonderlich beeindrucken, sie hatte einen Freund, und so schüttelten wir ihn bald ab und setzten unseren Weg fort.

Und da kam auch meine Anspannung wieder, trotz der Ablenkung durch Vicky. Und leider bemerkte sie, dass mich etwas beschäftigte, denn je näher wir dem Handyladen kamen, umso mehr bohrte sie nach.

Ich beließ es dabei, dass ich zu einem Termin musste, über den ich nicht sprechen konnte – was mir total leidtat. Aber ich gab ihr meine Telefonnummer, ich wollte sie nämlich gerne wiedersehen. Denn man traf selten jemanden, mit dem man sich auf Anhieb so gut verstand, und Vicky fühlte sich fast wie eine Schwester an, obwohl ich sie vorher noch nie gesehen hatte.

Als wir schließlich am Handyladen ankamen, war ich so nervös, dass ich Vicky dann doch beinahe alles erzählt hätte. Alles von der spleenigen Wunschgeschichte, von Bastian Henn und von meiner Angst, dass es bei diesem Versuch wieder nicht klappen würde. Denn ich wusste jetzt schon, dass ich dann sehr enttäuscht sein würde.

Ich verkniff es mir dennoch und machte mich auf den Weg, nachdem ich sie vor dem Laden abgesetzt hatte. Von dort aus waren es zum Glück nur ein paar Minuten zu Fuß ins *Motown*, in dem der Talentwettbewerb stattfinden sollte. Ich fand die Eckkneipe sofort, ein großes Schild hing über der Eingangstür, und Poster mit der Ankündigung für die Veranstaltungen hingen links und rechts davon in den Fenstern.

Ich hatte schon von zu Hause aus versucht, etwas über den Laden herauszubekommen, aber die Internetseite gab nicht viele Infos her. Nur, dass die Bar normalerweise erst um 22 Uhr öffnete – und der Hinweis, dass Motorradfahrer willkommen wären. Alles in allem keine Location, wo ich freiwillig meinen Samstagabend verbringen würde, noch dazu allein, aber es half ja nix. Nun war ich hier, und ich würde alles geben, komme, was da wolle.

Am Eingang erwartete mich schon die erste Hürde – in Form eines sehr breiten Typen in Lederjacke, der innen direkt hinter der Tür stand und in dessen Rücken ich erst mal mit voller Wucht hineinrumste.

»'tschuldigung!«, beeilte ich mich zu sagen und schlüpfte an ihm vorbei in den Gastraum. Entgegen meiner Erwartungen war hier richtig viel los. Und zu meiner größten Erleichterung waren hier auch nicht nur Biker unterwegs, sondern ganz normale Leute. Die Tische im Gastraum waren fast alle besetzt und das Publikum sehr gemischt – viele junge Leute und sogar ein paar Eltern mit Kindern. Ich fühlte mich gleich ein bisschen besser.

Zur Theke, die am anderen Ende des Raumes stand, war kein Durchkommen, aber es zog mich sowieso nach rechts in den Nebenraum, den man durch einen Durchgang erreichte. Von dort drangen nämlich ziemlich dudelige Flötenklänge (eine Panflöte vielleicht?) und schließlich Applaus, als die Musik verstummte.

Ich folgte dem Lärm, meinen Rucksack fest an mich gepresst, und schnappte mir geistesgegenwärtig einen der letzten freien Tische mit zwei Stühlen, der direkt hinter dem Durchgang am Fenster stand. Von dort hatte ich einen guten Blick zur Bühne, konnte aber auch sehen, wer die Bar betrat oder verließ. Nicht dass ich genau wusste, wie Bastian Henn aussah, aber ein guter Beobachtungsposten war ja schon mal ein Anfang.

Der Flötenspieler hatte die kleine Bühne verlassen, und eine Rothaarige in einem schwarzen, kurzen Paillettenkleid nahm seinen Platz am Mikro ein.

»Meine Damen und Herren, wir machen jetzt eine kleine Umbaupause, und danach geht es weiter mit unseren vier Kandidaten aus dem Bereich Rap & Hiphop! Bis gleich, bleiben Sie bei uns!« Sie lächelte, die Leute klatschten, ein paar pfiffen und johlten sogar, herrje, die hatten wohl noch nie eine hübsche Frau gesehen.

Ich zog meine Jacke aus und sah mich im Raum um. Ob es

eine Künstlergarderobe gab für die Leute, die hier vorspielten? Ich wollte so gerne vorher meinen *Klienten* sehen, wie ich Bastian Henn heimlich nannte. Ja, es war albern, aber ich fühlte mich gerade ein bisschen wie ein Kämpfer und Verteidiger für die Armen und Schwachen. (Und für die, die gerne ein Talent für Rappen und Beatboxen hätten, es aber offenbar nicht hinkriegen.)

Auf der anderen Seite des Raums, links von der Bühne, entdeckte ich ein paar reservierte Stehtische mit Barhockern. Dort stand der Flötenspieler von eben neben ein paar anderen Leuten.

Da war zum Beispiel ein Mädchen, vielleicht sechzehn, siebzehn Jahre alt. Sie trug eine Baggyhose, ein schwarzes T-Shirt und hatte die Haare zu diesen winzigen Zöpfchen geflochten, bei denen ich schon beim Zusehen Kopfschmerzen bekam. Die würde bestimmt irgendwas mit Rap machen. Sie sprach mit einem Typen neben ihr, der etwas älter war als sie, aber ähnlich gekleidet und mit einer riesigen Goldkette behangen, wofür ich ihm unendliches Selbstvertrauen attestierte, denn er machte dazu so ein cooles Gesicht, dass es schon wieder ziemlich lässig aussah. Offenbar wartete er auch auf seinen Auftritt, denn ich entdeckte wie bei dem Mädchen ein Schild an seinem Ärmel. Mein Gefühl sagte mir allerdings, dass das nicht Bastian Henn war. Der Typ hier schien sich seines Talents sehr sicher zu sein. Er war locker und fröhlich und knipste jetzt mit dem Mädchen ein Selfie nach dem anderen.

Wo war Bastian nur? Es ging doch bald los, hoffentlich kam er rechtzeitig. Oder hatte ich mich komplett getäuscht und in etwas verrannt? Dass mein Wunschkandidat hier war, konnte ich schließlich nicht hundertprozentig genau wissen.

Eine Bedienung kam an meinem Platz vorbei und nahm meine Bestellung auf, ein Wasser. Mein Mund war ganz ausgetrocknet vor Aufregung, außerdem brauchte ich dringend etwas, woran ich mich festhalten konnte.

Plötzlich quietschte es laut aus den Lautsprechern, und die Stimme der Paillette hallte durch den Raum. Vor Schreck wäre ich beinahe vom Stuhl gefallen.

»So, und schon geht's weiter! Meine Damen und Herren, einen riesigen Applaus für unseren ersten Teilnehmer in der Sparte Rap & Hiphop, Jay Jackson. Er performt ein Lied von Eminem, wir sind alle sehr gespannt. Und bitte vergessen Sie nicht, nachher Ihre Stimme für Ihren Favoriten abzugeben. Einfach online unter neuetalente.de. Danke, und jetzt viel Spaß!«

Der coole Typ mit dem Riesenklunker stand auf und sprang die drei Stufen zur Bühne hinauf. Er winkte den Leuten profimäßig zu, und er hatte offenbar ein paar Freunde mitgebracht, die laut grölten und ihn anfeuerten. Der Rest der Zuschauer klatschte höflich.

Die Scheinwerfer gingen an, der Rest des Raumes wurde leicht abgedunkelt.

Und dann legte der Typ eine Performance hin, die bei den Leuten einschlug wie eine Bombe. Sogar ich ließ mich mitreißen, obwohl ich jetzt nicht unbedingt Eminem-Fan bin, und ich ertappte mich dabei, wie ich genauso mitjohlte und klatschte wie alle anderen um mich herum. Unter tosendem

Beifall endete schließlich der Auftritt, und trotz meiner Begeisterung wurde mir plötzlich ein wenig flau. Das musste man erst mal hinbekommen. Bastian würde es ganz, ganz schwer haben, wenn er das toppen wollte.

Der Typ war von der Bühne gesprungen und klatschte mit seinen Freunden ab, und sogar die Moderatorin schaute ihm verklärt nach, sichtlich ebenso hingerissen wie die übrigen Zuschauer.

»Wow, das war ein Auftritt, danke, Jay, du hast uns ja ordentlich eingeheizt. Die nächste Kandidatin kann da aber sicher mithalten, begrüßen Sie ganz herzlich Katy Kesselflicker. Sie hat ein eigenes Lied geschrieben und wird uns das jetzt hier vorführen. Es heißt« – die Moderatorin hielt sich ihre kleine Karte vor die Nase und runzelte die Stirn. »Also, das Lied heißt: *Ey, lass mich mit der Schul' in Ruh!*, na, das hört sich ja, äh, interessant an. Begrüßen Sie Katy, meine Damen und Herren!«

Die Leute klatschten, einige kicherten leise. Während Katy sich strahlend den Weg zur Bühne bahnte, wurde der Blick frei auf den Bereich hinter den reservierten Tischen, und wie auf Kommando fing mein Herz an zu rasen.

Das war er!

Unverkennbar!

Bastian Henn, den ich im Internet entdeckt hatte! Mitte vierzig, klein, mit einer dunklen Bundfaltenhose, Hemd und einem grünen Pullover darüber. Der Versicherungskaufmann, wie er im Buche stand.

Vor Aufregung stieß ich an den Tisch, als ich mich bückte,

um meinen Rucksack aufzuheben. Ich musste ja noch meine Utensilien vorbereiten, du liebe Güte, das würde jetzt doch knapp werden!

Hektisch fing ich an, in meinen Sachen zu kramen, und legte den Kompass auf den Tisch, dann die Parmesanreibe. Erst hatte ich Angst, dass ich Aufsehen erregen würde, aber glücklicherweise zog Katy auf der Bühne echt eine Show ab, so dass niemand auf mich achtete. Sie rappte und sang abwechselnd über ihre offenbar schreckliche Schule und die noch schlimmeren Lehrer und den Typen, den sie wollte, er sie aber nicht. Das Ganze in teils schönen, teils schrägen Tönen, und vor allem in Reimen. Auch interessant zu wissen, dass *killen* sich auf *chillen* reimte.

Die Leute grölten und johlten, ein paar waren sogar aufgestanden und feuerten sie an. Katy war vielleicht nicht so die Eins-a-Singer-Songwriter-Kombi, dafür aber eine geborene Entertainerin.

Als ich gerade nach dem Spielzeughubschrauber griff, den ich von meinem ehemaligen Nachbarskind Linus bekommen hatte und der mir damals meiner Überzeugung nach bei Kims Reitstunden den entscheidenden Funken Glück gebracht hatte, tippte mir jemand auf die Schulter.

»Ist der noch frei?«, fragte mich im nächsten Augenblick eine dunkelhaarige Frau und deutete auf den freien Platz neben mir.

Ich nickte und schob den Hubschrauber schnell wieder außer Sicht. »Klar.«

Zum Glück achtete sie nicht auf mein Equipment, sondern

zog sich den Stuhl an den Tisch rechts von mir, den sie gerade ergattert hatte, und ließ sich mit einem Seufzen darauf fallen.

»Wann ist er denn dran?«, fragte ihre Begleiterin, eine Blonde, die sich schon den anderen Stuhl geschnappt hatte. Sie wühlte in der Handtasche und zog ihr Handy hervor.

»Er ist die Nummer drei oder vier, der Letzte in der Kategorie. Danach schaffen wir es noch locker zum Essen«, fügte die Dunkelhaarige schnell hinzu, als die Blonde ein genervtes Stöhnen von sich gab. Vielleicht waren die beiden – oder zumindest die Brünette – auch wegen Bastian Henn da? War sie gar seine Freundin? Aber würde sie dann nicht zu ihm gehen und ihm Glück wünschen vor seinem Auftritt?

Ich warf einen Blick auf meinen Versicherungsvertreter. Täuschte das in dem Licht, oder mischte sich in sein knallrotes Gesicht auch ein leichter Grünton?

Schnell kramte ich weiter in meinen Sachen. Dummerweise kam ich dabei bei dem blöden Hubschrauber an den Knopf an der Unterseite, und er fing plötzlich an, rot und blau zu blinken und Motorgeräusche zu machen, die man sogar über den enthusiastischen Rap von Katy hörte.

Die beiden Frauen vom Nebentisch – und noch einige andere – starrten zu mir rüber, und ich murmelte eine Entschuldigung und stopfte das Teufelsding schnell zurück in den Rucksack. Dann musste es eben so gehen.

Jetzt noch der Erdbeerquark. Bei dem musste ich im richtigen Moment den Deckel abziehen und abschlecken. Wie gesagt, diesen Teil des Rituals fand ich fast am schlimmsten, denn ich *hasse* Erdbeerquark. Aber Kim schwört Stein und Bein, dass der von all den anderen Dingen letztendlich dafür verantwortlich war, dass sie Moritz kennengelernt hatte.

»Caroline!«, sagte da plötzlich jemand, und mir rutschte beinahe der Plastikbecher aus der Hand, wobei ein dicker Klecks Quark auf meiner Jeans landete. Doch ich kümmerte mich nicht darum, denn – direkt neben mir stand Bastian Henn! Wie war der jetzt so schnell hierhergekommen?

»Du hast es wirklich geschafft«, sagte er zu der Brünetten und winkte ungelenk. In der Hand hielt er ein braunkariertes Stofftaschentuch, mit dem er sich den Schweiß von der Stirn tupfte.

»Klar, ich hab es doch versprochen.« Caroline lächelte zurückhaltend. »Das ist meine Freundin Simone. Simone – das ist Bastian, von dem ich dir erzählt habe. Er wird gleich auftreten.«

Bastian lächelte der Blonden schüchtern zu, doch die grunzte nur etwas und widmete sich dann wieder ihrem Handy. Caroline zuckte versöhnlich mit den Schultern. »Und, bist du nervös? Ach, das ist eine blöde Frage, entschuldige.«

Ja, ich weiß, man soll keine Gespräche von anderen Leuten belauschen, aber hey, sie sprachen ja so laut, weil Katy immer noch auf der Bühne herumätzte. Und außerdem war das mein *Klient*. Und anscheinend war Caroline die Frau, die er gut fand, denn seit er hier war, hatte seine Gesichtsfarbe wieder von grünlich zu Rot gewechselt, und er glänzte im ganzen Gesicht.

»Ich hab leider keine Zeit, bin gleich dran«, murmelte er. »Sehen wir uns noch?«

Caroline lächelte ihn an. »Klar.« Im Gegensatz zu ihrer unmöglichen Freundin war sie mir sympathisch, denn auch sie strich sich verlegen die Locken aus dem Gesicht, als sie nicht mehr wusste, was sie sagen sollte.

Und sofort wünschte ich mir nur noch mehr, dass ich ihm helfen könnte.

Als er wieder in der Menge verschwand, wischte ich mir schnell den Quark von der Hose, hielt den Aludeckel bereit und kontrollierte die übrigen Utensilien.

Ich würde alles geben, damit Bastians Herzenswunsch in Erfüllung gehen würde.

Es musste einfach funktionieren.

Es *musste*!

9

Ein paar Minuten später hatte Katy mit den Rastazöpfchen endlich mit allen (Lebenden wie Toten) in ihrem Lied abgerechnet. Doch als sie die Bühne verließ und dabei Bastian überheblich angrinste, der sich gerade zum hundertsten Mal mit seinem Stofftaschentuch Stirn und Oberlippe abtupfte, wäre ich am liebsten nach vorne gelaufen und hätte ihr gehörig die Meinung gegeigt. Und dann hätte ich Bastian fest in die Arme genommen und ihm gesagt, dass alles gut werden würde – so elend sah er aus. Sein Gesicht hatte mittlerweile fast die gleiche Farbe wie sein Strickpulli, und seine Hände zitterten so sehr, dass er kaum sein Taschentuch zurück in die Tasche stecken konnte. Er tat mir so unendlich leid.

»Das schafft der doch nie«, flüsterte die Blonde ihrer Freundin zu.

»Warte nur ab. Wenn er sagt, dass er es kann, schafft er es auch«, antwortete die Brünette und schaute gespannt nach vorne. Wenigstens ließ sie sich vom Unmut ihrer Freundin nicht anstecken.

Das Paillettenmädchen war wieder auf der Bühne.

»Und jetzt, meine Damen und Herren, begrüßen wir ganz herzlich Bastian Henn auf der Bühne. Er wird ebenfalls in der Kategorie *Rap & Hiphop* auftreten. Applaus!«

Jetzt war es so weit.

Bastian betrat mit sichtlich wackeligen Knien die Bühne. Verhaltenes Klatschen im Saal, auch die Brünette und ihre Freundin neben mir applaudierten, allerdings zurückhaltend.

Bastian nahm das Mikrophon in die Hand und atmete tief durch.

Und ich auch.

Denn das war mein Einsatz.

Ich kniff ganz fest die Augen zusammen und sagte leise: »Ich wünsche, dass Bastian Henn beatboxen kann wie ein Profi. Wie Justin Timberlake. Bastian Henn kann es, er ist der Beste heute Abend.«

Ich öffnete die Augen – und fing an zu schwitzen, als ich die ersten Töne vernahm.

Erst dachte ich noch, dass es eine Rückkopplung oder so gegeben haben musste, denn ein schräges Quietschen drang durch den Raum, das die Leute aufstöhnen ließ. Doch als ich Bastians aufgerissene Augen sah, wusste ich, dass das *sein* Verdienst war.

Sein Kopf wurde knallrot, und ich litt mit ihm, er tat mir so sehr leid.

Komm schon, dachte ich, *du kannst es!*

Doch Bastian schüttelte den Kopf und wischte sich mit der Hand über die Stirn. Verunsichert schaute er die Paillettendame an und murmelte: »Ich fang noch mal an.«

Sie nickte ihm aufmunternd zu, und ich ebenfalls, obwohl er es natürlich nicht sehen konnte.

Ich war nicht bereit, aufzugeben, noch lange nicht! Vor allem nicht, weil die Blonde neben mir anfing zu kichern und ihre Freundin beschämt an ihrem Rocksaum herumzupfte.

Ich begann, mit der linken Hand meinen Pferdeschwanz einzudrehen, rechts herum, dreimal. Dann sprach ich den Wunsch aus, diesmal noch inbrünstiger.

»Bastian Henn kann rappen und beatboxen. Er ist der Beste heute Abend, es liegt ihm im Blut. Er kann es, und er wird zeigen, dass er es kann!«

Diesmal murmelte ich die Worte nicht mehr so leise vor mich hin, aber niemand hörte mich, die Geräuschkulisse war zu laut, die Leute im Saal unterhielten sich ungeniert, während Bastian versuchte, sich zu sammeln.

Dann setzte er noch mal an. Wieder klangen merkwürdige Töne durch den Raum, die zwar nicht mehr so quietschig waren, aber dennoch nicht besser als vorhin.

Mist, Mist, Mist.

»Ich sag doch, er kann es nicht, meine Güte, das ist doch einfach nur peinlich!«, giftete es da wieder neben mir, und da hatte ich genug.

Plötzlich war es mir egal, ob mich jemand hörte oder mir zusah. Ich hatte nur noch eine Chance, ehe er als Verlierer die Bühne würde verlassen müssen.

Ich stand von meinem Stuhl auf und stellte mich so hin, dass ich etwas Platz hatte – wobei mich kaum jemand beachtete, da ich ganz hinten im Raum war und alle nach vorne zur Bühne blickten.

Und dann legte ich los.

Ich machte alles, was jemals beim Wünsche erfüllen funktioniert hatte. Alles, was mir eingefallen war, was ich je gemacht hatte. Irgendetwas davon musste helfen.

Es *musste* einfach.

»Bastian Henn kann rappen und beatboxen. Er ist der Beste, und er wird heute Abend gewinnen. Er kann es perfekt!«, sagte ich und fing dann an, meinen Kinderreim zu singen und mitzutanzen.

»Eins, zwei, drei, im Sauseschritt …«

Ich bemerkte, dass mich die Bedienung kopfschüttelnd ansah, als ich da auf meinem Platz auf- und abhüpfte wie eine Vierjährige. Doch darum konnte ich mich jetzt nicht kümmern.

Jetzt kam das Pferdeschwanzdrehen.

Dann fünfmal schlucken, das hatte auch schon mal geholfen.

Deckel vom Erdbeerquark abschlecken.

Und dann dachte ich noch an zehn glatzköpfige Franzosen. Mama sagt nämlich immer, dass das gegen Schluckauf hilft und auch sonst ganz oft, wenn man mal den Kopf freikriegen muss. Außerdem stand das so auf meiner Liste.

Und noch mal den Wunsch aussprechen, während ich die Parmesanreibe und den Hubschrauber ins Auge fasste.

»Bastian kann es. Er kann beatboxen! Profimäßig!«

Mittlerweile war ich komplett nassgeschwitzt, und mir wurde flau im Magen. Was tat ich hier eigentlich?

Justin Timberlake war nun mal … Justin Timberlake. Eine völlig andere Liga, so ungern ich das zugeben mochte. Innerhalb eines Wimpernschlags so gut zu werden wie er war utopisch.

Und doch. Einer Eingebung folgend stieg ich auf meinen Stuhl und wiederholte mein Tänzchen. Diesmal noch schwungvoller.

Beim Drehen allerdings war ich dann doch ein bisschen zu enthusiastisch. Mein Stuhl kippelte plötzlich, und ich ruderte wild mit den Armen.

»Aaayyy –« Ich versuchte, mich noch zu fangen, aber der Stuhl rutschte unter mir weg. Ich fiel und wäre beinahe der Länge nach auf dem Boden aufgeschlagen, wenn mich nicht in letzter Sekunde jemand an den Armen gepackt und vor dem Sturz bewahrt hätte.

Japsend fanden meine Füße wieder festen Boden unter sich, und ich sah in das Gesicht meines Retters.

Es war der Lederjackentyp von vorhin. Von vorne sah er sogar noch einschüchternder aus: Vollbart, Rippunterhemd, bunte Tattoos, tiefe Falten auf der Stirn.

Urgs.

»Danke, äh … ich bin irgendwie gestolpert.«

Der Typ zog die Augenbrauen hoch, und ich atmete auf, als er sich gleich wieder umdrehte und weiterging.

Schnell rappelte ich mich auf. Mittlerweile sahen mich ganz viele Leute komisch an, sie lachten und deuteten mit dem Finger auf mich. War mir aber egal, ich gab alles. Mein Stuhl wackelte erneut verdächtig, als ich mich drehte und stampfte, also stieg ich einfach auf den Tisch. Die Bedienung rief mir irgendwas zu, aber ich überhörte es geflissentlich. Solange Bastian da vorne auf der Bühne stand, würde ich weitermachen, bis zum bitteren Ende.

Und Bastian hielt *wirklich* lange durch. Er rappte noch, allerdings nur mehr halbherzig, und sein Mund verzog sich immer wieder in komischen Bewegungen bei dem Versuch, Rhythmusgeräusche zu machen.

Doch plötzlich verharrte er mitten in seiner Darbietung.

Und es herrschte eine Sekunde Stille.

Zwei Sekunden.

Drei.

Dann räusperte er sich und setzte noch mal neu an.

Ein gleichmäßiger Beat ertönte. Ganz anders als eben.

Da, ein zweiter Ton dazu. Mit rasendem Herzen schaute ich nach vorne. Ich stand immer noch auf meinem Tisch, aber sogar die meckernde Bedienung schaute nun zu Bastian und hatte mich komplett vergessen.

Nach seinen erbärmlichen Versuchen vorhin hatte er nun die ganze Aufmerksamkeit des Publikums. Selbst die, die sich zwischendurch mit ihrem Handy oder ihrem Sitznachbarn beschäftigt hatten, schauten verblüfft nach vorne.

Das Mikrophon vor dem Mund, die Augen geschlossen, wurde Bastian immer sicherer. Nach und nach änderte er erst die Lautstärke, dann die Geschwindigkeit, er probierte ein wenig herum, aber seine Darbietung war harmonisch und cool und … einfach der Hammer! Sogar der Typ mit dem Goldklunker sah fassungslos hoch.

Und plötzlich fühlte ich es tief in mir drinnen.

Es hatte funktioniert!

Bastian Henn konnte es. Ich sah es an seinem überraschten Gesichtsausdruck, als er kurz die Augen öffnete und in die begeisterten Gesichter im Publikum blickte.

Und ihr Klatschen feuerte ihn noch mehr an.

Er gab alles, er schaffte es sogar, den Rhythmus schließlich mit einer Melodie zu unterlegen. Ich erkannte *Billie Jean* von Michael Jackson und dann noch ein paar andere Lieder.

Der absolute Wahnsinn!!!

Jetzt war er richtig in Fahrt, er performte ein Medley, ließ eine Melodie in die andere übergehen, unterlegt mit den unterschiedlichsten Beats und Geräuschen.

Und die Leute im Saal flippten völlig aus.

Sie applaudierten, standen von ihren Stühlen auf.

Sie feierten ihn.

Der Underdog hatte es geschafft.

Ich bekam einen dicken Kloß im Hals, und in meinem Magen breitete sich Hitze aus, wie der erste Kakao nach einem eiskalten Wintertag im Schnee.

Es hatte funktioniert.

Ich hatte einen unmöglichen Wunsch erfüllt.

Bastian Henn konnte beatboxen, als ob er sein Leben lang nichts anderes getan hätte.

Mittlerweile war er sicher zehn Minuten auf der Bühne, aber niemand im Saal wollte, dass er aufhörte. Ich hörte Pfeifen und Johlen, und Bastians Mund verzog sich zu einem Lächeln, als er schließlich zum großen Finale ausholte. Und ich merkte erst, dass mir Tränen die Wangen herunterliefen, als ich Salz in meinem Mund schmeckte. Doch das war mir total egal, ich musste klatschen, ihn anfeuern, und mittlerweile waren sogar ein paar andere Gäste auf die Stühle gestiegen, um ihn zu feiern.

Schließlich endete das Lied doch irgendwann, Bastian machte die letzten Töne, locker und leicht, dann verstummte er. Und lächelte ganz einfach in die Runde.

Die Leute flippten noch mal völlig aus.

Allen voran die Brünette neben mir, sie hüpfte auf und ab, sie klatschte und schrie seinen Namen und pfiff auf den Fingern, und sogar die nörglerische Blondine neben ihr ließ sich zu einem Beifall hinreißen.

Die Paillettendame sprang zu ihm auf die Bühne und umarmte Bastian stürmisch, der ihr nun strotzend vor Selbstsicherheit den Rücken tätschelte. Aber ich konnte hundertprozentig nachvollziehen, warum die Emotionen mit der Moderatorin durchgegangen waren, mir ging es ja ganz ähnlich.

Ich jedenfalls war völlig fertig, und die Leute jubelten weiter frenetisch, auch als er ein letztes Mal winkte und schließlich immer noch unter Beifall die Bühne verließ.

»Meine Damen und Herren, noch einen letzten Applaus für Bastian Henn, der uns dieses, dieses … magische Musikerlebnis geschenkt hat. Danke, Bastian, ich glaube, das werden wir alle so schnell nicht vergessen!«

Sie hatte den Nagel auf den Kopf getroffen.

Es *war* Magie.

Ich weiß nicht, warum die Leute glauben, dass Hufeisen, Marienkäfer und Schornsteinfeger Glück bringen. Ein Blick in meinen Rucksack genügte nämlich, um das zu entkräften.

Parmesanreibe.

Kompass.

Erdbeerquark-Aludeckel.

Spielzeughubschrauber.

Das waren die Utensilien der Stunde!

Und … *ich*. *Ich* auch. *Ich* hatte dafür gesorgt, dass der Wunsch in Erfüllung gegangen war, da war ich ganz sicher.

Und es fühlte sich so gut an, dass ich mir an diesem Abend, verschwitzt, zittrig und verheult, in dieser Bar schwor, dass von nun an alles anders werden würde.

Nein, ich würde diese Sache mit den Wünschen noch nicht aufgeben. Auf keinen Fall. Selbst wenn das heute ein aberwitziger Zufall gewesen wäre, die nächsten vier Wünsche würde ich auf jeden Fall noch zu erfüllen versuchen. Ich würde weitermachen und ein für alle Mal herausfinden, ob ich nicht doch die gleiche Gabe habe wie Ururgroßmutter Gloria.

Denn noch nie in meinem Leben hatte sich etwas so gut angefühlt, wie diesen Wunsch zu erfüllen.

10

»Wenn mir jemand anderes als du die Geschichte erzählt hätte, würde ich kein Wort davon glauben.«

Kim staunte noch immer, als wir am nächsten Tag die Halle des alten Bahnhofs betraten, der heute lediglich ein Stadtteilbahnhof war und für ein paar wenige Nahverkehrszüge benutzt wurde. Im Gegensatz zum neu gebauten Hauptbahnhof auf der anderen Seite der Innenstadt ging es hier beschaulich und gemütlich zu. Es gab einen netten Buchladen, ein paar Cafés und einen Supermarkt, der sogar heute, an einem Sonntag, geöffnet war und der auch der Grund dafür war, warum wir uns hier getroffen hatten.

Kim und ich hatten noch gestern Nacht den Abend in Länge und Breite am Telefon durchgehechelt, aber meine beste Freundin konnte nicht genug von Bastians Geschichte bekommen. Sie legte ihr Handy gar nicht mehr aus der Hand, weil sie ständig nach neuen Filmchen und Kommentaren aus den Lokalblättern suchte (Bastian war sprichwörtlich über Nacht zum Star avanciert, zumindest in unserer Stadt).

Ich zog meine Einkaufsliste aus der Tasche und steuerte den Supermarkt an. Als ich heute Morgen völlig verschlafen um zehn in die Küche getappt war, war niemand zu Hause gewesen außer Bea, die für den Vierzigsten ihrer Freundin Kathrin eine Quiche backen wollte. Papa und Mats waren beim Fußball, während die Zwillinge vermutlich ihre Selbsthilfegruppe für zynische Teenager besuchten. Oder alternativ auch beim Sport waren.

Also frühstückte ich mit Bea allein, und als sie bemerkte, dass ihr für die Quiche die Hälfte fehlte, hatte ich großherzig angeboten, mit Kim im Bahnhof einkaufen zu gehen. Vermutlich hätte ich ihr auch versprochen, ihre komplette Wohnung zu putzen, wenn sie das gewollt hätte, so gutgelaunt war ich. Das Kakaogefühl von gestern Abend hielt immer noch an, und ich hätte die ganze Welt umarmen können.

Und auch jetzt lächelte ich, diesmal traf es aus purem Zufall eine andere Kundin, die direkt hinter Kim und mir in den Laden gekommen war und auf einen großen Korb Äpfel zusteuerte. Sie erwiderte mein Lächeln, als auf einmal ein kleiner Typ mit hellblond gefärbten Haaren auftauchte und sie anquatschte.

»Hallo, ich bin Heiko. Heiko Flöter. Ja, genau, *der* Heiko Flöter.« Weil er so merkwürdig ratternd lachte, ließ sogar Kim ihr Smartphone sinken und guckte ihn erstaunt an.

Er hatte sich breitbeinig neben der Dame aufgestellt, die ihn verwundert ansah.

»Entschuldigung, äh … sollten wir uns kennen?«

Wieder ein Lachen. Er war etwa so groß wie ich, trug eine Lederjacke und ein breites Grinsen, bei dem er übermäßig viele Zähne zeigte. Ich konnte direkt spüren, wie Kim neben mir die Augenbrauen bis zum Haaransatz hochzog.

»Ich weiß schon, warum ich Ihnen bekannt vorkomme, ja, es passiert nicht oft, dass man einfach so einem Schauspieler begegnet, noch dazu bei so *menschlichen* Sachen wie Einkaufen.«

Wieder das Ratterlachen. Papa hatte früher mal eine alte Vespa – die hörte sich ganz genau so an, nachdem ihr Auspuff durchgerostet war.

Die Dame strich sich ihre blonden Locken aus dem Gesicht und schaute einen Moment fragend zu mir, aber ich konnte nur mit der Schulter zucken. Ich hatte nicht die leiseste Ahnung, wer das war. Und sie anscheinend auch nicht.

»Ja, also, dann … schönen Tag noch.« Dann wandte sie sich wieder ihren Äpfeln zu.

Das schien Heiko Flöter nicht zu gefallen, denn er ließ nicht locker. »Ja, also, Sie kennen mich aus den *Sauerland-Sheriffs* und aus *Nicht ohne meinen Schwiegersohn* oder vielleicht auch aus *Jungbauern mit Herz*?«

»Sorry, nie von Ihnen gehört«, sagte jetzt Kim, die bei Film- und Fernsehstars normalerweise bestens informiert war. Und der leider auch manchmal ein wenig Fingerspitzengefühl fehlte, was sie aber stets durch ein gezieltes Klimpern ihrer Mandeläuglein wieder wettmachte.

Der Schauspieler grunzte erbost in unsere Richtung, aber Kim und ich ließen ihn in der Obst- und Gemüseabteilung stehen.

»Vielleicht solltest du seinen unbewussten Wunsch erfüllen, für immer ins Sauerland zu ziehen«, raunte Kim mir kichernd zu. »Dann wäre die arme Lockige vor ihm sicher.«

Ich musste lachen. »Ich glaube, so funktioniert das nicht«, sagte ich und schaute auf meinen Zettel.

Zitronen-Olivenöl und *Walnüsse*.

»Übrigens – was mir bei *Jungbauern mit Herz* eingefallen ist – was macht eigentlich deiner?«

Ich starrte sie an. »Mein … *Jungbauer*?«

»Ich mein ja nur im übertragenen Sinn. Deine Mission! Also, die mit dem Verlieben«, flüsterte Kim und zwinkerte mir verschwörerisch zu.

Ach so.

»Leider keine Neuigkeiten«, sagte ich und bog in den nächsten Gang ab. »Im Gegensatz zu Bastian ist bei mir nämlich wirklich niemand in Sicht.«

Das Beatboxen hatte Bastian Henn gestern Abend offenbar so viel Selbstvertrauen beschert, dass er danach schnurstracks zu Caroline an den Tisch gekommen war. Von da an hatten die beiden nichts mehr um sich herum wahrgenommen, und als Bastian nach dem Wettbewerb als Sieger zur Zugabe auf die Bühne gerufen wurde, widmete er ihr schon den Song.

Ich seufzte in der Erinnerung daran. So etwas wollte ich auch erleben.

»Nicht seufzen«, sagte Kim streng. »Und komm mir nicht wieder damit, dass du bei deinen eigenen Vorhaben immer Pech hast. Aber sag mal, wenn das gestern so super geklappt hat – wünsch dir doch einfach einen Freund!«

Ich schüttelte schnell den Kopf. »Auf gar keinen Fall! Das muss ohne Magie gehen.« Ich wollte schließlich *echte* Liebe und keine gezauberte.

»Na schön. Dann machen wir es doch auf meine Weise. Ich hab mir da was überlegt, pass mal auf.« Sie scrollte auf ihrem

Smartphone herum. »Ah, da ist es ja. Ich hab ein paar Ideen gesammelt. Für Dates.«

»Bin ganz Ohr«, sagte ich und packte die Nüsse in den Korb.

»Wie wäre es mit Tobi Maurer? Aus der Elften?«

»Ist der nicht mit Bianca Irgendwas zusammen?«

Kim rümpfte die Nase. »Echt? Das wusste ich nicht. Aber du würdest viel besser zu ihm passen.«

»Keine Jungs mit Freundinnen!«

Ich dachte an gestern Abend, als ich vor der Kneipe noch Vicky getroffen hatte, meine neue Zufallsbekanntschaft. Sie hatte ihre Freunde wiedergefunden und war spontan zur Kneipe gekommen, in der Hoffnung, mich dort anzutreffen. Die Truppe hatte mich zur U-Bahn gebracht, und ich war total von den Socken gewesen, als ich Vicky mit Konstantin beobachtete. Die beiden wirkten einfach magisch miteinander – als ob sie zusammen von einer schillernden, wunderschönen Seifenblase umgeben wären. Und auch wenn ich bei Bianca und Tobi Maurer so etwas nicht beobachtet hatte, konnte das ja noch kommen. Jedenfalls wollte ich keine Beziehung kaputtmachen, das stand fest.

»Nee, das ist wirklich doof«, stimmte Kim jetzt zu. »Aber was ist mit Max Wiedemann?«

»Dem hab ich schon in der Siebten einen Korb gegeben, weil er mich mit spuckegetränkten Papierkugeln beschossen hat.«

»Uh. Na gut. Und was ist mit Nick Holzmann aus der Zehnten?« In ihrem Handy hatte sie offenbar eine Liste aller verfügbaren Jungs gespeichert, um meinem Ziel, mich zu verlieben, einen Schritt näher zu kommen.

»Der spielt mit Mats Fußball und war schon ein paar Mal bei uns zu Hause.«

»Na und?«

»Niemand aus Mats Fußballmannschaft darf mich auch nur zu lange anschauen. Geschweige denn ernsthaft in Erwägung ziehen, mit mir zusammenzukommen.«

Kim zog empört ihre perfekt geschwungenen Augenbrauen in die Höhe, aber ich sagte nur: »Ich hab mir jeden von denen schon genau angeschaut, keine Sorge. Wenn es um die Liebe geht, werde ich mir von meinem Bruder nicht reinquatschen lassen und noch weniger von seinen fehlgeleiteten Beschützerinstinkten.« Ich seufzte, legte eine Flasche Olivenöl in meinen Einkaufskorb und ging dann weiter zu den getrockneten Kräutern.

»Gut, also dann niemand aus der Fußballmannschaft. Aber es gibt ja noch genug andere Sportler!« Kim war der unbedingten Meinung, dass ich einen sportlichen Freund brauchte. Wegen meines eigenen Bewegungsdrangs und so weiter. »Mal sehen. Vielleicht eine aus der Schwimmmannschaft? Oder von den Leichtathleten? Hey, was ist denn mit der Eishockeymannschaft von deinen Stiefbrüdern? Sind da nicht ein paar coole Jungs dabei?«

Etwas schwungvoller als nötig pfefferte ich die Lorbeerblätter, die Bea mir aufgeschrieben hatte, in meinen Korb. »Wenn die alle so cool sind wie die Zwillinge, möchte ich sie nicht so unbedingt kennenlernen.«

Kim warf mir einen mitleidigen Blick zu.

»Falls es dir was hilft – ziemlich viele Mädels aus der Neunten sind schon total verknallt in die beiden. Und aus der Zehnten auch. Und ein paar ganz Verzweifelte aus der Elften. Obwohl die Schule gerade erst angefangen hat.«

»Da frag ich mich aber mal ganz ehrlich, wie die das geschafft haben. Wenn die ihren Charme so haben sprühen lassen wie zu Hause, dann muss mit den Mädels irgendwas nicht stimmen. Oder sie kennen alle eine ganz andere Seite von ihnen als ich«, sagte ich und ging weiter zum Regal mit den Hülsenfrüchten. »Herrje, was kann man eigentlich alles in eine Zwei-Sterne-Quiche packen? Ich brauche rote Berglinsen. Aber hier gibt's nur grüne oder braune, oder rote Tellerlinsen. Ist das dasselbe?«, murmelte ich und nahm eine der Packungen in die Hand.

»Geh nach der Farbe, egal, was draufsteht«, meinte Kim.

Aus dem Gang neben uns ertönte wieder Heikos Stimme, samt seiner abgehackten Lache.

Kim rollte kurz mit den Augen. »Also lieber nicht die Eishockeymannschaft«, fügte sie hinzu und scrollte in ihrem Handy herum. »Hey, ich hab hier übrigens noch eine Notiz gefunden, ich glaube, das ist von dir – ich hab aber null Ahnung, was das war. 5-11-27-13.«

Wir standen ein paar Schritte neben dem Kühlregal. Die gelockte Kundin von vorhin wollte sich gerade ein paar Joghurts in den Korb packen, doch leider war ihr der komische Schauspieler sogar bis hierher gefolgt.

»Ich wohne übrigens ganz in der Nähe«, sagte er gerade. Er hatte sich unbemerkt an sie herangepirscht, so dass sie erschrocken zusammenfuhr. Die Ärmste. Der war ja wirklich nervig.

Ich wandte mich wieder meiner besten Freundin zu. »Hast du eine Ahnung, wie genau Manouri aussieht?«

Kim schüttelte den Kopf. »Leider nicht. Lina, 5-11-27-13 – was ist das?«

»Der Zahlencode von unserem Familienpostfach. Kannst du löschen, das vergess ich eh nicht mehr. Das war nur damals als Backup gedacht, als Mama sich noch um die Post gekümmert hat.« Ich suchte das Kühlregal mit den Augen ab. »Ich finde den blöden Käse nicht, aber Bea hat mir das genau so aufgeschrieben und gesagt, dass man Manouri hier bekommt …«

»Entschuldige, sagtest du Manouri? Der ist hier drüben«, sagte die Lockige, die in diesem Moment zu uns geeilt war und an mir vorbei auf ein weißes Päckchen im Regal deutete. Offenbar war ihr alles recht, um vom flirtenden Schauspieler wegzukommen, obwohl der hartnäckig immer zwei Schritte hinter ihr blieb. »Manouri ist so was Ähnliches wie Feta, nur aus Schaf- und Ziegenmilch. Ich persönlich finde ihn ein bisschen trocken, aber es kommt ja darauf an, was man damit macht.«

»Danke«, sagte ich lächelnd und überlegte fieberhaft, wie ich die Frau vor ihrem furchtbaren Stalker retten konnte, als meine beste Freundin plötzlich sagte:

»Oh, guten Tag, Herr Hegemann!«

Tatsächlich stand da unser opernliebender Nachbar mit einem Einkaufskorb in der Hand.

»Guten Tag zusammen! Hallo, Lina.« Er stutzte kurz, als er den Schauspieler sah. »Oh, und guten Tag, Herr Flöter, wie geht's denn so?«

Der drehte sich um und fuhr sich mit einer einstudierten

Bewegung durchs Haar. Und lachte klackernd. »Ah, hach ja, da sehen Sie mal, wie ich überall erkannt werde, ich kann ja kaum noch zum Einkaufen gehen, tja, aber ich bin nun mal auch nur ein Mensch.« *Klacker, klacker.*

Herr Hegemann runzelte die Stirn. »Natürlich erkenne ich Sie, wir haben uns doch erst vorhin getroffen, ich bin ihr neuer Nachbar, wissen Sie nicht mehr? Sie sind letzte Woche in die Wohnung neben mir gezogen.«

Heiko Flöter schaute für einen Moment sparsam, dann schraubte er sich wieder sein Lachen ins Gesicht.

»Oh, ach so, ja, ja, stimmt. Nun, äh, ich muss dann mal los … bin ein vielbeschäftigter Mann, hab gleich noch einen Termin mit meinem Agenten, die Projekte, Sie verstehen.«

Herr Hegemann, Kim und ich nickten nur.

Herrje, der wohnte jetzt wirklich in Beas Haus? Wie schrecklich! Mir schoss der Gedanke durch den Kopf, dass der Typ sich sicher gut mit dem geschwätzigen Hasso verstehen würde. Es wäre ein interessanter Versuch, wer von beiden mehr zu Wort käme, wenn man sie zusammen in ein Zimmer sperrte. Andererseits hoffte ich, von beiden in Zukunft nicht allzu viel zu sehen.

Heiko drehte sich suchend um, aber zu seinem Missfallen hatte die Frau mit den Locken sich in der Zwischenzeit aus dem Staub gemacht. Recht hatte sie.

Und Kim und ich taten es ihr gleich. In Windeseile verabschiedeten wir uns von Herrn Hegemann, packten die letzten fehlenden Sachen in den Korb und spurteten an die Kasse, wo wir – ha, Glück! – unbehelligt von weiteren Unterbrechungen bezahlten, im Laufschritt den Laden verließen und uns in das Café flüchteten, wo wir bei Apfelschorle und einer Waffel das Thema Jungs noch einmal von vorn durchkauten. Aber auch wenn das nicht gerade von Erfolg gekrönt war, konnte das meine Bastian-Kakaogefühl-Laune nicht im Mindesten trüben.

Kim war nachmittags mit Moritz verabredet, und ich ging nach Hause zurück, wo inzwischen auch Bea ausgeflogen war.

Ich packte die Einkäufe in den Kühlschrank, sah auf die Uhr und hatte sofort eine Idee, was ich mit meinem Tag anstellen wollte. Etwas, das die ganze Woche schon überfällig war. Ich schnappte mir Papas iPad, loggte mich im Videochat ein und tippte Mamas Nummer an.

Nach ein paar Sekunden erschien ihr strahlendes Gesicht auf dem Bildschirm, und ich winkte ihr zu.

»Mein Schatz! Wie toll, dass es endlich klappt! Wie geht's dir? Was gibt es Neues? Ich will alles wissen. ALLES!«

Ach, es tat so gut, sie vor mir zu sehen, auch wenn uns tausende Kilometer trennten. So viel war in den letzten Wochen passiert, und die wenigen Tage, die wir nicht gesprochen hatten, kamen mir plötzlich wie eine halbe Ewigkeit vor.

Ich fing bei den Bauarbeiten an – unser letztes Gespräch hatten wir genau an dem Abend, bevor Herr Gieseke mit dem Durchbruch loslegte, und deswegen hatte ich entsprechend viel zu berichten.

Mama lachte Tränen bei meiner Imitation der keifenden Mandy im Blümchenbademantel, und weil ich alleine war, kam mir eine Idee.

»Soll ich dir mal alles zeigen?«, fragte ich. »Es ist gerade niemand da.« Mama nickte begeistert, als ich das Tablet nahm und die Kamera umstellte.

Mama war nie in Beas Wohnung gewesen, obwohl die beiden sich schon mal getroffen hatten und sich gleich sympathisch waren. Aber ich glaube, Mama wollte dann doch nicht so eng teilhaben an Papas neuer Freundin. Jetzt allerdings, da wir zusammenwohnten …

»Und los geht's: Das ist der berühmte Mauerdurchbruch! Mittlerweile ist alles wieder sauber, und gestern wurde die Brandschutztüre aus Metall eingebaut, die ist so was von schwer! Wir finden sie zwar alle hässlich, aber sie muss wohl leider sein, na ja, wir haben einen Holzkeil unten reingeschoben, damit sie offenbleibt. Und … jetzt sind wir drüben. Schau mal, der Flur hier ist mindestens doppelt so lang wie unserer, siehst du? Und die Wandfarbe ist der Hammer, Türkis, und dazu die weißen Türen! Vielleicht erlaubt Papa mir jetzt endlich auch mal, bei uns drüben was anzumalen, ich hätte echt Ideen … Okay, dann haben wir zu deiner Rechten erst mal die Wohnungstür. Wir benutzen immer noch beide Türen, das wird sich wohl auch nicht ändern. Jeder geht nämlich immer noch das Treppenhaus hoch, das er gewohnt ist.« Ich machte eine kurze Pause. »Hier ist das Gästeklo, ein großes Bad und die Waschküche – super, oder? Hier gegenüber kommen die Zimmer der Zwillinge. Da traue ich mich aber nicht rein. Vermutlich geht bei denen am

Handy gleich ein Alarm los, wenn der Feind das Territorium betritt.«

»Der Feind?«, fragte Mama und runzelte die Stirn.

Ich zuckte nur mit den Schultern. »Wir sind noch nicht so … eng miteinander. Vielleicht leiden die zwei auch unter chronischem Jetlag, auf jeden Fall sind sie nicht so freundlich, wie Papa und Mats angekündigt haben. Zumindest nicht zu mir«, fügte ich hinzu und versuchte dabei, möglichst unbeschwert zu klingen.

Mama konnte ich damit vermutlich nicht täuschen, aber sie hakte nicht nach, als ich weiter den Flur entlangging und fröhlich das Tablet schwenkte, damit sie alles gut sehen konnte.

»Jetzt sind wir schon am Ende des Flures, bevor er abbiegt. Hier rechts ist Beas Schlafzimmer, geradeaus Wohnzimmer und Esszimmer – die werden aber im Normalfall gar nicht viel benutzt, weil alle immer hier sind.«

Ich folgte dem Flur nach rechts um die Ecke, an dessen Ende sich die große Wohnküche anschloss. Ich drehte mich einmal um die eigene Achse, ganz langsam, und erklärte: »Ist der Raum nicht der helle Wahnsinn? Hier hält Bea ihre Kochkurse ab und die gemeinsamen Familienabendessen.«

»Wirklich toll. Kommt ihr zwei denn gut klar?«, wollte Mama wissen.

»Bea und ich? Ja. Sie ist wirklich lieb und auch entspannt, obwohl sie jetzt, seit die Zwillinge wieder da sind, ziemlich oft Falten auf der Stirn hat. Die waren vor ein paar Wochen noch nicht da.« *Ist ja auch kein Wunder, so wie die beiden Büffel sich dauernd benehmen*, wollte ich hinzufügen, ließ es aber sein.

Mama brauchte nicht unbedingt von unseren *Startschwierigkeiten* erfahren. Ich erzählte ihr sonst so ziemlich alles, aber sie sollte sich nicht unnötig Sorgen machen.

Als Letztes ging ich noch mal zurück und zeigte ihr Beas Salon, den sie für ihre Eltern eingerichtet hatte, um einen »standesgemäßen Rahmen für familiäre Zusammenkünfte« zu haben, wie die es nannten.

Bea hatte mir mal ein paar Bilder von dem Gut gezeigt, das die beiden bewohnten. Ich wäre beinahe vom Stuhl gefallen, denn es ist ein richtiges Schloss – auch wenn es laut Bea nur klein ist. Ich hatte sie gleich gefragt, ob ich es mir mal ansehen dürfte, und Bea hat nur mitleidig meine Schulter getätschelt und gesagt, das würde mir früher oder später sowieso blühen. Ihre Eltern veranstalteten nämlich oft Wohltätigkeitsveranstaltungen, und bei der Gelegenheit würden sie mich sicher bald für irgendeine Aufgabe einspannen. Dagegen hatte ich nichts, dazu war ich viel zu neugierig, wie es dort so war.

Wobei – wenn da alles so aussah wie der Salon, müsste ich mir das doch noch mal überlegen. Vielleicht passten in ein Schloss ja die dunkelgrünen Stofftapeten und die schweren Samtvorhänge, die kaum Licht durch die Fenster ließen. Und die steinharten Chesterfield-Sofas, die vielleicht rückenfreundlich waren, aber nicht zu gebrauchen für einen gemütlichen Abend vor dem Fernseher.

»Bist du in den Schrank gestiegen?«, fragte Mama, die sich noch weiter über ihren Computer gebeugt hatte, um besser sehen zu können.

Ich erklärte ihr, was es mit dem Zimmer auf sich hatte, während Mama immer wieder den Kopf schüttelte. Missbilligend, kein Zweifel, allerdings wusste ich nicht, ob wegen der nachgiebigen Bea oder ihren verwöhnten Eltern.

Ich wollte gerade zurück in mein Zimmer gehen, als ich hörte, wie draußen im Flur die Wohnungstür ins Schloss fiel und jemand seinen Schlüsselbund auf die Kommode pfefferte. Vermutlich war es nur Bea. Aber um sicherzugehen, dass ich nicht doch einem Zwilling über den Weg lief, blieb ich im Salon. Mit dem iPad auf den Knien verzog ich mich auf eins der Fensterbretter – glücklicherweise stand ein Baum direkt vor dem Fenster, so dass der Weg nach unten nicht zu sehen war. Mir wurde ja schon schwindelig, wenn ich aus dem ersten Stock hinaussah. Und hier waren wir im Vierten.

Denn ich musste mit Mama dringend noch etwas besprechen – und das war die Sache mit Bastians Wunsch. Sie war abgesehen von Kim und Therese die Einzige, die mich deswegen nicht für verrückt erklären würde. Schon früher hatte sie mich nie ausgelacht und immer auf Ururgroßmutter Gloria verwiesen.

»Mama, es war unglaublich«, sagte ich. »Dieser Mann, der hat … Es war, als ob er aus einem tiefen Schlaf aufwachen würde. Und dann hat er losgelegt, fast wie damals der Typ in dieser Castingshow, erinnerst du dich? Wo wir beide beim Anschauen so geheult haben? Und als es dann wirklich geklappt hat, als er dastand und mindestens so cool war wie Justin Timberlake und die Leute vor Begeisterung ausgeflippt sind, das war ein Gefühl … also, da hatte ich das Gefühl, dass wirklich ich es gewesen bin. Die ihm seinen größten Wunsch erfüllt hat. Mama, das war so toll, das hab ich noch nie vorher erlebt!« Ich kaute auf meiner Unterlippe herum. »Hört sich ziemlich bescheuert an, oder?«

Aber Mama lächelte nur. Und ich wünschte mir in diesem Augenblick so sehr, dass sie mich jetzt in die Arme nehmen könnte. Dass sie wirklich hier bei mir wäre. Aber das sagte ich ihr natürlich nicht. Ich wollte nicht, dass sie sich schlecht fühlte.

»Mich wundert das überhaupt nicht, Schatz«, sagte sie. »Du hattest schon immer ein glückliches Händchen. Schau mal, wie viele tolle Sachen schon passiert sind, als du dabei warst. Meinst du, das war Zufall? Du bist einfach ein Glückskind.«

»Nur mir selbst bringe ich kein Glück.« Ich dachte an die vielen Gelegenheiten, an denen meine eigenen Wünsche schon fast auf ironische Weise schiefgingen. Ich wagte ja kaum, einen echten Wunsch von mir laut zu formulieren, um das Schicksal nicht darauf aufmerksam zu machen. Damit es nicht noch mehr vermasseln konnte.

»Das wird, du wirst sehen. Ich habe immer schon gedacht, dass du … Moment mal kurz, ja?«

Mamas Handy hatte angefangen zu klingeln. Und ihrem Blick nach war es etwas Wichtiges.

»Geh ruhig ran, Mama. Wir können später noch mal sprechen«, sagte ich und versuchte, nicht zu enttäuscht zu sein.

»Bist du sicher?«

»Klar. Ganz sicher. Geh nur. Hab dich lieb!«

»Ich dich auch, Süße! Ich melde mich später noch mal!«

Und dann wurde der Bildschirm dunkel.

Gespräche mit meiner Mutter halfen mir oft dabei, mich besser zu fühlen. Heute allerdings vermisste ich sie einfach nur. So sehr, dass ich mir kurz mit der Hand über mein Herz rubbeln musste, weil es angefangen hatte, zu ziehen.

Bis mich ein Knarzen des Parketts erschrocken aufblicken ließ.

In der Tür stand einer der Zwillinge. Für einen kurzen Augenblick sah es so aus, als wollte er gerade kehrtmachen und verschwinden, aber nachdem ich ihn entdeckt hatte, blieb er wie angewurzelt stehen.

Ein sicheres Anzeichen dafür, dass ich ihn ertappt hatte.

»Hast du mich etwa belauscht?«

Der Zwilling – natürlich hatte ich keine Ahnung, welcher – stieß ein abfälliges Schnauben aus. »Wohl kaum. Man kann dich ja bis in die Küche hören.«

Ich rutschte von der Fensterbank. »Das glaube ich nicht.«

Wie er so dastand, die Arme arrogant vor der Brust verschränkt, und mich anschaute, als ob ich gerade die Familienjuwelen geklaut hatte, machte mich aggressiv. Und er log mir einfach so ins Gesicht, denn ich hatte wirklich nicht laut gesprochen. Wer weiß, wie lange er da schon vor der Tür herumlungerte, ohne dass ich etwas bemerkt hatte. Und er hatte dabei offenbar noch nicht mal ein schlechtes Gewissen, denn er lehnte lässig im Türrahmen und machte keine Anstalten, sich wieder zu verziehen.

Ich presste das iPad fest an mich, um zu verhindern, es im Affekt nach ihm zu werfen.

»Mach das nie wieder!« Etwas Blöderes konnte ich in diesem Moment wahrscheinlich nicht sagen, aber er hatte mich einfach auf dem falschen Fuß erwischt.

Anders als sonst bohrten sich diesmal seine grauen Augen direkt in meine, als er sagte: »Und du glaubst wirklich, ein Glücksbringer zu sein? Wünsche zu erfüllen?« Er stieß ein Schnauben aus. »Ist das dein Ernst?«

»Niemand hier im Raum hat dich nach deiner Meinung gefragt«, knurrte ich zwischen zusammengebissenen Zähnen hervor. »Ich habe dich ja nicht gebeten, mich zu belauschen. Das, was ich meiner Mutter erzählt habe, war nicht für dich bestimmt!«

»Dieser Typ in der Kneipe – dir hätte sonst was passieren können. Bist du immer so leichtsinnig?«

»Kann dir doch egal sein!«

»Ist es eigentlich auch. Ich bin ja nicht dein Bruder oder so.«

»Und dafür bin ich zutiefst dankbar«, schoss ich zurück.

Ich machte mich schon auf die nächste Gemeinheit gefasst, aber der Zwilling starrte mich nur an, machte dann auf dem Absatz kehrt, und einen Moment später hörte ich seine Zimmertür zuschlagen.

Meine Beine zitterten wie nach einem dreistündigen Tennismatch, als ich zurück in unsere Wohnung ging.

Es war total egal, ob ich wusste, welcher Zwilling mich gerade belauscht und danach so blöd angequatscht hatte.

Denn so lange ich das nicht herausfand, konnte ich einfach *beide* nicht mehr leiden.

Und würde sie ab jetzt wirklich nur noch ignorieren.

11

Durch das Gespräch mit Mama hatte ich den nötigen Rückenwind bekommen, um gleich am nächsten Tag nach der Schule wieder einen Abstecher zum Familienpostfach zu machen. Egal, was dieser Zwilling sagte – die Meinung meiner Mutter wog grenzenlos mehr. Auch wenn ich von nun an mit dem Thema ein wenig *sensibler* umgehen wollte. Kein Wort zu Papa oder Mats über die Kneipenaktion, und auch nicht zu Bea. Kim sollte meine einzige Vertraute bleiben, selbst wenn einige meiner Freundinnen – Melli, Luisa und wahrscheinlich auch Senta – mir den Rücken stärken würden. Aber die Reaktion des fiesen Zwillings zeigte mir, dass ich lieber vorsichtig sein sollte. Und noch mehr Ärger deswegen wollte ich mir ersparen.

Mein Vorhaben, beide Sonnyboys ab jetzt zu ignorieren, klappte tatsächlich gut, auch wenn Papa und Bea davon, wie erwartet, nicht begeistert waren. Trotzdem hielten sie den Mund – vermutlich ahnten sie, dass etwas vorgefallen sein musste. Was nicht weiter schwer war, denn bei den zwei gemeinsamen Familienabendessen in der kommenden Woche schaffte ich es, ausschließlich mit Mats oder den Erwachsenen zu reden.

Einer der Zwillinge versuchte es ein paarmal, aber als ich

nicht reagierte, ließ er es schnell bleiben. Der andere blieb komplett stumm. Ob aus Desinteresse oder weil *er* der Lauscher war, wusste ich nicht. Und es war mir auch egal. Wenn die beiden ihr Doppeltes-Lottchen-Spiel weiterhin durchzogen, dann mussten sie eben beide meine Wut ausbaden. Selbst wenn ich zugeben musste, dass mir die Rolle als schmollende Stiefschwester gegen Ende der Woche nicht mehr besonders gut gefiel. Ignorieren war anstrengend, kindisch und letztendlich auch ein bisschen einsam. Vielleicht würde ich am Wochenende doch wieder mit ihnen reden.

Vorher hatte ich allerdings noch eine wichtige Aufgabe vor mir, und meine Fingerspitzen kribbelten schon, wenn ich nur daran dachte: Ich hatte wieder eine Karte in meinem Postfach gefunden. Die zweite Karte, die ich laut Therese *bearbeiten* sollte. Diesmal wünschte ein Junge sich unbedingt einen Hund. Das war so gesehen kein außergewöhnlicher Wunsch für Kinder, das Entscheidende allerdings war: Ich kannte den Jungen, der sie geschickt hatte – zumindest vom Namen. Jonas Kammermeier.

Er ging in die sechste Klasse meiner Schule, und seinem Vater gehörte eine Straße weiter ein kleines Bauingenieurbüro, in das man von außen durch zwei große Schaufenster schauen konnte und an dem ich praktisch jeden Tag vorbeikam.

Das machte die Sache wesentlich leichter. Ein bisschen Internetrecherche, ein paar seiner Mitschüler auf dem Schulweg belauschen, mich ein paar Mal vor der offenen Tür zum Büro des Vaters herumdrücken, wenn der zufällig mit Jonas' Mutter telefonierte, und schon wusste ich, dass Jonas jeden Mittwoch und Freitag nach der Schule zu seinem Vater ins Büro ging, wo er dann etwas später von seiner Mutter abgeholt wurde. So erfuhr ich, dass Jonas diese Woche einen Preis bei einem Nachwuchs-Mathematikwettbewerb gewonnen hatte. Und dass er dafür am Freitag von seinen Eltern ein Geschenk bekommen würde.

Seine Karte in unserem Postfach war also voll und ganz plausibel.

Weil ich allerdings immer noch keine Ahnung hatte, was genau von meinem Wunscherfüllungsritual nun wichtig war und was nicht, fing ich sicherheitshalber schon morgens nach dem Aufstehen an, den kleinen Tanz aufzuführen, der Bastian Henn in der Kneipe zu Ruhm verholfen hatte.

»Eins, zwei, drei, im Sauseschritt tanzen alle Kinder mit, die Lina ist jetzt an der Reihe und tanzt für uns, macht mit! Zweimal springen, rundrum drehen, viermal klatschen, stampfen, stehen!«

Das ging prima beim Anziehen, Frühstücken und Zähneputzen – ich hüpfte und sang, sobald Papa und Mats außer Hör- und Sichtweite waren. Vielleicht konnte ich allein dadurch schon die Sache klarmachen – allerdings würde ich das erst mittags überprüfen können. Falls nicht, würde ich meine Utensilien parat haben – ich hatte sie zu meinen Büchern in den Rucksack gestopft, denn dummerweise musste ich ja vorher in die Schule.

Doch als ich die erste Stunde hinter mich gebracht hatte, war ich plötzlich nicht mal sicher, ob ich den Mittag überhaupt erleben würde.

Oder ob ich bis dahin nicht längst schon erfroren war.

Die Sache war die: Nachdem mein eigener Wunsch, dieses Schuljahr Sportunterricht bei Frau Williger zu haben und nicht bei Frau Temme, vom Schicksal so gnadenlos ignoriert worden war, hatte ich ja wenigstens auf Unterricht um die Mittagszeit gehofft. Weil die Temme Sport grundsätzlich immer draußen unterrichtete. Sommer wie Winter. Und mittags war es einfach ein paar Grad wärmer als früh morgens.

Doch auch hier – Fehlanzeige. Freitag, zweite und dritte Stunde, raus auf den Sportplatz, und zwar hopp, hopp.

Auch damit hätte ich mich irgendwie arrangieren können, obwohl es an diesem Tag für September unnatürlich kalt war, es hatte sogar Bodenfrost gegeben. Ich hatte am Morgen zwischen meinen Tänzchen nämlich extra meine Thermosporthose in den Rucksack gestopft und dazu ein langes Oberteil samt Kapuzenpulli. Damit wäre ich auch bei der Kälte den Umständen entsprechend gut gerüstet gewesen.

Wenn mir nicht auf dem Weg vom Klassenzimmer nach unten zu den Umkleiden besagter Rucksack im Treppenhaus aus der Hand gerutscht und ein komplettes Stockwerk auf den Steinstufen nach unten gerauscht wäre. Und wenn dabei nicht die Banane und die Schokomilch, die ich für die Pause dabeihatte, aufgeplatzt wären und sich flächendeckend über meine kompletten Sportklamotten verteilt hätten.

Deswegen hüpfte ich jetzt schlotternd neben Kim von einem Bein aufs andere, nur bekleidet mit Joggingshorts, die sie zufällig noch in ihrer Tasche hatte, und mit meinem dünnen T-Shirt. Niemand sonst konnte mir etwas zum Anziehen ausleihen, weil meine Klassenkameradinnen selbst alles anziehen mussten, was sie dabeihatten. Hätte ich sie um etwas zu essen gebeten, hätte jede von ihnen mir vermutlich liebend gern etwas abgegeben. Doch bei Klamotten in Verbindung mit der Temme und ihrem Outdoorprogramm war sich jede selbst die Nächste. Vor allem bei Temperaturen rund um den Gefrierpunkt.

Die Sporthexe bemerkte übrigens nicht, dass ich schon zum Eiszapfen wurde, sie trug normalerweise immer kurze Sachen draußen. Nur heute hatte sie – welch Ironie des Schicksals – einen langen Trainingsanzug an.

Wie ich sie dafür hasste.

»So, und jetzt erst mal ein paar Runden warmlaufen, auf geht's, Mädels! Und dann trainieren wir Weitsprung, da habt ihr letztes Jahr so kläglich versagt, das wird dieses Jahr nicht mehr passieren!«

Das allgemeine Gemurre ging unter dem schrillen Pfiff aus ihrer Trillerpfeife unter, als wir uns in Bewegung setzten. Bei der Temme die einzige Möglichkeit, die Schulstunde ohne größere Diskussionen zu überstehen: Augen zu und durch.

Und tatsächlich war Laufen meine letzte Hoffnung, dass mir ein bisschen warm wurde.

Wurde mir aber leider nicht. Auch nicht nach zwei Runden, und auch dann nicht, als ich sogar Kim und die anderen hinter mir ließ und so schnell lief, dass ich einfach irgendwann ins Schwitzen kommen *musste*.

Stattdessen sah ich, wie Mats, sein Freund Noah, die Zwillinge und noch ein paar andere aus seiner Stufe nach draußen kamen und auf den Basketballplatz zusteuerten, der direkt neben unserer Aschenbahn lag.

Die hatten's gut. Eine Freistunde. Weil ich immer noch so fror, nahm ich in Kauf, von der Temme eine Strafrunde zu bekommen, bog bei der nächsten Gelegenheit ab und lief zu Mats, der sich gerade mit dem Ball warmdribbelte.

»Du … mu-mu-musst … mir d-d-deinen Pu-Pulli geben«, sagte ich mit klappernden Zähnen. »Hab h-heute nix … Langes.«

Aber mein Bruder war leider so gar keine Hilfe.

»Sorry, ich hab heute selber nur noch eine Jeansjacke dabei, und die ist drinnen«, sagte Mats und zuckte mit den Achseln. »Und so ganz ohne Jacke …«

Ich hätte es wissen müssen. Mein Bruder war nämlich einer von der Sorte Jungs, die fast ausschließlich T-Shirts trugen. Und sonst nichts, zumindest unter der Jacke. Im Winter ein etwas dickeres, vielleicht, aber in seinem Schrank fand man kaum Langarmshirts oder gar Pullis. Ich hatte schon früh vermutet, dass er eine Lederhaut hatte, er meinte allerdings, es wären seine exzellenten schwedischen Gene, die ihn vor der Kälte schützten.

Nun, die hatte ich dann wohl im Gegensatz zu ihm nicht geerbt. *Meine* exzellenten schwedischen Gene bescherten mir gerade eine Gänsehaut, so dass meine Beine mittlerweile eine frappierende Ähnlichkeit mit den gefrorenen Putenunterkeulen hatten, die Bea neulich im Großmarkt gekauft hatte.

Ich fing wieder an, von einem Fuß auf den anderen zu hopsen, und tat mir gerade selbst so fürchterlich leid, dass ich erst nicht bemerkte, dass mir jemand etwas Schwarzes hinhielt.

Es war ein Kapuzenpulli.

Und der edle Ritter war – einer der Zwillinge.

Womit ich für den Moment echt leben konnte. Ohne lange nachzudenken, grapschte ich nach dem Teil und zog es mir mit zittrigen Fingern über den Kopf. Ich hatte zwar keine Ahnung, wer die Gurkentruppe war, zu der das Logo auf der Vorderseite gehörte, aber der Pulli reichte mir bis zur Mitte der Oberschenkel und war oberflauschig warm.

Außerdem roch er gut.

Und weil ich jetzt nicht mehr direkt vor dem Erfrierungstod stand, kehrte auch mein Selbstbewusstsein zurück. Und meine Neugier.

»Was ich jetzt endlich wissen will«, sagte ich. »Wer von euch beiden hat mich eigentlich neulich im Salon belauscht?« Ich schaute abwechselnd zu Vincent und Arthur und stemmte die Hände in die Hüften. Meine Stimme war dank der Wärme jetzt wieder um einiges stabiler.

Der Linke warf dem anderen Zwilling einen schnellen Blick zu und grinste. Sein Bruder grinste nicht – er war es, der mir seinen Pulli gegeben hatte, denn er zog gerade seine Jacke wieder über.

Ich kniff die Augen zusammen. »Ah. Dann hast du also doch ein schlechtes Gewissen«, sagte ich zu ihm.

Er verschränkte herausfordernd die Arme vor der Brust. »Ich dachte, du redest nicht mehr mit mir.«

»Dachte ich auch. Aber ich glaube, die größere Strafe ist für dich, wenn ich es doch wieder tue.«

Er zog die Augenbrauen hoch, während der andere Zwilling immer noch grinsend den Kopf schüttelte.

Auf der Laufbahn neben uns kamen gerade die anderen Mädels aus meiner Klasse angelaufen. Im Schneckentempo. Und zwar nicht, weil sie so unsportlich waren, sondern weil sie alle neugierig in unsere Richtung starrten.

Einen Augenblick hielt ich noch Blickkontakt mit meinem Retter, wurde aber aus seinem Gesichtsausdruck auch nicht schlauer. Verschlossen wie die sprichwörtliche Auster. Dann zuckte ich mit den Schultern und winkte mit dem viel zu langen Ärmel, um zu den anderen zurückzulaufen.

Aufs Bedanken hatte ich wohlweislich verzichtet. Wobei das besagter Zwilling, seinem Gesichtsausdruck nach zu urteilen, auch nicht erwartet zu haben schien. Vermutlich wieder das schlechte Gewissen.

Irgendjemand murmelte hinter mir »Echt schöne Beine!« – gefolgt vom dumpfen Knallen des Basketballs und einem leisen Fluch. Und meinem Bruder, der sagte: »Meine Schwester steht nicht zur Debatte, klar?«

Ich rollte mit den Augen und tat so, als hätte ich es nicht gehört.

»Lina, ich bin ja so neidisch!«, hauchte Sina neben mir, als ich mich wieder eingereiht hatte und wir ein Stück weitergetrabt waren. Sie drehte sich noch mal zum Basketballfeld um. »Mats als Bruder und *dann* noch die Zwillinge als Stiefbrüder – ich würde jeden Tag zu Hause einen Herzinfarkt bekommen vor Aufregung.«

»Wieso das denn bitte?«

»Na – weil sie alle so toll aussehen?!« Sina sah mich an wie ein begriffsstutziges Kind, und fast wäre es aus mir herausgeplatzt, dass mir ein freundlicher Umgang miteinander tausend Mal wichtiger war als gutes Aussehen. Doch das hätte vermutlich Fragen aufgeworfen, und ich wollte unsere Streitigkeiten nicht nach außen petzen. Für meinen Geschmack erzählte Sina zu viel herum, sie bezeichnete sich manchmal selbst fast stolz als *Gossip Girl*. Also sagte ich nur: »Sie sind nicht meine Stiefbrüder. Nur Mitbewohner. Papa und Bea wollen nicht heiraten, unter keinen Umständen.«

»Wieso eigentlich nicht?«, fragte Kim, die jetzt zu meiner Linken lief.

»Wegen Beas Eltern, die sind in der Beziehung wohl irgendwie komisch, haben offenbar wegen ihres adeligen Stammbaums zu viele Vorbehalte und auch Forderungen. Und Papa will mit denen auch nicht so viel zu tun haben. Er meint, er liebe zwar Bea, aber auf die Verwandtschaft auf dem Papier verzichtet er lieber. Sogar ihre beiden Brüder – auch Zwillinge – wären irgendwie komisch, aber die sind zurzeit auf irgendeiner Eliteuni in den USA.«

»Und wie ist das so, ich meine … mit den schönsten Jungs der Schule zusammenzuwohnen?« Sina kriegte sich immer noch nicht ein, und zu meiner größten Verwunderung hörte ich auch von Melli, Luisa und Tabea ein sehnsüchtiges Aufseufzen.

»Wie denn – ihr *alle* findet die toll?«

Wieder kollektives Seufzen. Und eifriges Nicken rund um mich herum.

Kim hatte mir ja schon erzählt, dass die Jungs viele Fans haben, aber dass sogar die Mädels aus meinem Freundeskreis …

»Mir ist bis jetzt nicht aufgefallen, dass sie so schön sind«, sagte ich. Na ja gut, das stimmte nicht ganz – natürlich habe ich gesehen, dass die Zwillinge nicht ganz hässlich waren. So gar nicht, eigentlich. Sie hatten beide wirklich ganz tolle graue Augen, und große sportliche Typen fand ich ja selbst gut. Aber ständig hingen ihnen ihre Haare ins Gesicht, und dann diese Verwechslungsspielchen ... Das machte sie gleich schon mal unattraktiv für mich. Genau wie ihr Zynismus und ihre Unverfrorenheit.

Und selbst wenn der Lauscher von neulich mir seinen Pulli geliehen hatte, würde er sich noch ins Zeug legen müssen, ehe ich den Vorfall wieder vergessen konnte.

Aber das ahnten die Mädels natürlich nicht, die weiter von den Zwillingen schwärmten. Das ging mir so auf die Nerven, dass ich froh war, als wir mit unseren Aufwärmrunden endlich durch waren und die Temme uns hinüber zur Weitsprunganlage scheuchte. Die lag am anderen Ende des Sportplatzes und damit weit weg vom Basketballfeld, wo die Jungs jetzt ihre Körbe warfen.

Es war ein merkwürdiges Gefühl, von den Mädels über die Zwillinge ausgefragt zu werden. Und ein bisschen hoffte ich, dass ihre Begeisterung bald wieder nachlassen würde.

Dank des kuschligen Pullis überstand ich die restliche Sportstunde einigermaßen unbeschadet. Irgendwann kam sogar die Sonne raus, und ich musste nicht mehr dauernd auf der Stelle hüpfen aus Angst, dass mir ansonsten die Putenunterkeulen abfrieren würden.

Ein großer heißer Kakao in der Pause und die übrigen Schulstunden im beheizten Klassenzimmer brachten mich durch den Rest des Schultages.

Doch je weiter der Tag voranschritt, desto mehr machte ich mir Sorgen um den Mittag und meinen neuen Wunscherfüllungstest. Würde es diesmal klappen? Würde Jonas wirklich einen Hund von seinen Eltern bekommen? Ich hätte nur zu gern meinen kleinen Wunscherfüllungstanz noch ein paarmal aufgeführt, doppelt hält besser, heißt es ja so schön, aber leider hatte ich den übrigen Vormittag keine Zeit und Ruhe mehr.

Erst nach der Schule bot sich die Gelegenheit, und ich gab alles. Ich drehte ein paar Tanzrunden im Schulklo und dann zwei weitere auf dem Weg zum Büro von Jonas' Vater, während ich leise Jonas' sehnlichsten Wunsch vor mich hin murmelte:

»Jonas Kammmeier bekommt von seinen Eltern heute Nachmittag einen süßen wuscheligen Hundewelpen geschenkt.«

Zum Glück waren nicht viele Leute unterwegs, und diejenigen Passanten, die mich merkwürdig rumhüpfen und singen sahen, verbuchten meine Anwandlungen vermutlich unter »diese Teenager« oder »hyperaktiv« oder »zum Glück ist meine Tochter nicht so komisch«.

Womit ich leben konnte.

Zudem schob Kim sich immer so vor mich, dass ich ein bisschen Schutz hatte. Diesmal hatte meine beste Freundin es sich nicht nehmen lassen, mich zu meiner Wunscherfüllungsmission zu begleiten. Sie hatte sogar ein Treffen mit Moritz für mich verschoben. Ihre Neugier musste wirklich grenzenlos sein.

»Wenn wir zu zweit sind, ist das außerdem viel unauffälliger«, sagte sie, als ich zweifelte, ob ihre Anwesenheit eine so gute Idee war. »Wir setzen uns einfach gegenüber in das kleine Café, trinken etwas und können alles beobachten. Besser, als wenn du da alleine bist. Und ich *muss* einfach mit eigenen Augen sehen, wie es funktioniert!«

Also kam sie mit. Und zog mich ins Café gegenüber dem Kammermeier'schen Büro, als ich in letzter Minute kneifen wollte. Plötzlich war ich alles andere als sicher, dass das noch mal so funktionieren würde wie bei Bastian.

Ich meine, vielleicht hatte der Zwilling wirklich recht?

Wie alt war ich eigentlich, dass ich tatsächlich glaubte, eine Glücksbringerin zu sein?

Das Café war leider kein so guter Beobachtungspunkt, wie ich gehofft hatte – denn der Laden war innen nicht viel größer als ein Schuhkarton. Ein schmaler Tisch mit zwei Stühlen stand vor dem großen Fenster zur Straße, ansonsten gab es nur den Verkaufstresen mit ein paar Barhockern. Und einem telefonierenden Verkäufer, der uns nickend und Hände wedelnd bedeutete, uns schon mal zu setzen, als wir bei ihm zwei Tassen heiße Schokolade bestellten.

Ich ließ mich auf den Stuhl am Tisch sinken und spürte, wie meine Hände immer feuchter wurden. Warum war ich bloß so aufgeregt? Wenn es nicht klappte, würde ich mich doch höchstens vor Kim blamieren, und die kannte mich in- und auswendig und hatte mehr als einmal erlebt, dass ich mich zum

Gespött der Leute machte, sie war das praktisch gewohnt von mir.

Die Wahrheit war wohl, dass ich dieses Kakaogefühl von Bastian unbedingt noch einmal erleben wollte. Ich wollte wieder diese unbändige Freude und das Glück miterleben, wenn ein Wunsch in Erfüllung ging. Und ich wollte – okay, ich gebe es ja zu – der *Grund* dafür sein.

Nach einem prüfenden Blick auf den rothaarigen Barmann, der sich am Milchaufschäumer zu schaffen machte, zog ich Parmesanreibe und Hubschrauber aus dem Rucksack und schleckte hinterher schnell den Deckel vom Erdbeerquark ab. (Der war beim Treppensturz des Rucksacks vorhin Gott sei Dank heil geblieben!) Dabei murmelte ich mantramäßig Jonas' Wunsch vor mich hin und dachte an die zehn glatzköpfigen Franzosen.

Kim hatte sich auf ihrem Sitz vorgebeugt und starrte neugierig zum Büro hinüber.

Ich hörte mit halbem Ohr dem Kellner zu.

»Ja, Schatz, ich weiß … ich finde rote Rosen auch toll, aber meinst du nicht, dass weniger auch reichen würden? Vor allem in der Kirche? Ja … hm … doch, doch, Schatz.« Er warf uns einen Blick zu. »Mit Sahne?« Kim und ich schüttelten den Kopf, und er konzentrierte sich wieder auf seine Gesprächspartnerin. »Nein, es sind Kunden da, aber kein Problem, wir können trotzdem sprechen. Und wie viel kostet das Kleid mehr, sagst du?«

Kim fing an zu kichern. »Die Freundin scheint ziemlich genaue Vorstellungen zu haben«, flüsterte sie und zog ihre Jacke aus.

Hinter uns gab es plötzlich einen ohrenbetäubenden Knall, und einen Augenblick später rollte eine Edelstahlkanne über den Boden.

»Wie viel kostet das Kleid???«

»Oje«, murmelte ich. »Dabei dachte ich, dass Hochzeiten der Gipfel der Romantik sind.«

»Wohl eher eine Feuertaufe, ob die Beziehung das auch aushält. Ich glaube, Moritz und ich würden uns nicht wegen Blumen oder Kleidern in die Haare kriegen.«

Ich stopfte den geliehenen Kapuzenpulli hinter mich auf den Stuhl. »Kim! Du bist fünfzehn! Du hast doch wohl nicht im Ernst über eine Hochzeit nachgedacht?«

Kim zuckte mit den Schultern und strich ihre langen Haare glatt. »Klar. Sofort, als ich mit ihm zusammengekommen bin.«

»Da wusstest du schon, dass du ihn heiraten willst?«

»Ich wusste, dass ich es mir mit ihm vorstellen könnte. Alles andere würde doch keinen Sinn ergeben, oder? Du sagst ja auch, dass du nur die *eine* große Liebe willst und nicht nur irgendjemanden, der ...« Sie unterbrach sich mitten im Satz und richtete sich auf. »Schau mal – sind das da drüben nicht Jonas' Eltern? Und hat sein Vater tatsächlich gerade einen Korb auf den Tisch gestellt?«

Ich schoss so schnell nach oben, dass ich mir böse das Knie am Tisch anstieß. »Einen Korb? Wo?«

»Im Besprechungsraum. Auf dem Tisch«, zischte Kim. »Wir brauchen Deckung, sonst können sie uns von drüben sehen!« Sie zog ein Geschichtsbuch aus ihrem Rucksack und stellte es geöffnet vor uns auf den Tisch.

Ich musste lachen.

»Man kann euch trotzdem sehen«, quakte der Barmann, als er uns unsere Tassen auf den Tisch stellte, das Handy immer noch zwischen Ohr und Schulter geklemmt. »Nein, Schatz, ich hab mit den Gästen geredet. Die sind ein bisschen … merkwürdig.«

»Selber!«, sagte Kim und duckte sich wieder, das Kinn dabei schon fast in ihrem Milchschaum. »Außerdem lernen wir nur. Für unsere nächste Klassenarbeit.«

»Und beobachtet dabei die Nachbarn?«

»Und machen gleich Knutschgeräusche, damit die Verlobte da am Telefon mal richtig was zu hören kriegt. Oder, *Schatz*?«, rief Kim etwas lauter, und ich musste mir die Hand auf den Mund pressen, um nicht laut loszulachen.

Der Rothaarige fand das aber offenbar gar nicht witzig, denn er verzog sich sofort mit einem bösen Blick hinter den Tresen, wo er leise und beschwichtigend in sein Handy murmelte.

»Hey, Jonas kommt!«, sagte ich und duckte mich wie Kim hinter das Buch. So übertrieben ich ihre Idee mit dem Sichtschutz zuerst gefunden hatte, so dankbar nutzte ich ihn jetzt.

Dafür, dass der Kleine sonst eher gelangweilt die Straße entlangschlurfte, war er heute erstaunlich flott unterwegs. Er ließ sich nicht mal vom Fernseher im Schaufenster des Modellflugzeugladens ablenken, der ein Stück die Straße weiter vorne lag. Und vor welchem er diese Woche schon *sehr* lange gestanden hatte, wie ich leider am eigenen, frierenden Leib erfahren musste.

Nein, heute steuerte er direkt auf das Büro seines Vaters zu, stieß die Glastür mit einem uneleganten Schulterrempeln auf und pfefferte im Flur seinen Schulranzen zu Boden.

Seine Eltern standen beide neben dem Korb und sahen ihn erwartungsvoll an.

Jonas rannte zu ihnen hinüber, stoppte aber dann in vollem Lauf. Sie sagten etwas, und er näherte sich dem Korb. Sein Strahlen wich einem Stirnrunzeln.

Gleich, gleich würde er in den Korb schauen!

Mein Herz schlug so fest gegen meine Brust, dass ich Angst hatte, gleich von meinem Stuhl zu kippen.

Da.

Er hob den Deckel.

Und seine Augen wurden rund wie Frisbeescheiben.

Völliger Unglaube.

Und dann … konnten Kim und ich sogar bis zu unserem Spionageplatz auf der gegenüberliegenden Straßenseite ein helles Bellen hören.

»Es hat geklappt«, hauchte Kim und nahm meine Hand. »Schau doch, Lina. Es hat geklappt!«

Und tatsächlich hob Jonas ein kleines, wuscheliges Fellknäuel aus dem Korb, das in seiner Hand zappelte und wedelte und versuchte, ihm das Gesicht abzuschlecken.

»Sieh dir die Knopfaugen an, der ist ja zum Auffressen süß«, murmelte Kim, während mir vor Überraschung die Stimme versagte. »Ein Mischling, vielleicht Labrador, und, äh … Pudel?«

»Keine Ahnung«, krächzte ich schließlich. Und brauchte ein paar Sekunden, ehe das, was da eben passierte, in meinem Gehirn ankam.

Es hatte geklappt! Der Hund war wirklich da!!! Ein Welpe, wie er wuscheliger und süßer nicht sein könnte.

Praktisch gleichzeitig sprangen Kim und ich von unseren Stühlen auf, fielen uns um den Hals und tanzten wie Verrückte um unseren wackeligen Tisch herum.

Wie zwei wild gewordene Hühner gackerten wir dabei durcheinander:

»Wahnsinn!«

»Wie hast du das gemacht?«

»Keine Ahnung, aber ich hab mir einfach den ganzen Tag gewünscht –«

»Und jetzt ist er da! Das ist sensationell!«

»Und der ist sooo süß!!!«

In unserem Freudentaumel bemerkten wir gar nicht, dass der muffelige Kellner neben uns stand und nach drüben deutete. Er hatte aufgehört zu telefonieren und trocknete sich jetzt die Hände an einem Geschirrtuch ab.

»Also, ich weiß ja nicht, was ihr seht – aber der Junge scheint sich nicht sonderlich über den Welpen zu freuen.«

»Ach, Quatsch, schauen Sie doch –«

Aber als ich mich von Kim losgemacht hatte und wieder nach drüben sah, wusste ich, was er meinte.

Jonas machte ein Gesicht, als ob er eine Klapperschlange im Arm hielt. Und reichte den Welpen dann seiner Mutter weiter, während die hilflos seinen Vater anschaute.

»Was hat er denn?«

»Keine Ahnung.«

Jonas schob die Hände in die Hosentaschen und guckte zu

Boden. Der Hund kläffte und wedelte immer noch, so dass seine Mutter ihn auf den Boden setzte, wo er wie ein Irrer um die Beine der Familie sprang und spielen wollte.

»Weint Jonas etwa?«, fragte Kim jetzt ungläubig.

Und ich dachte, mein Herz würde in tausend Teile zerbrechen.

Tatsächlich stand der Junge ganz offensichtlich schluchzend da, seine Schultern bebten, und sein Vater tätschelte ihm hilflos den Rücken, als dicke Tränen über seine Wangen liefen.

»Aber warum denn nur? Er hat es sich doch gewünscht! Und du hast es ihm erfüllt! Wie kann das sein?«, fragte Kim, und ich zuckte nur mit den Schultern.

»Keine Ahnung«, flüsterte ich. »Ich hab wirklich keine Ahnung.«

Und jetzt fiel mir auch auf, dass ich das glückselige Kakaogefühl, das sich nach der Sache mit Bastian Henn eingestellt hatte, nicht spürte. Nicht ein winziges bisschen. Im Gegenteil, in meinem Magen manifestierte sich ein gewaltiger Backstein, und ich hatte das Gefühl, als ob ich selbst gleich in Tränen ausbrechen müsste.

Ich hatte es vermasselt.

Ich wusste zwar nicht, warum, aber – ich hatte es ganz eindeutig vermasselt.

Jonas wollte gar keinen Hund.

Aber ich hatte nicht den blassesten Schimmer, was er stattdessen wollte. Oder wie ich meinen Fehler wieder würde gutmachen können.

12

Der Gedanke an Jonas ließ mich nicht los. Sogar noch am Samstagmorgen fühlte ich mich schlecht deswegen. Papa und Mats erkundigten sich besorgt, was denn mit mir los sei, als ich nach dem Frühstück ohne Aufforderung unser Bad schrubbte und dann einen großen Stapel Wäsche bügelte.

Aber natürlich konnte ich wie immer nur mit Kim darüber sprechen. Und wir diskutierten uns am Telefon die Köpfe heiß – schließlich hatte ich es ja rein technisch gesehen geschafft, seinen Wunsch zu erfüllen. Genau wie er auf der Karte gestanden hatte, die Jonas an Ururgroßmutter Glorias Postfach geschickt hatte. Doch warum freute er sich dann nicht über das süße Hündchen?

Kim, die mittags kam und sich mein Gejammer auch noch live angehört hatte, wurde es schließlich zu bunt. Sie sprang auf und ging zu meiner Zimmertür. »Zeit, dich auf andere Gedanken zu bringen. Mats hat vorhin, als ich kam, erzählt, dass er zum Eishockeyspiel der Zwillinge will. Und da gehen wir jetzt am besten mit.«

Ich starrte sie an.

War ich so verzweifelt?

»Ich bin auch kein Fan, aber ist doch egal«, sagte Kim. »Hauptsache, du kommst auf andere Gedanken. Und Luisa hat mir erzählt, dass es immer ein Mordsspaß ist, ihr Bruder ist ja auch in der Mannschaft.«

Ich war tatsächlich so verzweifelt.

»Okay«, antwortete ich. »Lass uns gehen.«

Wie es aussah, wollte nicht nur Mats zum Spiel, sondern auch Bea und Papa, was sehr praktisch war, denn so konnten wir alle mit dem Auto fahren. Doch gleich hinter den Kassenzugängen der Eishockeyhalle, die in der Nähe des alten Olympiastadions im Westen der Stadt lag, verabschiedeten sie sich von uns.

»Wir sitzen in der Südkurve, bei den anderen Eltern«, sagte Bea und deutete hinter uns auf die letzte Sitzreihe. Die Halle war etwa zu einem Drittel besetzt, was deutlich mehr war, als ich für ein U17-Spiel erwartet hatte. Vom Spielfeld erhoben sich die Tribünen mit etwa fünfzehn Reihen, so steil, dass man vermutlich sogar in der letzten Reihe das Gefühl hatte, ganz vorne mit dabei zu sein.

Viele der Leute, die schon da waren, trugen die schwarzen Trikots der *Icebears* oder Schals oder beides. Doch dafür, dass die Halle nicht voll war, war es schon ganz schön laut. Um uns herum wurde geplaudert, gewinkt, umarmt, auf die Schulter geklopft, und ich hörte schon die ersten Fangesänge zu meiner Linken. Auf den Rängen an den kurzen Seiten des Spielfelds, hinter den Toren, saßen offensichtlich die Hardcore-Fans. Einige von ihnen hatten Trommeln mitgeschleppt und spielten sich just in diesem Moment schon mal warm. Der dumpfe Rhythmus und dazu das Dröhnen der Eismaschine, die ihre Runden drehte, machten sogar schon vor dem Anpfiff ordentlich Lärm.

»Geht ihr nur nach unten ans Spielfeld!«, rief Papa und deutete an uns vorbei auf die Tribüne.

Kim und ich schauten uns um. Mats hatte schon kurz nach dem Eingang jemanden getroffen (ein Mädchen, klar!), und wir entdeckten glücklicherweise Luisa in einer Reihe dicht hinter den Mannschaftsbänken, die noch einigermaßen leer war.

Wir winkten Papa und Bea zum Abschied und liefen die Stufen zwischen den Sitzreihen hinunter.

»Hey, Lina, hallo, Kim!« Luisa winkte uns zu. »Endlich kommt ihr auch mal zu einem Spiel.«

Ich staunte. Luisa war nicht allein hier, bei ihr saßen Senta und noch ein paar andere aus der Schule. Ich hatte zwar mitbekommen, dass Luisa ab und zu zum Eishockey ging, aber das hier war ja das reinste Klassentreffen. Zumindest von der Mädchenseite.

Wir wurden mit großem Hallo empfangen, und ich quetschte mich auf einen Platz zwischen Senta und Kim und rieb mir die Hände.

»Verflixt kalt hier drin!«

Die Eismaschine ratterte vom Spielfeld und zog eine Nebelschwade hinter sich, und ich fühlte mich, als ob ich vor einem offenen Kühlschrank stand. Trotzdem saßen die Leute um mich herum ohne Jacke da, dafür behangen mit Trikots, Schals und Mützen der *Icebears*. Ich wusste ja, dass die Profimannschaft der *Icebears* super in der DEL spielte, aber dass alle schon bei der U17-Mannschaft so ausflippten, überraschte mich doch.

»Das wird gleich besser, wenn das Spiel losgeht. Dann wird dir gleich warm vom Anfeuern«, sagte Senta aufmunternd.

Schräg hinter uns trötete und sang eine Gruppe Fans etwas, das wohl *Highway to Hell* sein sollte.

»Bist du öfter bei den Spielen?«

Sie nickte. »Klar, mein Cousin spielt mit, nur leider kommt er nicht so oft zum Einsatz. Aber der Bruder von Luisa spielt auch, mit der Nummer 17«, rief sie, um das Gegröle um uns herum zu übertönen, und grinste. »Die Stimmung ist immer der Wahnsinn, wirst du gleich sehen.«

»Du musst uns alles erklären!«, sagte Kim, was Senta bereitwillig tat, bis sie unterbrochen wurde von einem scheppernden Gong, der vom Band kam. Und ein paar Sekunden später stürmten die Jungs der Gastmannschaft aufs Spielfeld, zu einem schnellen, lauten Rocksong.

»*The boys are back and they are looking for trouble?*«, wiederholte ich den Text, und wir mussten lachen. So ein Klischee!

Und dann kamen die *Icebears*. Wenigstens hatten die einen Song der *Foo Fighters* als Einlaufmusik, damit konnte ich mich schon besser anfreunden.

Die Leute flippten jetzt schon völlig aus, und ich musste wieder lachen. Gott, die Jungs fanden sich aber auch ziemlich toll, wie sie da auf dem Eis herumflitzten und sich bejubeln ließen.

Ich entdeckte die Zwillinge, die beide gleich von Anfang an spielten, und Luisa zeigte mir den Kapitän mit der Rückennummer 23, einen beeindruckenden Koloss, der so aussah, als würde er gern *Mr Incredible* Konkurrenz machen: Luca und irgendein italienischer Nachname, den Senta mir zurief, den ich aber nicht verstand.

Kurz darauf wurde das Spiel angepfiffen, und ich versuchte, dem Puck mit den Augen zu folgen, was sich aber als gar nicht so leicht herausstellte. Die Spieler stürzten sich auf ihn, die *Icebears* in Schwarz, die anderen in Rot. Schon in den ersten Minuten ging es so schnell hin und her, dass ich total gebannt war. Das war *tatsächlich* spannend!

Der Puck landete beim Gegner, die Spieler in den roten Trikots spielten ihn geschickt hin und her, steuerten aufs Tor zu, schossen schnell – und unser Torwart parierte. Jubel, aber es ging sofort weiter. Jetzt war der Puck bei den *Icebears*, und ich konnte ihm gar nicht so schnell mit den Augen folgen, wie er abgespielt wurde.

Ich ertappte mich dabei, wie ich anfing loszubrüllen, als einer der Roten ganz offensichtlich einen *Icebear* foulte, doch einen Moment später fuhr ich zurück. »Huch!«

Direkt vor uns waren zwei Spieler in die Bande geknallt, und ich zuckte erschrocken zusammen, während Senta neben mir lachte und mir das Knie tätschelte. »Daran gewöhnt man sich. Schau mal, das war Vincent.«

Wegen des Lärms in der Halle konnte ich mittlerweile mein eigenes Wort kaum noch verstehen. Obwohl das die U17-Mannschaft war, feuerten die Zuschauer die Jungs auf dem Eis an, als ob es eine WM wäre, mit Fangesängen, Trommeln und Musik.

Vincent (woran Senta ihn erkannte, war mir schleierhaft) schoss übers Eis, wo er einen Gegner nach dem anderen anrempelte, um an den Puck zu kommen.

»Zurückhaltend ist beim Eishockey keiner, aber Vincent hat wirklich gar keine Hemmungen. Arthur versucht eher, Streit zu schlichten. Aber er ist ja schließlich auch zweiter Kapitän«, brüllte Senta mir eine Erklärung zu, während sie, wie ich, gebannt nach vorne schaute.

Arthur zweiter Kapitän? Das war mir neu. Aber wo und wann hätte ich es auch erfahren sollen. Vor lauter Lauschangriff und doofen Verwechslungsspielchen war ein Kennenlernen bisher ja quasi unmöglich gewesen.

Doch dank Senta erfuhr ich, dass Vincent die Rückennummer 8 hatte und Arthur die 13.

»Vincent ist Stürmer, Arthur Verteidiger. Die beiden sind so *richtig* gut, ich hab von meinem Cousin gehört, dass sie das Zeug zum Profi haben, vor allem, seit sie in Kanada waren, die müssen dort ununterbrochen gespielt haben, meint er. Glaubst du, das käme für sie in Frage?«

Ich zuckte mit den Schultern. *Keine Ahnung*, bedeutete ich ihr, weil man sich inzwischen kaum noch verständlich machen konnte.

Das Spiel war schnell und irgendwie ziemlich brutal, aber ich hatte total vergessen, wie kalt mir vorhin noch war, denn eben fiel das erste Tor. Für die *Icebears*.

Alle Mädels aus meiner Sitzreihe waren aufgesprungen, und

ich jubelte ausgelassen zwischen Kim und Senta. Das machte *wirklich* Spaß. Ich musste mir zwar jedes Mal die Augen zuhalten, wenn wieder einer in die Bande knallte, aber trotzdem war ich vom Spielverlauf echt gefesselt. Dazu noch die lauten Fangesänge und die Tröten und Trommeln, die ein paar andere Leute dabeihatten, und nach dem ersten Drittel war auch ich völlig begeistert. Hier war alles nicht so verbissen und konzentriert wie beim Tennis. (Vielleicht würde ich beim nächsten Tennistraining auch mal vorschlagen, laut Musik laufen zu lassen. Mal sehen, was unser Trainer dazu sagen würde.)

In der ersten Pause bekamen Kim und ich dann noch weitere Infos, jeder wusste etwas, und irgendwann rauchte mir der Kopf vor lauter Namen und Regeln und anderen Mannschaften, die in den kommenden Wochen hier gegen die *Icebears* antreten würden.

Das zweite Drittel begann, die Spieler kamen wieder auf das Eis. Vor dem Anpfiff winkte die Nummer 13 – Arthur – in meine Richtung. Zögerlich, kurz, aber er winkte. Und Vincent sah ebenfalls zu mir und machte es ihm sofort nach.

Reflexartig winkte ich den beiden zurück.

»Wussten die beiden gar nicht, dass du da bist?«, rief Senta mir zu, und ich schüttelte den Kopf.

»Nein, wir haben nicht darüber gesprochen. Vielleicht meinten die aber auch gar nicht mich«, sagte ich und drehte mich um.

Hinter mir saßen zwei Mädchen, die offenbar erst zum zweiten Drittel gekommen waren. Eine hatte honigblonde Wellen, die andere dunkle, glänzende Zöpfe, und beide zogen Blicke auf sich. Sehr viele Blicke.

»Oh, die mit den Zöpfen ist Sophia«, raunte Luisa uns zu. »Sie war kurz mit Arthur zusammen, bevor er nach Kanada gegangen ist. Läuft da jetzt wieder was?«

Ah, *das* war Sophia? Von der hatte Vicky mir doch erzählt!

»Ich hab keinen Schimmer, was bei den Zwillingen los ist«, antwortete ich und kam mir gleichzeitig ein bisschen blöd vor. Verdammt, ich wohnte schließlich mit ihnen zusammen.

»Meinst du denn, die will noch was von ihm?«, raunte ich in einer kurzen Trommelpause Senta zu, die ihren Kopf verdreht hatte und ihren Blick nicht von Sophia lösen konnte, die sich zwei Sitzreihen hinter uns drapiert hatte und einfach nur schön war.

»Sieht fast so aus, sonst wäre sie bestimmt nicht hier«, antwortete sie und zuckte dann mit den Schultern, ehe wir uns wieder auf das Spiel konzentrierten, das eben angepfiffen wurde.

Die Glückssträhne der *Icebears* hielt an. Zwar erzielte die gegnerische Mannschaft ein Tor, unsere Jungs allerdings noch mal zwei.

Ich kippte vor lauter Aufregung den kompletten Inhalt von Kims Wasserflasche in mich hinein, mit dem Effekt, dass ich kaum die letzte Pause abwarten konnte, weil ich so dringend aufs Klo musste.

»Bin gleich wieder da«, brüllte ich Kim und Senta zu und bahnte mir entlang unserer Sitzreihe den Weg zu den Toiletten.

Ruckzuck war ich auf dem Treppenabgang, der hinunter in die Katakomben des Stadions führte. Ein breiter Gang verlief hier unter der Tribüne einmal um das Spielfeld.

Ich hoppelte nervös von einem Bein aufs andere – ah, da waren die Toiletten angeschrieben. Ich joggte in die Richtung und wollte gerade erleichtert aufatmen – als ich das Schild an der Tür sah.

Außer Betrieb. Bitte nutzen Sie die Toiletten in Block C.

O nein, o nein, o nein! Egal, weiter. Da vorne war das Männerklo, aber da gingen gerade vier Kinder mit ihren Eltern rein. Es war nicht mal daran zu denken, dass ich mich noch vor ihnen durch die Tür quetschen konnte.

Ich musste weitersuchen, also schnell zu Block C.

Ich trinke nie wieder so viel Wasser auf einmal!!! Und warum mussten eigentlich diese Leute jetzt hier mitten im Gang herumstehen?

»Lassen Sie mich durch, ich muss … schnell … hoppla!«

»Also, diese Jugend!«, keifte mir jemand hinterher, den ich offenbar angerempelt hatte, aber ich hatte noch nicht mal mehr Zeit, mich umzudrehen.

»Sorry, war keine Absicht«, plärrte ich nur über die Schulter und rannte weiter, denn ich konnte bald nicht mehr.

Die Hölle, das wusste ich jetzt, waren weder Teufel noch Fegefeuer und schon gar nicht die anderen – sondern eine Eishockeyhalle ohne funktionierende Klos.

Doch endlich, da vorne. Herren- und Damentoilette, ohne Schild dran und ohne eine Horde Kinder davor. Egal welche, aber eine davon war meine.

Dummerweise musste ich jetzt auch noch daran denken, worüber ich mit Kim gesprochen hatte, als sie neulich so dringend musste. Nämlich, dass es immer dringender wird, je näher man der rettenden Toilette kommt. Das konnte ich nur bestätigen, ich spürte schon die Schweißperlen auf der Stirn, und ich legte auf den letzten Metern einen Sprint hin, der wahrscheinlich sogar der bösen Frau Temme gefallen hätte.

»Hey!!!«, rief da plötzlich jemand, und keine Sekunde später war ich gegen ein Hindernis gerumst und mit ihm zu Boden gegangen.

Das Hindernis war männlich, hatte kurze, blonde Haare und blitzblaue Augen.

»Wirklich umwerfend!«, sagte es, auf dem Rücken liegend, und ich wimmerte.

»O Gott, sorry, das wollte ich nicht!«, krächzte ich und rappelte mich sofort wieder auf. »Aber ich muss … weg!«

Entgegen jeder guten Erziehung ließ ich den Typen einfach liegen und rannte mit letzter Kraft in die Damentoilette.

Ich konnte erst wieder klar denken, als ich mir ein paar Minuten später die Hände wusch und an den Papiertüchern abtrocknete. Herrje, so was ist mir ja noch nie passiert! Und dann noch der Typ, den ich umgerannt hatte, der musste mich für ziemlich bescheuert halten. Hoffentlich hatte er sich nicht weh getan.

Ich schloss kurz die Augen, weil es mir so peinlich war, und machte mich dann auf den Weg zurück zu meinem Platz. Sicher war schon gleich das zweite Drittel vorbei, ich hoffte, ich hatte nicht so viele Tore verpasst.

Doch als ich aus der Toilette wieder in den Gang hinaustrat, lehnte jemand an der gegenüberliegenden Wand.

Ich schluckte. Das war der Typ von vorhin. Er war jünger, als ich erst dachte, vielleicht so siebzehn, achtzehn. Und anhand seines strahlenden Lächelns machte ich fest, dass er sich bei unserem Sturz vermutlich nicht weh getan hatte.

Zum Glück.

»Entschuldige wegen eben«, begann ich, als er sich von der Wand abstieß und auf mich zukam. »Ich wollte dich nicht umrennen, aber ich hatte es gerade, na ja, verdammt eilig.«

»Das habe ich schon gemerkt«, sagte er und lächelte herzlich. »Ist auch überhaupt nicht schlimm.« Er musterte mich kurz von oben bis unten, ehe er mich wieder anstrahlte. »Immerhin gibt es ja jede Menge Bücher und Filme, in der der Held oder die Heldin jemanden umrennt und die beiden sich danach Hals über Kopf verlieben. Daran musste ich irgendwie gerade denken.«

Ich starrte ihn an. Hatte er das jetzt gerade wirklich gesagt?

»Ich bin übrigens Tom«, stellte er sich grinsend vor, und seine niedlichen Grübchen ließen mich direkt zurücklächeln.

»Ich bin Lina. Sprichst du da etwa von Liebe auf den ersten Blick?«

Er nickte vieldeutig. »Klar. Das ist ja eine eigene Literaturgattung, wusstest du das nicht? Ich glaube jedenfalls felsenfest, dass an der Theorie was dran ist. Vor allem, nachdem ich dich heute hier getroffen habe.«

Mein Herz schlug ein wenig schneller, und für einen Moment war ich so verblüfft, dass ich nicht wusste, was ich sagen sollte.

Ich meine, ich hatte gerade jemanden umgerannt, weil ich so dringend aufs Klo musste, und jetzt machte er Bemerkungen zur Liebe auf den ersten Blick? Wo ich mich doch selbst dafür, na ja – interessierte?

Tom lächelte immer noch, und ich stellte fest, dass er mir wirklich sehr sympathisch war: groß, blond, strahlendes Lächeln und dazu noch ein gutes Selbstbewusstsein.

Und während ich überlegte, wie ich ihm den Ball am geschicktesten zurückspielen konnte, hatte er Zettel und Stift aus der Innentasche seiner Jacke gezogen, kritzelte etwas darauf und reichte ihn mir.

»Hier. Meine Telefonnummer. Wenn du auch wissen willst, ob an der Theorie was dran ist, ruf mich an. Dann gehen wir nächsten Samstag aus.«

Seine Finger berührten meine nur einen Sekundenbruchteil, als er mir seine Nummer gab, und plötzlich kribbelte meine ganze Hand.

Huch, was war das denn?

»Danke«, sagte ich und konnte wie er nicht mehr aufhören zu lächeln. Sogar noch, als er sich umdrehte und in die entgegengesetzte Richtung zu seinem Platz zurückging. Und als ich mich selbst auf den Weg zurück zu meinen Freundinnen machte.

Es war nicht zu fassen! Wie cool war das denn, bitte? Wahrscheinlich hatte das Schicksal mich genau in dem Moment aufs Klo geschickt, als Tom auch dort unten war.

Der absolute Wahnsinn!

Für den Augenblick war mein Kummer um Jonas und seinen

ungewollten Hund vollkommen in den Hintergrund getreten. Oder – er war ja eigentlich der Grund gewesen, warum ich heute Nachmittag bei einem Eishockeyspiel gelandet war und dann auch noch in dem dunklen Flur vor der Damentoilette, oder nicht?

Ich dachte einen Moment über die merkwürdigen Wege des Schicksals nach, aber dann rief ich mich zur Ordnung. So oder so – endlich machte sich mal ein Wunsch von mir daran, sich für mich zu erfüllen. Also würde ich dem nicht im Weg stehen.

Und während ich mich wieder auf meinen Platz zwischen Kim und Senta schob, war ich fest entschlossen, Tom noch heute anzurufen. Denn auf der Suche nach der großen Liebe wäre alles andere praktisch fahrlässig gewesen.

Leider hatte das Schicksal mir auch einen Vater und einen Bruder beschert, die im Gegensatz zu Kim nicht vor Freude ausflippten, als ich unvorsichtigerweise von der Begegnung mit Tom erzählte.

Wir hatten uns vor dem Parkplatz getroffen, nachdem die *Icebears* 5:1 gewonnen hatten, was ich aber nur noch halbherzig mitbekommen hatte. Schließlich hatte ich ja Kim sofort in alle Einzelheiten einweihen müssen, was mir vor der Damentoilette passiert war.

Die Zwillinge kamen gerade aus dem Stadion und liefen zu uns herüber, als mein großer Bruder begriff, dass ich irgendwie anders war als sonst. »Sag mal, hast du eben beim Eishockey mal wieder zu viel Cola getrunken?«, fragte er. »Oder warum bist du so hibbelig?«

Ich schüttelte den Kopf. »Nee, ganz im Gegenteil! Ich hab vielleicht bald ein Date!«, rutschte es mir heraus. »Ein echtes Date! Vermutlich nächsten Samstag!« Am liebsten wäre ich vor Freude nur so auf- und abgehüpft.

Aber Mats und Papa brachten mich sofort wieder auf den Boden der Tatsachen. Denn schneller, als ich gucken konnte, wurde ich von den beiden flankiert. Und ausgequetscht.

»Mit wem?«

»Wie heißt der Typ?«

»Wo hast du ihn kennengelernt?«

»Kann man dem trauen?«

O nein. Ich wusste ja, dass Mats immer komisch reagierte beim Thema Jungs, aber ich hatte gehofft, dass wenigstens Papa ein wenig cooler sein würde. Aber genau wie mein Bruder löcherte er mich mit Fragen.

Selbst Bea drehte sich mit einem mitleidigen Blick zu mir herum und zuckte nur mit den Schultern.

Egal, da musste ich jetzt durch.

»Er heißt Tom. Und er … äh … liest viel.«

»Er *liest* viel?«, wiederholte Mats, als hätte ich gerade eröffnet, Tom würde in seiner Freizeit gern unschuldige kleine Tierkinder quälen. »Und wo, bitte schön, will dieser Literat mit dir hingehen?«

»Das sage ich nur Papa!«, antwortete ich erbost. Was bildete der sich eigentlich ein? »Oder am besten nur Bea.«

Aber mein Bruder hörte mir gar nicht richtig zu. »Mist, ausgerechnet am Samstag hab ich ein Auswärtsspiel und bin nicht da. Kann nicht Therese mitkommen?«, bohrte er weiter, und ich wäre ihm beinahe vor Wut auf den Fuß gesprungen.

»Warum sollte sie denn? Ich bin fünfzehn und brauche ganz bestimmt keine Anstandsdame! Du gehst doch auch immer alleine weg! Und zwar mit ständig wechselnden Mädels. Die machen sich alle Hoffnungen, während du dich niemals festlegen willst. Und davon abgesehen ist er sehr, sehr nett! Du brauchst dich nicht gleich so aufzuregen.«

Mittlerweile waren wir bei Papas Auto angekommen, wo die Zwillinge ihre Eishockeytaschen in den Kofferraum stopften. Wenigstens die hielten für den Augenblick den Mund.

Doch Mats ließ einfach nicht locker. »Ich bin ja auch nicht jemand, der im erstbesten Typen seine große Liebe sieht!«

Ich war so perplex, dass ich für den Moment keinen Ton herausbrachte.

»Du spinnst doch –«

»Da, äh … sprechen wir noch mal in Ruhe drüber, ja?«, unterbrach mich Papa, ehe ich meinen Bruder beschimpfen konnte. Er sah hilfesuchend zu Bea, die ihm aufmunternd zunickte, ehe sie sich auf den Beifahrersitz setzte.

»Ja, gerne. Aber bitte nur unter vier Augen!«, murrte ich schließlich mit einem letzten Blick auf Mats, der immer noch diese Falten auf der Stirn hatte und guckte, als ob ich vorhätte, sofort mit dem Typen durchzubrennen.

Ich war so sauer auf meinen Bruder, dass ich mich im Auto sogar freiwillig neben einen der Zwillinge setzte, in die dritte Sitzreihe. Egal wohin, nur nicht neben Mats.

»Ihr habt echt gut gespielt«, sagte ich zum Zwilling, als Papa losfuhr. Ich musste mich dringend ablenken, sonst würde ich vor Zorn überkochen. »Ich hab euch im zweiten Drittel so laut angefeuert, dass ich fast heiser bin, diese Trommler da haben ja echt keine Pause gemacht. Und dann noch dieser Trottel aus der gegnerischen Mannschaft, der am Schluss auf euren Torwart losgegangen ist – war das jetzt Sentas Cousin oder nicht? Na, auf jeden Fall wurde der zu Recht vom Platz gewiesen. Ich hätte den ja gleich komplett gesperrt.«

Der Zwilling neben mir lachte. »Eishockey *ist* so. Da geht's ein bisschen derb zu. Außerdem war das Foul gar nicht schlimm, der Schiri war nur extrem streng, normal hätte der gar keine Strafminuten bekommen.«

»Tsss, Barbaren, allesamt«, murmelte ich, und beide Zwillinge lachten, der andere schräg vor mir drehte sich um.

»Warum bist du dann überhaupt mitgekommen?«, fragte er.

»Weiß ich selbst nicht so genau.« Was natürlich nicht stimmte, ich wusste es genau. Aber an den traurigen Jonas wollte ich jetzt nicht denken, der Nachmittag war zu schön gewesen. »Aber einen riesigen Fanclub habt ihr, die sind ja alle völlig ausgeflippt. Und Sophia war auch da«, fügte ich beiläufig hinzu und wartete auf eine Reaktion.

Die auch kam, ha!

Der Zwilling vor mir riss nämlich ein wenig die Augen auf. »Du kennst Sophia?«

Ich grinste. »Nein. Aber du offenbar. Bea, sag mal, wer ist denn jetzt wer? Lotte und Luise hier hinten verraten es mir immer noch nicht!«

Bea drehte sich um. »Du sitzt neben Vincent.«

»Ah, okay. Dann hat Sophia was mit Arthur.«

»Hatte«, sagten jetzt beide wie aus einem Mund, und ich stutzte.

»Wow, habt ihr das eingeübt?«

Arthur drehte sich kopfschüttelnd wieder nach vorne und sagte nichts mehr, und Vincent neben mir raunte mir ins Ohr: »Ich würde da lieber nicht nachbohren.«

»Wieso nicht? Sonst erfahre ich doch nie was über euch! Mats regt sich auf, weil ich mit einem Fremden ein Date habe, dabei wohne ich mit sogar mit zwei Fremden unter einem Dach!«

»Wir sind keine Fremden. Außerdem wissen wir ja auch fast nichts über *dich*.«

»Na, aber tausend Mal mehr als ich über euch. Ich rede ja wenigstens, im Gegensatz zu euch.«

»Reden tust du allerdings.«

»Pass bloß auf!«

Aber Vincent grinste mich nur an. Und – war das gerade ein freundschaftliches Knuffen als Antwort? Oder war sein Ellbogen nur in meiner Seite gelandet, weil Papa eine Kurve gefahren ist?

Egal, ich würde nachher sofort von Papa eine Erhöhung meines Taschengelds fordern. Ach was, Taschengeld – Schmerzensgeld!!! Für das Leid, das ich im Zusammenleben mit drei sechzehnjährigen Jungs erfahren musste. Denn dass das *so* anstrengend sein würde, war vorher echt nicht abzusehen gewesen.

Also, Tom – für den Fall, dass ich nächstes Wochenende so ein supertolles, spannendes Eishockeyspiel sausen lassen sollte – was würdest du denn mit mir unternehmen? Lina

😆 Es wäre zumindest viel Eis im Spiel. Oder lieber Kuchen? Pasta?

Eine heiße Schokolade wäre nett ☺

So viel du willst! Nächsten Samstag 17 Uhr?

Wo?

Yeah!!! Lass dich überraschen!

13

Das Glücksgefühl über mein bevorstehendes Date mit Tom verließ mich auch dann nicht, als Bea uns am nächsten Morgen eröffnete, dass ihre Eltern sich spontan zum Abendessen eingeladen hatten. Und dass wir dieses im Salon einnehmen würden. Im Gegenteil, ich hatte mich sofort bereit erklärt, bei der Tischdeko zu helfen, und mich ordentlich in Schale geschmissen: Ich hatte das puderfarbene Kleid angezogen, das Therese mir vor ein paar Wochen aufgeschwatzt hatte. Und weil ich mit dem Tischdecken doch schneller vorangekommen war als gedacht, konnte ich mir sogar noch mein Haar über dem Lockenstab drehen, so dass es mir in weichen Wellen um die Schultern fiel. Kim sagt nämlich immer, dass es am wichtigsten ist, sich selbst schön zu fühlen, denn nur so hat man eine gute Ausstrahlung.

Und ich hoffte, dass meine Ausstrahlung heute reichen würde, um die Von-und-zu-Großeltern zu beeindrucken, wenn die wirklich so schwierig waren, wie Papa immer erzählt hatte.

Sogar die Zwillinge hatten sich rausgeputzt, sie trugen weiße Hemden zu dunklen Jeans. Alle beide. Und leider standen die ihnen echt gut, so dass ich mir ein spontanes Kompliment, das mir auf den Lippen lag, gerade noch so verkneifen konnte. Ich wollte ja nicht *zu* nett sein. Aber auch sie schauten mich nur an und sagten nichts, obwohl beiden, glaube ich, fast ein Kommentar herausgerutscht wäre.

Mats hatte ein nur ganz leicht verknittertes Jeanshemd angezogen (was für seine Verhältnisse echt schick war) und Papa einen dunklen Anzug. Er zupfte immer noch an seiner Krawatte herum, als Beas Türglocke ging.

»Showtime«, murmelte einer der Zwillinge, ehe Oma und Opa von Bergen von Bea in den Salon geführt wurden.

Und ich lächelte sie freundlich und erwartungsvoll an. Sogar dann, als die Raumtemperatur bei ihrem Eintreten gefühlt um ein paar Grad nach unten sank. Aber wahrscheinlich war draußen nur ein Fenster offen, und es zog hier irgendwo.

»Herzlich willkommen, wie schön, dass wir uns endlich kennenlernen!«, legte ich sofort los und griff nach der Hand der Oma, die mich erschrocken ansah.

Sie war ähnlich klein wie Bea. Das war aber die einzige Gemeinsamkeit, die ich auf die Schnelle ausmachen konnte, denn wo Bea zart und schmal war, war Oma von Bergen rund und kräftig. Statt Lachfältchen hatte sie tiefe Furchen um den Mund, die aussahen, als ob ihre Mundwinkel nach unten gewachsen waren, und an Stelle von Beas glitzernden blauen Augen hatte sie tiefliegende schwarze Punkte wie Stecknadelköpfe. Aber schlimmer noch als die Augen war die Pelzstola, die sie trug. Leider verlor sie dadurch gleich sehr, sehr viele Sympathiepunkte bei mir.

Beas Vater war deutlich größer als seine Frau, wenn auch

nicht ganz so groß wie die Zwillinge. Er war schlank, hatte weißes Haar und einen dichten Vollbart – allerdings nicht so netter-Weihnachtsmann-mäßig, sondern eher in Richtung unheimlicher Gefängniswärter. Sein Tweedanzug saß tadellos, und seine wässrig-blauen Augen huschten ständig zwischen Mats und mir hin und her, als ob er nur darauf wartete, dass wir eine falsche Bewegung machten.

Todesmutig griff ich trotzdem nach seiner Hand und schüttelte sie, auch wenn er sie nach zwei Sekunden sofort wieder zurückzog und an seiner Hose abwischte.

Wortlos wandten sich beide von mir ab (Mats begrüßten sie gar nicht!) und gaben ihren Enkelsöhnen die Hand. Keine Umarmung, kein *Hey, schön, dass ihr wieder da seid*, nichts.

Und auch die Jungs sagten nichts außer einem gemurmelten »Tag, Großvater, Tag, Großmutter« und einem Nicken, bei dem ihnen die Haare ins Gesicht fielen.

Na, das war mal eine herzliche Familie.

Bea, die sich ein schickes schwarzes Kleid und hohe Schuhe angezogen hatte (obwohl sie ja noch kochen musste), deutete nervös auf den wunderschön herbstlich geschmückten Tisch, der mitten im Raum stand. Durch die blütenweiße Tischdecke und die tollen Blumen und Kerzen leuchtete er im Salon wie eine Insel zwischen all den schlammfarbenen Möbeln und Wänden. Ich war stolz auf mein Werk.

»Ja, dann, äh … setzt euch doch schon mal bitte«, sagte Bea. »Christoph macht den Aperitif, und ich komme gleich mit den Amuse-Gueule.«

Beas Mutter steuerte zielgerichtet auf den Platz am Kopfende zu – und blieb wie angewurzelt stehen, als sie auf den Tisch sah.

Ups.

Da war ja noch was.

Etwas, das ich Bea vermutlich besser gesagt hätte, bevor die Gäste kamen.

»Wer hat denn hier Platzkarten verteilt?« Ihre Stimme war nur ein Flüstern. Eines, das einem das Blut in den Adern gefrieren ließ.

»Ich war das.« Ich räusperte mich. »Der Tisch sah zwar schön aus, aber noch nicht so richtig fertig. Und ich hatte vorhin noch ein bisschen Zeit, und weil ich neulich dieses tolle Büttenpapier gefunden habe, im Sonderangebot bei dem kleinen Schreibwarenladen zwei Straßen weiter, und dazu diesen Stift aus Kunst habe, der genau die gleiche Farbe hat wie die Blumen, da wollte ich mal ausprobieren, wie das so aussieht, und, na ja … ist doch ziemlich schön geworden, oder? Kalligraphie kann ich langsam richtig gut, das ging sogar ohne Vorzeichnen!«

Ich sah zu Bea, deren Augen so groß geworden waren wie ihre silbernen Platzteller. »Mutter, du darfst dich natürlich ans Kopfende setzen, das ist nur ein Missverständnis, Lina konnte nicht wi-«

Aber Beas Mutter unterbrach sie, indem sie den schweren Holzstuhl laut quietschend über das Parkett zog – den, der hinter ihrem Namenskärtchen stand, rechts von Bea, die ich als Gastgeberin an eben jenes offenbar hochbegehrte Kopfende platziert hatte. Dabei schaute sie mich so eiskalt an, dass ich für einen kurzen Moment Angst bekam, sie würde mit ihren schwarzen Knopfaugen irgend so ein Voodoo-Ding draufhaben, das mich gleich tot umfallen ließ.

Andererseits verstand ich wirklich nicht, wo ihr Problem lag. Ich hatte die Großeltern nur so platzieren wollen, dass wir uns ein bisschen unterhalten und kennenlernen konnten. Deswegen hatte ich Bea und Papa an die Kopfenden gesetzt, und auf den beiden langen Seiten jeweils neben Bea ihre Eltern, danach Mats und ich gegenüber, dann die Zwillinge, neben Papa. (Auf deren Karten hatte ich *Ashley* und *Mary-Kate* geschrieben, wie die berühmten Olsen-Zwillinge.)

Und die reagierten praktisch gleichzeitig. Nachdem sie gesehen hatten, dass sie nicht neben ihren Großeltern saßen, waren sie so schnell zu ihren Stühlen gehastet, als ob wir gerade *Reise nach Jerusalem* spielten. Zum ersten Mal, seit wir uns kennengelernt hatten, sahen sie mich freundlich und dankbar an. Beide.

Mats und ich setzten uns ebenfalls, und Papa eilte zur kleinen Bar in der Ecke des Salons, um die Drinks zu mischen. (Wobei er seinen eigenen am vollsten füllte. Ha, er war also doch nicht so cool, wie er immer tat!)

Tja, und da saßen wir also. Bea hatte sich sofort in die Küche verzogen, um möglichst schnell das Essen auf den Tisch zu bringen, die Zwillinge schienen erstaunlich entspannt (vermutlich, weil Mats und ich als Puffer dienten), und mein Bruder lächelte mir über den Tisch hinweg aufmunternd zu.

Ich wusste, was er wollte. Etwas, in dem wir beide gut waren, wozu er aber oft keine Lust hatte, weswegen die kleine Schwester ranmusste: Konversation machen.

Es gab bei der Sache nur ein klitzekleines Problem.

Ich hatte vergessen, Bea zu fragen, wie ich ihre Eltern ansprechen sollte. Mit vollem Titel ja wohl kaum, aber *Oma* und *Opa* erschien mir auch nicht so passend. Vielleicht ganz einfach nur mit Vornamen? Ich hatte nur nicht den geringsten Schimmer, wie die waren, und sie hatten sich selbst eben nicht vorgestellt. Sogar Papa hatte immer nur von »Beas Eltern« gesprochen.

Puh, da musste ich wohl improvisieren.

»Also, äh ... wie gesagt, schön, dass wir uns endlich kennenlernen!«

»Wir sind vor allem hier, um unsere Enkelsöhne zu sehen.«

Das alles hatte die Oma in diesem leisen, zischenden Ton gesagt, ich musste mich ein Stück zu ihr hinüberbeugen, damit ich sie verstand, obwohl ich direkt neben ihr saß. Sie war fast wie unser altes Radio im Badezimmer. Selbst wenn man da den Lautstärkeregler drehte, blieb es immer gleich leise.

Warum konnte die nicht normal sprechen? War das eine besondere Masche oder hatte sie wirklich was an den Stimmbändern?

»Ja, na ja, sie sind ja endlich aus Kanada zurück und haben bestimmt jede Menge zu erzählen«, sagte ich und schaute zu den Zwillingen zu meiner anderen Seite, die sich ausgerechnet jetzt angeregt mit Papa unterhielten.

»Dazu müssten sie in unserer Nähe sitzen, und das wusstest du ja offenbar gut zu verhindern!« Das war wieder der Opa, und ich zog unwillkürlich den Kopf ein.

Glücklicherweise kam in diesem Augenblick Bea mit den ersten Häppchen.

Und während ich an meinem Wasser nippte, wurde mir klar, dass das hier ein sehr, sehr langer Abend werden würde.

Ja, der Abend war lang. Das Einzige, was mich über Wasser hielt, war Beas Essen. Nach Flusskrebsen auf Tomatenkaramell kam eine klare Suppe, die ich nicht recht einordnen konnte, die aber köstlich schmeckte, danach gab es Saibling mit Schnittlauchblüten (nicht, dass ich das hätte erkennen können, aber Bea erklärte es), als Hauptgericht Lamm in Rotweinsoße und zum Schluss eine köstliche Tarte Tatin und Käse. Ich schwelgte nur so durch das Fünfgängemenü und wäre liebend gern zwischen den Gängen Bea in der Küche zur Hand gegangen, was sie aber vehement abgelehnt hatte.

Die Zwillinge berichteten während des Essens ein wenig von ihrem Kanadaaufenthalt. Leider nur die langweiligen Sachen: Schulsystem, Universitäten und so was, aber sie erzählten spannend und abwechslungsreich, ich hörte gerne zu. Und sie blieben auch dann cool, als die Großeltern sie bei jedem zweiten Satz unterbrachen und doofe Zwischenfragen stellten.

Und dann machte ich den Fehler, den Zwilling neben mir zu fragen, was denn dort für die Jugendlichen geboten war – ob man gut ausgehen konnte und so.

Von den beiden Von-und-Zus kam nur ein abfälliges Schnauben angesichts meiner Frage. Und als ich in diesem Augenblick Mats ansah, wusste ich, dass er exakt dasselbe dachte wie ich.

Die hassten mich, und ich bezweifelte, dass das nur an der blöden Geschichte mit den Platzkarten oder meiner Frage eben lag.

Deshalb schob er seinen Fuß unter dem Tisch zu mir und berührte meine Fußspitze mit seiner – als Zeichen seiner Solidarität. Das hatten wir schon als Kinder gemacht, hauptsächlich, wenn unsere schwedische Großtante wieder anstrengend wurde. Mir ging es gleich ein bisschen besser, aber ich verstand trotzdem nicht, was Beas Eltern gegen uns hatten. Wir waren höflich, konnten mit dem vielen Besteck umgehen und sabberten nicht beim Essen. Papa hatte einen tollen Beruf (ich glaube, er war auch der Einzige in unserer Familie, den sie so halbwegs akzeptierten), und Mats und ich gingen aufs Gymnasium. Und wenn nicht etwas total schiefgehen würde, hatten wir in ein paar Jahren unser Abi in der Tasche und danach eine Ausbildungsstelle oder vielleicht sogar einen Studienplatz. Alles in allem doch nicht so schlecht, oder?

Ich versuchte, meine Empörung herunterzuschlucken, und probierte es noch einmal.

Ich schwenkte auf ein anderes Thema um, das sie hoffentlich mehr erfreuen würde.

»Die Zwillinge haben gestern übrigens beim Eishockey gewonnen! 5:1, aber wenn ihr mich fragt, war der eine Treffer der Gegner ein reiner Glückstreffer. Die waren sowieso die Letzten, so viel gefoult haben die, aber Vincent hat gesagt, das wäre immer so. Wenigstens war die Musik gut, und die Fans haben echt Stimmung gemacht. Es war saumäß-, also, echt spannend! Gehen Sie auch manchmal zu einem Spiel?«

Die Großeltern antworteten nicht, sondern griffen beide nach ihrem Glas Wein. Wenn sie mich schon nicht mochten, waren sie dann nicht wenigstens ein bisschen stolz auf ihre Enkel?

Bea, die gerade wieder hereingekommen war, lächelte. »Ja, das Spiel gestern war wirklich großartig!«

Die Großmutter rümpfte – na klar, was denn sonst? – die Nase. »Bea, ich weiß nicht, warum du deine Kinder bei einem Sport unterstützt, bei dem sie alle ihre Zähne verlieren könnten!«

Ich ignorierte sie. »Im letzten Drittel ging es richtig zur Sache, und das Tor zum 5:1 war richtig cool. Die Mädels neben mir sind völlig ausgeflippt.« Das Tor hatte ich zwar gar nicht gesehen, weil ich gerade Kim angeschaut und in alle Details zu meiner Begegnung mit Tom einweiht hatte, aber das mussten die ja nicht wissen.

Die Zwillinge schwiegen, doch ich hatte das Gefühl, sie freuten sich darüber, dass wenigstens Bea und ich ihren Sport vor den Großeltern verteidigten. Und war das nicht ein klitzekleines Lächeln in meine Richtung? Von beiden? Das wäre ja ein echter Durchbruch!

»Ihr könnt dafür gerne mal zu einem meiner Tennisspiele kommen. Das kann nämlich richtig spannend sein, auch wenn die Stimmung da natürlich nix ist im Vergleich zu der im Eisstadion. Aber ihr glaubt gar nicht, wie Mädchen zu Tieren werden können, wenn sie unbedingt gewinnen wollen. Vor allem, wenn sie Schläger in der Hand haben.«

Mats fing an zu kichern, und ich warf ihm über den Tisch einen strengen Blick zu. »Ihr dürft aber nur *dann* kommen, wenn ihr nicht, wie gewisse andere Leute, auf einmal aufspringt und ruft: *Mach sie alle, Lina, damit wir endlich schwimmen gehen können! Die Trulla spielt doch eh nur Longline!*«

Mats hatte den letzten Bissen runtergeschluckt und zuckte jetzt entschuldigend mit den Schultern. »Aber die hat *wirklich* nur Longline gespielt.«

Beas Mutter flüsterte etwas, das sich verdächtig nach »ungezogene Schweden« anhörte. Es konnte auch »ungeheure Wesen« gewesen sein, was aber leider nicht so viel netter war. Vor allem da ich davon ausgehen musste, dass Mats und ich damit gemeint waren.

Und trotzdem wollte ich mir weiterhin Mühe geben. Ich musste doch ein Thema finden, über das sie gerne redeten! Also setzte ich ein freundliches Lächeln auf und versuchte es noch einmal. Ein allerletztes Mal.

»Ich würde mir wahnsinnig gerne mal Ihr Gut ansehen.« Oma von Bergen zuckte augenblicklich zusammen.

»Wir haben ein Schloss, kein Gut«, zischelte sie und nippte an ihrem Wein, der ihr offenbar recht gut schmeckte, sie hatte schon ganz rote Wangen.

»Ja, dann … würde ich gerne mal Ihr *Schloss* besichtigen.«

»Du kannst zum Debütantenball in ein paar Wochen kommen«, antwortete der Gruselopa an ihrer Stelle. »Uns fehlen noch ein paar Bedienungen.«

Bedienungen? Wie – in einem Café?

Na ja, ich hatte grundsätzlich nichts dagegen zu helfen, doch diesmal antwortete Bea für mich.

»Mutter, ich weiß nicht, ob Lina Zeit hat, für euch zu arbeiten. Vielleicht kann sie als Gast kommen, wenn sie möchte, aber –« Sie konnte ihren Satz nicht beenden, denn der Opa schmetterte sie ab.

»Es kommt überhaupt nicht in Frage, dass das Mädchen sich so einfach in unser gemachtes Nest setzt! Ohne Fleiß kein Preis! Wenn Lina zu dieser Familie gehören will, muss sie schon etwas dafür tun!«

Nun, in diesem Augenblick wollte Lina auf gar keinen Fall zu dieser Familie gehören. Sie war nämlich so geschockt von der Frechheit dieser Leute, dass ihre eine Antwort im Halse stecken blieb.

In meiner Fassungslosigkeit tastete ich unter dem Tisch wieder nach Mats Fuß. Leider hatte ich nicht bemerkt, dass er seine Sitzposition verändert hatte. Seine Beine waren sonst wo. Während ich den Opa anstarrte, rutschte ich langsam auf meinem Stuhl nach unten, den rechten Fuß weit vor mich gestreckt, der linke berührte nur noch mit den Zehenspitzen den Boden. Ich brauchte die Unterstützung von meinem Bruder, ganz dringend.

Bedauerlicherweise war ich so gar nicht an die hochglanzlackierten Holzstühle gewöhnt, die Bea im Salon hatte. Sonst hätte ich sicher gewusst, dass die Dinger verflixt flutschig sein konnten, denn als ich noch weiter rutschte, um nach Mats zu tasten, schlitterte mein Po plötzlich schneller nach vorne, als er sollte.

Mit einem hocheleganten »Hüüüüaaachhh!« versuchte ich, mich an der Tischdecke festzuklammern, um nicht komplett unter dem Esstisch zu landen. Mein Gedeck kam dabei verräterisch ins Wanken, mein Platzteller rutschte halb über die

Tischkante, und Messer und Gabel fielen klappernd aufs Parkett. Natürlich nicht, ohne vorher auf mein Kleid zu fallen, wo sie hässliche Flecken von meinem Lamm in Rotweinsoße hinterließen. Und wahrscheinlich wäre ich selbst auch unten gelandet, wenn nicht im selben Augenblick der Zwilling neben mir meinen Oberarm gepackt und mich gehalten hätte. Nicht fest, aber so, dass ich mich auffangen konnte. Erst als ich mich selbst stabilisiert hatte, ließ er mich wieder los.

»Hopsa!«, sagte ich und setzte mich möglichst würdevoll wieder aufrecht hin, als ob nichts gewesen wäre. Na toll, das war jetzt vermutlich ein gefundenes Fressen für die beiden Hyänen-Großeltern. Ich überspielte den peinlichen Zwischenfall, so gut es ging, und den Zwilling sah ich erst gar nicht an, obwohl ich ihn zumindest nicht lachen hörte.

»Wo waren wir gerade?«

»Lina muss überhaupt nichts tun, um zur Familie zu gehören. Außerdem reicht es doch wohl, wenn *wir* zum Ball da sind.« Das war wieder der Zwilling, der neben mir saß.

Er fixierte seine Großmutter mit seinen grauen Augen. So scharf, dass die ihn wiederum mit verkniffenen Lippen musterte.

Und eines musste man dem Zwilling lassen – es machte nicht den Eindruck, als ob er sich von ihr einschüchtern ließe. Im Gegensatz zu Bea, die im Moment keine Hilfe war, sondern nur verzweifelt den Blick meines Vaters suchte. Und Papa guckte auch ziemlich bedröppelt. Die beiden saßen zu weit auseinander, um sich gegenseitig über ihre Fußspitzen Mut zu machen, aber so, wie die aussahen, wären sie am liebsten unter dem Tisch verschwunden, um sich dort aneinanderzuklammern.

»Arthur –«, fing Bea nun doch an, hatte aber keine Chance.

»Natürlich kommt ihr beiden zum Ball«, hauchte die böse Großmutter ihren Enkel an. »Aber nicht zum Arbeiten. Ich brauche euch für die Debütantinnen, die kommen nur wegen euch!«

»Ich würde lieber bedienen!«

»Ich auch!«, sagte nun Vincent. Wie sein Bruder hatte auch er sich in seinem Stuhl aufgerichtet und sah jetzt irgendwie ziemlich groß aus. Und breit. Und so, als ob man ihn besser ernst nahm.

Totenstille hatte sich über den Tisch gesenkt.

»Muss ich euch daran erinnern, warum ihr zum Ball kommen werdet?« Der böse Großvater flüsterte nicht. Er sprach in ganz normaler Lautstärke, aber sein Unterton ließ mir die Haare zu Berge stehen. Diesem Mann wollte ich nicht in einer dunklen Gasse begegnen. Oder in einem Schloss, in dem es vielleicht sogar noch Verliese und Folterkeller gab. Die waren nämlich bestimmt genau sein Ding.

»Du brauchst uns *nicht* daran zu erinnern«, sagte jetzt Bea. »Und die Jungs werden kommen, wie jedes Jahr.« Sie warf Vincent und Arthur einen flehenden Blick zu. Beide sahen sie nicht an, sondern starrten mittlerweile wieder verärgert auf ihre Teller.

Es brauchte keine jahrelange Erfahrung, um die Stimmung innerhalb Beas Familie aufzunehmen. Wo die Schweden durchgeknallt und manchmal auch nervig waren, waren diese Von-

und-zu-Gemeinheiten ganz andere Kaliber. Langsam wusste ich, warum Papa vorher nie gewollt hatte, dass Mats und ich zu einem der Treffen mitkamen.

Und obwohl ich gerne gewusst hätte, warum die Zwillinge nun genau zum Ball kommen mussten, fragte ich natürlich nicht nach. Mir reichte es.

Der Rest des Essens verlief in unangenehmem Schweigen, unterbrochen von Beas und Papas Bemühungen, von uns Kindern abzulenken und die Großeltern in ein Gespräch zu verwickeln. Erst als Papa davon erzählte, dass er bald zum Kapitän befördert werden würde, schienen sie etwas aufzutauen.

Ich hielt jedenfalls meinen Mund, und Mats auch. Die Zwillinge wurden zwar hier und da angesprochen (»Vincent, das wäre doch etwas für dich, oder? Eine Ausbildung zum Piloten? Arthur, du machst dann natürlich gleich den Eignungstest mit, zwei Piloten in der eigenen Familie sind sehr praktisch.«), doch die gaben ebenfalls nur noch einsilbige Antworten von sich, aßen schweigend und zählten vermutlich wie ich die Sekunden, bis wir endlich aufstehen durften. Wenigstens wusste ich jetzt durch die direkte Ansprache, dass neben mir Arthur saß und Vincent gegenüber, aber deswegen ging der Rest des Abends auch nicht schneller vorbei.

Zum Glück legten Beas Eltern es nicht darauf an, sich nach dem Dessert noch lange in der Wohnung aufzuhalten. Nach dem Espresso und der letzten handgemachten Praline standen beide praktisch gleichzeitig auf und verabschiedeten sich.

Von ihrer Familie. Nicht von Mats und mir, und auch für Papa hatten sie nur ein Kopfnicken übrig.

Als die Wohnungstür endlich hinter ihnen ins Schloss fiel, atmeten wir einmal alle gemeinsam auf.

Papa, Arthur und Mats hatten sich sofort drangemacht, Bea in der Küche zu helfen, während ich das Kaffeegeschirr vom Esstisch auf das große Tablett lud. Es war erst kurz nach neun Uhr abends, aber ich war so müde, als ob ich schon die halbe Nacht durchgemacht hätte. Die beiden saugten einem wirklich die Kraft aus den Adern.

Vincent war bei mir im Salon geblieben und stellte einen der mörderschweren Kerzenleuchter zurück in den Wandschrank.

Er sah zerknirscht aus, und er tat mir ein bisschen leid. Unsere Schwierigkeiten waren für den Moment vergessen.

»Ich kann wirklich bei diesem Ball als Bedienung aushelfen, wenn es euren Großeltern so wichtig ist. Das wird schon nicht so schlimm sein«, sagte ich.

»Das wirst du nicht«, sagte Vincent, und ich verschränkte die Arme vor der Brust. Ich konnte ihn noch so schlecht einschätzen und wusste nicht, ob diese Bevormundung ein Angriff auf mich war – oder nicht.

»Du wirst früh genug eingespannt, um zu helfen«, erklärte er jetzt ein wenig netter, während er den zweiten Leuchter packte. »Aber das wirst du nur machen, wenn Arthur und ich dabei sind. Wenn wir zu dritt dort arbeiten. Wir lassen sie dich nicht rumscheuchen, wenn wir nicht auf dich aufpassen können.« Er gab der Schranktür einen Schubs, so dass sie laut zufiel.

»Oh.« Das war – hm. Nett?

»Tut mir leid, dass wir so eine verkorkste Verwandtschaft haben«, fügte er hinzu und schob die Hände in die Hosentaschen.

»Ihr könnt ja nichts dafür«, sagte ich, und in diesem Augenblick kam Arthur ins Zimmer. Es tat zur Abwechslung mal richtig gut zu wissen, wer wer war. Ich suchte in der kurzen Zeit der Klarheit fieberhaft nach eindeutigen Unterscheidungsmerkmalen – aber Fehlanzeige.

Und sie waren sogar beide gleich nett.

»Sie ändern sich einfach nicht«, stöhnte Arthur und fuhr sich mit beiden Händen durch die Haare. Er sah mich an. »Und, wie war dein Eindruck von unserer *tollen* Familie?«, fragte er und ließ sich auf das bretthare Chesterfieldsofa fallen, das keinen Zentimeter unter ihm nachgab.

»Na ja, also … schwarze Schafe gibt's ja überall. Die Familie meiner Mutter ist auch ein wenig merkwürdig, die schwedische Seite, ihr wisst schon … es gibt da eine Großtante, die steif und fest behauptet, mit Erdgeistern sprechen zu können. Und die andere glaubt, dass sie selbst einer ist, aber das ist wirklich nur eine Verwandte dritten Grades, darauf legt Mama besonders großen Wert. Und, äh – ich auch.«

Vincents Lippen verzogen sich zu einem Lächeln, und er seufzte.

»Ich hab ihr gesagt, dass sie beim Ball nicht arbeiten wird«, sagte er zu seinem Bruder.

Arthur nickte. »Gut. Im Dezember werden wir nicht verschont werden. Da veranstalten sie vor Weihnachten immer einen Weihnachtsmarkt auf dem Schlosshof, bei dem die Erlöse an diese Organisation für Kinder gehen. Aber dabei können wir zumindest zusammenbleiben.« Er schluckte und sah mich an. »Dann können wir auch auf dich aufpassen.«

Ich war zwar nicht der Meinung, dass überhaupt jemand auf mich aufpassen musste – ich kam gut selbst klar, und die beiden alten Meckerfritzen und ihren mickrigen Weihnachtsmarkt würde ich schon irgendwie handeln können. Aber Arthur hatte, ohne es zu wissen, die gleichen Worte wie sein Bruder gewählt. Sollte es mir Angst machen, dass beide unabhängig voneinander der Meinung waren, dass ihr Schutz notwendig sein würde? Wenn Mats so eine Schiene fuhr, wenn es um Jungs ging, nervte es mich immer tierisch.

Aber das hier war etwas anderes, und ein wenig freute ich mich plötzlich. Denn wie er das so sagte, hatte ich keine Bedenken mehr, dass ich ihnen während dieser Weihnachtsmarktgeschichte wieder Kastanien an den Kopf werfen musste. Sondern dass wir alle auf einer Seite kämpften, zumindest, was die gemeinen Großeltern betraf.

Und das war zur Abwechslung mal ein wirklich schönes Gefühl.

14

Die Mittagspause am nächsten Donnerstag verbrachten Kim, Senta und ich in der Aula. Zu dritt saßen wir nebeneinander auf einer Bank, futterten die Reste unserer Pausenbrote, und Kim hielt uns abwechselnd ihr Handy unter die Nase.

»Schaut mal, der Debütantinnenball von Beas Eltern wird schon wieder ganz groß angekündigt: *Der Wohltätigkeitsball unter der Schirmherrschaft von Friedrich und Wilhelmina von Bergen zählt zu den bedeutendsten Events unserer Stadt. Auch in diesem Jahr hoffen die Veranstalter auf großzügige Spenden, die ausschließlich Kindern in Not zugutekommen werden.* Die beiden werden auch die *Charity-Könige* genannt, wusstest du das, Lina? Sogar meine Mutter kennt die!«

»Vermutlich, weil sie auch ein Fan von diesen komischen Seifenopern ist. Die beiden würden da nämlich auch ganz prima reinpassen, mit ihrem Schloss und ihrer doofen Pelzstola. Die sollen lieber mal eine Wohltätigkeitsveranstaltung für PETA machen oder für den WWF. Aber vermutlich würden sie dort nur mit faulen Eiern beworfen werden.«

»Zu Recht!«, sagte Senta, und Kim und ich nickten.

»Aber sagt mal – warum sitzen wir heute Mittag hier drinnen und nicht draußen? Das Wetter ist doch eigentlich ganz schön«, sagte sie, während sie in ihrem Rucksack nach ihrer Flasche suchte.

»Ich hab das Gefühl, dass ich krank werde, und wollte Zugluft vermeiden«, plapperte Kim los. »Morgen bin ich mit Moritz und seinen Eltern verabredet, sie wollen mich mit ins Theater nehmen. Nicht auszudenken, wenn ich mich da erkälte!«

Sie sprach mit so viel Überzeugung in der Stimme, dass Senta automatisch nickte, während sie sich die Haare ihres Pagenkopfs aus dem Gesicht strich und ihr Getränk aufschraubte.

Ich hätte meine beste Freundin abknutschen können. Denn Kim war topfit, von einer Erkältung keine Spur. Aber ich hatte am Abend vorher wieder eine Karte in Glorias Postfach gefunden. Den dritten der fünf Wünsche, den ich Therese versprochen hatte, zu »bearbeiten«.

Die Sache mit dem kleinen Jonas ging mir noch nach. Und gerade, weil er der Grund dafür gewesen war, dass ich mit zum Eishockey gegangen und dort in Tom reingerannt war, tat er mir noch mehr leid. Ich hatte seinetwegen Glück, während er so enttäuscht war – obwohl ich, technisch gesehen, ja den Wunsch laut seiner Karte richtig erfüllt hatte. Ich war am Mittwoch beim Büro seines Vaters vorbeigegangen und hatte gehofft, dass sich an der Situation etwas geändert hatte. Also, dass Jonas einen Sinneswandel hatte und den Hund mittlerweile genauso süß fand wie Kim und ich.

Doch leider – Fehlanzeige. Der Welpe war zwar knuffelig wie eh und je und tapste begeistert vor Jonas Mutter her, die mit ihm Gassi ging, doch Jonas selbst, der im Büro saß und Hausaufgaben machte, streichelte ihn anschließend nur halbherzig hinter den Ohren, ehe er sich wieder seinen Heften widmete. Zwar war er freundlich zu dem Tier, aber mehr leider auch nicht. Keine glücklich leuchtenden Kinderaugen, keine Begeisterung, keine Knuddelattacken auf seinen neuen pelzigen Freund. Es war leider mehr als eindeutig, dass ein Hund *nicht* ganz oben auf seiner Wunschliste gestanden hatte.

Und das war der Grund, warum ich es wieder versuchen wollte. Sozusagen als Wiedergutmachung und als Ausgleich für mein Karmakonto.

Die nächste Karte im Postfach war zum Glück recht vielversprechend. (Es war wieder nur eine einzige darin, hatten die Kinder dieses Jahr keine Weihnachtswünsche?)

Eine Mathilde Brenner wünschte sich, die Hauptrolle im Schulmusical bei uns zu bekommen. Und ich war sofort aus dem Häuschen, denn ich kannte Mathilde! Sie ging in unsere Parallelklasse und war eine Freundin von meiner Freundin Melli, und ich fand sie richtig nett. Zwar war sie sehr schüchtern, aber ich wusste, dass sie phantastisch singen konnte, weil wir auf der Geburtstagsparty von Melli zusammen *SingStar* gespielt hatten. Mathilde hatte haushoch gewonnen.

In der nächsten Viertelstunde würden sich alle Leute aus der Musical-AG auf der anderen Seite der Aula treffen, wo die Rollen für das diesjährige Stück verteilt werden würden. Und genau *deswegen* verbrachten wir in Wirklichkeit unsere Mittagspause hier drinnen. Damit wenigstens (hoffentlich!) Mathilde Glück und Erfolg hatte, wenn Jonas' Wunsch schon so ein Reinfall gewesen war.

Alle meine Utensilien waren in meinem Rucksack, meinen Tanz hatte ich schon heute Morgen ein paar Mal absolviert, und Kim würde Senta ablenken, wenn ich gleich noch mal verschwinden würde, um mein finales Ritual durchzuführen.

»Hey, schaut mal – werden schon wieder die Rollen vergeben? Oder sind das nicht die Theaterleute da drüben?«, fragte jetzt Kim. Auch das gehörte zu unserer Tarnung. Schließlich wollten wir ja ungeniert gucken, was damit prima eingefädelt war.

Auf der anderen Seite der Aula hatten sich schätzungsweise zwanzig Leute versammelt, die in kleinen Grüppchen zusammenstanden und aufgeregt redeten. Es konnte nicht mehr lange dauern, bis Herr Schwenke und Frau Fuchs auftauchen würden, die Betreuer der Musicalgruppe.

»Oh, stimmt, das ist ja heute. Habt ihr schon gehört, was sie spielen?«, fragte Senta, deren Interesse offenbar geweckt war. Sie setzte sich aufrecht hin, um besser sehen zu können. »*Tanz der Vampire*«, hauchte sie, und wir kicherten angesichts ihrer ehrfürchtigen Stimme. »Was gibt's denn da zu lachen? Ganz ehrlich, ich hab das schon mal in echt gesehen, das ist wirklich gut. Die hatten Wahnsinnskostüme, die sahen richtig gruselig aus. Ich bin ja normalerweise kein Musicalfan, aber das hat mir echt gefallen. Unter anderem singen sie da dieses Bonnie-Tyler-Lied, echt toll!«

»Warum machst du denn dann nicht mit? Du kannst doch auch gut singen, oder?«, fragte Kim, und ich schaute Senta gespannt an.

»Und tanzen kannst du auch«, fuhr Kim fort, »sogar Jason

von unserer Hiphopgruppe hat dich gelobt, das ist ja quasi ein Ritterschlag. Zu mir sagt sie nämlich nur immer, dass ich weiter üben und mich nach ganz hinten stellen soll.«

»Weil du so groß bist«, warf Senta ein, aber Kim zuckte nur mit den Schultern.

»Ach nein, ich habe sowieso Probleme mit Lampenfieber, das ist schon alles okay so.« Sie sah auf die Uhr. »Müsste es jetzt nicht gleich losgehen? Lange dauert die Mittagspause nicht mehr.«

Äh, genau.

Das wäre dann wohl *mein* Auftritt.

»Ich muss mal kurz aufs Klo«, murmelte ich, schnappte mir meinen Rucksack und ließ meine beiden Freundinnen auf der Bank sitzen, während ich in Richtung Toiletten hastete. Doch anstatt darin zu verschwinden, bog ich vorher scharf rechts ab und versteckte mich hinter einer der Stellwände mit der Kunstausstellung der Fünftklässler.

Ich hatte keine Zeit zu verlieren. Alle Utensilien, die ich brauchte, hatte ich heute Morgen schon eingepackt:

Spielzeughubschrauber.

Kompass.

Parmesanreibe.

Fruchtquark. Hastig zog ich den Deckel ab und schleckte darüber – igitt. Daran würde ich mich nie gewöhnen. Egal, Opfer musste man bringen, war ja für einen guten Zweck.

Nun blieb nur noch der Tanz. Zum Glück war hier hinten nicht allzu viel los, so dass ich sofort loslegte. Auf jeden Fall würde ich darauf verzichten, meine Choreographie auf Endlosschleife durchzuziehen – schließlich war das bei der Hundesache ja irgendwie schiefgegangen. (Und … ach, verflixt, an meine Misserfolge wollte ich gar nicht denken, ich brauchte jetzt positive Energie!)

Also schön. *Liebe Lehrer, Mathilde ist die perfekte Besetzung für die Hauptrolle! Bitte, gebt Mathilde die Hauptrolle!*

Mit der Käsereibe in der einen Hand und dem Kompass in der anderen Hand (den Spielzeughubschrauber konnte ich nicht mehr fassen, aber immerhin starrte ich ihn konzentriert an) legte ich los. »… die Lina ist jetzt an der Reihe und tanzt für uns, macht mit! …«

Ich hüpfte und tanzte und sang zwar nur einmal – dafür inbrünstig, sogar in einer hörbaren Lautstärke, weil hier hinten zum Glück niemand war außer den krumpeligen Phantasietieren, die die Kids der Fünften gepinselt hatten.

Dann den Pferdeschwanz drehen – und fünfmal schlucken.

Und die zehn haarlosen Franzosen, diesmal mit besonders glänzenden Köpfen. Das musste doch einfach funktionieren!

Und als ich mein Ritual durchhatte – ich war in unter einer Minute fertig, ha! –, spürte ich ein leichtes Kribbeln in der Magengrube.

Ein bisschen so wie nach der Beatbox-Sache mit Bastian Henn, nur schwächer. Ich nahm das als positives Zeichen und kehrte beschwingt zu den anderen beiden zurück.

Dabei entdeckte ich Herrn Schwenke und Frau Fuchs. Sie waren mitten im Gang zur Aula stehengeblieben, hatten die Köpfe über einem Zettel zusammengesteckt, und Frau Fuchs kritzelte wild darauf herum. Ha, es musste geklappt haben! Bestimmt setzten sie jetzt Mathildes Namen ganz nach oben!

Aufgeregt hoppelte ich zu unserem Platz und quetschte mich wieder auf die Bank zwischen meine Freundinnen.

»Du kommst gerade rechtzeitig, da hinten sind die Fuchs und der Schwenke!«, sagte Senta. Alle anderen Schüler hatten die beiden auch gesehen, und sofort wurde ihr Getuschel lauter. Ich entdeckte Mathilde unter ihnen, eine kleine, dünne Person mit braunem Kurzhaarschnitt, und sie sah tatsächlich ein bisschen blass und nervös aus. Am liebsten wäre ich zu ihr gegangen und hätte ihr gesagt, dass sie sich keine Sorgen machen musste. Dass ich – wahrscheinlich – alles für sie geregelt hatte. Ach, es musste einfach geklappt haben! Und das wäre dann der Ausgleich für die Sache mit Jonas.

In dem Moment, als die beiden Lehrer bei der wartenden Meute ankamen, deutete Senta auf jemanden, der aus einem der Seitengänge in die Aula gehastet kam.

»Oh, schaut mal, dahinten kommt Xenia. Die macht da ja auch mit, hatte ich ganz vergessen. Bestimmt bekommt sie die Hauptrolle. Schaut mal, wie sie lächelt.«

Hm, Xenia. An die hatte ich überhaupt nicht gedacht.

Xenia Behrmann ist in unserer Schule ziemlich bekannt: Schülermitverwaltung. Jahrgangssprecherin der zehnten Klassen. Langjähriges Mitglied im großen Chor, währenddessen immer wieder Solo-Einsätze, ihr *Amazing Grace* beim Weihnachtskonzert ist ein Gänsehautgarant. Spielt hervorragend Klavier und Querflöte. Und sieht dabei auch noch gut aus. Ich hatte mal versucht, ihre tollen Naturlocken mit Hilfe von Papilloten nachzumachen, aber mein Bruder hat mich hinterher nur aufgezogen, dass ich aussähe wie Shaun das Schaf.

Xenia hatte sogar mal ein Date mit Mats. Doch während andere Mädels ihm oft schon nach dem ersten gemeinsamen Treffen verfallen, fand sie ihn zu kindisch und hatte ihm erklärt, dass sie nicht an ihm interessiert sei – beziehungsweise nur an seiner platonischen Freundschaft. Ich fand es toll, dass sie in dieser Beziehung so selbstbewusst war und offenbar genau wusste, was sie wollte – und was nicht.

»Alle mal herhören!«, rief jetzt Frau Fuchs, und das Gemurmel in der Aula hörte schlagartig auf. »Ich lese jetzt gleich die Besetzung vor – ich fange ausnahmsweise hinten an, mit den Nebendarstellern, ja? Damit es spannend wird. Dieses Jahr haben Herr Schwenke und ich lange gebraucht, um uns zu einigen. Ehrlich gesagt, sind wir in den letzten Minuten sogar noch einmal umgeschwenkt.« Ich spürte, wie meine Mundwinkel sich wie von selbst hoben. Ha! Wer sagte es denn?

»Aber jetzt sind wir mit unserer Entscheidung hundertprozentig zufrieden«, fuhr die Lehrerin fort. »Und ihr mit Sicherheit auch. Das wird ein ganz toller *Tanz der Vampire*!«

Noch mal Gemurmel. Es war offensichtlich, dass die Darsteller hinterher selbst beurteilen würden, ob die Auswahl gut war. Würde ich an ihrer Stelle auch, schließlich waren Lehrer nun mal Lehrer.

»Fangen wir mit der Rolle der Rebecca an: Nadine, herzlichen Glückwunsch!«

Nadine lächelte und nickte. Zumindest sah sie nicht unzufrieden aus, das war ja schon mal was.

Auch die anderen Nebendarsteller schienen mehr oder weniger zufrieden. Hier ein Abklatschen, da ein Lächeln. Keiner maulte oder fing an zu diskutieren.

»Läuft erstaunlich ruhig ab heute«, sagte in diesem Moment auch Kim zu mir, die wie Senta und ich gebannt das Geschehen vor uns verfolgte. »Wisst ihr noch, wie vor zwei Jahren Ella aus der Elften einen totalen Heulkrampf bekommen hat, weil sie unbedingt diese komische Tussi in *West Side Story* sein wollte?«

O ja, daran erinnerte ich mich auch. Das Kreischen hatte ich heute noch im Ohr. Sogar der Hausmeister war angelaufen gekommen, weil er dachte, es wäre Feueralarm.

»Und jetzt zu den Hauptfiguren!«, fuhr Herr Schwenke fort, und alle hingen an seinen Lippen. »Wie gesagt, wir haben lange überlegt. Den Grafen von Krolock spielt – Hannes!«

Johlen, Pfeifen, Klatschen. Hannes war eine gute Wahl, er hatte schon im letzten Jahr eine größere Rolle, war nett, eher unauffällig, blühte dafür aber auf der Bühne so richtig auf.

»Hannes wäre doch eigentlich auch was für dich«, flüsterte Kim mir ins Ohr. »Der ist wenigstens nicht so ein Lackaffe.«

»Pschschsch!« Ich knabberte vor Spannung an den Fingernägeln, da konnte Kim mich noch nicht mal mit potentiellen Freunden locken.

»Und jetzt die Rolle der Sarah, unserer Hauptfigur. Die wird dieses Jahr gespielt von …«

Mathilde. Bitte, Mathilde.

»Mathilde Brenner!«

»JAAA!!!« Ich sprang von meinem Platz auf und streckte die Arme in die Höhe wie Rocky Balboa bei seinem größten Sieg.

Senta sah mich mit großen Augen an, und auch ein paar der Darsteller drehten sich verwundert zu mir um.

»Was ist denn mit dir los?«, fragte Senta.

Ich schaute zu ihnen hinunter. Ups – sehr unauffällig, herrje. Ich ließ die Hände schnell fallen und setzte mich wieder hin. Aber ich konnte meine Euphorie kaum zurückhalten. Das war der Wahnsinn!!!

»Ich freue mich einfach für Mathilde. Die ist nett, und sie, äh, hat mir mal erzählt, dass sie gerne mal so eine Rolle hätte.« Oder so ähnlich.

Kim nickte wissend und zwinkerte mir verschwörerisch zu, aber Senta stieß mir nur ihren Ellbogen in die Seite und deutete auf die andere Seite der Aula. »Schaut mal … Anscheinend ist sie nicht die Einzige, die gerne mal so eine Rolle gehabt hätte.«

Ich sah nach vorne – und ein dicker Klumpen formte sich in meinem Magen. Die Theatergruppe hatte sich innerhalb von wenigen Sekunden in zwei Lager gespalten. Die eine Hälfte stand um Xenia herum, die völlig erstarrt war, um dann in ein Schluchzen auszubrechen. Die andere Hälfte der Leute hatte sich um Mathilde geschart. Doch nicht lange. Denn die drehte sich in diesem Moment auf dem Absatz herum und rannte aus der Aula.

Was zum Kuckuck war das denn? Ich war mir so sicher, dass es geklappt hatte! Doch von Kakaogefühl im Magen keine Spur. Ich fühlte mich eher, als ob jemand ein Fass mit Säure in meinem Bauch ausgeschüttet hätte.

»Also, so wie Xenia weint, kann sie einem ja fast leidtun«,

sagte Senta, und ich fühlte mich *noch* schlechter, soweit das überhaupt ging.

Xenia machte tatsächlich den Eindruck, als ob sie sich der Hauptrolle sicher gewesen war. Als ob sie sie *wirklich* wollte.

Mathilde dagegen …

»Entschuldigt mich bitte.«

Ich ließ Senta und Kim stehen und eilte zum Gang zu den Kunstsälen, in dem Mathilde gerade verschwunden war.

Erst Jonas, dann Mathilde … ich musste wissen, was zur Hölle da los war. Auch wenn ich im Moment lieber Bergsteigen wollte. Oder in einem Flugzeug über dem Atlantik sitzen, ja, sogar das konnte ich mir gerade durchaus vorstellen.

»Mathilde!«

Mathilde sah kurz über ihre Schulter, lief aber dann einfach weiter.

»Mathilde, warte doch … bitte!«

»Das ist gerade ein ganz schlechter Zeitpunkt, Lina«, presste sie hervor und bog um die nächste Ecke.

Ich blieb ihr auf den Fersen.

»Ich wollte dich nur kurz sprechen wegen … eben. Der Rollenvergabe.«

Sie wurde nicht langsamer. »Ich will nicht darüber reden!«

»Hattest du es dir nicht gewünscht? Die Rolle, meine ich?«

Das war jetzt vielleicht nicht sehr feinfühlig formuliert angesichts der Tatsache, wie aufgebracht sie war, aber ich hatte keine Zeit für behutsames investigatives Vorgehen.

Sie wirbelte herum, und ihre Augen glitzerten von den Tränen, die sie mühsam zurückhielt.

»Lass mich in Ruhe! Ich hab mir nichts – hörst du? –, *gar nichts* in diese Richtung gewünscht!!!«

»Aber ich … ich dachte, du wolltest es so sehr?«

»Woher willst du das denn wissen?«

»Also, ich dachte, damals bei Melli … hast du doch auch gerne gesungen. Und so gut, ich meine, wir sind neben dir total untergegangen, wir –«

»Wie kannst du so was einfach annehmen? Wir kennen uns kaum! *Du* kennst mich kaum!«

»Na ja, du bist zumindest seit letztem Jahr in der Musicalgruppe, und da macht doch kaum einer mit, der keine Ambitionen hat.«

»Die habe ich auch. Aber andere, als du vielleicht meinst.«

»Aber – was willst du denn dann?«

»Geht dich nichts an!«, zischte sie mit geröteten Wangen.

Ich verzweifelte langsam wirklich. Was zum Teufel war hier los? »Wenn du nicht die Hauptrolle willst, was dann? Eine Nebenrolle? Nur im Chor singen?«

Mathilde bedachte mich mit einem verachtenden Blick, ehe sie mir mit ihrer Antwort den Todesstoß gab.

»Ich wünsche mir genau das Gegenteil von dem, was heute passiert ist.« Ein Schluchzer entfuhr ihr. »Jetzt war alles umsonst. Alles ist ruiniert.«

Damit ließ sie mich stehen und verschwand.

Alles ruiniert.

Alles umsonst.

Ich hatte das Gefühl, ins Bodenlose zu fallen.

15

Mathildes Worte hatten mich so sehr getroffen, dass ich mir eine Träne wegwischen musste, ehe ich zu Kim und Senta zurückschlich. In der Zwischenzeit war die Mittagspause zu Ende gegangen, und alle Schüler machten sich auf den Weg zurück in ihre Klassenzimmer. Als meine beste Freundin meinen Gesichtsausdruck sah, lenkte sie zum Glück sofort Senta ab und ging mit ihr voraus, so dass ich einen Augenblick Zeit hatte, mich zu sammeln.

Und als ich mich hinter den beiden die Treppe in den zweiten Stock hinaufschleppte, schwor ich mir, die Sache mit den Wünschen sein zu lassen.

Und meine Entscheidung verfestigte sich nur noch mehr, als Melli mir nach der Schule erzählte, dass Mathilde hauptsächlich deshalb in der Musicalgruppe gewesen wäre, weil sie Xenia schon lange bewunderte und gerne ihre Freundin sein wollte. Diesen Grund konnte man jetzt vernünftig finden oder nicht, aber Fakt war, dass ich ihr genau das zunichtegemacht hatte. Mit meinem bescheuerten Wunschtanzgedöns. So wie Xenia geheult hatte, würde sie nie wieder mit Mathilde sprechen.

Nein, mein Entschluss stand fest.

Ich wollte Menschen glücklich machen. Und bislang hatte ich nur das Gegenteil erreicht.

Es war endgültig vorbei mit der vermeintlichen Wunscherfüllerei. Aus und vorbei.

Selten hatte ich so viel Aktionismus in Sachen Schule, Lernen und Hausaufgaben an den Tag gelegt wie den Rest der Woche. Aber mir fiel einfach nichts Besseres ein, um mich abzulenken. Erst Jonas, dann Mathilde – durch diese beiden niederschmetternden Misserfolge verblasste sogar der magische Abend mit Bastian Henn. Hätte ich nicht das Video seines Auftritts auf meinem Handy abgespeichert, ich hätte bezweifelt, dass er überhaupt stattgefunden hatte und nicht nur ein Traum war.

Einzig zwei gute Nachrichten konnte ich für das anstehende Wochenende vermelden.

Erstens: Vicky und ihre Eltern würden zu Besuch in der Stadt sein und sich auch mit Bea treffen.

Zweitens: mein Date mit Tom.

Doch wie es immer so ist, fielen beide Termine genau auf den späten Samstagnachmittag.

Deshalb rief ich Vicky am Freitag an, und wir plauderten fast zwei Stunden. (Wüsste ich es nicht besser, würde ich sagen, wir sind bei der Geburt getrennt worden. Wenn ich einen Satz anfing, konnte sie ihn beenden, es war einfach unglaublich!) Da ich mit Tom verabredet war, konnten wir uns ja nun nicht treffen, aber wenigstens hatte ich mit ihr einen Notfallplan vereinbart. Für den Fall, dass das Date mit Tom ein totales Desaster werden würde. Würde es natürlich *nicht* werden, ganz klar, bei *dem* ersten Zusammentreffen, das mir immer noch wie im Film vorkam. Aber auch Kim meinte, dass ich einen Ausstieg in petto haben sollte. Und da meine beste Freundin das komplette Wochenende mit ihrer Familie unterwegs sein würde, kam Vicky mir da gerade recht. Vicky würde mit ihrem Freund Konstantin gegen acht Uhr abends rein zufällig genau da auftauchen, wo ich mit Tom sein würde. Sollte ich Hilfe brauchen oder den Abend abbrechen wollen, würde ich ihr ein Zeichen geben, und sie würde mich retten.

In der Theorie.

In der Praxis brauchte sie das natürlich nicht zu tun. Ich sah mich jetzt schon mit Tom händchenhaltend in einem Eiscafé sitzen, er schaut mir tief in die Augen und dann … Hach.

Aber was, wenn ich versagte? Wenn ich mich aus lauter Nervosität peinlich benahm? Glücklicherweise hatte Kim mir lauter Verhaltensregeln eingebläut. (Die beinhalteten so was wie, dass ich mir auf keinen Fall die Nase putzen sollte, wenn er mich verliebt ansah – was ja wohl die Höhe war, ich wusste, dass ich mich immer ein bisschen zu laut schnäuzte, aber doch nicht bei meinem ersten Date! Und Schnupfen hatte ich auch nicht.)

Und um mir noch mehr Rückenwind für mein Date zu holen, rief ich letztendlich noch Mama an. Im Gegensatz zu Mats oder Papa ermunterte sie mich nämlich nach Kräften und gab mir allein nach zehn Minuten Telefonieren so ein gutes Gefühl, dass ich mich um kurz vor fünf beschwingt und mit klopfendem Herzen auf den Weg machte.

Zu meinem ersten echten Date.

Tom hatte vorgeschlagen, dass wir uns am Französischen Platz im *Café Peppino* treffen könnten, und alleine seine Auswahl brachte ihm direkt zehn Pluspunkte ein. Der Französische Platz ist nämlich einer meiner Lieblingsorte. Und im *Peppino* gibt's den allerbesten Frozen Yoghurt der Stadt.

Der Platz liegt ziemlich zentral, und trotzdem ist er bei Touristen relativ unbekannt. Vielleicht, weil man nur zu Fuß hinkommt und es direkt dort keine Haltestelle von U-Bahn oder Tram gibt. (Mama meint immer, der Platz erinnere sie eher an Venedig, wegen des Kopfsteinpflasters und der vielen Tauben.) Ich liebe das Ambiente dort, es gibt keine hippen Modeboutiquen oder Mediastores, sondern vor allem Cafés und kleine Handwerksbetriebe. Die Häuserfassaden sind bunter als in jedem anderen Stadtteil, und viele Gebäude haben diese tollen grünen Klappfensterläden, die man sonst vor allem im Urlaub im Süden sieht. In der Mitte des Platzes stehen ein paar riesige Platanen, und darunter gibt es – jetzt kommt's! – eine echte Sandbahn zum Boulespielen, die wohl zurückgeht auf einen frankophilen Bürgermeister, der mit Begeisterung dem französischen Nationalsport frönte.

An diesem Samstag duftete die Luft nach gebrannten Mandeln und warmer Herbstsonne, als ich auf den Platz trat, und es spielte sogar irgendjemand Gitarre und sang dazu. (*Perfect* von Ed Sheeran. Wenn das mal kein gutes Omen war!) Ich versuchte, mir jedes kleinste Detail einzuprägen. Für den Fall, dass an diesem Tag der Grundstein zu etwas sehr viel Größerem gelegt werden würde – dessen war ich mir nämlich zu mindestens siebenundneunzig Prozent sicher, denn Tom war einfach toll.

Als ich zum *Peppino* kam, wartete er schon auf mich. Mein Herz klopfte ein bisschen schneller, als er von seinem Stuhl aufsprang, um mich zu begrüßen.

»Du siehst … wow!«, sagte er, und ich musste lachen. Ich hatte gerade meinen Schal ausgezogen, und darunter trug ich mein schulterfreies, gepunktetes Top. Ja, genau, mein Wunscherfüllungsglücksbringertop. Allerdings weniger, um einen Wunsch zu erfüllen – davon hatte ich echt erst einmal genug –, sondern weil ich mich einfach so wohl darin fühlte.

»Danke. Hab einfach was übergeworfen, kennst das ja«, sagte ich und zwinkerte ihm zu.

Denn Tom sah auch echt gut aus. Er trug ein grünes Poloshirt, das super zu seinen Augen passte, und eine graue Strickjacke darüber. Fast wie ein cooler, lässiger Student, er hätte locker für Anfang zwanzig durchgehen können.

Zum Glück war es an diesem Tag so warm, dass wir an einem Tisch draußen sitzen konnten. Es waren viele Menschen unterwegs, hauptsächlich junge Leute in Grüppchen, die sich nach dem Shoppen oder vor dem Ausgehen hier trafen. Und wo eben noch drei ältere Herren eine Partie Boule gespielt hatten, befestigten jetzt ein paar Jungs eine Slackline über dem Sandplatz zwischen den Platanen.

Ich bemerkte, dass Toms Hände ganz leicht zitterten, als er mir die Speisekarte über den Tisch reichte, was ich sehr süß fand. Ich deutete das als Zeichen, dass er nicht jeden Tag Dates hatte und nicht halb so cool war, wie er tat. Sehr sympathisch. Ich entschied mich für ein Frozen Yoghurt mit pürierten Früchten als Topping, Tom nahm einen mit Nüssen und Schokosoße.

Und ich war echt erleichtert, dass wir uns nicht anschwiegen, sondern sofort anfingen, uns zu unterhalten. Das war meine größte Sorge gewesen, denn im Eisstadion hatten wir genau genommen nur ein paar Sätze ausgetauscht, und es hätte ja auch sein können, dass Tom zum Beispiel furchtbar langweilig war oder wir uns nichts zu sagen hatten. Wobei ich mir das eigentlich bei unserem Start nicht vorstellen konnte – immerhin war er da schlagfertig und süß und sehr romantisch gewesen.

Wir sprachen über die Schule, unsere Freunde, unsere Familien. Tom schien sehr fasziniert von unserer neuen Wohnsituation samt Patchworkfamilie, und er erzählte wiederum lustige Geschichten von seiner Familie und seinen beiden kleinen Schwestern.

Ich hätte mir überhaupt keine Sorgen um Peinlichkeiten machen müssen oder um mangelnden Gesprächsstoff. Mit Tom konnte man quatschen wie mit Kim oder meinem Freund Simon, unserem gutmütigen Klassenbesten, der morgens immer extra früher zur Schule kam, um an eine Reihe von Matheversagern die Hausaufgaben zum Abschreiben zu verteilen.

Es fühlte sich einfach extrem vertraut an.

Was ja eigentlich gut war … aber je länger wir sprachen und je weiter die Zeit fortschritt, desto mehr horchte ich in mich hinein. Müssten jetzt nicht so etwas wie Schmetterlinge kommen? Wie fühlten die sich eigentlich an? Oder müsste ich nicht grundsätzlich viel aufgeregter sein, wenn ich mich gerade verliebte? Wie in den Büchern und Filmen, von denen Tom bei unserer ersten Begegnung gesprochen hatte?

Irgendwie hatte ich mir das anders vorgestellt.

Deswegen fiel mir die eine Frage, die mich brennend interessierte, auch gar nicht so schwer.

»Hattest du schon mal eine Freundin?«

Er zögerte ein paar Sekunden, ehe er antwortete. »Ja. Zwei sogar, ehrlich gesagt. Aber das mit der zweiten war … nur ganz kurz.« Er schob sich einen Löffel Yoghurt in den Mund, offensichtlich war das nicht sein Lieblingsthema. Ich musste es trotzdem wissen.

»Warum ist es jedes Mal auseinandergegangen?«

Er sah mich unbehaglich an. »Es hat einfach doch nicht so gut gepasst, wie ich dachte. Also, bei der ersten. Bei der zweiten, na ja, das war eher so eine Partygeschichte. Und du? Hattest du schon einen Freund?«

»Nein«, antwortete ich und setzte mich aufrecht hin. Ich stand dazu, dass bisher nicht der Richtige dabei gewesen war. »Irgendwie hat es bisher nie gepasst. Niemand, der mich umgehauen hat.«

Tom lächelte, und seine niedlichen Grübchen kamen wieder zum Vorschein. »Tja, aber du hast mich umgehauen. Im Eishockeystadion. Und ich bin verdammt froh darum.«

Das wäre eigentlich genau der Moment gewesen, in dem die Schmetterlinge in meinem Bauch hätten Tango tanzen müssen. Denn in seinen Augen stand etwas, das mir trotz meiner fehlenden Erfahrung sagte, wie sehr ich sein Interesse geweckt hatte.

Das Dumme war nur: Die Schmetterlinge pennten fröhlich weiter. Kein Kribbeln im Bauch. Keine feuchten Hände, kein Herzklopfen. Nicht mal ein bisschen rot war ich geworden.

Tom war total nett, und unser Start im Eisstadion war romantisch gewesen, absolut. Aber je länger ich mit ihm sprach, desto klarer wurde mir, dass es keinerlei Anzeichen dafür gab, dass ich drauf und dran wäre, mich in ihn zu verlieben. Ich fühlte mich sehr wohl in seiner Gegenwart, doch das war schon alles. Und ich konnte mir auch nicht vorstellen, dass sich das ändern würde. Denn wenn man ernsthaft an jemandem interessiert ist, dann grübelt man doch nicht ständig über Schmetterlinge nach, während man so tut, als würde man zuhören?

Herrje, warum konnte ich nicht einfach mal so reagieren wie jedes andere Mädchen in meinem Alter auch? Ein bisschen kichern, ein bisschen flirten und sich dann verlieben? Oder waren meine Vorstellungen zu romantisch? Gab es so etwas wie die echte, die wahrhaftige Liebe vielleicht gar nicht?

Begannen alle Beziehungen in Wirklichkeit … *so*? Mit Sympathie, aber ohne Chemie oder noch schlimmer – ohne die vielbeschriebene *Magie*?

Auf der anderen Seite kannte ich Papa und Bea. Und bei Kim und Moritz hatte es auch gefunkt, oder bei Helen und Florian. Und Vicky und Konstantins Seifenblase neulich Abend …

Doch bei Tom und mir – da war nichts. Zumindest nicht von meiner Seite. Und das machte mich ziemlich traurig.

Fast hätte ich geseufzt.

Es war mittlerweile kurz vor sieben, es wurde langsam dunkel, und die Straßenlaternen und Lichterketten in den Bäumen warfen ein wunderschön goldenes Licht auf den Platz. Eine Kellnerin vom *Peppino* verteilte kleine Laternen auf den Tischen, und das Ambiente war grandios. Romantisch. Und ich hatte hier einen tollen Jungen vor mir sitzen, der mich die ganze Zeit anlächelte.

Ach, es war zum Verzweifeln. Er wäre perfekt, echt. Nur leider schien mein Herz das Gegenteil zu meinen. Das schlug nämlich ganz gemütlich vor sich hin, ohne Holpern und Stolpern, und auch mein Kopf sagte mir, dass das mit Tom nichts werden würde.

Schade, schade.

Die Jungs auf der Slackline zogen immer mehr Zuschauer an, die kurz stehen blieben und ihnen zusahen. Auch von unserem Tisch aus hatten Tom und ich einen guten Blick.

»Die sind super!«, sagte ich, als einer der Jungs sich fallen ließ, einmal mit dem Hintern auf der Leine wippte, dann wieder nach oben sprang, um im nächsten Moment wieder auf den Füßen zu landen.

Wir applaudierten mit den Leuten um uns herum, und Tom pfiff sogar auf den Fingern.

»Ich kenne ein paar von denen. Die sind öfter hier, und manchmal mache ich auch mit. Aber es ist noch so viel schwerer, als es aussieht«, sagte er und drehte sich wieder zu mir. »Machst du auch Sport?«

Ich nickte. »Ich tanze gerne, Modern und Hiphop und so, Ballett ist eher nicht so mein Ding. Und ich spiele Tennis, auch wenn das ein bisschen Oldschool ist, aber ich mag ganz generell Ballspiele. Volleyball und Lacrosse hab ich auch schon mal gespielt, dann wurde aber leider die Mannschaft aufgelöst –«

Ich stockte. Tom lächelte mich ermunternd an, im schummrigen Abendlicht sah er sogar noch besser aus als vorhin, seine Augen leuchteten richtig im Schein der Kerze.

Aber das war es nicht, was mir die Sprache verschlug.

Da war etwas anderes.

Etwas – Merkwürdiges.

Toms Gesichtszüge leuchteten irgendwie auf, und mir war, als ob jemand einen Film auf seine Stirn projizieren würde. In diesem Film sah ich plötzlich Tom auf einer Slackline, und er machte dabei ganz tolle Kunststücke.

Ich blinzelte und rieb mir die Augen.

»Alles okay, Lina?«, fragte Tom, und er sah wieder ganz normal aus.

Ich nahm einen großen Schluck von meiner Apfelschorle. Vielleicht wurde ich krank. Waren Halluzinationen nicht auch ein Anzeichen von Grippe? Aber ich fühlte mich eigentlich gut, kein Kratzen im Hals, Nase trocken, Stirn kühl. Oder war das vielleicht eine fiese Augeninfektion?

Ich sah zu den Slacklinejungs, dann auf meine Hände und schließlich wieder zu Tom. Er hatte sich ebenfalls wieder zu den Jungs gedreht und beobachtete sie genau. Ich kniff die Augen leicht zusammen, schaute noch einmal genauer hin, und – da.

Da war es wieder.

Ein Flimmern, und dann dieses kleine Bild von Tom, wie er akrobatische Kunststücke machte.

Hastig sah ich mich um, ob andere Leute das auch bemerkt hatten.

Aber das taten sie natürlich nicht.

War ja eigentlich klar, dass ich die Einzige war, die hier durchdrehte.

Meine Hände fingen an, unkontrolliert zu zittern, und ich schob sie schnell unter den Tisch, damit er es nicht sah.

»Das ist, ehrlich gesagt, schon lange mein Traum«, sagte Tom da, und ich sah ihn verwirrt an.

»Was denn?«

Tom lächelte mich schüchtern an – zum Glück wieder flimmerfrei.

»Akrobatik auf der Slackline. Ach was, Traum – eigentlich ist es mehr ein Wunsch. Ein echter Herzenswunsch, ich weiß auch nicht, wieso. Klingt ganz schön verrückt, oder?«

Vor Schreck stieß ich mit dem Knie an das wackelige Tischbein, mein Glas kippte um, und der gesamte Inhalt leerte sich über den Tisch. Tom blieb gelassen, er trocknete mein Malheur schnell mit Servietten und sah mich besorgt an.

»Geht's dir gut, Lina? Du bist ein bisschen blass. Willst du lieber nach Hause? Was ist denn plötzlich los?«

»Alles prima, ehrlich. Ich geh nur eben nach drinnen, Händewaschen. Und noch ein paar Servietten holen, tut mir leid, ich bin echt ungeschickt.«

Und damit sprang ich auf und ging hastig aufs Klo.

Herzenswunsch.

Das Wort pochte in meinem Kopf, als ich in der Damentoilette verschwand und mich mit den Händen auf dem Waschbecken abstützte.

Das konnte doch kein Zufall sein. Tom faselte irgendwas von Wünschen, und sofort brannten bei mir die Sicherungen durch, und ich sah irgendwelche Filme über sein Gesicht laufen. Das war fast wie eine Aura rund um seinen Kopf! Oder hatte ich mir das eingebildet, und die Bilder waren nur in meinem Kopf?

Eigentlich egal. Denn die Sache mit den Wünschen verfolgte mich eindeutig. Erst die Karten im Postfach, dann das hier … war das Zufall?

Hatte ich *doch* etwas damit zu tun?

Oder drehte ich einfach durch und gehörte in die Klapsmühle? Heißt es nicht, dass Schizophrenie vor allem in der Pubertät das erste Mal auftrat?

Einatmen, Lina. Ganz langsam, dabei bis drei zählen.

Luft anhalten. Wieder bis drei zählen.

Ausatmen. Wieder langsam, noch mal bis drei zählen.

Diese Beruhigungsatemtechnik hatte Mama mir mal gezeigt, weil ich früher vor Klausuren immer so aufgeregt war. Zum Glück half mir das auch an diesem Abend, mich zu fangen, ich konnte mich schließlich nicht ewig auf dem Klo verstecken.

Du bist nicht verrückt, Lina.

Nur anders.

Auch das hatte meine Mama mir früher immer gesagt, als ich noch klein war und steif und fest behauptet hatte, Wünsche erfüllen zu können wie Ururgroßmutter Gloria.

Aber wo genau war der Unterschied zwischen *anders* und *verrückt*? Gab es den überhaupt?

Probier es aus, dann hast du den Beweis, flüsterte eine kleine Stimme in meinem Inneren.

Und eigentlich war das kein blöder Vorschlag, oder? Es bekam ja niemand mit – ich war allein in der Toilette. Als ich den Wasserhahn aufdrehte, hatte ich mein Wunschliedchen schon auf den Lippen. Ich sang es einmal durch, dachte an die glatzköpfigen Franzosen, schluckte fünfmal und sagte zu meinem Spiegelbild:

»Tom soll tolle Akrobatik auf der Slackline machen können.«

Dann ging ich wieder nach draußen und hoffte, man würde mir nichts ansehen.

Als ich zu unserem Tisch zurückkam, sah Tom mich freudestrahlend an.

»Da bist du ja. Alles wieder okay? Ich hab schon gezahlt. Was meinst du – hast du Lust, noch ein bisschen mit mir rumzulaufen? Oder musst du schon nach Hause?«

Ich lächelte ihn an. »Gute Idee, ich muss erst um neun zu Hause sein. Danke übrigens für die Einladung.«

Er grinste mit rosigen Wangen. »Gerne. Toll, dass du noch Zeit hast, ich will dich noch gar nicht gehen lassen!«

Oh! Er mochte mich wohl wirklich.

Allerdings wusste ich nicht so recht, wie ich damit umgehen sollte.

Ich nahm meine Jacke und Tasche, und gemeinsam gingen

wir ein Stück in Richtung Slackline. Inzwischen tönte Musik aus einem kleinen Lautsprecher, irgendein Hiphop-Stück, das richtig Laune machte, und ein paar winkten meinem Begleiter zu, sie kannten sich offensichtlich.

Tom grüßte kurz zurück, drehte sich dann aber gleich wieder zu mir.

»Also, wozu hast du Lust? Sollen wir ein bisschen zur Glockenstraße gehen? Da kann man auch noch schön sitzen. Oder vielleicht zu den Domtreppen?«

»Wir könnten doch – ähm …«

In diesem Augenblick wurde mein Bauch urplötzlich von einer riesigen Welle heißem Kakao geflutet. Also, nicht wirklich. Sondern es fühlte sich nur so an. Genau wie damals, als Bastian auf der Bühne mit dem Beatboxen losgelegt hatte.

Ich schluckte.

Was war hier los?

Konnte es sein, dass Tom … dass sein Wunsch …

Ich sah zu den Slacklinejungs, dann zu Tom.

Ich musste es wissen.

»Hör mal, wenn du zur Slackline gehen willst, mach nur. Ich warte auf dich.«

Tom grinste schief. »Na ja, ich gebe zu, ich kann immer kaum widerstehen, wenn ich mal die Gelegenheit dazu habe …«

»Hey, kein Thema. Ich warte. Und danach können wir ja noch ein bisschen spazieren gehen.«

Er nahm kurz meine Hand und drückte sie. »Alles klar. Bin gleich wieder bei dir. Geh nicht weg, ja?« Er grinste verlegen.

»Und lach mich bitte nicht aus, auch wenn ich mich total dämlich anstelle! Ich bin noch ziemlicher Anfänger.«

Ich schüttelte den Kopf und lächelte.

Irgendetwas in mir sagte mir nämlich, dass Tom sich ganz bestimmt *nicht* dämlich anstellen würde.

Mittlerweile war mein kompletter Körper ausgefüllt von heißem Kakao, es war so ein irres Gefühl, dass ich Mühe hatte, nicht einfach den Zuschauern um mich herum um den Hals zu fallen. Eigentlich war die Sache an sich ja unheimlich. Aber das Kakaogefühl machte alles wett.

Tom ging zu den Jungs und klatschte mit zweien von ihnen ab. Und nicht mal eine Minute später stand er auf dem Band.

Obwohl ich eigentlich schon wusste, was kommen würde, konnte ich ihm nur gespannt zusehen – wie alle anderen, die hier herumstanden.

Tom machte ein paar vorsichtige Schritte auf dem Gurt.

Plötzlich legte sich ein Lächeln auf seine Lippen.

Offenbar spürte er in diesem Moment, dass seine Balance heute tipptopp war.

Ich dagegen war nicht im Geringsten überrascht.

Er machte noch ein paar Schritte, ging die Line einmal vorwärts entlang, dann rückwärts. Und noch einmal ein paar Schritte vorwärts.

Dann: ein kleiner Sprung nach oben, mit beiden Beinen. Und – sichere Landung.

Ein paar Leuten klatschten.

Tom war total konzentriert, und er wurde mutiger, er sprang noch einmal, diesmal höher.

Auch das klappte.

Mehr Applaus, und Tom sprang ein drittes Mal ab. Dann ließ er sich – zack! – auf den Hintern fallen, wie der Typ vorhin.

Und obwohl das sicher superschwer war, wippte er wieder nach oben, als ob er das jeden Tag hundert Mal machen würde. Er landete sicher auf den Füßen und machte das Ganze gleich noch mal.

Die Leute grölten mittlerweile und feuerten ihn lautstark an, und ein ungläubiges Staunen huschte über sein Gesicht, als er kurz zu mir sah, ehe er noch mal absprang.

Und dann – einen Salto machte.

Auch der gelang perfekt, und die Leute drehten durch. Der Applaus der Leute erfüllte den kompletten Platz, es waren mittlerweile sicher sechzig, siebzig Zuschauer da, die ihn feierten.

Und ich? Ich war komplett vom Kakaogefühl eingehüllt, so dass ich mich komplett mitreißen ließ und selbst wild klatschend auf- und absprang.

Ein magischer Moment.

Wieder.

Und ich war zwar sicher, dass das etwas mit mir zu tun hatte – allerdings hatte ich null Ahnung, was genau eigentlich passiert war.

Nach ein paar weiteren Sprüngen hüpfte Tom vom Seil und rannte auf mich zu. Und schloss mich so fest in die Arme, dass ich kaum Luft bekam.

»Hast du das gesehen? Das war … war …«

»Wahnsinn!!!«, sagte ich und lachte. Seine Begeisterung

war ansteckend, und ich war so voller flüssigem Glück, dass ich gar nicht anders konnte, als mich mit ihm zu freuen. Er drehte mich im Kreis, und ich musste noch mehr lachen.

»Vorher hat es nie geklappt, und jetzt das – das war magisch. Lina, du bist meine Glücksbringerin!«, rief er.

Und im nächsten Moment drückte er seine Lippen auf meine.

Ohne Zweifel tat er das aus einem Adrenalinschub heraus, trotzdem war es mir unangenehm und traf mich völlig unvorbereitet. Ich hatte zwar schon ein paarmal jemanden geküsst, aber da war es wenigstens mit Ankündigung gewesen. Toms Kuss empfand ich als Überfall, und nach ein paar Schrecksekunden schob ich ihn energisch von mir.

Tom guckte sofort zerknirscht. »Oh, Lina, tut mir leid, das wollte ich eigentlich nicht … na ja, irgendwie schon, aber halt anders. Ich war nur gerade so überwältigt, ich finde dich so wahnsinnig toll, und ich wollte dich schon den ganzen Abend küssen, wenn ich ehrlich bin, ich weiß, ich hätte fragen sollen …«

»Schon gut.« Ich wollte noch einen Schritt zurückgehen, nur zur Sicherheit, stieß aber gegen etwas Hartes.

Hoppla.

Als ich mich umdrehte, standen die Zwillinge vor mir.

Und sie schauten noch düsterer als bei unserer ersten Begegnung damals am Flughafen.

16

»Nimm deine Griffel von ihr«, sagte der linke Zwilling zu Tom, und der rechte verschränkte die Arme vor der Brust. Dabei hatte er die Hände zu Fäusten geballt, als ob er nur auf eine Gelegenheit wartete, einen Streit vom Zaun zu brechen. Nonverbal.

Tom schaute überrascht, aber trotzdem verteidigte er seine Position. Er richtete sich auf und fragte: »Was geht euch das denn an?«

»Gar nix geht es sie an!«, sprang ich ihm bei und vergaß für den Moment sogar mein magisches Kakaoerlebnis von eben.

Stattdessen wurde ich richtig, richtig sauer. »Was tut ihr überhaupt hier?«

»Mats hat uns geschickt«, sagte der rechte und sah meinen Begleiter kühl aus grauen Augen an.

»Mats?«, fragte Tom, aber ehe ich auch nur den Mund aufmachen konnte, antwortete der andere Bruder für mich.

»Ihr Freund. Du solltest dich jetzt lieber verziehen.«

»Habt ihr sie noch alle?«, rief ich, aber Tom sah mich mit gerunzelter Stirn an.

»Ich dachte, Mats wäre dein Bruder? Wer sind die beiden Clowns eigentlich?«

Endlich mal jemand mit Rückgrat, ich bewunderte ihn ganz ehrlich dafür. Wirklich schade, dass ich nicht in ihn verliebt war.

»Das sind die Söhne der Freundin meines Vaters«, erklärte ich düster.

»Deine Stiefbrüder«, sagte Tom.

»Die Söhne der Freundin meines Vaters. *Mehr nicht.*«

Tom nickte langsam.

»Du kannst jetzt gehen, wir bringen Lina nach Hause«, sagte der rechte Zwilling, doch ich warf ihm einen Blick zu, der ihm zu verstehen gab, dass es Momente gab, in denen man besser die Klappe hielt, wenn einem sein Leben lieb war.

Tatsächlich ging sein Mund wieder zu.

»Er wird nirgendwo hingehen. *Ihr* haut jetzt mal ab, aber ganz schnell!«

Ein paar Schritte von uns entfernt waren ein paar Mädels stehen geblieben und glotzten unverhohlen die Zwillinge an. Die das allerdings überhaupt nicht bemerkten, denn sie standen immer noch da und benahmen sich wie Höhlenmenschen.

Dabei war es ja hauptsächlich Mats, auf den ich sauer sein musste, und nicht auf seine beiden Lakaien. (Wenn die nämlich so doof waren, zu machen, was er ihnen auftrug, waren sie schon gestraft genug.) Mats würde auf jeden Fall was zu hören bekommen, wenn er mir in die Finger kam, und diesmal würde er nicht mit seinem sonnigen Grinsen und Schulterzucken davonkommen.

»Hallo, Lina! Hab ich dich gefunden!«, rief da plötzlich

jemand hinter mir. Ich drehte mich um – und atmete auf. Endlich jemand, den ich wirklich sehen wollte.

»Vicky!« Ich drückte sie kurz an mich. »Und Konstantin!« Ich staunte immer, wie groß er war, während Vicky auffallend klein und zart war, ähnlich wie Bea, nur in jung. »Das ist ja eine Überraschung!« Verstohlen sah ich auf meine Armbanduhr. Es war fast acht. Vicky hatte sich an unseren Notfallplan gehalten und war hergekommen, um die Lage zu checken, nachdem ich mich nicht mehr bei ihr gemeldet hatte. Und als sie mich mit Tom und den Zwillingen gesehen hatte, war sie sofort zu Hilfe geeilt. Sie war ein echtes Goldstück.

Ich legte einen Arm um sie und deutete auf die Jungs. »Darf ich vorstellen? Das ist Tom. Und die beiden hier sind Hirsch und Büffel von Bergen. Die schrägen Söhne von Bea. Und meine liebe Freundin hier ist Vicky. Mit ihrem Freund Konstantin.«

Der linke Zwilling schob die Hände in seine Hosentaschen. »Du schon wieder.«

»Hey, was soll denn das jetzt heißen?« Vicky stemmte empört die Hände in die Hüften.

»Genau, das heißt eigentlich: *Hallo, nett, dich kennenzulernen!*«, sagte ich.

Aber der Büffelhirsch fand einfach seine gute Erziehung nicht mehr. »Was machen die Augen?«, fragte er weiter in diesem ätzenden provozierenden Ton.

»Was ist denn mit deinen Augen?«, fragte Konstantin alarmiert und schob sich beschützend vor Vicky. Genau wie er hatte ich keine Ahnung, wovon der Hirschbüffel sprach.

»Denen geht's prima, danke«, antwortete Vicky und legte den Kopf schief, als sie den linken Zwilling anfunkelte. »Und wie geht's Sophia?«

Der schoss sofort zurück. »Also doch! *Du* warst das!«

Hä? Ich verstand nur Bahnhof. Vielleicht ging es aber gerade um das Gespräch der beiden, das Vicky auf der Straße mit angehört hatte – rein zufällig, wie sie mir erzählt hatte –, schließlich hatte sie mir ja von Sophia erzählt.

Vicky aber zuckte nur mit den Schultern und grinste. Auch eine gute Strategie: den Zwillingen erst gar nicht zu antworten. Musste ich mir unbedingt merken.

»Das ist ja eine nette ... äh ... *große* Runde hier. Wart ihr alle zusammen unterwegs?«, fragte jetzt Konstantin.

»Nein. Mein holzköpfiger Bruder hat diese beiden Knallfrösche geschickt, um mich abzuholen. Dabei ist Tom ein echter Gentleman.«

Na ja, seinen Kussüberfall vorhin fand ich zugegeben nicht so toll, aber zu seiner Verteidigung musste man sagen, dass er gerade einen Höhenflug hatte wegen der Slacklinegeschichte. Da konnte man schon mal ausflippen, ich war ihm deswegen nicht böse. Ich hatte ja selbst damit zu kämpfen, das Kakaoglücksgefühl in meinem Inneren zu ignorieren, sonst wäre ich nämlich zu den Zwillingen vielleicht zu nett gewesen.

Ich konnte Tom ansehen, dass er unser Date gerne fortgesetzt hätte. Allein. Doch so, wie wir hier zu sechst zusammenstanden, war auch meinem Begleiter klar, dass der zweisame Teil des Abends endgültig vorbei war.

»Lina, hör mal ... soll ich dich noch nach Hause bringen?«

Ich seufzte, als ich die Runde sah: zwei doofe Zwillinge, die mich selbstherrlich anguckten, und Vicky und Konstantin, die nicht so recht wussten, was sie machen sollten.

Zwar hätte ich mich rein aus Protest von Tom heimbringen lassen, aber als er mir diesen Blick zuwarf (der, bei dem seine Augen immer wieder zu meinen Lippen wanderten), entschied ich mich dagegen. Noch einen ungewollten Kuss wollte ich heute Abend nicht riskieren, dazu war mein Nervenkostüm mittlerweile zu dünn.

»Ich gehe mit Vicky und Konstantin, wenn das für dich okay ist«, antwortete ich ihm.

Tom nickte langsam. »Gut. Du kannst mir ja eine kurze Nachricht schreiben, wenn du zu Hause bist, okay? Damit ich mir keine Sorgen machen muss.«

»Musst du nicht, wir sind ja da«, sagte ein Zwilling, aber Tom nickte nur.

»Ja, eben.«

Ich grinste, als ich ihm zum Abschied winkte. Wirklich schade. Er hätte die beiden als mein Freund sicher gut in Schach gehalten. Aber als er langsam über den Französischen Platz davonschlenderte, war ich doch ganz froh. Wenigstens hatte ich bei ihm sofort gemerkt, dass wir nicht zueinander passten. Und das war ja bekanntlich früher besser als später.

Während ich Tom nachsah, stellte einer der Zwillinge sich direkt neben mich.

»Der ist in dich verknallt«, stellte er fest.

Mist, war das wirklich so offensichtlich?

Trotzdem ging ich sofort in Verteidigungshaltung. »Tom ist ein Freund, und ich verbringe gerne Zeit mit ihm.«

»Aber der steht auf dich!«

»Na und?«

»Na und??? Willst du ihm etwa weiter falsche Hoffnungen machen?«

»Ich mache ihm keine Hoffnungen, und ganz ehrlich wüsste ich auch gar nicht, was dich das überhaupt angeht. Außerdem – wenn *du* mit keinem Mädchen reden würdest, nur weil es verknallt in dich ist, würde niemand mehr übrig bleiben. Weil euch nämlich *alle* Mädels gut finden, wie man so hört.«

»Stimmt überhaupt nicht!«, sagte der Zwilling bockig.

Die drei Mädels neben uns drehten sich sofort weg und taten so, als ob sie sich voll und ganz auf ihre Handys konzentrierten.

»Lasst uns einfach nach Hause gehen«, sagte ich schwach und hängte mir meine Tasche um.

Der andere Zwilling schaute mich von oben bis unten an und runzelte die Stirn.

»Ist dir nicht kalt?«

»Nein. Mir wird nämlich immer heiß, wenn ich mich aufregen muss! So, und jetzt gehe ich mit meiner lieben Freundin Vicky nach Hause. Und mit Konstantin. Und ihr beiden könnt von mir aus machen, was ihr wollt. Zum Beispiel mir den Buckel runterrutschen.«

Ich hakte mich bei Vicky unter und zog sie weg von den Jungs. Konstantin war sofort wieder an ihrer Seite.

»Du bist ein wirklich guter Freund, Konstantin. Und so höflich und nett. Hast du eigentlich einen Bruder? Der zufällig Single ist?«

»Sorry, nein«, sagte er und lachte. »Aber sind denn die Jungs, die du kennst, so schlimm?«

»Nur die, die mit mir zusammenwohnen«, sagte ich und sah über meine Schulter. Vincent und Arthur folgten uns auf dem Fuße, und ihre zufriedenen Mienen gingen mir ziemlich auf den Zeiger.

»Aber was ist denn mit Tom? Der hat sich eigentlich total vielversprechend angehört. Und er scheint doch auch ziemlich sympathisch zu sein, oder?«, fragte Vicky, und ich seufzte.

»Ja, er ist wirklich nett. Aber leider, leider ... nichts für mich. Kein Herzklopfen, keine Schmetterlinge, nix. Wie war das denn bei euch? Wie habt ihr denn gemerkt, dass ihr zusammengehört?«

Die beiden tauschten einen Blick und lächelten, und ich schluckte ein winzig kleines Stück Eifersucht herunter. Nicht falsch verstehen, ich beneidete Vicky nicht um Konstantin, sondern nur um die Tatsache, dass sie sich gefunden hatten. Und dass sie einander *wirklich* gefunden hatten, konnte man schon an der Weise erkennen, wie sie sich ansahen. Als ob die beiden mehr wussten als der ganze Rest der Welt. Vermutlich war das auch so, wenn man richtig verliebt war.

»Ich glaube, bei mir war das bei unserem Sprung vom Zehnmeterturm«, sagte Vicky nach kurzem Überlegen, und Konstantin biss sich lächelnd auf die Lippen.

»Vom Zehnmeterturm? Im Schwimmbad? Okay, da bin ich

raus. Wegen meiner Höhenangst trau ich mich kaum, vom Startblock zu springen.«

Vicky sah mich lachend an. »Nicht dein Ernst, oder?«

Ich verzog das Gesicht. »Ich weiß«, seufzte ich. »Hey, wird da hinten gelacht?«

Ich drehte mich um, und tatsächlich grinsten beide Zwillinge mich an.

»Höhenangst? Echt jetzt?«

»Soll vorkommen. Deswegen war ich auch nicht mit in Vancouver. Höhenangst und Flugangst. Meine beiden Schwachstellen. Und irgendwie habe ich gerade das Gefühl, dass es unklug war, euch beiden das zu erzählen.«

»Wir sind doch nicht deine Feinde, Lina«, sagte jetzt einer von ihnen, der andere nickte. Ohne blödes Grinsen im Gesicht.

»Nein, mein einziger Feind heute Abend ist tatsächlich Mats. Dafür, dass der Urmensch in ihm die Kontrolle übernommen und euch beide als Anstandsdamen geschickt hat. Warum habt ihr euch überhaupt von ihm einspannen lassen? Ich dachte, es wäre zumindest euch wurscht, mit wem ich unterwegs bin. Ich habe echt nicht erwartet, dass ihr springt, wenn Mats mit dem Finger schnippt.«

Wir waren mittlerweile in der Königinstraße angekommen und kurz vor unserer Haustür.

Einer der Zwillinge setzte zu einer Erklärung an. »Weißt du, wir –«, doch er konnte nicht zu Ende antworten. In diesem Moment kam nämlich ein kleiner Mann mit hell gefärbten Haaren aus der Tür von Beas Haus und baute sich vor uns auf.

O nein. Der hatte gerade noch gefehlt.

»Ah, guten Abend, Kinder, wolltet ihr zu mir? Wie habt ihr denn rausbekommen, wo ich wohne? Na, das macht man aber nicht, dass man einem Prominenten nachschnüffelt, das könnte ich der Polizei melden! Es ist ja auch für die anderen Bewohner hier eine Zumutung, wenn ich immer von Fans belagert werde, meine Adresse sollte geheim bleiben.« Heiko Flöter lachte keckernd und schob die Hand in die Innentasche seiner Lederjacke.

»Wer ist denn *das*?«, flüsterte Vicky mir zu, aber Heiko blubberte schon weiter. »Na schön, ich will meine Anhänger ja nicht enttäuschen. Hier bekommt ihr ein paar Autogrammkarten, ja? Aber dann lasst mir *bitte* meine Privatsphäre!«

Vincent und Arthur hatten sich an mir vorbeigeschoben und standen jetzt direkt vor Heiko, der sofort noch kleiner und schmächtiger wirkte.

Erschrocken schaute er auf. »Huch, was soll das denn? Kommt mir nicht zu nahe, sonst müsste ich euch wegen … äh … Belästigung anzeigen.«

Die Zwillinge rückten ein Stück näher und schauten ihn düster von oben herab an. Der plappernde Schauspieler wich noch einen Schritt zurück, bis er mit dem Rücken an der Hauswand stand. In der Dunkelheit sah man deutlich das Weiße in seinen Augen – offenbar hatte er die vor Schreck ganz weit aufgerissen. Und auch mit seinem Mund schnappte er komisch nach Luft, er sah aus wie einer von den Koi im Gartencenter, die in dem großen Becken am Eingang schwammen und darauf warteten, dass die Kinder ihnen ein Stück von ihren mitgebrachten Keksen ins Wasser warfen.

»Was macht ihr, was soll das, ich –«

Doch endlich hatten die Zwillinge Erbarmen. Sie ließen ihn stehen, und einer der beiden sperrte die Haustür auf.

»Wir wohnen hier. Schönen Abend noch!«

Heiko Flöter guckte verdutzt. »Äh, ach-ach … so. Tja dann, äh … da habt ihr trotzdem ein paar Autogrammkarten.«

Die drückte er natürlich mir in die Hand, ehe er den Kragen seiner Jacke aufstellte und abdampfte, so schnell ihn seine kurzen Beine trugen.

Vicky, Konstantin und ich folgten den Zwillingen ins Haus.

»Hey, macht es euch eigentlich Spaß, andere zu erschrecken? Habt ihr euch deshalb eine Figur wie Popeye antrainiert? Gebt es zu, diese Eishockeysache ist nur Tarnung!«, sagte ich, und beide lachten. Aus vollem Herzen, wie es schien, und im Treppenhaus hörte sich das gleich noch lauter an. Es war ein sehr ungewohntes Geräusch. Aber eines, an das ich mich durchaus gewöhnen konnte. Es war nämlich tausend Mal besser als das Gemecker und Gemotze unserer ersten gemeinsamen Tage.

Immer noch lachend und abwechselnd Heiko Flöters Gesicht nachmachend, betraten wir zu fünft Beas Wohnung. Allerdings verging mir dort sofort wieder meine gute Laune, denn im Flur trafen wir auf Mats.

»Du!«, sagte ich, und Mats, der gerade aus der Küche kam und irgendwas kaute, blieb vor mir stehen.

Vicky und Konstantin spürten den aufziehenden Sturm und verzogen sich in die Küche zu Vickys Eltern und Bea, um aus der Schusslinie zu kommen.

Und ich ging direkt zum Angriff über. Sofort baute ich mich

vor ihm auf, und mein Bruder hatte sogar den Nerv, völlig überrascht zu gucken.

»Wie konntest du mir das antun? Warum musstest du mir die Zwillinge als Aufpasser schicken?«, fragte ich ihn und hoffte, dass meine Stimme vor Wut nicht zu wackelig sein würde. War sie zum Glück nicht, ich kam genauso stinksauer rüber, wie ich mich fühlte.

Mats' Blick glitt zu Arthur und Vincent, die uns abwartend musterten, ehe er mich mit gerunzelter Stirn ansah. Er schwieg eine Weile, ganz als ob er sich noch eine Strategie ausdenken musste. Schließlich sagte er nur: »Irgendjemand muss doch auf dich aufpassen.«

»Es muss *niemand* auf mich aufpassen. Ich bin kein kleines Kind mehr, ich wollte einfach mal mit einem netten Jungen einen schönen Abend verbringen. Warum musstest du mir das kaputtmachen?«

Trotz meines immer noch wohlig warmen Magens wegen der Wunschsache (über die ich mir später würde Gedanken machen müssen), war ich wirklich sauer auf meinen Bruder. Und jetzt, da er vor mir stand, brauchte ich dringend Abstand von ihm. Das hier war einer der seltenen Augenblicke, in denen ich seinen Anblick kaum ertragen konnte, ohne Gefahr zu laufen, völlig auszuflippen.

Deswegen marschierte ich nach hinten in Beas Küche zu Vicky und Konstantin und hoffte, dass Mats wenigstens einmal klug sein und mich an diesem Abend nicht weiter drangsalieren würde, denn sonst hätte ich für nichts mehr garantieren können.

Doch anscheinend hatte er gespürt, dass er zu weit gegangen war. Er folgte mir nicht, und als ich mich noch einmal kurz umdrehte, verschwand er gerade im Zimmer eines Zwillings. Vermutlich, um sich einen kompletten Bericht der Überwachung abzuholen.

Den Rest des Abends ließen die Jungs sich nicht mehr blicken. Deshalb hatte ich viel Zeit, mit Vicky zu überlegen, wie ich Mats eins auswischen könnte.

Denn so eine Aktion erforderte Rache.

Und die würde ganz fürchterlich werden.

17

Für den nächsten Morgen hatte ich mir ganz früh den Wecker gestellt. Papa musste zum Flughafen, er hatte einen Flug nach Los Angeles und würde erst kommenden Donnerstag wieder zurück sein. Ich verabschiede mich grundsätzlich vor jeder Tour von ihm, egal, wie zeitig er das Haus verlassen muss – selbst als wir noch bei Mama wohnten. Und auch an diesem Tag winkte ich ihm mit Bea gemeinsam nach, bis er mit dem Auto um die Ecke verschwunden war.

Danach wollte ich nicht mehr ins Bett und machte es mir in unserer Küche gemütlich. Die war winzig, im Gegensatz zu Beas Palast auf der anderen Seite des Mauerdurchbruchs, aber dafür extrem kuschelig. Und irgendwie tröstlich, denn ich habe immer ein bisschen Angst um Papa, wenn er unterwegs ist. Ja, mir ist klar, dass die Statistiken sagen, dass Fliegen einer der sichersten Wege ist, sich fortzubewegen – aber ein tonnenschwerer Stahlkoloss, der durch die Luft schwebt, ist mir einfach nicht geheuer.

Wie viele Altbauküchen ist auch unsere ein langer, schmaler Schlauch mit einem Fenster am Ende, vor dem ein rechteckiger Esstisch steht, mit Stühlen, einer gepolsterten Bank und ein paar Kissen. Ich hatte letztes Jahr vor Weihnachten eine Lichterkette um das Fenster und die Vorhänge geschlungen, und weil das Licht so schön ist, hängt sie seitdem immer noch dort. Bea hatte sich zu mir gesellt, wir hatten leise Musik angemacht, tranken Kakao und blätterten in Zeitungen. Ich glaube, wir wollten beide nicht alleine sein.

Gegen neun Uhr stand einer der Zwillinge in der Tür. Frisch geduscht, mit nassen Haaren, einem dunkelblauen T-Shirt und Jeans.

»Guten Morgen, Arthur!«, sagte Bea und zwinkerte mir zu. Wir hatten vereinbart, dass sie mir ab sofort immer helfen würde, die beiden zu unterscheiden. Ob sie es wollten oder nicht, denn ihr Verwechslungsspiel fand sie genau so blöd und kindisch wie ich.

Arthur sah erst seine Mutter an, dann mich. Er hatte ganz leichte Augenringe, obwohl er sonst ziemlich wach wirkte. Hm. Musste ich nachher gleich mal mit denen von Vincent vergleichen. »Guten Morgen. Frühstücken wir heute hier?«

Bea nickte. »Lina und ich konnten nicht mehr schlafen, nachdem Christoph zum Flughafen gefahren ist. Setz dich doch zu uns.«

Arthur zögerte kurz. »Darf ich?«, fragte er, deutete auf unsere Kaffeemaschine und sah dabei erstaunlicherweise in meine Richtung.

»Klar«, sagte ich. »Tassen sind im Schrank drüber.«

»Ich habe mich immer noch nicht daran gewöhnt, dass ihr beiden in Kanada angefangen habt, Kaffee zu trinken«, sagte

Bea, stand auf und stellte eine Pfanne auf den Herd. »Ich mache ein paar Omeletts.«

Arthur hatte sich einen Kaffee mit einem riesigen Berg Milchschaum gemacht und wühlte noch in der Schublade nach einem Löffel, als Vincent auftauchte.

Im Gegensatz zu seinem Bruder waren dessen Haare verwuschelt, er sah aus, als ob er gerade erst aus dem Bett gefallen war. Er hatte nur knielange Shorts und ein schwarzes T-Shirt an und rieb sich die Augen. Zum ersten Mal seit unserem Zusammenleben schoss mir der Gedanke durch den Kopf, dass in diesem Moment wohl einige Mädchen gerne mit mir tauschen würden. Hier standen die beiden Objekte der Begierde, zumindest von so vielen aus der Schule, einer von ihnen sogar im Schlafanzug, und trotzdem fühlte es sich irgendwie ganz normal an. Sie passten erstaunlich gut in unsere gemütliche kleine Altbauküche, und trotz unserer teils unterschiedlichen … äh – Meinungen schwor ich mir in diesem Moment, niemals persönliche Sachen über die beiden auszuplaudern. Ich würde das nämlich auch nicht wollen. Musste ja auch wirklich niemand wissen, dass ich gerade einen rosa Bademantel mit Häschenohren an der Kapuze anhatte.

»Morgen zusammen«, nuschelte Vincent und schob sich die Haare aus dem Gesicht.

»Guten Morgen! Sagt mal, was ich schon immer wissen wollte – stört euch eure Matte nicht? Das ist doch 'ne blöde Länge, mich würde es wahnsinnig machen, wenn mir dauernd die Haare im Gesicht kitzeln würden«, sagte ich. »Oder wollt ihr sie noch länger wachsen lassen?«

Vincent schüttelte den Kopf. »Nö, auf keinen Fall. Haben es nur irgendwie nicht zum Friseur geschafft, es war so viel los. Vielleicht nächste Woche«, murmelte er und sah von hinten über Beas Schulter.

Während Vincent seiner Mutter genaue Anweisungen gab, wie er sein Omelette haben wollte, wandte Arthur sich an mich. Er lehnte immer noch vor der Kaffeemaschine.

»Hast du eigentlich schon mal darüber nachgedacht, einen Selbstverteidigungskurs zu machen?«

Seine Frage überraschte mich. »Ehrlich gesagt, nein. Sollte ich?«

»Gestern Abend hättest du ein paar Tricks schon mal brauchen können. Der Typ ist dir ja ziemlich auf die Pelle gerückt.«

Jetzt fing der auch noch an! »Ich hatte die Situation hundertprozentig unter Kontrolle«, sagte ich und faltete die Zeitung, die ich gelesen hatte, schwungvoll zusammen.

Er zog die Augenbrauen hoch. »Sicher?«

»Ganz sicher!«

In diesem Moment gellte ein Schrei durch die Wohnung.

»LINA!«

Ups.

»Ich glaube, Mats ist wach«, sagte Bea und schaute mich fragend an. Draußen im Flur hörte man schon die polternden Schritte meines Bruders.

Badtür aufreißen. Wieder zuknallen.

»LLLIIINNNAAA!!!«

Seine Schritte näherten sich der Küche, und ich musste ein Kichern unterdrücken.

Die Zwillinge guckten mich neugierig an.

»Was hast du denn ausgefressen?«, fragte Arthur, und ich biss mir auf die Lippen, um nicht loszuprusten.

Eine Sekunde später stand Mats in der Tür. Im Schlafanzug, total zerzaust – aber hellwach. Er hielt seine Hände hoch und funkelte mich an. Na, da war jemand sauer. Sehr schön. Dann wusste er endlich mal, wie sich das anfühlte.

»Schicker Nagellack«, bemerkte in diesem Moment Vincent, und Mats warf ihm einen mörderischen Blick zu, während er langsam auf mich zukam.

»Finde ich auch. Kirschrot. Sogar mit Glitzer«, sagte ich.

»Wenn ich dich allein erwische …«, murmelte Mats, und ich stand dann doch mal von meinem Stuhl auf. Obwohl mein Bruder mir nie, wirklich niemals etwas tun würde, bekam ich nun doch Herzklopfen. Ein bisschen so wie früher beim Fangenspielen.

Ich warf erst Arthur, dann Vincent einen Blick zu, und eines musste man ihnen lassen: Sie kapierten sofort.

Schnell bauten sie sich vor mir auf – als Schutzwall gegen meinen aufgebrachten Bruder.

Blitzschnell duckte ich mich hinter ihnen vorbei und rannte lachend aus der Küche.

Natürlich konnte ich mich in der Wohnung nicht vor Mats verstecken, aber das wollte ich auch gar nicht. Ich wollte nur mit ihm reden, jetzt, wo ich mich wieder beruhigt hatte, und ohne dass Bea und die Jungs uns zuhörten. Also rannte ich direkt durch die Maueröffnung und dann den langen Flur auf der anderen Seite entlang, wobei ich mit meinen flauschigen Socken ordentlich ins Schlittern kam. Mats war mir direkt auf den Fersen, und schließlich standen wir beide in Beas Küche – nur ihr Küchenblock hielt uns auf Abstand.

Doch während ich ein Lächeln auf dem Gesicht hatte, war bei Mats von seinem Dauergrinsen keine Spur zu sehen. Noch nicht mal ein klitzekleiner Funke.

»Ach, komm schon«, fing ich an, »du musst doch damit gerechnet haben, dass ich mir was überlege. Außerdem hab ich extra den billigen Nagellack genommen, ohne Unterlack, der blättert sowieso bald wieder ab.«

Mats warf einen Blick auf seine Hände. Ich hatte bis heute Nacht um zwei Uhr gewartet und mir extra den Wecker gestellt, um meinen kleinen Plan zu starten. Zum Glück hat Mats, wenn er denn mal im Bett ist, einen tiefen Schlaf, und so konnte ich ganz gemütlich mit Taschenlampe bewaffnet meine Rache in die Tat umsetzen. Ich wusste, dass er an diesem Nachmittag mit ein paar Jungs aus seinem Fußballverein verabredet war, und die würden ihn vor fiesen Sprüchen sicher nicht schonen. Aber wenn er solche Aktionen wie am Tag zuvor mit mir startete, sollte er sich nicht über das Echo wundern.

»Dass du mir die Zwillinge zum Aufpassen geschickt hast, war das Letzte. Ich wäre mit Tom schon zurechtgekommen. Ach was, ich *bin* mit ihm zurechtgekommen. Ganz prima sogar!«

Mats sah mich eindringlich an. »Er mag dich.«

»Na und? Ich bin ja auch toll!«, versuchte ich, ihn zum Lachen zu bringen, aber das funktionierte an diesem Morgen leider überhaupt nicht.

Ich seufzte. »Er ist ein netter Kerl. Ich hab allerdings ganz schnell gemerkt, dass ich nicht in ihn verliebt bin, wenn dich das beruhigt. Aber bitte, bitte, spar es dir, Vincent und Arthur noch mal als Aufpasser zu schicken, ja? Oder jemand anderen. Das ist einfach nur uncool.«

Mats sah wieder auf seine Fingernägel und begann, die Farbe abzukratzen.

»Jungs sind manchmal schwer zu durchschauen«, sagte er schließlich.

Na, das war mal ein toller Tipp.

»Etwa so wie du? Sagst du das auch deinen Verehrerinnen?«

Aber er schüttelte nur langsam den Kopf. »Sorry, Lina, aber manchmal hast du einfach überhaupt keine Ahnung von Jungs. Ich will doch nur helfen.«

Doch bevor ich mich wieder aufregen konnte, tat er etwas, was er seit Ewigkeiten nicht mehr gemacht hatte. Er kam um den Küchenblock zu mir, schlang die Arme um mich und gab mir einen Kuss auf die Schläfe. Verdutzt erwiderte ich seine Umarmung.

»Pass gut auf dich auf«, murmelte er.

»Natürlich«, sagte ich verwirrt. So kannte ich Mats überhaupt nicht! Die Zwillinge mussten ihm von Toms Kussüberfall erzählt haben, herrje. War ja klar, dass da seine Beschützerinstinkte noch mehr mit ihm durchgingen. Vielleicht war es da wirklich besser, das Thema ruhen zu lassen. Zumindest für heute.

»Komm doch wieder mit rüber zum Frühstücken«, sagte ich.

Aber Mats schüttelte den Kopf. »Keinen Hunger«, sagte er, machte sich von mir los und ging aus der Küche.

»Mein Nagellackentferner ist im Bad in der untersten Schublade«, rief ich ihm hinterher.

Doch er war schon um die Ecke verschwunden.

So sehr mich das Verhalten meines Bruders wunderte, so wenig Zeit hatte ich, mich mit seinen Befindlichkeiten zu beschäftigen. Eine neue Schulwoche brach an, und offenbar hatten alle Lehrer beschlossen, uns unter Bergen von Hausaufgaben und Lernstoff zu begraben. Ich schrieb jeweils Mittwoch und Freitag eine Klassenarbeit, die Jungs Dienstag und Freitag, weshalb die Tage der Woche bei uns allen zu Hause recht ähnlich abliefen. Nämlich: Frühstück, Schule, lernen, essen, lernen, schlafen. Dazwischen immer mal wieder Sport, vor allem Vincent und Arthur hatten durch Eishockey und Leichtathletik praktisch keine freie Minute, denn da standen Punktspiele und Wettkämpfe an.

Und weil wir alle so beschäftigt waren, verliefen die wenigen gemeinsamen Aktivitäten – also eigentlich nur das Frühstück – ungewohnt harmonisch. Sogar Mats hatte sich wieder gefangen und ging mit uns allen wieder normal um, fast so, als ob seine Aussetzer wegen Tom am Wochenende überhaupt nicht passiert wären.

Papa blieb vier Tage weg – wie üblich bei einem Langstreckenflug –, und Bea nahm die Rolle als Mats' und meine Ersatz-Erziehungsberechtigte sehr ernst. Sie kümmerte sich rührend um uns, versorgte uns mit Frühstück (in unserer Wohnung, selbstgemacht) und Abendessen (in ihrer Wohnung, vom Lieferservice und Therese) und war auch sonst immer da, wenn wir sie brauchten. Sie war ein echter Schatz. Und ich glaube, sie vermisste Papa ziemlich stark.

Das Frühstück bei uns hatte sich in dieser Woche als richtiges Ritual etabliert. Papa staunte jedenfalls nicht schlecht, als er nach seiner Rückkehr die Jungs und mich am Freitagmorgen in unserer Küche antraf. Bea brutzelte Omeletts, Vincent, Mats und ich saßen am Küchentisch, jeder über ein Schulbuch gebeugt, und Arthur lehnte vor der Kaffeemaschine, ebenfalls irgendwelche Aufzeichnungen vor der Nase. Wir sprachen zwar nicht viel, aber zumindest hielten wir uns alle für etwa zwanzig Minuten am Tag in einem Raum auf, ohne mit Kastanien oder blöden Sprüchen um uns zu werfen.

Ein Riesenfortschritt.

Wegen der Prüfungswelle konnte ich allerdings erst am Freitag in der letzten Pause wieder richtig durchatmen. Die Englischarbeit am Mittwoch war ganz okay verlaufen, bei Mathe war ich mir nicht ganz sicher, da waren ein paar knifflige Aufgaben dabei gewesen und Simon zu weit weg. Doch ich konnte sowieso nix mehr daran ändern, und Kim und ich hofften jeweils auf eine gnädige Drei.

Vor lauter Schulstress waren Kim und ich ziemlich im Hintertreffen, was die letzten News betraf. Klar war sie über alle Vorkommnisse von meinem Date mit Tom eingeweiht. Aber noch hatte ich Kim nicht von der Sache mit dem Herzenswunsch erzählt. Und von Toms flimmrigen Kopf. Ich wusste einfach nicht, was ich davon halten sollte, und war noch nicht so weit, darüber zu sprechen. Ein bisschen hatte ich wirklich Angst davor, durchzudrehen, denn im Nachhinein konnte ich einfach nicht mehr sagen, ob ich das Flimmern tatsächlich gesehen hatte – oder nicht.

Der Rest des Dates allerdings – inklusive des unrühmlichen Auftritts der Zwillinge samt Mats – war ein beliebtes Thema bei uns in den Pausen gewesen, und zusammen mit meinen Freundinnen wurde es eingehend diskutiert, sogar noch an diesem Freitag, fast eine Woche später. Alle waren meiner Meinung, dass Mats' Beschützerinstinkte zu weit gingen. Die Zwillinge kamen allerdings besser weg.

»Die waren loyal deinem Bruder gegenüber!«

»Und es zeigt auch, dass du ihnen nicht egal bist.«

Sina und Melli ereiferten sich dabei am meisten. Die waren aber auch diejenigen, die mich immer wieder nach privatem Gossip über die von Bergens ausfragten.

Den gab ich ihnen allerdings nicht. Ganz ehrlich, außer der Farbe von Vincents Schlafanzug wusste ich ja auch nicht so viel.

Leider dachte Tom wohl auch noch sehr oft an unser Treffen letzten Samstag. Gefühlt in jeder freien Minute schickte er mir eine Nachricht. Anfangs fand ich das noch süß, aber schon Dienstagabend, als mein Handy im Zehnminutentakt aufleuchtete, weil er mir wieder irgendwas mitteilen wollte, legte ich es freiwillig auf die Kommode im Flur, wo ich es bis zum nächsten Morgen vergaß.

Dabei wollte ich ihm keinen Korb geben, also nicht so direkt. Schließlich war er nett, und ich würde ihn auch gerne wiedersehen, er hatte einen guten Humor, wir konnten uns prima unterhalten. Doch ein wenig hatte ich Angst, dass der Zwilling neulich recht hatte.

Ich würde Tom Hoffnungen machen, wenn ich nicht endlich Klartext mit ihm redete.

Als wir das – mal wieder – in der letzten Pause am Freitag besprachen, unterbrach uns plötzlich Melli, die gerade vom Klo zurückkam.

»Wisst ihr, was ich eben gehört habe?«, flüsterte sie überlaut, und Kim, Sina, Melli und ich steckten die Köpfe zusammen.

»Xenia hat sich wegen der Sache mit dem Musical offiziell beschwert. Beim Direktor! Anscheinend ist sie da zusammen mit ihrem Vater hingetrabt. Der ist Anwalt.«

Mein Herz setzte einen Schlag aus. »Wann?«

»Gestern, heißt es. Im Klo neben mir haben sich zwei Mädels darüber unterhalten, ich glaube, die waren aus ihrer Stufe. Und wisst ihr, was noch?«

»Was?«, fragte Kim, und ihr Blick huschte alarmiert zu mir herüber.

»Mathilde ist seitdem krank. Kein Mensch weiß, was sie hat, sie geht auch nicht ans Telefon und lässt sich zu Hause verleugnen. Anscheinend wollte sie die Hauptrolle sofort zurückweisen, aber der Fuchs und die Schwenke haben wohl ewig auf sie eingeredet.«

»Das ist ja …«

»Abgefahren, oder?« Melli grinste. »Endlich ist an dieser Schule mal was los!«

Ich lächelte schwach. Im Moment war mir ganz eindeutig *zu viel* los. Und ich hatte keine Ahnung, wie ich das wieder geradebiegen konnte.

Ich brauchte dringend eine Pause. Dieses Wochenende würde ich nichts weiter tun als einfach nur entspannen. Stundenlang in der Badewanne liegen. Therese besuchen. Musik hören.

Und ich würde die Finger von allem lassen, was mit Wünschen zu tun hatte. Vielleicht würde ich Kim von der Tom-Aura auch erst nächste Woche erzählen. Stattdessen würde ich Buße tun, indem ich … vielleicht ganz schnell ein paar Kindern antworte, die ihre Weihnachtswünsche an Glorias Postfach geschickt hatten. Jetzt müssten doch endlich mal ein paar von denen eintreffen, wir hatten schon bald Ende September. Gleich nach dem Tanztraining heute Nachmittag würde ich beim Postfach vorbeischauen! Das nahm ich mir vor und fühlte mich gleich viel besser.

Ich wünsche mir, dass ich mich beim Leichtathletikwettkampf nächsten Samstag so verletze, dass ich nicht zum Ball meiner Großeltern muss.

Vincent von Bergen

Gloria Petrus'
Wunschpostfach
Himmelstor

18

»Das ist doch wohl nicht sein Ernst! Von Vincent? Echt jetzt???«, schrie Kim so laut ins Telefon, dass ich es einen halben Meter von meinem Ohr weghalten musste.

Ich hatte es nicht einmal bis nach Hause geschafft. Noch vor dem Postamt musste ich wegen Vincents Karte meine beste Freundin anrufen. Was zu viel war, war zu viel.

»Dann war er es, der dich beim Telefonat mit deiner Mutter belauscht hat, und jetzt macht er sich über dich lustig. Wie fies ist das denn?«

»Bin ganz deiner Meinung!«

»Du musst die Zwillinge ausquetschen. Alle beide. Nein, am besten erst mal Arthur. Wenn jemand etwas weiß, dann er. Die Frage ist natürlich, ob er was über seinen Bruder ausplaudert. Eher nicht, oder? Aber wenn du es ganz geschickt anstellst …«

»Was anderes wird mir nicht übrigbleiben. Vielleicht kann ich auch aus Bea etwas herausbekommen.«

»Gute Idee. Ach, Lina, ich würde dir so gerne helfen«, sagte Kim, und ich seufzte.

»Bleib einfach meine allerbeste Freundin, ja? Und sprich bitte mit sonst niemandem über die ganze Wunscherfüllerei und mein Postfach. Und die Sachen, die ich darin finde.« Auch wenn das Fach schon so lange eine Tradition war, Therese mich ermutigt hatte und Ururgroßmutter Gloria ein Knaller in Sachen Glücksbringerei gewesen war – mir war das Ganze nicht geheuer.

»Ehrensache. Halt mich auf dem Laufenden, ja? Ich muss leider los, meine Eltern warten schon.«

»Alles klar. Bis dann. Drück mir die Daumen!«

Noch erschöpfter, als ich vorhin schon war, kam ich in unsere Wohnung, warf meine Sachen in den Flur und ging schnurstracks in die Küche. Ich brauchte etwas zu essen, idealerweise mit ganz viel Zucker. Am besten Schokolade. Blöderweise war bei uns alles aufgefuttert.

Also tappte ich nach drüben zu Bea. Sie war mit einem der Zwillinge in der Küche.

»Oh, Lina, wie war's denn heute in der Schule? Wie lief Mathe?«, fragte sie mich gleich und sah von ihrem Zettel auf, auf dem sie gerade etwas notiert hatte.

»Frag lieber nicht.«

Ich sah zum Zwilling. Er saß auf dem Barhocker vor dem Küchentresen und sah auch nicht mehr ganz frisch aus.

»Wie war's denn bei euch? Physik, oder?«

Er nickte. »Ging so.«

Bea lächelte. »Wenn Arthur sagt: *ging so*, dann war es bestimmt wieder ziemlich gut.«

»Gut zu wissen, falls ich mal Hilfe brauche. Sag mal, Bea – gibt's hier irgendwo was Süßes?« Ich seufzte theatralisch und schob mich auf den Barhocker neben Arthur. »Ich bin schlimm unterzuckert und sehr schwach.«

Bea lachte. »Arthur hat auch schon gefragt.« Sie zog eine Schublade auf und legte uns eine riesige Tafel Schokolade hin.

»Oh, die gute mit den Mandelsplittern!«

»Aber lasst den anderen noch was übrig. Außerdem essen wir gleich, es sind sogar ausnahmsweise mal alle da. Ich hab bei Therese bestellt, Arthur holt die Sachen gleich ab.«

Ich brach mir einen Riegel ab und sprang auf. »Ich komme mit.«

Ha! Das sollte mir mal einer nachmachen. Nach einer Brutalo-Schulwoche war mein Gehirn schneller als der Schall. Auf dem Weg zu Therese lag nämlich ein Juweliergeschäft, und im Schaufenster hing seit voriger Woche – wie fast überall in der Stadt – ein Plakat für den Debütantinnenball der Von-und-Zus aka der Zwillingsgroßeltern. Ein perfekter Gesprächsanlass, um etwas über Arthurs Bruder herauszufinden.

Arthur sah mich verblüfft durch seinen Haarvorhang an und zuckte mit den Schultern. »Okay.«

Ich schob mir das Stück Schokolade in den Mund und nickte. Prima. Dann würde ich ihm gleich mal ein bisschen auf den Zahn fühlen. Vielleicht konnte er mir einen Hinweis geben, was es mit der merkwürdigen Wunschkarte seines Bruders auf sich hatte.

Wir nahmen unsere Wohnungstür, denn Bea hatte uns erzählt, dass sie vorhin ewig von Heiko Flöter im Treppenhaus aufgehalten worden war. Und auf den hatten weder Arthur noch ich Lust.

Mittlerweile war es fast sechs, und es wurde langsam dämmrig. Der Herbst hatte diese Woche so richtig zugeschlagen. Die Gehwege verschwanden unter roten und goldenen Blättern, die bei jedem Schritt raschelten, und ein eisiger Wind pfiff um die Ecken. Ich wickelte meinen Schal fester um den Hals und zog die Mütze tiefer in die Stirn. Arthur hatte nur eine dünne Windjacke an. Aber über den Wärmehaushalt von Jungs wunderte ich mich nicht mehr, dazu lebte ich schon zu lange mit meinem Bruder zusammen.

Bei Mandy und Ralf im Erdgeschoss unseres Hauses brannte kein Licht. Aus Erfahrung wusste ich allerdings, dass sie es oft nicht anmachten, damit sie besser aus dem Fenster sehen konnten. Und genauso war es an diesem Tag. Schulter an Schulter saßen sie an ihrem Beobachtungsplatz und starrten uns durch die Scheibe an.

Ich winkte ihnen zu.

Arthur sah mich von der Seite an. »Was war das denn?«

»Ich grüße Mandy und Ralf, die uns aus ihrer dunklen Wohnung heraus beobachten.« Ich sprach extra laut, denn sie hatten einen Fensterflügel auf Kipp. Ich wusste, dass sie mich hören konnten.

»Schräg«, sagte Arthur genauso laut. Er hatte sofort verstanden. »Machen die das immer?«

»Sehr oft«, brüllte ich zurück. »Aber ich wollte sowieso am Wochenende zu Susanne gehen. Die wohnt auch hier und ist Polizistin. Ich werde sie fragen, ob man das überhaupt darf.«

Klapp!, ging das Fenster zu.

Arthur setzte in Sekundenschnelle seinen Killerblick auf und sah noch einmal hin. (Erstaunlich, wie schnell er den auf- und dann auch wieder absetzen konnte!) Mandy zog sofort die Vorhänge zu.

Bis zu Thereses Bistro waren es nur ein paar Minuten zu Fuß. Und ich musste jede Einzelne davon nutzen, wenn ich etwas erfahren wollte, das mir weiterhalf.

Da, schon waren wir am Juweliergeschäft. Ich atmete auf, als ich das Plakat entdeckte. Glücklicherweise hing es immer noch dort.

Ich zupfte meinen Begleiter am Ärmel und deutete dorthin.

»Schau mal, sogar hier kann man Karten für den Ball deiner Großeltern kaufen. Die halbe Stadt spricht schon davon. Wie ist es denn da eigentlich so?«

Arthur warf mir einen Blick zu. »Du hast es dir aber nicht anders überlegt und willst auf dem Ball als Bedienung arbeiten?«

Ich schüttelte den Kopf, so dass die Bommel auf meiner Mütze hin- und herwackelte. »Nein. Dass das nicht klug wäre, habt ihr mir ja schon zu verstehen zu geben, auch wenn ich nicht genau weiß, wieso. Außer, dass eure Großeltern mich nicht leiden können, meine ich, das war ja ziemlich offensichtlich. Dabei war ich echt nett zu ihnen. Sag bitte, dass es anderen auch so geht wie mir.«

Arthur schnaubte und steckte die Hände in seine Jackentaschen. »Tut es. Meine Großeltern sind sehr wählerisch mit ihren Freunden. Sie umgeben sich gerne mit Menschen, die ähnlich wohlhabend sind wie sie, das scheint ihnen sehr wichtig zu sein. Anwälte, Notare, Investmentbanker. Oder Immobilienmakler. Mit unserem Vater haben sie sich immer gut verstanden, sie haben auch jetzt noch Kontakt.«

Ich schaute auf meine Füße. »Dann ist mir klar, warum sie uns nicht leiden können. Wobei sie mit Papa wohl eher das kleinste Problem haben.« Denn der verdiente als Pilot ja wirklich gut. Wir Kinder allerdings hatten nicht den geringsten Nutzen für sie.

»Es gibt Schlimmeres, als von meinen Großeltern nicht gemocht zu werden.«

Der Meinung war ich auch, denn mir waren selten so fiese und unsympathische Leute untergekommen wie die beiden.

»Gibt's in diesem Schloss eigentlich einen Kerker? Mit Folterkeller und so? Sei mir nicht böse, aber zu deinem Opa würde das irgendwie passen.«

»Den gibt's wirklich.«

»Echt jetzt???«

Arthur grinste schief. »Na ja, es sind keine Foltergeräte mehr drin. Vielleicht hat mein Großvater sie auch nur ausgelagert, das könnte sein. In den alten Zellen sind jetzt Weinregale, und in einer steht ein riesiger Safe mit dem Familienschmuck. An deiner Stelle würde ich aber nicht versuchen, dort einzubrechen. Da unten gibt's mittlerweile mehr Alarmanlagen als in Fort Knox. Vincent und ich haben früher ab und zu dort gespielt. Keiner von uns wollte als Erster zugeben, wie sehr er sich fürchtete, daran kann ich mich noch erinnern.«

Vincent und Arthur als Kinder hatte ich schon mal auf einem Foto gesehen. Bea hatte sicher alle Hände voll zu tun gehabt mit ihnen, auch wenn die beiden echt niedlich ausgesehen haben.

Wir waren bei Thereses Bistro mit der rotweiß gestreiften Markise angekommen.

Das Glöckchen bimmelte leise, als Arthur und ich den Raum betraten. Kuschlige Wärme empfing mich, und ich zog mir die Mütze vom Kopf.

Wir gingen durch den schmalen Laden an den deckenhohen Regalen vorbei zur Theke. Immer wenn ich hier vorbeikam und all die Spezialitäten wie Wein, Essig, Öl, Liköre, Honig, herzhafte Aufstriche, Knabbereien, Süßigkeiten, Tee, Kaffee und exklusive Geschenksets sah, musste ich an Papa und Bea denken, die sich genau an dieser Stelle, vor den Marmeladen, ineinander verliebt hatten.

Wir gingen nach hinten durch, wo uns am Verkaufstresen mit der großen Kaffeemaschine und der handgeschriebenen Tageskarte Therese mit einem breiten Lächeln begrüßte.

»Ah, da kommen meine hungrigen Kinder! Lina, Süße, lass dich drücken. Und grüß dich natürlich auch, Arthur!«

Ach, Therese war wirklich ein Schatz, ich mochte sie so sehr. Arthur scheinbar auch, denn er war extrem freundlich und gab ihr von sich aus die Hand, das hatte er noch nicht mal bei seinem Vater getan. Nur bei seinen Großeltern, da allerdings mit einem völlig anderen Gesichtsausdruck.

»Essen ist bald fertig, aber zehn Minuten wird es schon noch dauern, hier ist die Hölle los gewesen die letzte Stunde. Setzt euch doch zu mir an die Bar. Wollt ihr was trinken? Geht natürlich aufs Haus!«

Arthurs Augen fingen an zu leuchten. »Oh, ein Milchkaffee wäre toll.«

Doch meine Patin guckte plötzlich ganz traurig. »Den würde ich dir gerne machen, aber vorhin hat die Maschine ihren Geist aufgegeben, irgendwas stimmt nicht mit dem Mahlwerk. Ich muss gleich morgen früh den Kundendienst anrufen.« Ihr Blick glitt zu mir. »Oder könntest du vielleicht mal nachsehen?«

Arthur sah mich von der Seite an. »Du?«

Ich zog Jacke und Schal aus und legte sie über einen Barhocker. »Na klar, ich kann's mal versuchen.«

»Oh, Lina, du bist ein Goldstück. Wenn du es schaffst, mache ich euch eine riesige Portion Palatschinken extra!«

»Na, das nenn ich mal eine echte Belohnung«, sagte ich und schob die Ärmel meines Pullis nach oben, während ich um den Tresen herumging zur Kaffeemaschine.

»Du kannst die reparieren?«, fragte Arthur, und Therese antwortete für mich.

»Lina ist handwerklich total geschickt, wusstest du das nicht? Na ja, ihr kennt euch ja noch nicht lange. Aber sie hat meine Maschine schon zweimal repariert, und Beas auch schon mal, oder?«

Ich nickte und bückte mich, um aus dem Tresen ganz unten die Werkzeugkiste zu holen.

»Ich bräuchte nur noch ein bisschen mehr Licht.«

Therese nickte, verschwand kurz in der Küche und kam mit

einer großen Taschenlampe wieder, die ich auf die Theke legte, um die Maschine seitlich zu beleuchten. Dann begann ich, mit einem Schraubenzieher die kleinen Schräubchen aus der Verkleidung zu lösen, um an das Mahlwerk zu gelangen.

Arthur hatte sich auf den Barhocker mir gegenüber gesetzt und sah interessiert zu, während Therese wieder in der Küche verschwunden war.

In der Zeit, in der ich die Kaffeemaschine untersuchte und alle losen Teile erst mal zur Seite legte, versuchte ich unauffällig, mit meiner investigativen Befragung weiterzumachen.

»Und was machen Vincent und du immer so auf dem Ball? Bedienen ja wohl nicht, wenn man euren Großeltern glauben darf.«

»Warum bist du so neugierig?«

Ich sah kurz auf. »Das nennt man Konversation. Ich stelle eine Frage, du antwortest, dann kannst du gerne was fragen. Normalerweise tun das Menschen, die sich kennenlernen möchten oder freundlich sein möchten oder alles zusammen. Oder um nicht einfach nur still nebeneinander zu sitzen.«

Fast erwartete ich wieder eine patzige Antwort, aber Arthur schob nur ein wenig die Unterlippe nach vorne, ehe er antwortete. »Es ist ein Debütantinnenball der ganz alten Schule. Wien lässt grüßen. Das kommt bei den potentiellen Spendern wohl am allerbesten an, denn alle sehen ihre Töchter gerne in weißen Wallekleidern.«

»Und Vincent und du, ihr müsst mit ihnen tanzen?«

Er seufzte. »Genau. Letztes Jahr waren wir zum Glück schon in Kanada, aber die beiden Jahre davor mussten wir antreten.

Da waren wir zwar noch jünger als die Debütantinnen, aber das hat niemanden gestört.«

»Aber« – ich fummelte mit spitzen Fingern in der Kaffeemaschine herum, wo sich das Plastikteil für die gemahlenen Bohnen hartnäckig verklemmt hatte. »Aber nur tanzen ist doch nicht so schlimm, oder? Oder könnt ihr keinen Walzer?«

»Es *ist* schlimm. Weil Vincent und ich überhaupt nicht gefragt werden, es wird einfach vorausgesetzt, dass wir kommen. Und für meine Großeltern hat der Ball auch eine ganz andere Bedeutung.« Er zögerte kurz, als ob er überlegte, ob er mir noch mehr verraten sollte. Tat er zum Glück. »Sie haben sich selbst nämlich bei einem kennengelernt.«

Ich blickte auf. »Oh. Und dabei haben sie sich sofort verliebt?«

Arthur verzog das Gesicht und fing an, an einer Serviette herumzuzupfen. »Zumindest haben sie damals beschlossen, sich zusammenzutun und zu heiraten. Von ihrer gesellschaftlichen Stellung passten sie perfekt zusammen. Und der Rest war ihnen wohl nicht so wichtig.«

Sein unglücklicher Blick sagte mehr als tausend Worte.

»Und eure Großeltern stellen sich für euch etwas Ähnliches vor«, stellte ich fest.

Arthur zuckte nur mit den Schultern.

»Das ist ja schrecklich – wie vor hundert Jahren! Ich dachte immer, so ein Debütantinnenball ist reine Formsache, zumindest heute. Ein bisschen Nostalgie, ein bisschen tanzen, und hinterher macht jeder wieder, was er will.«

»Wenn meine Großeltern beteiligt sind, macht *niemand*, was er will. Da machen alle das, was meine Großeltern wollen.«

Sklaventreiber, ich hatte es ja gleich gewusst. Kein Wunder, dass Vincent den Wunsch hatte, sich zu verletzen.

Was allerdings nicht hieß, dass ich in Erwägung zog, den Wunsch zu erfüllen. Eine Verletzung mit Absicht provozieren? No way! Abgesehen davon, dass ich immer noch sauer auf ihn war, dass er die Informationen benutzte, die er im Salon unerlaubterweise mit angehört hatte, um mich zu ärgern.

Aber damit würde ich mich später beschäftigen. Jetzt interessierte mich die Sache mit dem Ball zu sehr.

»Und wenn ihr einfach keine Zeit habt? Sagt ihnen doch, dass ihr nicht kommen könnt!«

»Ich glaube, die einzige Entschuldigung, die die beiden gelten lassen würden, wäre ein plötzlicher Atemstillstand mit Todesfolge.«

»Oh. Und, äh – eine Krankheit?«

Ganz ehrlich, wenn Arthur von Vincents blöder Karte wusste, war er ein verdammt guter Schauspieler. Aber er zupfte einfach nur weiter an seiner Serviette herum.

»Mama war schon mal mit einer Lungenentzündung dort. Und mit gebrochenem Arm.«

Ich stöhnte. Das war ja schlimmer als gedacht. Aber irgendwie süß, dass er *Mama* gesagt hatte und nicht *meine Mutter*, wie sonst alle Sechzehnjährigen, die ich kannte.

Ich nahm ein paar Papiertücher, machte sie nass und tupfte Kaffeereste aus der Maschine. Arthur hatte sein Smartphone auf den Tresen gelegt, wo es in den letzten zehn Minuten immer wieder vibriert hatte.

»Was summt denn dein Handy da ständig?«

Er hielt es sich stirnrunzelnd vor die Nase. »Die Eishockey-Jungs wollen dauernd irgendwas. Und Christoph und Mama haben gerade eine Familien-WhatsApp-Gruppe aufgemacht.« Ich drehte die kleine Lampe ein Stück nach links, damit ich das Mahlwerk der Maschine besser sehen konnte.

»Oh. Und was schreiben sie?«

»Sie haben Hunger, wir sollen uns beeilen.«

»Schreib ihnen, wir verdienen uns hier gerade einen Extra-Nachtisch. Ich bin gleich fertig.«

Ich fischte einen Haargummi aus der Tasche meiner Jeans und band meine Haare zu einem dicken Knoten auf dem Kopf zusammen. So ging es besser.

Arthur beobachtete mich schweigend, aber es war mir nicht unangenehm. Keine Spur von Feindseligkeit, und darüber war ich so erleichtert, dass ich erst mal keine weiteren Fragen zum Ball stellte. Denn irgendwie war das Thema auch ein bisschen deprimierend.

Therese kam aus der Küche und trocknete sich die Hände an einem kleinen Handtuch ab. »Ernst hat die Palatschinken gleich fertig, die gibt's natürlich auf jeden Fall. Und der Rest ist auch gleich so weit.«

Das Glöckchen an der Eingangstür bimmelte, und eine ältere Dame kam herein.

»Ach, Frau Göttler, wie schön, dass Sie es doch noch geschafft haben!«, rief Therese, eilte hinter der Theke hervor und nahm ihre Kundin in Empfang. »Ich habe Ihnen alles schon hergerichtet, wir haben das Kernöl sogar gestern ganz frisch bekommen.«

Ich grüßte die Dame freundlich. Ich kannte Frau Göttler vom Sehen, sie wohnte auch in unserer Straße und war eine Freundin von Madame Clement. Sie und Therese fingen sofort an zu schwatzen, und Frau Göttler erwies sich als echte Kennerin der österreichischen Küche.

»Mein Mann, Gott hab ihn selig, war gebürtiger Salzburger. Ach, was bin ich gerne mit ihm in seine Heimat gefahren, in Österreich hab ich mich selbst immer gleich wie zu Hause gefühlt.«

Sie strahlte Therese, Arthur und mich abwechselnd an und schwadronierte kräftig weiter, bis sie irgendwann, mit unzähligen Tüten beladen, aus dem Bistro stöckelte.

»Du hättest die Frau wenigstens mal anlächeln können«, sagte ich zu Arthur, als die Tür hinter ihr ins Schloss gefallen war.

Überrascht sah er mich an. »Warum denn? Ich kannte die doch gar nicht.«

»Aber sie fand dich offenbar sehr sympathisch. Da kann man auch mal zurücklächeln, da ist nichts dabei. Überhaupt kann man generell öfter mal lächeln. Ein bisschen positive Schwingungen verbreiten.«

»Machst du das deswegen die ganze Zeit?«

»Lächeln? Tue ich das?« Ich zuckte mit den Schultern. »Und wenn schon. Ist doch viel schöner, als ein griesgrämiges Gesicht zu ziehen.«

Er zog die Brauen hoch, seine Augen funkelten herausfordernd. »So wie ich, willst du damit sagen.«

»Nein. Du ziehst in letzter Zeit kein griesgrämiges Gesicht mehr. Nur ein ernstes. Und manchmal lächelst du sogar, auch wenn du es vielleicht gar nicht merkst. Oder möchtest. So wie in ein paar Sekunden.«

»Woher willst du das wissen?«

Ich zwinkerte ihm zu, legte den Schraubenzieher zur Seite und deutete auf das Gerät vor mir. »Weil ich soeben die Kaffeemaschine repariert habe.«

Prompt verzog sich sein Mund zu einem breiten Grinsen.

»Ha, na siehst du. Geht doch«, sagte ich zufrieden, und jetzt musste er richtig lachen.

»Therese, der junge Mann hier hätte gerne eine Melange!«

Und der junge Mann wusste es zwar nicht, aber er gewann in diesem Augenblick mit seinem Lachen gleich mal hundert Charmepunkte extra. Aus dem mürrischen Sonnenscheinchen war nämlich innerhalb einer Sekunde eine ganz richtige, helle Sonne geworden.

Und Sonne mochte ich echt gern.

Als die Maschine wieder lief, Arthur seinen Milchkaffee und ich eine heiße Schokolade vor mir stehen hatte, gab es von früheren Feindseligkeiten keine Spur mehr. Arthur lächelte plötzlich richtig viel, was ulkigerweise etwas Ähnliches mit meinem Magen machte wie die Schokolade, die ich trank.

Vielleicht lag unser Waffenstillstand aber auch an Therese, die jede Menge alte Geschichten aus ihrer Zeit in Wien auf

Lager hatte. Während sie unser Essen verpackte, erzählte sie uns ein paar Anekdoten, die ihr auf dem Wiener Opernball passiert waren, auf dem sie mal eingeladen war. (»Vom Mörtel Lugner selbst, das war eine Ehre, man *musste* praktisch kommen! Aber die Veranstaltung war leider gar nicht so spannend, der schönste Teil des Abends war, als wir uns hinterher beim Würstelstand neben der Oper die Bäuche vollgeschlagen haben, nachts um drei!«)

»Warst du schon mal auf dem großen Ball von Arthurs Großeltern?«, fragte ich und sah Therese gespannt an.

Arthur grunzte irgendwas, doch Therese nickte. »Einmal war ich dort, ja. Eine schöne Veranstaltung, zweifellos, aber mir war das dann doch zu kostspielig. Man muss dort nämlich gleich zu Beginn Lose kaufen – für einen guten Zweck, klar –, aber die waren so teuer, dass ich danach zwei Monate total pleite war.«

Als sie mein schockiertes Gesicht sah, lachte sie. »Keine Sorge, Lina, für eine gute Sache spende ich gerne. Aber ich teile mir mein Budget lieber selbst ein, deswegen war ich seitdem nicht mehr dort. Aber schön war es, kein Zweifel. Eigentlich müsstest du doch auch eine Menge darüber wissen, Arthur, oder? Werden du und dein Bruder dieses Jahr wieder dort sein?«, fragte sie und verschloss den letzten Behälter mit unserem bestellten Essen.

Arthurs Miene wurde finster. »Wir suchen gerade noch nach Auswegen, um das zu vermeiden.«

Hm. Damit bestätigte er ja praktisch meine Vermutung, denn so gesehen würde Vincents Karte inhaltlich schon stimmen, auch wenn bei Bea ein gebrochener Arm nicht als Ausrede gegolten hatte. Aber ganz ehrlich – eine Verletzung? Das war ja nun wirklich kein Spaß, niemand wünschte sich so etwas. Die Schmerzen waren dabei ja noch nicht alles. Noch dazu, wo er so viel Sport trieb, so gerne Eishockey spielte? Das war mehr als merkwürdig.

Und als Arthur und ich schließlich vollbepackt Thereses Laden verließen, musste ich leider zugeben, dass ich zwar einiges erfahren hatte – aber schlauer war ich deswegen noch lange nicht.

19

Unser gemeinsames Familienessen zu Hause verlief genau wie mein Ausflug mit Arthur ungewohnt harmonisch, was Bea und Papa sofort ein strahlendes Lächeln aufs Gesicht zauberte. Meiner Meinung nach lag das jedoch hauptsächlich daran, dass alle von der Woche komplett erledigt waren. Wie zur Bestätigung antwortete mir Vincent ungewöhnlich jammerig auf die einfache Frage, ob er wüsste, wie es Xenia nach dem Musicaldebakel ginge. (Ich hatte die beiden nämlich heute in der Pause zusammen gesehen, sie hatten gemeinsam vor dem Kiosk angestanden.)

»Lina, bitte quäl mich nicht mit solchen Fragen, schon gar nicht heute. Von Xenia hab ich keine Ahnung, Physik lief miserabel, ich bin vom Leichtathletiktraining völlig erledigt, und morgen ist ein Eishockeyauswärtsspiel, und wir müssen dafür irre früh aufstehen.«

Mehr war aus ihm nicht herauszubekommen. Und weil ich immer noch nicht begriff, wie diese Karte im Postfach gelandet war und weil ich mir plötzlich nicht mehr vorstellen konnte, dass es reine Boshaftigkeit gewesen war, versuchte ich es sogar mit dieser Flimmersache. Wie neulich beim Date mit Tom kniff ich meine Augen ein wenig zusammen und fixierte erst Vincent, dann Arthur, Mats und sogar Papa und Bea. Aber alle waren völlig flimmerfrei. Da tat sich gar nix.

Und ich wusste nicht, ob mich das jetzt erleichtern oder traurig machen sollte.

Als ich schließlich den letzten Bissen Palatschinken in den Mund geschoben hatte, fühlte ich mich ähnlich matschig wie die Jungs. Die waren in der Zwischenzeit alle drei in ihren Sesseln nach unten gerutscht und rieben sich abwechselnd die Augen. Und auch ich würde nicht ausschlafen können, denn mein Tennistrainer hatte geschrieben, dass eine Kindertrainerin krank geworden wäre und ich morgen einspringen müsste – ein Vereinsdienst, dem ich dummerweise vor ein paar Wochen zugestimmt hatte.

»Du halst dir zu viel auf, Lina. Du musst auch mal lernen, nein zu sagen«, sagte Papa gefühlt zum hundertsten Mal, als er die leeren Teller zusammenstellte.

Und wie immer konnte ich nur antworten: »Aber sonst würde das Training der Kinder ausfallen, da wären sie echt enttäuscht. Außerdem kann ich danach noch eine Stunde spielen, oder zwei.«

»Aber am Sonntag könnten wir alle doch was unternehmen, oder?«, fragte er.

Sonntage waren Papa – wenn er denn zu Hause war – heilig, und wir unternahmen immer etwas gemeinsam. Wir durften abwechselnd aussuchen, was wir machen wollten, und meistens war es irgendetwas Sportliches, weil das unser aller gemeinsamer Nenner war. Wir waren unter anderem schon beim Bowling, Bogenschießen, Kanufahren, Schnuppertauchen, Eisstockschießen und Meerjungfrauenschwimmen. (Ich hatte nicht eher Ruhe gegeben, bis Mats auch eine hübsche lilafarbene Glitzerflosse angezogen hatte, ha, das war ein Fest!)

»Und ich bin mit Aussuchen dran!«, fügte Papa hinzu, und er grinste verschmitzt.

Obwohl wir so einträchtig zu Abend gegessen hatten, erwartete ich von den Zwillingen Protest, schließlich würde es das erste Mal sein, dass wir einen Sonntagsausflug als große Patchworkfamilie machen würden. Aber Vincent fragte nur: »Was ist denn geplant?«

»Am Zoo hat ein neuer Outdoor-Klettergarten aufgemacht. Der größte im Bundesland, mit ganz vielen verschiedenen Parcours, man kann sich sogar abseilen und so was alles.«

»Cool!«, sagten die drei Jungs wie aus einem Mund, und ich musste lachen.

»Ist das okay, Lina?«, fragte Papa. »Nächstes Mal machen wir dann wieder was anderes.«

»Kein Problem. Ich nehm mir ein gutes Buch mit und schaue von unten aus zu, wie ihr euch da oben vor Angst in die Hosen macht.«

Die Kletteranlage, zu der Papa uns am Sonntag chauffierte, war riesig und wirklich eindrucksvoll. Zwischen hohen Bäumen und einigen Stahlträgern waren wackelige Hängebrücken, Balken oder einfach nur Seile gespannt. Dadurch ergaben sich Parcours in verschiedenen Schwierigkeitsgraden, die teilweise durch schwindelerregende Höhen führten. Das Einzige, was mir noch einigermaßen sympathisch war, waren die beiden massiven Stahltreppen, mit deren Hilfe man auf jede Ebene der Anlage gelangen konnte – auch wenn ich die ganz sicher ebenso wenig betreten würde wie die Seile dort oben.

Jeder konnte hier ganz prima einen auf Tarzan machen, aber ich bekam schon schwitzige Hände, wenn ich nur hinsah. Egal, ich musste nicht mitmachen, ich würde mir schon anders die Zeit vertreiben. Und hinterher wollten wir alle zusammen essen gehen, allein deshalb war ich mitgekommen. Und weil Familienzeit seit letzter Woche etwas wirklich Angenehmes war und ich mich sogar darauf freute.

Also suchte ich mir an diesem Sonntagvormittag einen gemütlichen Platz in der Klettergartenanlage. Kim hatte mir an diesem Morgen noch mal eine Nachricht geschrieben, weil sie der Meinung war, dass es an Orten wie diesem sicher tolle Jungs gäbe, und aufmerksam spazierte ich herum, sah mich um und begrüßte die Leute, die in der Anlage arbeiteten. Die sahen supersympathisch aus, waren aber leider doppelt so alt wie ich. Und die einzigen anderen in meinem Alter waren Mats, Vincent und Arthur, die wie drei Bekloppte die Kletterbäume hochkraxelten. Den dreien hatte es vorhin gar nicht schnell genug gehen können, ihre Klettergurte anzulegen, sie hatten noch nicht mal bei den Helmen gemurrt, die hier Pflicht waren. Die Einweisung ging ruckzuck, und sobald die drei sich mit ihren Gurten in der Sicherungsschiene eingehängt hatten, gab es kein Halten mehr.

Von Mats wusste ich, dass er gut klettern konnte, er war drahtig und beweglich. Aber die Zwillinge standen ihm trotz ihrer muskulöseren Figur in nichts nach, sie waren genauso geschickt wie mein Bruder, und offenbar hatten sie da oben jede Menge Spaß, ihr Lachen war bis hier unten zu hören.

Na, auf den Spaß konnte ich ausnahmsweise verzichten.

Bea und Papa waren noch bei einem anderen Trainer zur Einweisung, die wollten es langsamer angehen lassen und hatten einen mittelschweren Parcours gewählt, während die Jungs sich – klar – gleich auf die schwarze Ebene hinaufgeschwungen hatten – die hier passenderweise *Deathzone* hieß.

Ich streifte durch die Anlage, bis ich im Zentrum eine Lichtung mit einem netten Café und ein paar tollen Liegen entdeckte, die genau jetzt in der schönsten Herbstsonne standen.

Eine davon war ganz klar meine! Mit meinem Buch machte ich es mir gemütlich und versuchte, das Geschrei der Jungs auszublenden, die sich – *urgs* – gerade in zehn Metern Höhe mit einer Seilrutsche von einem Baum zum anderen schwangen. Ich konnte noch nicht mal hinschauen. Trotzdem musste ich zugeben, dass ich nicht so richtig Ruhe fand zum Lesen. Ich war hibbelig, wie immer, wenn ich mich eigentlich viel lieber bewegen wollte. Vielleicht würde ich nachher einfach noch eine Runde Joggen gehen.

»Möchtest du es nicht auch mal versuchen?«, fragte mich da plötzlich eine junge Frau, und ich sah auf.

»Nein, ich hab leider ganz schreckliche Höhenangst. Ich

war mal Bouldern, das ging gerade noch, aber alles über zwei Meter Höhe geht bei mir leider gar nicht.«

An ihrem T-Shirt sah ich, dass sie ebenfalls eine Mitarbeiterin war. Sie lächelte mich an. »Also, wenn du es nur mal versuchen willst – ich kann dir gerne unsere Kinderanlage zeigen. Ganz viele Anfänger fangen dort an, der Parcours ist da nur einen Meter über dem Boden, aber man kann trotzdem schon ganz gut klettern.«

Mein Interesse war sofort geweckt. »Nur einen Meter über dem Boden? Ist das so ähnlich wie der Idiotenhügel beim Skifahren?«

Sie lachte. »So wollte ich es nicht nennen, aber ja. Unser Anfängerübungsbereich. Ich bin übrigens Natascha.«

Ach, die Gute war mir sofort sympathisch. Natürlich war ich sofort dabei und ließ mir von ihr einen Gurt und Helm anlegen. Nur einen Meter über dem Boden, das würde ich schon irgendwie schaffen. Natascha war etwa Anfang zwanzig und angenehm beruhigend in ihrer Art, wie sie mir alles erklärte.

Der Anfängerbereich lag abseits der großen Kletterarena, was mir nur recht war. Ich konnte niemanden gebrauchen, der mir dabei zusah, wie ich mir in einem Meter Höhe in die Hose machte. Denn als ich nach einigen erklärenden Worten von Natascha die ersten Schritte auf der Anfängerhängebrücke tat, war ich zwar wirklich nicht hoch über dem Boden – bekam aber trotzdem sofort zittrige Knie.

»Muss das so wackelig sein? Ist das Ding auch wirklich nicht kaputt?«

»Alles ist in Ordnung, Lina, keine Sorge. Mach ganz langsam, schau, dein Sicherungsseil ist hier eingehängt und läuft die ganze Zeit über dir mit. Es kann nichts passieren. Konzentrier dich einfach nur auf den nächsten Schritt. Und wenn du dich gar nicht mehr wohl fühlst, gehst du einfach eine der Treppen wieder nach unten.«

Verkrampft klammerte ich mich links und rechts an den Seilen fest, die als Handläufe dienten, und hangelte mich im Schneckentempo nach vorne. Ich fühlte mich wie ein Nilpferd auf Schlittschuhen, aber es war nun mal *wirklich* verflixt wackelig. Und sogar bei einem Meter über dem Boden fing mein Herz an, ein wenig schneller zu klopfen.

Warum war das so? Ich wusste doch, dass ich mir noch nicht mal weh tun würde, wenn ich hier fiel. Aber mein Kopf sah das einfach nicht ein.

Trotzdem machte ich weiter, einen Schritt nach dem anderen. Leider konnte ich nicht behaupten, dass es mir Spaß machte, aber aufgeben war jetzt auch keine Option.

Wenigstens ein kleines Stück.

Aus der Ferne hörte ich die Jungs immer noch ab und zu jauchzen und jubeln, wenn sich mal wieder einer abgeseilt hatte, aber davon war ich meilenweit entfernt. Ich machte Minischrittchen auf meiner Anfängeranlage, während zwei vierjährige Jungs hinter mir drängelten, dass ich mal schneller machen sollte. Ich tröstete mich damit, dass sie vielleicht auch schon fünf waren.

Nach einer halben Stunde war ich total durchgeschwitzt und brauchte eine Pause.

Ich stieg über die Treppe nach unten, hängte mein Sicherungsseil aus, wie Natascha es mir gezeigt hatte, und seufzte vor Erleichterung laut auf, als ich endlich wieder festen Boden unter den Füßen hatte.

Die Anlage war immer noch ziemlich leer. Papa hatte wirklich einen guten Tag ausgesucht, um herzukommen. Er und Bea waren zwar vorhin schon im Café verschwunden, aber die Jungs hatten offenbar noch massig Energie.

Einer der Zwillinge war am Ende des Parcours angelangt und nahm noch einmal den *Flying Fox*, der aus schwindelerregender Höhe bis nach unten führte.

Aber er landete sicher, als ob er das schon tausend Mal gemacht hatte, hängte sich aus und kam lachend auf mich zu.

»Hey, traust du dich jetzt doch?«, fragte er und deutete auf meinen Gurt. Es war Vincent. Heute Morgen hatte ich es zum ersten Mal selbst geschafft, die Zwillinge zu unterscheiden (Vincent war morgens deutlich zerknautschter als Arthur), und da sie an diesem Tag auch völlig unterschiedliche Sachen trugen, hatte ich endlich mal in dieser Hinsicht keine Schwierigkeiten.

Schnell schüttelte ich den Kopf. »Ich hab nur da drüben bei den Kindern geübt. Den Rest schau ich mir von unten an.«

Er zwinkerte mir zu. »Ehrlich nicht? Ich helfe dir!«

»Nein danke, lass mal«, sagte ich und schaute zu Mats und Arthur, die noch am anderen Ende der Anlage waren. Sie hangelten sich abenteuerlich über winzige Trittbrettchen, und es machte ihnen ganz sichtlich Spaß.

»Manchmal muss man seine Angst einfach überwinden«, fing Vincent wieder an. »Ein Sprung ins kalte Wasser hilft ganz oft mehr, als sich ein halbes Leben lang zu fürchten.«

»Wenn du wüsstest, wie oft ich schon ins kalte Wasser gesprungen bin, was meine Höhenangst angeht … ich hab schon etliche Trainings hinter mir, samt Flugsimulator. Hat alles nix gebracht. Aber das kann leider keiner verstehen, der – hey!!!«

Von einer Sekunde auf die andere stand meine Welt Kopf.

Vincent hatte mich unvermittelt über seine Schulter geworfen.

Und ich war erst mal zu überrascht, um mich sofort aufzuregen.

»Was soll das denn jetzt?«

Er setzte sich in Bewegung, und etwas bestimmter sagte ich: »Ich mein's ernst, ich geh da nicht rauf. Und ich weiß auch, dass du irre stark bist, so wie du mich tragen kannst, danke, das hast du bewiesen. Und jetzt lass mich runter!« Ich wand mich in seinem Griff, aber Vincent lachte nur und hielt mich bombenfest.

Er fing sogar an zu laufen, und als ich sah, wohin er wollte, begann mein Magen, sich zusammenzuziehen.

»Nicht zur Treppe, Vincent, ich warne dich, ich schreie die ganze Anlage zusammen, hörst du? Lass mich runter, jetzt sofort!!!«

Als ob ich nicht mehr wöge als ein Handtäschchen, trug er mich dennoch nach oben. In einem Affentempo. Wir waren schon am ersten Treppenabsatz vorbei, und er schleppte mich immer noch weiter, das waren jetzt sicher schon fünf Meter.

Von meiner Position auf seiner Schulter musste ich zwangsläufig nach unten sehen, und mein ganzer Körper begann, sich zu verkrampfen. Obwohl ich gerne gestrampelt hätte, war ich plötzlich vor Angst wie gelähmt.

»Bitte, Vincent, bitte nicht, lass mich runter, ich kann das nicht!«

Vincent lachte und sagte: »Keine Sorge, wir hängen dein Seil ein, es kann doch nix passieren, probier's einfach mal! Hinterher wirst du dich super fühlen!«

Wir kamen ganz oben auf der Plattform an, und Vincent setzte mich ab.

Aber von Super-Fühlen konnte nicht die Rede sein, ein Blick nach unten genügte, und mein Magen begann zu rebellieren, genau wie mein Herz.

Ich kniff die Augen zu und wand mich in seinem Griff, aber er hielt mich mühelos mit einem Arm um die Taille fest und angelte mit der anderen Hand nach meinem Sicherungsseil.

»Nein, nein, bitte nicht, nein!« Meine Stimme war mehr ein Wimmern, die Angst hatte mich wie eine riesige Welle überrollt, ich war wie gelähmt, konnte meine Arme, meine Beine nicht mehr bewegen. Ein Knoten bildete sich in meinem Bauch, und eiskalter Schweiß überzog mein Gesicht, meinen ganzen Körper.

Im gleichen Moment fing ich an, unkontrolliert zu zittern, ich konnte überhaupt nichts dagegen tun.

In meiner unbändigen Angst sammelte ich ein letztes Mal meine Kraft und schrie:

»NEIN, VINCENT, NEIN, ICH MUSS WIEDER RUNTER, HILFE, HIIILLLFFFEEE!!!«

Ich spürte, wie mir die Tränen die Wangen herunterliefen, und Übelkeit schnürte mir die Kehle zu, so dass ich Angst hatte, mich im nächsten Moment übergeben zu müssen.

Doch Vincent lachte nur, während ich dachte – wirklich dachte –, gleich sterben zu müssen.

Es war einer der schlimmsten Augenblicke in meinem ganzen Leben.

Weil ich schon in der Sicherungsschiene eingehängt war, konnte ich mich noch nicht mal einfach auf den Treppenabsatz setzen, dazu war das Seil zu kurz, und ich klammerte mich am Geländer fest, gekrümmt vor Schmerz und Angst, die Augen zugekniffen.

Plötzlich merkte ich, wie ich keine Luft mehr bekam.

Panisch fing ich an zu keuchen und zu hecheln.

»Hey, Lina, was ist denn? Ist doch nur Spaß!«, sagte Vincent, und mir wurde schwindelig.

Mein eigenes Keuchen dröhnte in meinem Kopf, schneller, immer schneller schnappte ich nach Luft. Aber ich bekam nicht genug, keuchte wieder, vor meinen Augen flimmerte es, ich würgte.

Durch den Nebel in meinem Hirn hörte ich jemanden rufen:

»Mach sie sofort los!!!«

»Ja, ja, schon gut, aber –«

»LOSMACHEN! JETZT SOFORT!!!«

Plötzlich wurde ich wieder hochgehoben, deutlich sanfter als von Vincent, aber ich hatte die Augen zugekniffen und kämpfte immer noch um Luft und gegen meinen Brechreiz.

»Langsam atmen, Lina, ganz langsam, ich bring dich runter.

Lass das Geländer los und halt dir die Hände vor den Mund, das hilft gegen das Hyperventilieren.«

Ich versuchte, mich auf meine Atmung zu konzentrieren, versagte aber kläglich.

Ich keuchte und keuchte und bekam immer noch nicht genug Luft.

Würgen.

Keuchen.

»Ganz langsam. Einatmen, ausatmen. Und Hand vor den Mund. Du schaffst es, komm. Einatmen!«

Würgen, Keuchen.

Schließlich gelang es mir, wenigstens eine Hand wie eine Maske über Mund und Nase zu legen. Und ich versuchte, möglichst flach Luft zu holen, wie Dr. Jansen, unser Hausarzt, es mir für einen solchen Fall geraten hatte. Sofort wurde der Druck auf meinem Brustkorb etwas leichter.

Ein paar Sekunden später spürte ich festen Boden unter mir.

Arthur hatte mich den Turm komplett nach unten getragen und mich ins Gras gesetzt, wo ich mich nach hinten fallen ließ.

»Du bist unten, alles wieder gut, Lina. Versuch noch mal zu atmen, ganz langsam, ein-«

Der Rest seiner Rede ging unter.

Als ob jemand aus meinen Ohren zwei dicke Wattepfropfen gezogen hatte, nahm ich auf einmal das Geschrei um mich herum war.

Es kam von Mats.

»Bist du irre, wie kannst du Lina das antun? Du wusstest doch, dass sie Höhenangst hat, meinst du, sie täuscht das nur vor?« Der Rest waren wüste Beschimpfungen, die ich noch nie aus seinem Mund gehört hatte.

Vincent sagte auch irgendwas – er und Mats waren beide von der Anlage heruntergekommen und kamen aus unterschiedlichen Richtungen auf uns zu, während Arthur neben mir kniete.

Ich lag noch auf dem Rücken, schwindelig, aber wenigstens bekam ich wieder Luft. Ich atmete weiter in meine Hände und stöhnte vor Erleichterung, dass es besser wurde und ich wieder einigermaßen klar denken konnte.

»ICH MACH DICH KALT!«, hörte ich plötzlich Mats rufen, und ich stemmte mich auf einen Ellbogen, um ihn zu sehen. Er hatte Kurs auf Vincent genommen und sah so aus, als ob er wirklich meinte, was er sagte. Er war völlig außer sich, hatte die Augen aufgerissen und war knallrot im Gesicht. In Sekundenschnelle war Arthur aufgesprungen und warf sich gerade noch rechtzeitig dazwischen, als Mats auf seinen Bruder losging.

Noch mehr Geschrei, diesmal von Mitarbeitern der Anlage, die herbeieilten, um wieder für Ruhe zu sorgen.

»DU FASST NIE WIEDER MEINE SCHWESTER AN, HÖRST DU?«, schrie Mats Vincent ins Gesicht und konnte sich lange genug aus Arthurs Griff lösen, um Vincent zu Boden zu stoßen.

Dann wirbelte er herum und schlug Arthurs Arme weg.

»UND DU AUCH NICHT, VERSTANDEN? FASS SIE NIE WIEDER AN!!!«

Arthur schaute ihn verblüfft an, genau wie ich, schließlich hatte er mir ja geholfen.

Doch Mats beruhigte sich einfach nicht, im Gegenteil.

Blitzschnell holte er aus – und schlug Arthur mitten ins Gesicht.

Das war der Moment, in dem die Mitarbeiter endgültig alle drei Jungs packten und auseinanderzogen (vier Mitarbeiter für drei Jungs, Vincent war nämlich auch wieder aufgesprungen und wollte sich sofort auf Mats stürzen), und das Geschrei hörte einfach nicht auf.

In der Zwischenzeit war Natascha zu mir geeilt und half mir auf die Beine.

»Komm, Lina, ich bring dich hier weg«, raunte sie mir zu, und mit ihrer Hilfe hievte ich mich nach oben.

Und ich war ihr so dankbar.

Ich war völlig fertig.

Sie führte mich den kürzesten Weg zum Café, wo Bea und Papa gerade nach draußen gelaufen kamen, irgendwer hatte ihnen anscheinend Bescheid gesagt.

Bea rannte gleich zu den Jungs, während Papa mich in die Arme nahm.

Ich musste schrecklich ausgesehen haben, denn er brachte mich sofort hinaus in Richtung Parkplatz, ohne Fragen zu stellen.

Allerdings mit einem mörderischen Gesichtsausdruck.

Dem gleichen, den Mats vorhin gehabt hatte.

20

Das Erste, das Papa zu Hause machte, war, den Keil unter der Brandschutztür herauszuziehen und sie laut ins Schloss fallen zu lassen. Ich für meinen Teil hatte jedoch sowieso nicht vor, in den nächsten Stunden nach drüben zu gehen, aber vermutlich war die Aktion auch an Mats adressiert. Papa wusste nämlich mittlerweile genau, was passiert war – Bea hatte die Jungs ausgequetscht und ihm dann ein paar Nachrichten geschickt, während wir unterwegs waren. Seine Stimmung war daher mehr als angespannt.

Natürlich waren alle hochkant aus der Kletteranlage geflogen. Aus Angst, dass Mats noch mal eine Schlägerei vom Zaun brechen würde, hatten ihn zwei Mitarbeiter getrennt von den Zwillingen sofort zu uns hinausgebracht, wo er wortlos ins Auto gestiegen war und kein Wort geredet hatte, bis wir in unserer Wohnung waren.

Bea war bei den Zwillingen geblieben – zumindest die paar Minuten, die sie gebraucht hatten, um ihre Ausrüstung abzulegen. Dann hatten die drei den Bus nach Hause genommen.

Zum Glück würden sie auch noch eine Weile brauchen, bis sie hier waren. Ich brauchte dringend eine Pause.

»Ich geh mich kurz duschen, bin ganz verschwitzt«, murmelte ich, und Papa nickte.

Er wusste, dass es mir wieder einigermaßen gut ging – und dass ich einen Augenblick für mich brauchte.

»Und wir beide reden«, sagte er zu Mats, der störrisch die Arme vor der Brust verschränkt hatte. Doch Papa war unerbittlich und bedeutete meinem Bruder, mit ihm in die Küche zu gehen.

Das Gespräch mit Mats stand mir auch noch bevor, aber erst mal musste ich meine Gedanken sortieren.

Denn ich hatte eigentlich keine Ahnung, was da vorhin genau passiert war. Und vor allem, warum.

Eine halbe Stunde später war ich in meinem Zimmer, auf meinem Bett in meine hundert Kissen gekuschelt, in Leggins, Einhornflauschsocken und einem Pulli von Mama, den ich mit hierhergebracht hatte. Er roch sogar noch ein wenig nach ihr, was ich sehr tröstlich fand. Ich überlegte, ob ich sie anrufen sollte, entschied mich dann aber dagegen. Ich musste erst mal selbst die Ereignisse verdauen – und analysieren. Denn was war eigentlich geschehen? Hatte ich so viel in meinem benebelten Hirn nicht mitbekommen? Vincents *Scherz* war zwar echt ätzend, kindisch, blöd und unüberlegt (und mir würden noch viel mehr Adjektive dafür einfallen!), aber das große Fragezeichen war ganz klar Mats' Reaktion.

Er hatte noch nie jemanden geschlagen, zumindest nicht,

dass ich es mitbekommen hatte. Und ausgerechnet Arthur? Er musste doch gesehen haben, dass der mir geholfen hatte!

Als Papa kurz darauf in mein Zimmer kam, wusste der auch keine Antwort darauf. Er hatte noch seine Klettersachen an und sah sehr besorgt aus, er war ganz knittrig im Gesicht, wo er doch normalerweise nur ein paar Lachfältchen hatte.

»Mir geht's gut, Papa, ehrlich. Vincent hat sich zwar benommen wie ein Fünfjähriger, aber es ist ja nichts passiert.«

Papa seufzte und setzte sich neben mich aufs Bett. »Trotzdem hätte er es nicht machen dürfen.«

»Stimmt. Aber vor allem hätte Mats Arthur nicht schlagen dürfen! Was war da los? Was hat er gesagt?«

»Nichts. Verschlossen wie eine Auster, dein Bruder. Aber du weißt ja, dass er immer auf dich aufpassen will.«

»Ja, aber in dem Fall hatte Arthur doch überhaupt nichts gemacht. Dass er Vincent angegangen ist, na ja, das ist vielleicht noch nachvollziehbar. Aber Arthur?«

Papa schien ehrlich ratlos. »Ich weiß es nicht.«

Und dann löcherte er mich mit Fragen. Offenbar dachte er, dass er und Bea an allem schuld waren.

Er fragte, ob ich mich überhaupt hier wohl fühlte, in seiner Wohnung, und wie es seit dem Mauerdurchbruch war? Wie es mir dabei ginge, wie ich mich fühlte? Wie ich zu den Zwillingen stand, ob ich sie wirklich nicht mochte, oder doch, oder doch überhaupt nicht? Oder nur einen von ihnen? Und ob ich mitbekommen hatte, dass es zwischen den Zwillingen und Mats Streit gab? Und schließlich, ob ich lieber wieder zu Mama wollte, ja, ob sie wieder nach Hause kommen sollte? Er zweifelte plötzlich die Gesamtsituation an, unser neues Leben in der Patchworkfamilie, das Zusammenlegen der Wohnungen, einfach alles. Und ich hatte Mühe, ihn zu beruhigen, eigentlich war ja vor dem Katastrophenausflug alles prima gewesen. Zumindest in letzter Zeit.

»Ich gehe jetzt mal rüber und rede mit Vincent. Und falls er sich nicht von sich aus entschuldigen will, schleife ich ihn höchstpersönlich nachher zu dir.«

»Äh, Papa, ich glaube, das machen wir schon unter uns aus. Ich kann auch selbst mit ihm sprechen«

»Sorry, Lina, aber das muss leider sein.«

»Ich schaffe das schon!«

»Keine Diskussion. Ich schicke ihn hinterher gleich zu dir.«

Selten hatte ich Papa so unerbittlich erlebt, wo er normalerweise so friedliebend war und Konflikte vermied.

Doch Vincent hatte vorhin ohne Frage eine Grenze überschritten.

Bei mir, aber vor allem bei Papa.

Es dauerte keine halbe Stunde, bis es das nächste Mal an meiner Tür klopfte.

Weil ich erledigter war, als ich zugeben wollte, hatte ich mich seit Papas Besuch nicht von meinem Bett wegbewegt. Ich hatte nur dagelegen, hatte Musik gehört und zur Abwechslung versucht, an überhaupt nichts zu denken. Mit mäßigem Erfolg.

Wie erwartet war es Vincent, der seinen Kopf ins Zimmer steckte.

»Darf ich reinkommen?«, fragte er, und ich rappelte mich auf und schlang meine Beine zu einem Schneidersitz.

»Klar.«

Wie Papa trug er die gleichen Klamotten wie vorhin – eine schwarze Trainingshose und ein blaues Langarmshirt. Er hatte offenbar bisher keine Zeit zum Umziehen gehabt, der Bus hierher musste ewig gebraucht haben, und dann hatte Papa ihn ja sofort geschnappt.

Er strich sich die Haare hinter die Ohren, zupfte an seinem Ärmel herum, und überhaupt war er total ruhelos. Ich wertete es als Zeichen seiner Nervosität. Und ich fand, dass ein bisschen Anspannung seinerseits absolut nicht schadete.

»Keine Sorge, wenn ich mich nicht benehme, weiß ich genau, dass da draußen jemand ist, der mich eigenhändig umbringt. Also, mindestens einer«, sagte er mit einem Blick zu meiner Zimmertür.

Ja, mit Papa waren es schon zwei, die ihn sofort einen Kopf kürzer machen würden, wenn er noch einmal so eine Aktion startete. Dann war er allerdings aber auch wirklich selbst schuld.

»Darf ich trotzdem die Tür zumachen?«, fragte er, und als ich nickte, fing er an, auf Socken in meinem Zimmer auf- und abzutigern.

»Christoph war stinksauer. Er hat mich richtig zusammengestaucht.«

Ich seufzte. »Ich hab ihm gesagt, dass er das nicht soll. Dass ich alleine mit dir die Sache klären kann.«

»Wahrscheinlich bist du in diesem Haushalt tatsächlich

die Einzige, die das kann. Na ja, und Arthur vielleicht. Der ist ganz oft vernünftig und kann Stress viel besser wegstecken als ich.«

»Als ich euch kennengelernt habe, hab ich nicht erkennen können, dass einer von euch überhaupt vernünftig ist. Oder mitfühlend. Ich erinnere nur an euer dämliches Doppeltes-Lottchen-Spiel und an dieses saublöde erste Familienessen. Ich habe mich übrigens sehr gefreut, dass wenigstens die Kastanien damals getroffen haben!«

»Ich hab nicht gesagt, dass mein Bruder weniger gerne Spaß hat. Nur dass er manchmal der Vernünftigere von uns ist. *Manchmal*, nicht immer!«, betonte er, und fast musste ich lachen.

»Was hat Papa zu dir gesagt?«

Vincent stöhnte, vergrub eine Hand in den Haaren, bis die noch zerzauster waren als ohnehin schon, und lief so schnell hin und her, dass mir vom Zusehen schwindelig wurde.

»Setz dich doch«, sagte ich und deutete auf meinen Schreibtischstuhl, aber Vincent schüttelte den Kopf.

»Dann vergesse ich, was ich sagen wollte.«

Ich zog die Augenbrauen hoch, und er blieb wenigstens einen Moment vor dem Bett stehen und sah mich an.

»Entschuldige, Lina. Ich dachte nicht, dass das mit deiner Höhenangst so ernst ist. Ich mach so was nie wieder, versprochen.«

Ich nickte. »Okay.«

Er riss die Augen auf und starrte mich an. »*Okay*? Einfach nur – *okay*???«

»Ja. Aber nur, wenn du nie wieder so einen Blödsinn erzählst wie das mit dem kalten Wasser und dass man über sich hinauswachsen soll. Das hört sich an wie aus einem windigen Ratgeber. Hab selten so was Abgeschmacktes gehört!«

»Ja, ich weiß, echt bescheuert. Aber das haben unsere Großeltern immer zu uns gesagt, ich weiß auch nicht, warum mir das immer in den Sinn kommt, wenn ich was mit Sport mache«, murmelte er und nahm gedankenverloren einen Glitzerstift von meinem Schreibtisch in die Hand.

»Ach Gott, die Großeltern!« Die verfolgten mich wirklich, wie es aussah. »Kann es sein, dass die total verkorkst sind?«

Und dazu noch saublöd?

»Hundertprozentig. Mama sagt auch immer, dass die ganze Arbeit geleistet haben mit ihrer Gehirnwäsche. Wir müssen über uns hinauswachsen, wir sind zu Größerem bestimmt, wir sind was Besonderes, aber wir müssen auch am allerhärtesten dafür arbeiten, es zu bleiben, blablabla …«

»Die haben sie doch nicht alle!«

»Ja, das weiß ich jetzt auch, aber als Kind wusste ich das noch nicht. Und Mama hat auch ewig gebraucht, um den Kontakt so zu minimieren, dass sie wieder frei atmen kann. Aber meine Großeltern lassen sie trotzdem dauernd spüren, welche Verantwortung sie eigentlich hätte, wie sie sich eigentlich kümmern müsste –«

»Blablabla!«, ergänzte ich, und Vincent lächelte schwach.

»Ich sehe, du hast es kapiert.«

»Hab ich. Und der Ball ist wahrscheinlich ein Highlight an Bevormundung und Manipulation.«

»Du sagst es.«

Was mich zu der verflixten Wunschkarte brachte. Während Vincent wieder angefangen hatte, vor mir auf- und abzulaufen, versuchte ich erneut, ihn flimmern zu sehen. Beziehungsweise seinen fragwürdigen Wunsch, sich zu verletzen, um nicht am Ball teilnehmen zu müssen. Vorhin war er zwar ziemlich kamikazemäßig auf der Kletteranlage unterwegs gewesen, aber ich hatte nicht den Eindruck, als ob er es absichtlich auf eine Verletzung anlegte. Im Gegenteil, er hatte seinen Instructor sogar zweimal sein Sicherungsseil kontrollieren lassen. Und laut Arthur würde ihm ja eine Verletzung vermutlich auch nicht als Entschuldigung dienen, wenn die fiesen Großeltern da keine Rücksicht nahmen.

Plötzlich sagte Vincent in die Stille hinein: »Manchmal wünsche ich mir, dass –«

Ich spitzte meine Ohren. »Was???«

»Ach, egal.« Er blieb wieder vor mir stehen, und ich stieß enttäuscht die Luft aus.

»Jedenfalls, sorry noch mal, Lina. Ich fürchte, du musst ein bisschen Geduld mit mir haben. Ich hab null Ahnung, wie man sich so benimmt. Also, einer Schwester gegenüber, oder so«, nuschelte er, und mir wurde plötzlich ganz warm ums Herz.

»Ich hab zwar Erfahrungen mit einem Bruder, aber trotzdem ist das nicht immer so leicht«, sagte ich. »Apropos – kannst du mir sagen, warum Mats Arthur geschlagen hat?«

Ein bisschen zögerlich stopfte er die Hände in die Hosentaschen. »Das musst du ihn selbst fragen.«

»Das ist zum Beispiel eine ganz typische Bruderantwort!«

Vincent grinste schief. »Na, siehst du, wir sind doch eigentlich alle ziemlich vorhersehbar.«

»Nicht immer.«

Ich versuchte es ein letztes Mal mit dem Flimmern. Doch Vincent sah zwar zerknirscht und verstrubbelt aus, aber total klar. Und wunschfrei. Er sah sogar so unschuldig aus, dass ich in diesem Moment anzweifelte, dass er mir einen Streich gespielt hatte mit der Karte.

Ich seufzte und stand auf. Manche Dinge musste man sich auf Augenhöhe sagen.

»Lass uns das einfach vergessen, okay? Solange du nicht noch mal so was machst, ist für mich wieder alles in Ordnung.«

Ich konnte förmlich die Steine hören, die ihm gerade vom Herzen direkt auf meinen Dielenboden plumpsten.

»Okay. Danke. Ehrlich.«

Die pure Erleichterung ließ ihn mich umarmen, und ich musste mir ein Lachen verkneifen, weil er sich ein bisschen ungeschickt anstellte. Als ob er mich einfach spontan drücken wollte, jedoch Angst hatte, mich kaputtzumachen.

»Ich bin nicht aus Glas, Vincent«, murmelte ich an seine Schulter.

»Aber ich könnte dir die Rippen brechen!«

Ich machte mich von ihm los und stemmte die Arme in die Hüften. »Jetzt erzähl mir aber nicht, dass du noch nie ein Mädchen umarmt hast! Sogar wenn du noch keine Freundin hattest, glaube ich dir das nicht!«

Vincents Mund verzog sich (endlich!) wieder zu dem vertraut spöttischen Lächeln. »Hatte ich schon. Trotzdem ist das hier was anderes.«

»Wieso???«

Aber er antwortete mir nicht, sondern schlenderte – plötzlich unheimlich entspannt – zur Tür, zwinkerte mir dann noch einmal zu und verschwand.

Wie erwartet war die Geschichte mit Vincent für mich damit aus der Welt. Ich war nicht nachtragend, und die Sache war klar. Er hatte einen Fehler gemacht und sich entschuldigt. Fertig.

Die Sache mit Mats bereitete mir da mehr Kopfzerbrechen.

Nachdem Vincent gegangen war, hatte ich immer noch keine Kraft, mein Zimmer zu verlassen. Ich saß weiterhin auf dem Bett und war hauptsächlich ratlos. Später würde ich mir auf jeden Fall Mats schnappen und aus ihm herausquetschen, was da in ihn gefahren war. Denn dass Vincent nicht wusste, was da vorhin los war, glaubte ich ihm keine Sekunde.

Doch schon wieder hörte ich ein leises Klopfen.

Diesmal öffnete Arthur die Tür, mit unergründlicher Miene.

»Hey, mein Retter. Komm rein!«

Aber Arthur bewegte sich nicht vom Fleck. »Hat er sich entschuldigt?«, fragte er.

»Vincent? Ja, hat er. Aber ich glaube, irgendjemand muss mal ganz dringend mit euren Großeltern reden. Die sind nicht mehr ganz frisch im Oberstübchen«, sagte ich und kratzte mich bedeutungsvoll am Kopf. »Die haben ernsthafte Schäden angerichtet mit ihren merkwürdigen Wertvorstellungen, die sie euch eingepflanzt haben.«

Ich machte eine umständliche Bewegung mit den Armen, damit er endlich hereinkam. Im Gegensatz zu seinem Bruder hatte er sich umgezogen, er trug schwarze Jeans und ein schwarzes T-Shirt, wodurch er sehr aufgeräumt wirkte. Er strich sich die Haare aus dem Gesicht, als er näher kam, und mein Blick fiel auf einen dunklen Schatten neben seinem rechten Auge.

»O Gott, ist das da ein Veilchen? Hat Mats dich so schlimm erwischt?«

Schnell ließ er die Haare wieder fallen. »Ist nicht so schlimm.«

»Ist es wohl!!! Hat er sich wenigstens bei dir entschuldigt?«

Arthur stand in meinem Zimmer, die Hände in den Hosentaschen vergraben, und sah sich um. Weil er so groß war, wirkte es irgendwie sofort ein bisschen kleiner.

»Äh, nein.«

»Das muss er aber!«

Doch Arthur sah nur auf seine Füße. »Muss er nicht.«

Ich bohrte weiter. »Du hast gar nix gemacht, nur mir geholfen. Du hast mich den ganzen Turm runtergetragen. Warum hätte er dich schlagen sollen?«

Er sah mich aus großen grauen Augen an und zuckte dann mit den Schultern. »Keine Ahnung.«

Herrje, diese Jungs waren ja komplizierter als jede Matheaufgabe.

»Ich werde ihn nachher selbst fragen. Was ich aber auf jeden Fall sagen wollte … danke, dass du mir geholfen hast. Ich weiß wirklich nicht, wie das sonst vielleicht geendet hätte«, sagte ich schließlich, und Arthurs Mund verzog sich kurz zu einem Lächeln (das schöne, sonnige!), ehe er zum Fenster ging und nach draußen sah.

Er hatte eine ähnlich mitgenommene Miene wie sein Bruder vorhin, obwohl er ja ausschließlich das Richtige getan hatte. Erst Papa, dann er … ich fand es schrecklich, dass so ein schöner Sonntag dermaßen blöd zu Ende ging.

»Natascha hat gesagt, dass sie noch nie – wirklich noch nie – jemanden so schnell hat klettern sehen wie dich heute. Als du zu mir zum Treppenturm gekommen bist, meine ich«, sagte ich in die Stille hinein.

Arthur drehte sich zu mir um. »Wer ist denn Natascha?«

»Die Trainerin von der Kletteranlage. Sie hat vorhin noch mal hier angerufen und gefragt, wie es mir geht.«

Seine Miene war immer noch angespannt. »Und wie geht's dir?«

»Eigentlich gut. Jetzt wieder. Dank dir. Und deinen vielen Muskeln, mit deren Hilfe du mich schleppen konntest, ich bin nämlich eigentlich ganz schön schwer.«

»Tja, und ich bin eben ganz schön stark.« Seine Augen funkelten. »Aber überleg es dir in Zukunft trotzdem genau, ob du mir wieder Marillenknödel oder Zimtschnecken wegfutterst. Für den Fall, dass ich dich noch mal schleppen muss, meine ich.«

Ah, endlich ein bisschen Humor. Sehr schön.

Ich grinste, und er auch. So war es viel, viel besser.

Er ließ sich schließlich doch auf meinen Schreibtischdrehstuhl fallen, der sofort ein paar Zentimeter nach unten sackte, und drehte sich zu mir, so dass wir uns gegenübersaßen.

»Hast du diese Panikattacken oft?«, fragte er jetzt, und mein Lächeln verblasste ein wenig.

»Nein, zum Glück nicht. Weil ich Höhen gut meiden kann und ein Flugzeug erst gar nicht betrete. Die letzte Attacke ist Jahre her, und ich gedenke nicht, mich in den nächsten dreißig Jahren noch mal in so eine Situation zu bringen.«

Arthur nickte erleichtert. »Gut.«

Ich hatte eines meiner Kuschelkissen auf den Schoß genommen und strich über den weichen Bezug. »Woher wusstest du, was man machen muss beim Hyperventilieren?«

»Weil jemand aus unserer Eishockeymannschaft das manchmal auch macht.«

Ich versuchte mir vorzustellen, wie Arthur in voller Eishockeymontur auf dem Eis jemandem Erste Hilfe leistete. Tatsächlich passte es zu ihm.

Und als wir uns in der Stille meines Zimmers gegenübersaßen, bemerkte ich zum ersten Mal, dass sich seine Gegenwart ganz anders anfühlte als die von Vincent. Klar, sie hatten – neben ihrer DNA – wahnsinnig viel gemeinsam, sie hatten den gleichen (manchmal schrägen) Humor, beide waren temperamentvoll, sportlich und manchmal mürrisch.

Doch Vincent war alleine in seinen Bewegungen viel unruhiger, zappelig, nicht nur an diesem Tag. Arthur dagegen bewegte sich eher fließend, wie er die Haare hinter die Ohren strich und dann die Hände auf die Armlehnen legte. Andererseits hatte der ja auch nichts ausgefressen heute.

»Wer ist eigentlich der Ältere von euch beiden?«

Arthur lächelte. »Was schätzt du?«

»Du!«

»Und warum glaubst du das?«

»Weil du –«

Wir fuhren beide herum, als meine Zimmertür schwungvoll aufging. Schon wieder.

Mats kam herein und schaute abwechselnd zu Arthur und mir.

»Störe ich?«, presste er hervor, und ich schüttelte den Kopf.

Doch Arthur stand auf. »Ich gehe mal. Bis dann, Lina.«

Die Jungs tauschten einen mir unergründlichen Blick, ehe Arthur ohne ein weiteres Wort mein Zimmer verließ.

Sofort setzte Mats sich auf meinen Drehstuhl. Und ich war selbst erstaunt darüber, wie enttäuscht ich war, dass mein Bruder unser Gespräch unterbrochen hatte.

21

Es dauerte bis Montagnachmittag, ehe ich Kim endlich komplett auf den neuesten Stand gebracht hatte – in Sachen Flimmer-Tom, Kletter-Vincent, Rettungs-Arthur und Schläger-Mats.

»Als ob ich nicht schon genug um die Ohren hätte!«, beschwerte ich mich, als ich nach der Schule bei ihr zum Lernen war. Ich brauchte eine Pause von der Königinstraße, und zwar nicht nur am Montag, sondern auch jeden anderen Tag der Woche.

Die Stimmung zu Hause war nämlich eher verhalten, mit deutlicher Tendenz zur Frostigkeit. Seit dem Eklat im Hochseilgarten war unser gemeinsames Frühstück wieder passé, denn die Zwillinge und Mats sprachen nur noch das Nötigste miteinander – wobei Mats mir immer noch nicht verraten hatte, warum er so ausgeflippt war gegenüber Arthur. Währenddessen wurden die Sorgenfalten von Bea und Papa immer tiefer, und dazu kamen die Großeltern mit ihrem Vorbereitungswahn für den Ball, der wie ein dunkler Schatten über Beas Wohnung lag. (Ich habe sogar schon ein-, zweimal die Brandschutztür zugemacht, weil ich Angst hatte, dass die miese Stimmung samt

Gehirnwäsche in unser sicheres kleines Reich rüberschwappen würde.)

Vincent und Arthur, mit denen ich mich trotz ihres Streits mit Mats immer besser verstand, steckten mittendrin, und sie taten mir echt leid. Mittlerweile hingen zwei Smokings an ihrer Garderobe, fein säuberlich in der Folie der Reinigung verpackt, aber die Jungs taten jedes Mal so, als ob sie sie nicht sehen würden, wenn sie vorbeigingen. Oder eher vorbeischlurften, denn sie trainierten täglich für den Leichtathletikwettkampf am kommenden Wochenende, und selbst an den großen, starken Zwillingen ging das viele Training nicht spurlos vorbei.

»Ich kann meine Beine kaum noch heben«, jammerte Vincent jedes Mal, wenn ich ihn sah, und manchmal machte er dabei so ein bemitleidenswertes Gesicht, dass ich ihm sogar freiwillig etwas von meinem Essen abgab. Arthur schien den Stress tatsächlich besser wegzustecken, aber auch er bewegte sich deutlich langsamer, wenn man genauer hinsah.

Ich musste zwar nicht so viel trainieren wie die Jungs, aber mir ging es trotzdem nicht besser. Denn da war immer noch Vincents Karte, die mir jedes Mal ein komisches Nackenkribbeln bereitete, wenn ich nur an sie dachte.

Und obwohl ich praktisch die ganze Woche bei Kim verbracht hatte und wir wieder und wieder die Wunschkarte von Vincent analysierten (ich hatte sogar die Unterschrift auf der Postkarte mit seinen Aufzeichnungen aus der Schule verglichen, die er mal in der Küche hatte liegenlassen. Er musste sich für die Karte viel Mühe gegeben haben, seine Handschrift zu verstellen, aber sowohl Kim als auch ich befanden sie für echt), wusste ich am Freitagabend, als ich nach Hause kam, immer noch nicht weiter.

Ausnahmsweise waren alle zu Hause, als ich in Beas Küche kam. Sogar Mats war da, aber er saß für sich in einem Sessel vor dem Kamin und tippte ungesellig auf seinem Handy herum. Egal, Hauptsache, er hielt sich wieder in einem Raum mit den Jungs auf, ohne auf sie loszugehen. Vielleicht war ihm selbst aufgefallen, wie blöd er sich verhalten hatte.

Mittlerweile konnte ich die Zwillinge schon ganz gut auseinanderhalten. Je länger ich sie kannte, desto mehr sah ich, dass sie sich nicht so hundertprozentig ähnelten, wie ich anfangs gedacht hatte. Vincent bewegt sich zum Beispiel etwas anders als Arthur, genau wie Arthur eigene Gesten hat. Auch ihr Gesichtsausdruck unterscheidet sich, zwar nur in Nuancen, aber langsam hatte ich es raus. Und wenn ich trotzdem unsicher war, half Bea mir bereitwillig, die beiden nicht zu verwechseln.

Doch an diesem Abend stutzte ich, als ich sie sah. Denn etwas war anders bei ihnen. Vincent lümmelte am Esstisch und sah einfach nur erschöpft aus. Arthur, immer noch prima zu erkennen an seinem lilaschimmernden Veilchen, saß auf einem Barhocker an der Kücheninsel mit einer eimergroßen Tasse Milchkaffee vor sich.

»Ihr wart beim Friseur!«, stellte ich fest und schaute sie abwechselnd an.

»Ja, endlich. Ansonsten hättest du uns morgen 'ne schicke

Hochsteckfrisur machen müssen für den Wettkampf«, sagte Vincent grinsend, und ich musste lachen.

»Wäre kein Problem gewesen, ich hab jede Menge Glitzerspängchen. Damit wärt ihr der Hit gewesen!«

Doch ich musste zugeben, dass sie auch so der Hit sein würden. *Vor allem* so. Denn wenn die halbe Schule (okay, und ich) gedacht hatte, dass sie mit den Zottelhaaren gut aussahen, dann sahen sie mit den kürzeren Haaren und einer echten Frisur sensationell aus.

Die Haare waren zwar immer noch leicht wuschelig, aber nun mit System und deutlich kürzer, nur bis zu den Ohren. Man sah viel mehr Gesicht als vorher, das sie ja ohnehin nicht verstecken mussten. Und irgendwie passte das Ordentliche, Aufgeräumte gut zu ihnen.

Mats hatte Kopfhörer aufgesetzt und sah sich irgendwas auf seinem Handy an, der nahm überhaupt keine Notiz von mir, und auch Vincent tippte nun auf seinem Smartphone herum. Deshalb ging ich direkt zu Arthur.

»Das sieht gut aus«, murmelte ich, und Arthur sah mich abwartend an.

Ganz ehrlich, ich weiß nicht wieso, aber plötzlich musste ich die Hand ausstrecken, um zu fühlen, ob seine Haare auch so weich waren, wie sie aussahen. Vorsichtig strich ich ihm eine Strähne aus der Stirn und schob dann meine Finger wie einen Kamm einmal durch seine Mähne. Und die fühlte sich tatsächlich noch besser an, als ich dachte. Flaumig, und doch fest, warm und duftig.

Arthurs Augen weiteten sich ein wenig, aber er hielt ganz

still. Nach ein paar Sekunden merkte ich, was ich da tat, und ließ die Hand schnell wieder fallen. Mit klopfendem Herzen murmelte ich: »'tschuldige.«

»Schon okay«, flüsterte er zurück, und wir sahen uns an. Plötzlich wusste ich nicht mehr, was ich sagen wollte, was mir äußerst selten passierte. Schnell schaute ich zu Mats und Vincent, ob die meine peinliche Aktion gesehen hatten, aber beide starrten wie hypnotisiert auf ihre Displays.

Und ich war erleichtert, dass Bea in diesem Moment mit einer riesigen Warmhaltekiste von Herrn Nguyen hereinkam und verkündete, dass es bald Essen geben würde.

Mit leicht wackeligen Knien ging ich zu ihr und half, die Sachen auszupacken und den Tisch zu decken.

Ich spürte, dass Arthur mich dabei beobachtete. Und immer, wenn ich zu ihm sah, hielt er den Blickkontakt. Als wir uns schließlich alle an den Esstisch setzten, schaute er manchmal immer noch etwas komisch zu mir herüber. Wahrscheinlich fragte er sich, was da eben in mich gefahren war. Aber das fragte ich mich auch die ganze Zeit.

Als ich am Samstagmorgen aufstand, hatte ich mich dafür entschieden, die Karte für Vincent auf keinen Fall ernst zu nehmen. Auf überhaupt gar keinen Fall. Ich war mir plötzlich hundertprozentig sicher, dass er sich über mich lustig machte und mir aus Spaß die Karte geschickt hatte. Was wir noch klären mussten, irgendwann, aber nicht heute. Denn nachher fand der Wettkampf statt, bei dem der Rest der Familie die Jungs anfeuern würde.

Meine Wunscherfüllungsutensilien ließ ich deswegen zu Hause. Kein Erdbeerquark, kein Hubschrauber, keine Käsereibe. T-Shirt und Pulli statt gepunktetem Wunscherfüllungstop, und den Kompass stopfte ich sogar zurück in Papas Schublade, mit dem Vorhaben, ihn nie mehr dort herauszuholen. Aus und vorbei mit der vermeintlichen Glücksbringerei.

Die Zwillinge waren schon früh mit ihrem Team zum Wettkampf gefahren, und Bea, Papa, Mats und ich wollten nach dem Frühstück ebenfalls losziehen, um sie anzufeuern. (Das war eigentlich gar nicht geplant gewesen, aber Vincent war gestern Abend so knatschig und jammerig, dass wir versprochen hatten, ihn und Arthur zu unterstützen. Und um sie nach dem Wettkampf sofort mit nach Hause zu nehmen, damit die beiden nicht auf die Mannschaft warten mussten, sondern so früh wie möglich den Abflug machen konnten.)

Ich war froh, dass Mats sich wieder beruhigt hatte, er hatte sogar gestern beim Abendessen wieder ganz normal mit den beiden gesprochen. Ich hoffte, dass sein Aussetzer eine einmalige Angelegenheit gewesen war. Auf die Frage, warum er Arthur am letzten Sonntag geschlagen hatte, gab er mir allerdings immer noch keine ordentliche Antwort. Außer, dass er sauer war und sich große Sorgen um mich gemacht hatte. Das war zwar süß, aber keine Entschuldigung und vermutlich nur die halbe Wahrheit. Doch weder Papa noch ich bohrten weiter, dazu waren wir zu froh, dass die Stimmung langsam wieder etwas entspannter wurde.

Die Leichtathletik-Landesmeisterschaften U16 und U20 fanden in der Leichtathletikhalle unserer Stadt statt, was praktisch war, denn wir brauchten nur eine Viertelstunde mit dem Auto dorthin. Und ich war froh, dass es heute so regnerisch und kalt war – das machte es mir gleich ein wenig leichter, den halben Tag in einer düsteren Sporthalle zu verbringen.

Mats verzog auch prompt das Gesicht, als wir durch das Foyer in die große Halle gingen.

»Hier riecht's nach Schweißfüßen. Und nach zu viel Ehrgeiz«, sagte er.

»Warum bist du überhaupt mitgekommen?«, fragte ich, und er zuckte die Schultern.

»Weil ich versprochen habe, mich zu bemühen.«

»Wem?«

»Papa und Bea.«

»Den Zwillingen nicht?«

»Die wissen längst, dass ich mich bemühe, glaub mir.«

Ich verkniff mir einen weiteren Kommentar. Denn auch ich musste zugeben, dass ich meine Samstage schon an netteren Orten verbracht hatte – Geruch inklusive. Die Halle war eigentlich nur ein ganz großer Raum, in dem alle Anlagen untergebracht waren, auf denen uns normalerweise die böse Frau Temme auf dem Sportplatz quälte. Es gab eine ovale Rennbahn ganz außen für die Langstreckenläufe und in der Mitte eine separate Bahn für die Sprintdisziplinen. Außerdem eine Weitsprunganlage, eine Hochsprungmatte und dazwischen ein paar Podeste, auf denen die Kampfrichter saßen, und Bänke für die

Sportler. Und alles in einer depressiven Mischung aus Grau, Braun und Dunkelgrün gestaltet.

»Diese Halle ist ein Albtraum. Kein Wunder, dass die hier nur rennen können – jeder will ja auch so schnell wie möglich wieder weg. Wahrscheinlich laufen die alle Rekordzeiten! Uh, und schau mal, sogar die Sitzschalen auf der Tribüne sind braun. Durchfallbraun!«

»Du bist eklig«, murmelte ich, während ich allerdings doch überlegte, ob ich mir nicht lieber einen Stehplatz suchen sollte.

Die ersten Wettbewerbe waren schon im Gange. Aber im Gegensatz zum Eishockeyspiel neulich ging es hier viel gesitteter zu. Keine Musik, kein Gegröle, keine Fangesänge, und überhaupt waren eher wenige Zuschauer da, die sich rechts und links von uns auf den Bänken verteilt hatten.

»Einfach nur trist hier«, murmelte Mats, und ich musste ihm leider zustimmen. Kein Wunder, dass sogar die Zwillinge nachher so schnell wie möglich wieder nach Hause wollten.

»Die Finalläufe fangen bald an, aber wir haben noch Zeit. Vielleicht erwischen wir noch einen Vorlauf der Jungs, dann können wir sie noch ein bisschen anfeuern«, sagte Bea und stellte sich auf die Zehenspitzen, um ihre Söhne in der Halle zu entdecken. Mats war gerade die ersten Stufen auf der Tribüne nach unten gegangen, um uns Plätze zu sichern – als er plötzlich wie eingefroren stehen blieb.

»Äh – wusstet ihr, dass die auch da sind?«, fragte er, und ich sah an ihm vorbei.

O nein.

»Ich hatte keine Ahnung«, beeilte Bea sich zu sagen, während sie sich umdrehte, als ob sie den schnellstmöglichen Fluchtweg suchte. Aber an Abhauen war nicht zu denken, denn die bösen Großeltern schienen im Hinterkopf Augen zu haben. Kaum hatten wir nämlich die Treppe betreten, hatten sie sich schon umgedreht und uns – oder wahrscheinlich nur Bea und Papa – huldvoll gewinkt, uns zu ihnen zu gesellen.

Bäh. Das ging ja gut los.

Bea und Papa nahmen sich tapfer an der Hand und bahnten sich vor uns den Weg nach unten.

Die Großeltern hatten sich den besten Platz gesucht: erste Reihe, Mittelblock. War ja eigentlich klar. Und ob gewollt oder nicht, niemand hatte sich in die Reihe zu ihnen gesetzt. Die frostige Ausstrahlung wirkte sogar hier zwischen so vielen Leuten.

Nach unserer letzten Begegnung hatten sie diesmal nur ein genervtes Nicken für Mats und mich übrig, nachdem sie Papa und Bea begrüßt hatten. Die beiden hatten sich genauso herausgeputzt wie neulich beim Abendessen – Wollkleid und echter Pelz bei ihr, Tweedanzug und irre Augen bei ihm. Meinen Pullover, den ich mir im Vorraum ausgezogen hatte, weil mir so warm gewesen war, zog ich mir schnell wieder über. Ihre Ausstrahlung war eisig und zog sogar zu mir herüber, obwohl ich einige Meter Abstand hielt.

»Und diese beiden zauberhaften Damen sind zwei der Debütantinnen, die nächste Woche auf dem Ball dabei sein werden. Die Partnerinnen meiner Enkelsöhne«, flüsterte die Oma, deutete auf zwei Mädels neben sich und war dabei erstaunlich gut zu verstehen, trotz des Lärmpegels um uns herum.

Die beiden Damen hatte ich vorher gar nicht entdeckt. Aber jetzt schoben sie sich an den von Bergens vorbei und begrüßten uns höflich per Handschlag, sogar Mats und mich. Friederike und Maja von und zu irgendwas, ihre genauen Titel hatte ich mir erst gar nicht merken können. Sie waren etwa in meinem Alter, eine brünett, eine honigblond, und ähnlich schick wie die Oma, mit Strickkleidern, Stiefeln, zartem Goldschmuck und perfektem Make-up. Zum Glück allerdings ohne Pelzmäntel.

Friederike grinste wie eine Katze, die sich gerade die fetteste Maus gefangen hatte. Oder zumindest glaubte, gefangen zu haben. Ich fand sie sofort irgendwie doof, was natürlich kindisch war. Sie freute sich vermutlich einfach schon seit Wochen auf den Ball und dass einer der Zwillinge mit ihr dort hingehen würde. Und wer weiß, was die garstigen Großeltern ihr sonst noch versprochen hatten. Darüber wollte ich gar nicht nachdenken. Maja war dafür sehr zurückhaltend, ihr Gesichtsausdruck verriet mir eher, dass sie nur semibegeistert war. Ob über den Wettkampfbesuch mit den Großeltern oder den Ball würde ich noch herausfinden müssen.

Mats und ich grüßten höflich zurück und ließen uns dann auf die Sitzschalen fallen, die am weitesten von ihnen entfernt waren.

»Das kann ja heiter werden«, murmelte mein Bruder und sah auf die Uhr. »Zum Glück bin ich nachher noch mit Noah verabredet, dann muss ich die nicht so lange aushalten.«

Ich nickte mechanisch und schaute mich um. Endlich entdeckte ich einen der Zwillinge, er saß auf einer Bank neben der

Sprintbahn, und ich winkte. Aus der Entfernung konnte ich leider nicht erkennen, welcher es war.

»Hey, Leute!«, kam es da von links, und schon hatte sich der zweite Zwilling auf den freien Platz neben mich gequetscht. Er trug lange Trainingssachen und sah ein wenig erschöpft aus.

Ich sah ihn an. »Hallo, Vincent.«

Er seufzte. »Schade eigentlich, dass du uns mittlerweile unterscheiden kannst. Vielleicht hätten wir uns die Haare doch nicht schneiden lassen sollen. Es war irgendwie spaßig, als du uns noch nicht auseinanderhalten konntest.«

»Ja, sehr spaßig. Können euch denn die beiden Damen auch auseinanderhalten?«

Vincent beugte sich vorsichtig vor, um an mir vorbei zu den Debütantinnen zu schielen, die auf der anderen Seite neben seinen Großeltern saßen. Er unterdrückte einen Fluch.

»Ich glaub nicht. Also, Friederike zumindest nicht.«

Ah, die Grinsekatze. »Die scheint sich ihrer Sache aber sehr sicher zu sein.«

»Die leider schon. Aber Maja ist ganz nett.« Er lehnte sich verschwörerisch zu mir. »Die will nämlich gar nicht zum Ball. Sie hat vor, eine fiese Erkältung vorzutäuschen, nächsten Samstag, damit sie nicht hinmuss.«

»Wieso denn das?«

Vincent flüsterte mittlerweile nur noch, was schwer zu verstehen war, denn eben war ein Lauf gestartet, und die Leute um uns herum klatschten anfeuernd.

»Weil sie einen Freund hat. Das wissen ihre Eltern nur noch nicht – und meine Großeltern sowieso nicht –, aber sie ist total verknallt und will unter keinen Umständen auf den Ball. Na ja, und wenn sie doch gehen muss, dann wenigstens mit einer komplett anderen Einstellung als Friederike.«

»Die da wäre?«

Vincent presste die Lippen zusammen und sah nach unten in die Halle.

»Arthur muss gleich noch mal ran, schau mal, das letzte Halbfinale der Achthundert-Meter-Läufe startet gleich.«

»Geschickt abgelenkt.«

»Nur weil das Thema so ätzend ist.«

Jetzt seufzten wir beide.

»Kann nicht einfach mal jemand deinen Großeltern sagen, dass sie sich aufführen wie vor dreihundert Jahren?«

»Kannst es ja gerne mal versuchen. Da, es geht los.«

Tatsächlich machten sich unten die Läufer bereit für den nächsten Start. Arthur stand an der zweiten Bahn von außen, schwarze kurze Hose, schwarzes Trikot. Ohne Ärmel. Sogar bis hierher sah ich, dass er genauso muskulös war, wie ich allein von seiner Statur her immer angenommen hatte. Schnell schaute ich wieder zu Vincent.

»Wieso lauft ihr eigentlich die achthundert Meter? Ich finde, das ist mit die blödeste Disziplin. Man muss fast so schnell rennen wie beim Sprint, aber acht Mal so lang, sonst hat man ja keine Chance auf den Sieg.«

»Wir fanden es auch blöd, aber laut unserem Trainer konnten wir heute entweder die achthundert Meter nehmen oder Sprint und Hürdenlauf und eventuell noch Staffel. So haben wir wenigstens nur ein Rennen.«

Das Startzeichen wurde gegeben, und die Jungs rannten los. Die Zuschauertribüne hatte sich mittlerweile etwas mehr gefüllt, und immerhin ein paar Leute waren aufgestanden und feuerten ihre Favoriten lautstark an. Es war ein schnelles Rennen, und Arthur war ganz vorne mit dabei.

Jedes Mal, wenn er an der langen Geraden vor der Tribüne war, stimmten wir in das Geschrei mit ein – wir, das hieß Vincent, Bea, Papa und ich. Mats war eher verhalten, aber irgendwie schaute der auch ganz woanders hin. Und tatsächlich wurde Arthur Zweiter.

Ein Blick zu den Großeltern verriet mir allerdings, dass die mit der Platzierung ihres Enkels nicht zufrieden waren. War ja typisch. Dabei hatte Arthur sich wahrscheinlich nur seine Kräfte eingeteilt, um im Finale noch Chancen auf einen Sieg zu haben.

»Vincent«, sagte Mats plötzlich, und sowohl er als auch ich hielten gespannt inne.

»Wer ist das?«, fragte mein Bruder und deutete auf jemanden unten am Rand der Laufbahn.

»Der mit dem weißen T-Shirt? Das ist unser Mannschaftsarzt, Dr. Völke. Bei jedem Wettkampf verletzt sich hier mindestens einer ziemlich fies, deswegen kommt er immer freiwillig zu solchen Events. Er betreut auch unsere Eishockeymannschaft.«

»Und das Mädchen neben ihm?«

Vincent zog leicht die Augenbrauen nach oben und sah in die Richtung, in die mein Bruder deutete. »Das ist Jasmin, seine Assistentin. Sie ist in der Ausbildung zur Physiotherapeutin, glaube ich.«

Mats starrte in die Halle, und ich folgte seinem Blick. Ich sah den Arzt und Jasmin, die gerade in einer großen Tasche herumkramte, die neben ihr am Boden stand. Aber außer ihren langen schwarzen Haaren, die ihr über Rücken und Schultern hingen, konnte ich nicht sonderlich viel von ihr erkennen.

»Hm«, machte Mats nur und schaute weiterhin nach unten.

Ich sah fragend zu Vincent, aber der zuckte nur mit den Schultern.

Ein paar Minuten später war Vincent wieder aufgestanden und zu seinem Team zurückgekehrt, und ich sah mich weiter um. Im Gegensatz zum Eishockeyspiel war es hier wirklich nicht mal halb so lustig. Zwar feuerten die Leute die Athleten während der Läufe an, aber sonst war es hier ziemlich ruhig. Ich schätzte, dass die meisten Leute, die hier waren, Familie und Freunde der Sportler waren, wie wir. Deswegen war ich auch nicht besonders traurig, als Vincent mir vorhin noch gesagt hatte, dass sie nach ihrem Lauf gleich keine weiteren Verpflichtungen mehr hatten und wir bald nach Hause gehen konnten.

»Gibt's hier eigentlich was zu essen?«, fragte ich in Beas Richtung und schaute über meine Schulter, ob ich irgendwo einen Verkaufstand entdecken konnte.

Plötzlich setzte mein Herz einen kurzen Moment aus. Der Mann ein paar Reihen schräg hinter mir – hatte der nicht gerade geflimmert? So wie Tom neulich?

Ich schluckte, kniff die Augen zusammen und sah noch einmal hin.

Da.

Tatsächlich.

Der Typ hatte genau das gleiche Flimmern um den Kopf wie Tom, als der sich die Sache mit der Slackline gewünscht hatte. Aber was er sich wünschte, konnte ich nicht richtig erkennen.

War das ein Auto?

Ein … hm … irgendwas Schwarzes.

Ich starrte weiter hin, aber das Flimmern verschwand so schnell, wie es gekommen war.

Sofort wurden meine Hände schwitzig, und ein flaues Gefühl breitete sich in meiner Magengegend aus.

Was war das?

Sofort musste ich an Vincents Wunsch denken.

Automatisch sah ich zu ihm. Er, Arthur und noch ein paar andere standen wie vorhin in der Mitte der Halle, hüpften auf der Stelle, tranken aus ihren Wasserflaschen und bewegten sich ohne Pause, um die Muskeln nicht kalt werden zu lassen. Aber da flimmerte nichts, zum Glück.

Hatte ich mir das eben nur eingebildet?

Ich drehte mich vorsichtig noch einmal um. Da saß der Mann.

Und … Mist.

Da war es wieder.

Das konnte doch nicht wahr sein!

Hastig stand ich auf und murmelte Mats zu, dass ich mich mal ein bisschen umsehen würde.

Ich ging die Tribüne nach oben und sah dabei nur auf meine Sneaker. Sicher hatte ich mich geirrt. Schließlich war es ja überhaupt nicht möglich, irgendjemandes Wunsch zu sehen. Oder?

Langsam schlenderte ich ganz hinten an der Hallenwand entlang und versuchte, mich zu beruhigen. Klappte nicht besonders gut. Dann riskierte ich vorsichtig ein paar Blicke zu den anderen Zuschauern. Zum Glück flimmerte sonst niemand.

Ich stieß die Luft aus, die ich angehalten hatte. Ganz sicher hatte ich mir da etwas eingebildet.

Mit jedem Schritt und mit jedem weiteren flimmerfreien Besucher in der Halle ging es mir wieder besser.

Am Ende der Tribüne drehte ich um, um zu unserem Platz zurückzugehen. Ich hatte niemanden getroffen, den ich kannte. Eigentlich kein Wunder in einer Großstadt, möchte man meinen, doch aus Erfahrung wusste ich, dass man trotzdem immer jemanden traf. Ich meinte zwar, die Frau erkannt zu haben, die von Heiko Flöter so derb im Supermarkt angebaggert worden war, aber sicher war ich nicht, denn sie hatte sich nach vorne gebeugt und kramte in ihrer Tasche herum. Ansonsten hatte ich die alle noch nie gesehen.

Etwas beruhigter ging ich wieder die Stufen nach unten zu unserem Sitzplatz. Den Mann mit dem vermeintlichen Autowunsch sah ich sicherheitshalber jedoch nicht an.

Als ich mich auf meine hässliche Sitzschale fallen ließ, ging es mir schon ein wenig besser.

Allerdings nur, bis ich in die Halle sah, wo die Jungs und Mädels unten neben den Laufbahnen in Grüppchen zusammenstanden. Denn plötzlich sah es so aus, als ob jemand da unten die Beleuchtung angeschaltet hatte: Einer nach dem anderen fing plötzlich an, zu funkeln und zu flimmern.

O nein!!!

22

Sofort kniff ich meine Augen zu, als ob ich so das Flimmern und Funkeln der Sportler wieder abstellen könnte.

Das konnte doch nicht wahr sein!!!

Vielleicht sollte ich einfach so sitzen bleiben und die Augen nie wieder aufmachen? Oder war das ein böser Traum, aus dem ich gleich erwachen würde?

»Gleich geht's los. Dann kann das hier ja nicht mehr so lange dauern. Zum Glück, hab mich selten so gelangweilt«, sagte Mats neben mir.

Ach, wie gerne hätte ich mich auch gelangweilt! Stattdessen saß ich hier und machte mir vor Aufregung fast in die Hose.

Das war doch alles nicht möglich, oder? Ich musste es mir einfach einbilden. Vielleicht hatte ich ja nur schlimmen Unterzucker? Das hatte ich neulich schon mal nachmittags nach dem Sport, als ich meine Pausenbrote bereits am Vormittag komplett verputzt und mein Geld zu Hause vergessen hatte. Da war ich auch ganz klapprig, und mir wurde aus heiterem Himmel schwummerig.

Ich tippte meinen Bruder an. »Hast du ein Bonbon?«, krächzte ich, und er griff in die Tasche seiner Jeansjacke.

»Nur einen alten Traubenzucker aus der Apotheke. Kann aber sein, dass der schon mal mit in der Waschmaschine war. Kann mich nämlich überhaupt nicht erinnern, wann ich das letzte Mal dort war.«

Er hielt mir ein kleines, in orangefarbenes Plastik verpacktes Etwas hin. Ich zögerte keine Sekunde. Ich nahm ihm das Ding aus der Hand, riss es auf und steckte es in den Mund. Währenddessen schaute ich angestrengt auf das kleine Loch am Knie meiner Jeans, um bloß kein Geflimmer zu sehen.

Der Traubenzucker zerbröselte auf meiner Zunge und schmeckte tatsächlich etwas seifig, aber ich schluckte ihn hastig herunter.

Dann zählte ich bis zwanzig. Es heißt ja immer, dass Zucker schnell vom Körper aufgenommen wird, und ich hoffte so sehr, dass wirklich meine Körperchemie daran schuld war, dass ich halluzinierte und Glitzerauren um die Köpfe dieser Menschen sah.

Schließlich blickte ich wieder auf.

Auf der Laufbahn unten in der Halle machten sich die Läufer bereit. Der Finallauf über achthundert Meter würde gleich starten.

»Vincent ist innen, Arthur, glaube ich, ziemlich außen«, sagte Mats, aber ich hörte kaum, was er sagte.

Denn da unten sah es so aus, als ob jemand noch mehr Lichter angeschaltet hatte.

Mindestens zehn Sportler da unten blinkten und flimmerten.

Schon wieder.

Herrje.

Und – flimmerte Vincents Kopf da nicht auch?

Auf die Entfernung konnte ich nur leider nicht genau erkennen, was er sich wünschte. Ich sah ihn nur selbst in seinem Wunschfilm, aber was machte er da … lief er da nicht sogar? Auf genau der Rennbahn, auf der er jetzt stand?

O nein, o nein, o nein!!!

Was, wenn die Karte dann doch echt war?

Beziehungsweise der Wunsch?

Ich hatte doch schon beschlossen, das Thema zu ignorieren. Ich war so sicher, dass Vincent sich einen blöden Scherz erlaubt hatte!!!

Ich schloss wieder die Augen.

Atmete tief durch, ein und aus.

Zählte bis zehn.

Dann machte ich die Augen wieder auf und sah noch mal genauer hin.

Nach ein paar Sekunden sah ich wieder das Flimmern. Diesmal nicht nur bei Vincent, sondern bei der Hälfte der Leute, die da unten rumstand. Das sah aus wie bei einem Weihnachtsmarkt da unten! Nur Geleuchte und Geblinke, und mir wurde plötzlich so flau im Magen, dass ich mich am Sitz festklammern musste, um nicht umzukippen.

Wer oder was um Himmels willen wollte mir da einen Streich spielen?

Oder drehte ich gerade durch?

Ich schielte nach links, zu den Zuschauern, die ein paar Reihen neben mir saßen. Ein paar flimmerten, ein paar nicht – was genau sie wollten, konnte ich allerdings nicht erkennen. Wollte ich auch gar nicht.

Schweiß sammelte sich auf meiner Stirn, und ich sah in die andere Richtung. Dort blieb mein Blick an Friederike hängen, sie war aufgestanden und klopfte sich gerade imaginären Staub von ihrem Kleid. Dabei schwang sie ihre kastanienbraunen Haare gekonnt über die Schultern, während sie lässig in die Hände klatschte, um den Läufern vor dem Start zu applaudieren.

Und – auch sie flimmerte.

Leider konnte ich in ihrem Fall genau erkennen, was sie sich wünschte. Herrje, ich hatte es mir nicht eingebildet. In dem Film um Friederikes Kopf schwirrten ein Zwilling in schwarzem Anzug und sie dazu in einem weißen Spitzenkleid. Welcher Zwilling es war, konnte ich nicht erkennen.

War aber völlig egal.

Friederike wollte die Jungs. Irgendeinen von ihnen.

Und ich wollte, dass das Geflimmer sofort aufhörte.

Was sollte ich jetzt nur tun???

Hartnäckig Vincents Wunsch ignorieren? Oder ihn sein Rennen machen lassen und dafür Friederike ausliefern, die offenbar schon ihre Hochzeit plante?

Plötzlich stand sie direkt neben mir, von Mats war keine Spur mehr zu sehen.

Auch das noch.

»Hallo. Ich bin Friederike von Seebach. Entschuldige, ich habe deinen Namen vorhin nicht verstanden«, sagte sie zu mir und sah mich von oben herab an. Erstaunlich, wie sie das hinbekam, sie war nämlich eigentlich ein bisschen kleiner als ich. Ganz klar wollte sie mich abchecken. Vermutlich, weil Vincent vorhin so lange neben mir gesessen hatte und sie nicht wusste, ob ich Konkurrenz für sie darstellte.

»Ich bin Lina von und zu Hansson. Meine Familie und ich, wir entstammen einem sehr alten, schwedischen Adelsgeschlecht. Meinen Großeltern gehört unter anderem das Gut Kanelbullar in Südschweden. Sicher hast du schon davon gehört.«

Natürlich sagte ich nicht, dass *Kanelbullar* nur das schwedische Wort für *Zimtschnecke* war und dass das Gut meiner Großeltern in Wirklichkeit nur ein kleiner Bauernhof war, auf dem außer ihnen zwanzig Milchkühe, ein paar Hühner und zwei Ziegen namens Wilma und Rasmus wohnten.

Aber Friederikes Art und Weise, mich zu beurteilen, gingen mir gehörig gegen den Strich.

»Mit welchem der Zwillinge gehst du denn zum Ball?«, fragte ich sie, und sie kicherte aufgesetzt.

»Ist mir völlig egal. Die sehen beide umwerfend aus und haben den gleichen Titel. Ich kann sie auch gar nicht unterscheiden. Aber wozu auch?« Sie zuckte mit den Schultern und sah wieder nach vorne.

Dachte ich's mir doch. Oberflächliche Kuh.

Ich musste Vincent retten vor dem Ball. Nun, eigentlich beide, denn der Gedanke, dass Arthur auch noch ohne seinen Bruder, dafür mit dieser *Dame* dorthin musste, verursachten mir komischerweise fast noch mehr Übelkeit.

Aber konnte ich überhaupt etwas tun?

Der Startschuss schreckte mich so auf, dass ich einen kleinen Hopser auf meinem Sitz machte.

Ich musste mich entscheiden.

Ganz schnell, denn die Jungs rannten. Ebenfalls sehr schnell.

Eine halbe Runde war schon geschafft.

Sollte ich es versuchen? Vielleicht könnte Vincent sich ja nur ganz, ganz leicht verletzen, müsste aber deswegen trotzdem nicht zum Ball? Nur kurz Stolpern, den Fuß leicht verstauchen oder so? Aber was würde dann aus Arthur? Dann würde der für die Von-und-zu-Tussi herhalten müssen. (Maja hatte ich ausgeblendet, ich glaubte nämlich sofort, dass sie null an den Zwillingen interessiert war. Auch jetzt saß sie nämlich seelenruhig auf ihrem Platz, während Friederike und sogar die Großeltern aufgestanden waren, um huldvoll zu klatschen.)

Die lange Gerade. Da die Bahnen hier kürzer waren als im großen Stadion draußen, mussten die Läufer vier Runden absolvieren. Die erste hatten sie gleich geschafft. Arthur und Vincent lagen ziemlich weit vorne, beinahe Schulter an Schulter.

Und während des Laufs wurde das Flimmern um Vincents Kopf immer heller.

Aber ich hatte ja noch nicht mal meine Utensilien dabei! Kein Wunschoberteil, keine Käsereibe, nichts.

Ob ich es ganz einfach ohne versuchen sollte?

Friederike neben mir warf sich wieder die Haare über die Schultern. Dabei zog eine riesige Schwade Parfüm zu mir. Sie musste heute Morgen in dem Zeug gebadet haben. Vermutlich rochen die Jungs sie sogar dort vorne auf der Bahn. Und vermutlich hatte sie auch genau das beabsichtigt.

Die Läufer waren auf der Gegengeraden. Sie gaben alles, das konnte man sehen, und die Leute um mich herum, die sich bisher zurückgehalten hatten, feuerten nun die Sportler begeistert an. Weil alle um mich herumstanden, erhob ich mich auch von meinem Sitz, allerdings mit schlotternden Knien.

Sollte ich?

Oder sollte ich nicht?

Und – würde es überhaupt funktionieren?

Als die Jungs ihre letzte Kurve nahmen, sah ich, wie Friederike einen Blick mit der bösen Großmutter tauschte. Einen, der besagte, dass die Hochzeit offenbar so gut wie bestellt war. Und der mir sagte, dass ich es einfach probieren *musste*.

Okay, ich würde es versuchen. Schnell.

Mein Tanzlied sang ich leise vor mich hin, und niemand um mich herum bemerkte meine komischen Bewegungen dazu. (Sogar die doofe Friederike war abgelenkt, weil sie so affektiert klatschen musste.) Dann Schlucken und die Glatzköpfe, das ging zeitgleich.

Und – wünschen.

Wünschen, wünschen, wünschen.

Ich wünsche mir, dass Vincent sich verletzt, damit er nicht auf den Ball muss. Jetzt!

Ich hielt den Atem an. Ob es funktionieren würde? Die Jungs waren schon drei Runden gelaufen und bogen gerade in die letzte Runde ein. Sogar von hier aus konnte ich sehen, wie sie alles gaben.

Plötzlich kam Unruhe in das Läuferfeld, und ein Aufschrei ging durchs Publikum.

Ich wagte kaum, hinzusehen.

Doch – da!

Vincent war gestolpert.

Er war tatsächlich gestolpert!

Wie es dazu gekommen ist, habe ich nicht sehen können. Lag etwas auf der Bahn? Oder lag es an … mir?

Ich hörte ihn bis hierher aufschreien, und sofort musste ich mir eine Hand auf den Bauch pressen, weil mir plötzlich so schlecht wurde.

Durch sein hohes Tempo konnte er einen Sturz nicht mehr abfangen. Er ruderte mit den Armen, doch im nächsten Augenblick stürzte er, wobei er noch versuchte, sich abzurollen.

Und dabei kläglich scheiterte.

Er schrie vor Schmerz auf.

Und blieb dann liegen.

Ein Albtraum.

Das hier war ein Albtraum, und ich ganz allein war schuld daran. Ich hatte einen Wunsch erfüllt, doch wozu? Ich hatte dabei jemanden verletzt. Jemandem absichtlich Schaden zugefügt. Jemandem, den ich sehr gern hatte.

Tränen traten mir in die Augen, und ich fing am ganzen Körper an zu zittern. Auch das Kakaogefühl war ausgeblieben. Natürlich. Denn ein Sturz war sicher nicht Vincents Wunsch gewesen. Niemand würde sich so etwas wünschen.

Ich hatte keine Ahnung, was Vincent wirklich wollte.

Aber ich, ich wollte am liebsten sterben.

Jetzt sofort.

23

Durch den Aufschrei, der durch die Halle ging, hatten die anderen Läufer gemerkt, dass etwas nicht stimmte. Doch alle waren so in Schwung, dass sie weiterliefen, denn es waren nur noch ein paar Schritte bis zur Ziellinie.

Alle, außer Arthur.

Der hatte über seine Schulter gesehen, nachdem er Vincents Ruf gehört hatte, war abrupt stehen geblieben und zu seinem Bruder zurückgelaufen.

Nachdem offensichtlich wurde, dass Vincent von alleine nicht wieder aufstehen konnte, waren Papa und Bea sofort über die kleine Absperrung an der Tribüne geklettert und zu ihm gelaufen. Und ich wollte eigentlich sofort hinterher, ich musste sehen, wie es ihm ging ... und doch war ich auf meinem Sitz wie festzementiert. Vor Entsetzen war ich gelähmt, meine Beine wollten mir einfach nicht gehorchen, und ich zitterte am ganzen Körper.

Friederike und die blöden Großeltern standen neben mir.

»Was ist denn passiert? Was hat er denn gemacht?«, zischelte die Oma, und der Opa gab nur ein abschätziges Schnauben von sich.

»Hat mal wieder nicht aufgepasst. Ich hab ihm immer schon gesagt, dass er an seinem Laufstil arbeiten muss.«

»Was wird denn jetzt aus dem Ball?«, fragte Friederike, und bei diesen Worten kehrte ein wenig Leben in meinen Körper zurück. War ja typisch, dass sie nur an sich und an diesen bescheuerten Ball dachte!

»Der andere Zwilling ist ja noch übrig«, beruhigte da auch schon die Oma, und das war der Moment, in dem ich endlich wieder aufstehen konnte.

Ich musste weg von diesen Menschen, sonst würde ich – Sorge hin oder her – vor Ärger platzen.

Und vor allem musste ich zu Vincent. Wo ich doch an allem schuld war!

Ich stand auf, ging mit wackeligen Beinen die Tribüne entlang und kletterte schließlich umständlich über die Absperrung. Es war unruhig in der Halle, und viele Besucher waren aufgestanden, um einen Blick auf den Verunglückten zu erhaschen. Ich hätte am liebsten jeden Einzelnen von ihnen angeschrien, dass sie den armen Vincent in Ruhe lassen sollten.

Endlich war ich auf der Rennbahn und ging in Richtung Menschentraube, die sich um ihn gebildet hatte.

»Geh bitte zurück auf deinen Platz, hier gibt's nichts zu sehen«, sagte irgendjemand zu mir, aber ich lief einfach weiter.

»Das ist mein Bruder«, antwortete ich und drängelte mich an den Leuten vorbei.

Als ich Vincents schweißüberströmtes, schmerzverzerrtes Gesicht sah, sackten mir die Beine wieder weg, und ich sank neben ihm auf die Knie.

»Ach, Vincent«, krächzte ich, und da sah er mich erstaunt an.

»Lina! Das war ein Wahnsinnsstunt, oder? Hast du es zufällig gefilmt? Tut nur leider – au! – ziemlich weh.«

»Es tut mir so schrecklich leid –«, brachte ich mühsam hervor und kämpfte mit den Tränen.

Herrje, das war alles nur meine Schuld!

»Na komm, ich hab mir ja nicht den Hals gebrochen. Auch wenn mein Fuß verflixt weh tut! Aua, muss das sein, Doc?«

»Schon gut, Vincent, ich bin schon fertig.«

Erst jetzt nahm ich überhaupt wahr, was um mich und Vincent herum los war. Der Teamarzt hatte sich über die Verletzung gebeugt und tastete vorsichtig Vincents rechten Knöchel ab. Neben mir knieten Papa und Bea, ebenfalls mit besorgten Mienen.

»Gebrochen ist er zumindest nicht«, sagte der Arzt schließlich. »Aber ich schätze mal, dass die Bänder gezerrt oder sogar gerissen sind. Am besten fahrt ihr direkt ins Krankenhaus. Können deine Eltern dich bringen?«, fragte er, und Papa und Bea nickten sofort.

»Natürlich! Kommst du bis zum Auto, Vincent? Oder sollen wir dich tragen?«

»Nur über meine Leiche!«, sagte der und knuffte mich dann in den Oberarm. »Herrje, Lina, jetzt schau nicht so. Das wird schon wieder. Hauptsächlich nervt es mich, dass ich nicht gewonnen habe. Ein Riesenmist ist das, ehrlich!« Plötzlich sah er gar nicht mehr so schmerzerfüllt aus, sondern nur noch ärgerlich.

»Du wolltest … gewinnen?«, fragte ich, und das flaue Gefühl aus meinem Magen breitete sich in meinem ganzen Körper bis in die Haarspitzen aus.

Von wegen Verletzung!

»Klar! Was denkst *du* denn? Glaubst du, ich wollte hier einen auf Hinkebein machen? Au, verflixt, das tut ganz schön weh. Hab ich eigentlich schon mal erzählt, dass ich mit Schmerzen nicht gut zurechtkomme?«

»Das hat Lina inzwischen mitbekommen«, sagte da plötzlich Arthur, den ich erst in diesem Moment entdeckte. Ähnlich wie bei Vincent war sein Gesicht nass vom Schweiß, die Haare klebten ihm am Kopf, und er atmete immer noch ziemlich schnell. Kein Wunder, er war ja bis eben auch gerannt wie ein Irrer.

»Du könntest ruhig ein bisschen Mitleid haben«, grunzte Vincent, der sich gerade von Papa und dem Arzt auf sein gesundes Bein helfen ließ.

Doch die Zwillinge tauschten einen Blick, und der sagte, dass Vincents Unfall Arthur durchaus sehr leidtat und er mit ihm litt. Vincent wusste das natürlich auch, die beiden konnten offensichtlich miteinander kommunizieren, ohne zu reden. Musste so ein Zwillingsding sein.

Die anderen Sportler hatten sich mittlerweile zurückgezogen und konzentrierten sich wieder auf sich selbst, nachdem sie gesehen hatten, dass außer Vincents rechtem Fuß noch alles an ihm intakt war. Vor allem sein Mundwerk.

»O Gott, da drüben stehen ja noch die Großeltern und die beiden Debütantinnen. Was machen die überhaupt hier? Die waren doch noch nie bei einem Wettkampf von uns! Ausgerechnet heute!«

»Um die kümmere ich mich«, sagte Arthur und nickte Bea zu.

»Danke«, hauchte die zurück, die Arme war fast genauso erschrocken wie ich. Und in so einer Situation konnte man den adeligen Tross noch weniger gut verkraften als sonst.

Doch während Bea dieses Los zumindest für den Augenblick erspart blieb – sie, Vincent, Papa, Mats und der Arzt hatten es geschafft, an der Tribüne vorbeizukommen, ohne von ihnen aufgehalten zu werden –, traf es dafür mich mit voller Wucht.

Natürlich stiegen sie nicht wie wir über die Absperrung bei der Tribüne, aber sie wedelten und fuchtelten so lange von dort herum, bis Arthur und ich zu ihnen gingen.

»So etwas Ärgerliches! Jetzt sind wir extra einmal hierhergekommen und haben keinen Sieg unserer Enkelsöhne sehen können!«, zischelte die Oma, und auch der Opa nickte erbost.

»Wir gehen, jetzt sofort!«

»Und Arthur fährt natürlich mit uns!«, hauchte die Oma mit einem stechenden Blick in meine Richtung; doch der schüttelte entschieden den Kopf.

»Dann wäre Lina alleine, und zu sechst passen wir nicht in euer Auto. Ich fahre mit Lina mit der U-Bahn nach Hause, und wir können uns ja dann dort treffen. Nachdem ihr die beiden … nachdem ihr Friederike und Maja nach Hause gebracht habt.«

Fast erwartete ich, dass die Großmutter weiterfauchen würde. Doch Arthur stand da wie ein Fels, und seinem Gesichtsausdruck war zu entnehmen, dass er keine Gegenvorschläge akzeptieren würde. Ihr Missfallen darüber strömte ihr aus jeder Pore, doch wie durch ein Wunder gab sie außer einem merkwürdigen Pfeifgeräusch nichts mehr von sich.

Arthur ignorierte ihr Verhalten komplett und nickte seinen Großeltern nur zu. »Bis später dann. Lina, ich hole nur noch meine Tasche, dann können wir los.«

Vincent und die anderen waren bereits durch eine Seitentür verschwunden, und ich ließ die adeligen Meckerfritzen ebenfalls stehen und ging zu meinem Platz zurück, um meine Tasche und Jacke zu holen.

Wie durch ein Wunder machten sich die vier dann auch sofort vom Acker. Natürlich nicht, ohne mir noch ein paar böse Blicke zuzuwerfen – mir, dem Stiefkind, das alles kompliziert machte und verhinderte, dass sie Arthur zwischen den beiden Damen platzieren konnten.

War mir aber gerade komplett egal.

»Wir können«, sagte Arthur dann auch hinter mir, und ich nickte dankbar. Er hatte nur lange Trainingssachen übergezogen, seine Tasche über die Schulter gehängt und wies mit seiner freien Hand zur Treppe. »Nach dir.«

Ich war sehr froh, dass ich in diesem Augenblick nicht alleine war. Arthur lotste mich wie selbstverständlich aus der Halle, zur U-Bahn-Station und den kompletten Weg zurück nach Hause, und seine Gesellschaft fühlte sich unheimlich tröstlich an. Gesprochen haben wir allerdings nicht viel – ich war immer noch viel zu geschockt, um auch nur einen klaren Gedanken fassen zu können.

Ich ganz allein war schuld daran, dass Vincent sich schwer verletzt hatte.

Ich hatte die Entscheidung getroffen, jemandem, den ich sehr mag, weh zu tun.

Und das war unverzeihlich.

Da konnte mich auch kaum die Nachricht von Papa trösten, die er mir schickte, als wir zu Hause ankamen. Vincent gehe es gut, er habe *nur* einen Außenbandriss im Sprunggelenk. Arthur verzog das Gesicht bei der Nachricht, und auch ich war entsetzt. So was hörte man doch immer von Fußballern, und dann waren die monatelang krank und konnten nicht trainieren und so! Vincent war sicher am Boden zerstört.

»Dafür schreibt Mama gerade, dass sie im Krankenhaus nicht warten mussten und es nicht mehr lange dauert. Das ist doch gut. Und die Großeltern brauchen sicher noch eine Weile, bis die hier aufkreuzen, die mussten, glaube ich, einmal durch die ganze Stadt fahren, um die Mädels wieder nach Hause zu bringen. Dann gehe ich nur eben duschen, ja? Lina? Kommst du kurz alleine klar?«

Ich nickte mechanisch, und Arthur kickte seufzend die Schuhe von den Füßen. »Warum machst du dir eigentlich Vorwürfe?«

»Woher weißt du das?«, fragte ich alarmiert, doch Arthur zuckte nur mit den Schultern.

»Weil man dir deine Schuldgefühle direkt ansieht. Aber ich weiß nicht, wieso du überhaupt welche haben solltest. Vincent ist einfach gestolpert und umgeknickt, anscheinend haben sie nach seinem Sturz einen Stein auf der Bahn gefunden, keine Ahnung, wie der dahin gekommen ist. So was kommt vor.«

Ein Stein? Auf der Bahn? Den hätte doch auch schon vorher jemand sehen müssen!

Doch Arthur war schon im Bad verschwunden, und ich tappte nach drüben in unsere Wohnung, um mir einen Tee zu machen. Baldrian oder so.

Ich war noch nicht mal in unserer Küche angekommen, da hörte ich schon die Türglocke von Beas Wohnung.

Beunruhigt ging ich wieder zurück. Im Badezimmer rauschte die Dusche, klar, Arthur war ja auch eben erst hineingegangen.

Und während ich noch überlegte, wer es sein könnte und ob ich öffnen sollte, hämmerte schon jemand direkt an die Wohnungstür vor mir.

»Aufmachen! Wir wissen, dass ihr schon da seid!«

O nein, die Großeltern! Wie waren die denn so schnell hierhergekommen? Die sollten doch jetzt, bitte schön, irgendwo am anderen Ende der Stadt mit Friederike und Maja im Stau stecken!

Doch das Hämmern hörte nicht auf, und ich öffnete, ehe sie Kleinholz aus der Tür machten.

»Wo ist unser Enkel?« Das war der Opa. Kein *Guten Tag*, kein *Dürfen wir reinkommen*, gar nichts. Aber diese Leute nahmen sich im Leben wahrscheinlich immer alles, ohne zu fragen.

»Der macht sich gerade frisch. Kommen Sie doch herein«, sagte ich betont freundlich und hielt ihnen die Tür auf.

Zusammen mit ihrem eisigen Lufthauch, der offenbar immer um die beiden herumwaberte, rauschten sie in Beas Wohnung.

Und im Vorbeigehen – ich schwöre, dass ich mir das nicht eingebildet habe! – rammte die Oma mir ihren spitzen Ellbogen in den Bauch.

»Au!«, rief ich, aber sie zischte mich nur an.

»Was stehst du mir auch im Weg!«

Mit Schwung warf ich ärgerlich die Wohnungstür hinter ihnen ins Schloss, so dass der Knall vermutlich im ganzen Haus zu hören war. Empört zuckten sie zusammen und drehten sich um.

»Hoppla, jetzt ist mir doch die Tür aus der Hand gerutscht«, sagte ich zuckersüß und lächelte sie an. »Gehen Sie doch schon mal in den Salon.«

Ohne ein weiteres Wort verschwanden sie im Zimmer des Grauens.

»Na also – was ist denn das?«, zischelte die Oma plötzlich, und als ich einen Blick über ihre Schulter in den Salon erhaschte, musste ich grinsen.

Bea war ganz offensichtlich nicht darauf eingestellt gewesen, dass ihre Eltern zu Besuch kamen. Ganze drei vollbeladene Ständer mit frisch gewaschener Wäsche standen darin, und über den Chesterfieldsofas hingen blütenweiße Bettlaken zum Trocknen. Die Zwillinge hatten ihre riesigen Eishockeytaschen direkt neben den Tisch abgeladen, und auf der anderen Seite türmten sich ein paar Pappkartons, in denen Bea Sachen bereitgestellt hatte, die sie in die Kleiderspende geben wollte.

»Wie sieht es denn hier aus?«, zischelte die Oma, und der

Opa gab einer der Sporttaschen einen wütenden Kick mit dem Fuß.

»Setzen Sie sich doch, möchten Sie etwas trinken?«, fragte ich dennoch aus purer Gewohnheit, obwohl ich die beiden im Moment am liebsten auf dem Trockenen sitzen lassen wollte.

Aber wenigstens da konnten sie sich selbst helfen. Mit erboster Miene marschierte der Opa zur Bar, holte zwei Gläser heraus und eine Karaffe mit einer goldbraunen Flüssigkeit darin. Währenddessen hatte er die ganze Zeit so einen irren Blick, dass ich eine Gänsehaut bekam. So hatte ich mir immer Käpt'n Ahab aus *Moby Dick* vorgestellt. Gruselig.

Hoffentlich war Arthur bald fertig, damit ich mit diesen beiden Monstern nicht länger alleine sein musste!

Wie erwartet war die Stimmung eisig. Und je länger ich den missbilligenden Blick der beiden ertragen musste, umso wütender wurde ich. Und über meine Wut vergaß ich sogar für den Moment meine Schuldgefühle wegen Vincents Unfall.

Ob ich die Herzenswünsche dieser beiden Leute wohl auch sehen konnte?

Angestrengt fixierte ich sie, sah ganz genau hin – aber bei denen flimmerte nix. Kein winziges bisschen.

Aber Herzenswunsch ohne Herz war ja auch irgendwie schwierig.

Als ich mich gerade entschieden hatte, die beiden hier sich selbst zu überlassen und mich vom Acker zu machen (noch mehr konnte ich in ihrem Ansehen ohnehin nicht sinken), kam Arthur herein. Seine Haare klebten feucht an seinem Kopf, er war barfuß und trug nur blaue Jeans und ein weißes

T-Shirt. Vor Erleichterung über sein Erscheinen machte mein Herz direkt einen kleinen Satz, und ich platzierte mich sofort in seiner Nähe. Um ihn als Schutzschild zwischen mir und den beiden Bestien zu haben.

»Ah, ihr habt euch schon selbst bedient, wie ich sehe«, sagte Arthur und deutete auf die Gläser. »Möchtet ihr vielleicht noch etwas anderes? Tee, Kaffee, Wasser?«

»Wir möchten vor allem, dass unser Wohltätigkeitsball nächste Woche stattfinden kann wie geplant«, flüsterte die Oma. »Aber dank deines ungeschickten Bruders müssen wir einer der Debütantinnen vielleicht absagen. Und – noch schlimmer – ihren Eltern! Was das bedeutet, kannst du dir ja wohl vorstellen! Welche Verluste das nach sich zieht! So war das nicht vereinbart!«

»*Vereinbart?*«, rutschte es mir heraus, und Arthur schüttelte unmerklich den Kopf. Offenbar kein Thema, das diskutiert werden sollte.

Aber dem bösen Opa kam meine Zwischenfrage scheinbar ganz recht. Mit dem Glas in der Hand, das er ständig mit seinem dicken Goldring berührte und dadurch ein nervtötendes Klimpern verursachte, starrte er mich an.

»Ja, *vereinbart*. In *unserer* Familie gibt es nämlich so etwas. So etwas wie Ehre und Pflichtgefühl.«

»Aber Sie wissen doch überhaupt nicht, ob ich das nicht auch habe! Sie machen sich ja noch nicht mal die Mühe, meinen Bruder und mich kennenzulernen!«

»Lina, nicht –«, flüsterte Arthur mir zu, aber plötzlich war es mir egal. Diese beiden gemeinen Menschen beleidigten ein ums andere Mal meine Familie und mich! Und selbst wenn sie beide hundert Jahre älter waren als ich, war das nicht nett. Und ich wollte es mir nicht gefallen lassen.

»Was wir gesehen haben, reicht uns völlig, vielen Dank, Mädchen. Du hast nicht die geringste Ahnung, welche Verpflichtungen unsere Tochter und ihre Söhne übernommen haben. *Gerne und freiwillig* übernommen haben! Aus Ehrgefühl! Und einer langen Tradition heraus, die unserer Abstammung geschuldet ist. Aber davon hast du natürlich überhaupt keine Ahnung«, herrschte der Großvater mich an, und ich spürte, wie Arthur sich neben mir immer mehr verkrampfte.

Aber ich stammte ja nicht von ihm ab, wie er sagte, deswegen gab ich ihm Kontra.

»Na und, dann hab ich vielleicht keine Ahnung. Doch wenn Ihnen Familie so wichtig ist, wie Sie sagen – warum zeigen Sie dann eigentlich nicht ein bisschen mehr Mitgefühl? Einer Ihrer Enkel hat sich gerade ziemlich schwer verletzt. Und Sie beide stehen hier und denken nur an Ihren doofen Ball und irgendwelche anderen Verpflichtungen!«

Oma und Opa schnappten nach Luft. Und auch hinter mir hörte ich ein leises Wimmern. Es kam von Bea. Sie, Papa, Mats und Vincent waren in diesem Moment nach Hause gekommen und standen erschrocken in der Tür. Genau rechtzeitig, um zu hören, was ich ihren Eltern gerade an den Kopf geworfen hatte.

Trotzdem stand ich zu meiner Aussage. Und anscheinend hatten die beiden nur darauf gewartet, dass ich ihnen den Fehdehandschuh hinwarf.

Vor allem der Opa.

Der klinkerte wieder mit seinem fetten Ring ans Glas, und just in diesem Moment sah ich es.

Das Flimmern.

Hell und stechend kam es mir vor, und sein Wunsch war wie ein Schlag ins Gesicht. Es waren sogar mehrere Bilder, die ich sah.

Bea in einem protzig verzierten Saal – vermutlich das Schloss.

Die Jungs mit den Debütantinnen am Arm.

Eine Zahl mit vielen Nullen – ein Scheck? Ein Kontoauszug?

Und, das Schlimmste – ein zugemauerter Durchbruch. Und Bea wieder im Arm von Hasso, dem betrügerischen Vater der Zwillinge.

Sprachlos vor Entsetzen starrte ich ihn an, doch er wandte sich nur süffisant an seine Tochter.

»Ach, Bea, ich kann ja gerade noch verstehen, dass du Christoph magst. Aber seine Tochter … nun gut, das konntest du natürlich nicht wissen, als du ihn kennenlerntest. Aber die wird schon auch noch lernen, was es heißt, eine von Bergen zu sein. Oder nein, das wird sie ja sowieso nie. Aber sie wird lernen, was es heißt, sich wie eine zu verhalten.«

Meine Schädeldecke fühlte sich an, als ob sie vor Wut gleich nach oben sprengen würde. »Und wie verhält sich eine von Bergen?«, presste ich hervor.

»Sie gibt alles zum Wohl ihrer Familie. Zum Erhalt des Schlosses und des guten Namens. Alles.«

Ich zog die Augenbrauen zusammen und dachte über das nach, was ich gerade gesehen hatte.

»Gibt *alles*? Was soll das denn heißen? Körper? Geist? Seele? Oder – Geld???«

»Lina!«, flüsterte Bea, und auch Arthur murmelte irgendwas. Aber Gruselopas wässrige Augen leuchteten plötzlich wie das Kryptonit aus den alten *Superman*-Comics.

»Ach, ach, ach … sie ist ja gar nicht so dumm, wie ich dachte.«

»Hey!«, rief ich, und Arthur gleich mit dazu. Das fand ich sehr nett von ihm.

»Also, Bea, ich glaube, sie kann doch ruhig Bescheid wissen, oder? Schließlich ist sie ja auch betroffen, wenn uns die Unterstützung unserer Familie fehlt. Oder in Zukunft fehlen wird. Dann kann sie sich das nächste Mal vielleicht vorher überlegen, was sie uns an den Kopf wirft.«

»Ich möchte Lina nicht damit belasten!«, sagte Bea entschieden, aber der Opa redete einfach weiter. Wie ein überheblicher Großgrundbesitzer fing er an, im Salon auf- und abzulaufen.

»Weißt du, Mädchen … so ein Schloss wie unseres ist etwas ganz Besonderes. Seit Hunderten von Jahren ist es in unserem Familienbesitz. Und wie schon unsere Vorfahren hegen und pflegen wir es wie unsere Kinder. Und genau wie unsere Kinder, wie Bea und ihre beiden Brüder, kostet auch das Zeit, Geduld, und Kraft. Und – Geld. Natürlich. Sehr viel Geld. Und meine Frau und ich tun alles dafür, dass wir unser Familienerbe erhalten. Wir organisieren Bälle und Veranstaltungen, um das Schloss in Schuss zu halten. Und Bea hat schon vor einiger Zeit eingewilligt, sich zu beteiligen, genau wie ihre Söhne.

Beteiligungen an den Veranstaltungen. Bea kocht oft für uns. Und die Jungs kommen zu den Bällen. Kontakte knüpfen und pflegen. Unser Erbe wahren.«

»Aha. Bea hilft also, gibt also etwas dazu«, wiederholte ich langsam. »Gibt ihre Arbeitskraft dazu. Und Geld.«

Aber Bea ließ endlich die Bombe platzen.

»Meine Eltern sind hochverschuldet«, schaltete sie sich nun ein. »Sie mussten einige Hypotheken auf das Schloss aufnehmen und können sie jetzt nur mit Ach und Krach zurückzahlen. Weil die beiden einen Lebensstil pflegen, der ihrem Einkommen nicht angemessen ist.«

Endlich zeigten die beiden eine Gefühlsregung. Ärger beim Opa. Empörung bei der Oma.

Doch Bea fuhr plötzlich unbeirrt fort, als ob bei ihr ein Knoten geplatzt wäre. Und Papa bestärkte sie, er hatte ihr aufmunternd seine Hand in den Rücken gelegt, wie um ihr zu symbolisieren: *Mach nur, ich bin da*.

»Es gibt einen Riesenhaufen Schulden, die sie langsam abstottern. Und solange wir alle uns an die Vereinbarungen mit meinen Eltern halten, machen sie das auch weiterhin. Aber wenn nicht –« Sie brach mitten im Satz ab.

Ich sah zwischen dem Opa und Bea hin und her. »Moment mal. Damit ich das richtig verstehe: Wenn du und die Zwillinge nicht spuren, dann bezahlen sie die Raten ihrer Hypotheken nicht mehr ab?«

Bea nickte. »Dann muss ich rein rechtlich alles zahlen. Allein. Weil meine beiden jüngeren Brüder noch studieren und kein eigenes Einkommen haben. Ich müsste komplett für den

Unterhalt meiner Eltern aufkommen. Na ja, und die Schulden eben bezahlen.«

Oma und Opa grinsten wölfisch, und Bea fuhr mit steinerner Miene fort.

»Ich müsste *alles* zahlen. Und weil es so viel Geld ist – unsere Vorfahren waren offenbar noch nie besonders gut darin, mit Geld umzugehen –, müsste ich sofort diese Wohnung verkaufen, wir müssten ausziehen. Ich müsste alle Ersparnisse hergeben, die für Ausbildung und Uni der Zwillinge gedacht waren. Und wieder im Restaurant kochen. Mich selbst verschulden. Und die Anwälte meiner Eltern würden obendrein dafür sorgen, dass ich aus der Nummer auch Zeit meines Lebens nicht mehr herauskommen würde.«

Im ersten Moment dachte ich, ich hätte mich verhört. Weil ich nicht glauben konnte, dass jemand fähig war, so etwas seinem eigenen Kind anzutun. Aber die beiden waren es anscheinend doch.

»Und – das Schloss einfach verkaufen?«

»Nur über unsere Leichen!«, verkündeten Opa und Oma unisono, und ihr Blick sagte, dass sie das auch so meinten.

Bleierne Stille senkte sich über den Salon. Die Fassade der Großeltern war vollends eingerissen. Von wegen *Charity-Könige* – miese Erpresser waren sie, die nicht mit Geld umgehen konnten und deshalb hoch verschuldet waren. Und jetzt versuchten, alles auf ihre Tochter abzuwälzen.

Das hässliche Chesterfieldsofa mit dem Bettlaken stand wie eine Mauer zwischen uns. Auf der einen Seite standen die Großeltern, in ihrer grenzenlosen Frechheit auch noch fein lächelnd, und auf der anderen Seite wir: Papa, Bea, Mats, Vincent, Arthur und ich. Mit versteinerten Mienen.

Und Bea, die ich vorher schon so gern hatte, liebte ich plötzlich noch viel mehr. Für ihr Rückgrat, ihre Kraft und ihren Willen, für ihre eigene Familie ein Leben abseits dieser Aasgeier aufzubauen. Aber ganz hatte sie sich und die Jungs doch nicht abschirmen können. Wobei – Hilfe bei den Veranstaltungen war eine Sache. Das Vorhaben, Vincent und Arthur durch geschickte Verbandelungen irgendwann reich zu verheiraten, damit ihr beschissenes Schloss gerettet ist, war jedoch ein ganz anderes Kaliber. Natürlich wusste ich, dass Bea so etwas nie, niemals zulassen würde. Doch genauso wusste ich, dass die Großeltern sich andererseits völlig im Recht sahen.

Und plötzlich platzte mir der Kragen.

»Bea, weißt du was? Ist doch egal. Sollen sie doch den Kredit *nicht* zahlen! Selbst wenn du diese Wohnung verkaufen musst – wir würden zurechtkommen! Dann mauern wir den Durchgang wieder zu, und ihr könnt alle drüben bei Papa einziehen. Wir rutschen einfach ein bisschen zusammen, das geht schon! Oder Mats und ich ziehen wieder in Mamas Wohnung, oder zu Therese, dann ist noch mehr Platz. So lange dauert es ja schließlich auch nicht mehr, bis wir auf eigenen Beinen stehen. Und ich wollte mir sowieso einen Job suchen, wenn ich sechzehn bin, und Mats auch. Wir schaffen es schon alleine! Alle sechs! Hauptsache, sie können dich nicht mehr länger erpressen! Oder die Jungs nicht mehr zwingen, zu ihrem bescheuerten Ball zu gehen, um sie dann mit irgendwelchen schnöseligen *Damen* zu verkuppeln! So was ist doch eigentlich strafbar, oder? Damit müsste man eigentlich an die Öffentlichkeit gehen. Ganz ehrlich« – ich sah Oma und Opa so fest ins Gesicht, wie ich konnte –, »ich finde Sie beide einfach nur schrecklich, herzlos und überhaupt zum Kotzen.«

Und weil solche schlimmen Worte keiner Erwiderung bedurften, drehte ich mich um und marschierte aus dem Raum. Ging hinüber in unsere Wohnung, nahm meine Jacke von der Garderobe, schlüpfte in meine Schuhe und verließ das Haus.

Und draußen fing ich erst mal an zu heulen.

24

Ich marschierte einfach los, und dabei weinte ich so sehr, dass ich gar nicht genau erkennen konnte, wohin. War aber auch egal, denn so schnell würde ich sowieso nicht zurückgehen.

Ich konnte mich nicht daran erinnern, wann ich mich das letzte Mal so schlecht gefühlt hatte. Das musste der schwärzeste Tag in meinem Leben sein. Und das Allerschlimmste war: Ich war ganz alleine schuld an allem.

Ich hatte Vincent diesen idiotischen Wunsch erfüllt – der im Nachhinein noch nicht mal einer war. Er wollte sich gar nicht verletzen, aber jetzt stand der Arme da mit Krücken und einem fiesen Bänderriss. Und hätte er sich nicht verletzt, wären die Großeltern bestimmt nicht in Beas Wohnung gekommen. Dann wären wir nicht so zusammengestoßen, und ich hätte sie auch nicht so beschimpft.

Was mir inhaltlich nicht leidtat, im Gegenteil, sie waren *wirklich* Kotzbrocken. Aber wer wusste, was ich damit *noch* angerichtet hatte? Würde Bea mich jetzt auch hassen, weil ich so mit ihren Eltern gesprochen hatte? Würde sie doch ins Schloss gehen und dort mit ihren Eltern zusammenarbeiten? Arthur würde sicher trotzdem zum Ball gehen müssen, mit dieser schrecklichen Friederike.

Und Papa … ach, Papa!!! Ich hoffte so sehr, dass ich nichts zwischen ihm und Bea kaputtgemacht hatte. Die beiden waren so glücklich miteinander!

Ein lauter Schluchzer entfuhr mir, und ich überquerte schnell die Straße, weil die Leute mich schon merkwürdig ansahen.

Was, wenn ich alles vermasselt hatte mit meiner impulsiven Rede? Wenn wir ab jetzt keine Familie mehr waren, wir sechs?

Das schlechte Gewissen und die Wut waren wie Reißnägel, die in meinem ganzen Körper steckten, und ich heulte noch mehr, ich kriegte mich gar nicht mehr ein. Schniefend bog ich in eine kleine Seitenstraße, die zu einem Park mit einer Kirche darin führte, und setzte mich auf eine Bank.

Und so schlimm das alles war, was ich vorhin erlebt hatte – ich hatte auch Angst um mich. Denn dieses Flimmern konnte einfach nicht normal sein. Hatten Leute mit einem Gehirntumor nicht auch solche Halluzinationen? Oder war es Schizophrenie? Eine bipolare Störung?

Ich wollte nicht krank sein, ich wollte doch noch so viel erleben! So glücklich war ich in der letzten Zeit in unserer neuen, großen Familie, und der Gedanke, dass ich das vielleicht bald nicht mehr haben würde, nie mehr mit Papa, Bea und den Jungs an einem Tisch sitzen würde …

Ich vergrub den Kopf in den Händen und weinte und weinte, dass ich schon selbst Angst bekam. So viele Tränen, so viel Verzweiflung, ich kannte das überhaupt nicht von mir, und doch konnte ich nichts dagegen tun.

Ich hatte keine Ahnung, wie lange ich so dasaß. Es musste jedoch eine ganze Weile gewesen sein, denn als ich das nächste Mal aufsah, war es schon fast dunkel. Und so ganz alleine war eine Bank in einem verlassenen Park nicht der beste Ort für ein Mädchen. Ich hatte noch nicht mal mein Handy dabei, fiel mir plötzlich ein, und stand auf.

Mein Körper fühlte sich an, als ob ich zehn Stunden Tennis gespielt hätte. Jeder Muskel schmerzte, jeder Nerv, jedes Gelenk – und mein Herz. Mein Kopf. Alles tat weh. Ich hatte ja geahnt, dass Kummer das mit einem machen konnte, ich hatte schon viele Bücher gelesen, aber ich hatte diese Art von Schmerz noch nie am eigenen Leib verspürt.

Bis heute.

Ich machte mich langsam wieder auf den Rückweg. Ich wollte nicht nach Hause gehen, denn wahrscheinlich saßen dort ja noch die bösen Großeltern. Aber wenigstens hatte ich jetzt eine Idee, wer mir in dieser Situation vielleicht helfen konnte.

Ich schluchzte immer noch ein wenig, als ich in Thereses Laden kam. Sofort kam meine Patin hinter der Theke hervorgeeilt.

»Ich hab's vermasselt! Ich hab alles vermasselt! Ich bin ein ganz furchtbarer, schrecklicher Mensch!!!«

Wimmernd fiel ich Therese in die Arme, und sie hielt mich einfach nur ganz fest, als ob ich noch fünf Jahre alt und gerade vom Fahrrad gefallen war.

»Schschsch … erzähl mir erst mal, was passiert ist, ja?«

Sie drehte sich mit mir im Arm um.

»Nina, kannst du übernehmen? Ich gehe mit Lina nach oben, aber es ist ja eh gleich acht, dann kannst du zusperren. Ernst ist auch noch in der Küche, wenn du was brauchst.«

Nina nickte mitfühlend. »Na klar, ich kümmere mich um alles!«

Therese legte einen Arm um meine Schulter und führte mich aus dem Laden, ein paar Schritte den Gehweg entlang und dann die nächste Eingangstür wieder hinein. Zum Glück wohnte sie im selben Haus.

Nachdem die Wohnungstür hinter uns ins Schloss gefallen war und Therese mich in ihrem Wohnzimmer auf die Couch gesetzt hatte, sagte sie: »Erzähl mir alles. Aber zuerst – weiß dein Vater, wo du bist?«

Ich schüttelte den Kopf.

»Ich sag ihm kurz Bescheid, ja? Nicht dass er sich Sorgen macht. Und dann fang ganz von vorne an.«

Und ich fing von vorne an. Genau genommen bei den fünf Wünschen, zu deren Erfüllung Therese mich ermutigt hatte.

»Alles ist schiefgegangen!«, jammerte ich und schnäuzte mich laut. Auch wenn ich mich immer noch ganz schrecklich fühlte, hatte Thereses Gegenwart etwas ungemein Tröstliches. »Dabei wollte ich das doch gar nicht. Es war doch eigentlich nur noch ein letzter Test, wie du mir geraten hast. Ich habe die ersten fünf Karten aus dem Postfach genommen. Eigentlich nur vier, bis zur fünften bin ich gar nicht gekommen. Und drei Wünsche davon gingen kolossal in die Hose!«

Therese nickte nur und wartete. Und schließlich blubberte die ganze Geschichte aus mir heraus. Von Bastian, dem ich seinen Beatbox-Wunsch erfüllt hatte. Wie es nach so vielen Versuchen letztendlich geklappt hatte. Und von dem Gefühl, das ich hinterher hatte, dem wohlig-warmen Kakao in meinen Adern.

»Na, siehst du«, sagte meine Patin, ihre Augen leuchteten.

Doch dann berichtete ich ihr von Jonas und dem niedlichen Hund, den er gar nicht wollte. Von Mathilde, die das bekommen hatte, was Xenia sich so unbedingt gewünscht hatte. Vom Leichtathletikwettkampf heute Mittag, bei dem bei mir alle Sicherungen durchgebrannt waren und für mich alle Leute geleuchtet hatten wie Christbäume und ich Angst hatte, bald an einer schlimmen Krankheit zu sterben. Und von Vincent, der jetzt zu Hause auf Krücken herumhumpelte, obwohl er sich eigentlich nur gewünscht hatte, den Achthundert-Meter-Lauf zu gewinnen. Von der schrecklich falschen Entscheidung, die ich für ihn getroffen hatte. Und schließlich berichtete ich ihr von den Großeltern und dem furchtbaren Streit.

Therese stand auf, machte die beiden kleinen Lampen an, die auf der Fensterbank standen, und ging vor mir auf und ab.

»Lina, erst einmal: Du bist nicht krank. Das Gegenteil ist der Fall. Du bist etwas Besonderes.«

Ich wischte mir über die Nase. »Das sagst du immer. Und Mama auch. Aber es stimmt einfach nicht.«

»Glaub mir, es stimmt«, sagte Therese leise.

»Woher willst du denn das wissen?«, sagte ich schniefend.

Therese lachte. »Weil ich dich seit deiner Geburt kenne.

Und weil ich« – sie lächelte warm –, »na ja, lass es uns mal so formulieren: weil ich auch etwas Besonderes bin.«

Ich starrte sie an. »Was meinst du denn damit?«

Meine Patin setzte sich wieder zu mir aufs Sofa. »Hast du dich je darüber gewundert, dass es beispielsweise« – sie überlegte – »besondere Talente wie Mozart in der Musik oder Einstein in der Wissenschaft gibt?«

Ich dachte darüber nach. »Nein, eigentlich nicht. Das gab es schon immer, oder? Leonardo da Vinci und so.«

Therese nickte eifrig, als wäre sie mit meiner Antwort zufrieden. »Und genauso wie solche Genies gab es schon immer besondere Leute wie dich und mich. Leute, die anderer Menschen Herzenswünsche sehen können.«

Ich starrte sie an.

Hatte ich mich verhört? Oder hatte sie eben wirklich bestätigt, was ich in meinem wirren Hirn vermutet hatte?

»Das sind also wirklich … *Wünsche*, die ich da sehe?« Ein Hicksen entfuhr mir. *»Herzenswünsche?«*

»Ja, Schatz«, sagte Therese ganz selbstverständlich. »Du kannst Wünsche von anderen Menschen sehen und sie erfüllen.« Sie lächelte breit. »Und ich bin froh, dass es endlich bei dir offen zutage getreten ist.«

Ich hickste noch mal und glotzte meine Patin aus aufgerissenen Augen an. Zu mehr war mein Körper nicht imstande.

»Und das Flimmern, von dem du erzählt hat, hat mit einer Krankheit nichts zu tun. Es sind die für dich sichtbaren Herzenswünsche. Du hast ganz richtig bemerkt: dass ein größerer, inniger Wunsch heller flimmert als ein anderer. Vorhin, als du so viele Menschen hast leuchten sehen, hast du das erste Mal deine Gabe richtig gespürt. Du hast ihre Wünsche erkannt. Ich hab es schon eine Weile vermutet, aber ich freue mich so, dass es jetzt so weit ist!«

»Das meinst du alles nicht ernst«, konnte ich endlich krächzen und tastete nach der Tasse Tee, die Therese mir hingestellt hatte. »Hat Mats dich dazu gebracht, mich hochzunehmen?«

Therese sah mich tadelnd an. »Würdest du mir das wirklich zutrauen?«

»Nein«, sagte ich zerknirscht. »Aber …« Ich wusste nicht mehr weiter.

»Ich weiß genau, was du fühlst«, sagte Therese mitleidig. »Ich war wie du, als ich in deinem Alter war.«

»Da hast du auch die Leute blinken sehen?«

»Ja. Und auch wenn es erst mal gewöhnungsbedürftig ist: Es ist etwas Gutes!«

»Da bin ich mir nicht sicher«, murmelte ich.

»Vertrau mir!« Therese nahm meine Hand und drückte sie. »Lina, ich hab dir ja gesagt, dass ich dich seit deiner Geburt kenne, und du kannst dir sicher sein, dass das kein Zufall ist. Nicht umsonst habe ich dich immer mein Glückskind genannt.« Sie lachte leise. »Auch wenn das gerade überwältigend für dich ist – du musst keine Angst haben. Ich bin hier, und ich werde dich damit nicht allein lassen!«

Leider konnte ich Thereses Begeisterung nicht teilen. Ich hatte noch nicht mal Kraft, ihre Hand zurückzudrücken.

»Ich bin eine Fee«, murmelte ich nur vor mich hin. »'ne echte Fee.«

»So würde man das wohl heute nennen. Als es bei mir losging, wurde immer von *Wunscherfüllern* gesprochen. Kommt aber wohl aufs selbe raus.«

Mir war, als ob mich eine Dampfwalze erwischt hätte. Herzenswünsche, die flimmern. Die Möglichkeit, diese Wünsche zu erfüllen. Das war einfach nur unglaublich.

»Beim blöden Opa vorhin hab ich sogar mehrere Wünsche herumschwirren sehen.«

Therese nickte. »Das ist möglich, aber vermutlich hatten alle seine Wünsche etwas miteinander zu tun, oder?«

Ich nickte langsam. Ja, unterm Strich wollten die Großeltern einfach nur Bea und die Jungs für sich, damit endlich wieder mehr Kohle reinkam.

»Ich hasse die so sehr«, murmelte ich und nahm noch einen Schluck von meinem Tee, damit der bittere Geschmack in meinem Mund verschwand.

»Ich verstehe dich, Süße. Aber ich bin sehr stolz auf dich, dass du dich und deine Familie so vor ihnen verteidigt hast.«

»Hoffentlich hab ich damit nicht alles kaputtgemacht.«

»Ach was. Das wird sich alles wieder finden. Wir können auch gemeinsam mit deinem Papa und Bea sprechen, wenn du magst.«

Ich nickte langsam, doch dann ließ ich meinen Kopf gegen die Couch sinken. Die vielen neuen Informationen hatten meinen Schädel schwer wie eine Bowlingkugel gemacht.

»Ich bin 'ne Fee. Unglaublich«, murmelte ich. »Und du auch.«

Therese lächelte. »Ja. Doch wenn es dich beruhigt: Ich bin

sozusagen knapp vor dem Ruhestand. Je älter man wird, desto mehr schwinden die Fähigkeiten. Aber pass auf, jetzt verrate ich dir noch etwas: Du bist meine Nachfolgerin. Und ich könnte mir keine bessere dafür wünschen! Denk nur, was du alles Gutes bewirken kannst in Zukunft! Es ist ein so schönes Gefühl. Menschen auf ihrem bisherigen Lebensweg durch ein bisschen Glück auf die Sprünge zu helfen, vielleicht damit in eine neue Richtung zu lenken, ihre Sichtweisen neu zu definieren, ihrem Leben neue Denkanstöße zu geben. Du kannst so viel bewegen, so viel verändern, motivieren, bestärken!«

Die Schwere der Bedeutung und die Verantwortung, die Thereses Worte mit sich brachten, drückten mich noch tiefer in die Couch. Theoretisch hörte sich das alles ja ganz toll an – man bringt jemandem Glück, Dinge werden angestoßen, neue Impulse werden gesetzt. Lachende Gesichter wie bei Bastian, und die Chancen, die sich für ihn seit diesem Abend ergeben hatten. Privat, vielleicht beruflich, für seine eigene Persönlichkeit. Selbstbewusstsein zum Beispiel. Ein neues Selbstwertgefühl.

Doch dann dachte ich auch an die Wünsche, die nichts mit süßen Hunden, Sportarten oder Rollen im Schulmusical zu tun hatten. Denn die musste es ja zwangsläufig auch geben. Sogar ich wünschte mir das, praktisch jedes Mal, wenn ich mir mal die Nachrichten ansah oder die Tageszeitung aufschlug.

»Aber was ist mit den großen Wünschen?«, fragte ich. »Dem Wunsch nach Weltfrieden? Dem Sieg über den Kampf gegen den Hunger? Das Finden von Heilmitteln gegen alle möglichen Krankheiten? Das Aufhalten der Klimaerwärmung? Warum ist all das denn noch nicht erfüllt worden, wenn es mehrere von uns gibt? Ich habe diese Wünsche, und du doch sicher auch!«

Therese zuckte mit den Schultern. »Weißt du, manche Wünsche sind auch für uns zu groß. Wir können weder den Weltfrieden herbeiwünschen noch das Ende jeder Menschenrechtsverletzung oder das Verschwinden unheilbarer Krankheiten.«

»Ist das nicht eine riesige Verschwendung? Wozu gibt es uns dann überhaupt? Und wie viele sind wir eigentlich?«

»Einige, gut verteilt, auf der ganzen Welt.«

»Was heißt *einige*? Zehn in Deutschland? Fünfzig in unserer Stadt?«

»Das wirst du schon noch herausfinden, Lina. Stück für Stück. So geht es jedem von uns. Jedenfalls – wir sind für das *kleine* Glück da. Wir geben ihm einen Schubs in die richtige Richtung. Was die Menschen dann damit machen, liegt in ihrer Verantwortung. Und wir geben den Schubs auch nur dort, wo wir ihn gutheißen. Du musst nicht jeden Wunsch erfüllen, den du siehst.«

»Aber … ich habe so viele Wünsche gesehen! Fast jeder in dieser Halle hatte einen! Wie weiß ich denn, was ich davon erfüllen soll, wenn nicht alle? Und wann? Einen in der Woche? Einen im Monat? Zehn am Tag???«

Therese lehnte sich zurück. »Das hört sich zwar jetzt komisch an, aber – man entwickelt ein Gefühl dafür. Du wirst viele Wünsche sehen und ganz viele auch vorbeiziehen lassen wie schlechte Gedanken. Du musst dich auf dein Gefühl verlassen und aus dem Bauch entscheiden, was sich richtig anfühlt. Sieh einfach mit dem Herzen hin.«

Ich legte den Kopf schief und sah meine Patin skeptisch an. »Das hört sich jetzt aber alles verdammt nach dem kleinen Prinzen an, und den mochte ich in der Schule schon nicht so gerne. Ich fand den immer merkwürdig, da alleine auf seinem Planeten. Ich hätte nicht gedacht, dass du auch plötzlich so esoterisch drauf bist!«

Therese lächelte. »Glaub mir, mit Esoterik hat das nix zu tun. Aber du wirst es spüren. Vertrau mir. Und vertrau *dir*. Ich könnte mir, ehrlich gesagt, keine Bessere als Glücksbringerin vorstellen als dich. Du bist klug und verantwortungsvoll, und du bist empathisch. Manchmal kann ich gar nicht glauben, dass du erst fünfzehn bist, weißt du das? Bei mir setzte es erst später ein. Fühle dich in die anderen Menschen hinein. Und hör auf dein Herz und dein Bauchgefühl. Mit der Zeit wirst du erspüren, wo du durch ein bisschen Glück etwas bewirken kannst. Und wo nicht.«

Sie strich mir eine Haarsträhne aus dem Gesicht. »Und denk immer daran: Ich bin da. Immer. Ich begleite dich da durch. Sieh es als Reise, die wir gemeinsam machen.«

Ich dachte über ihre Worte nach. Eine Reise … bei der so viel schieflaufen konnte – und schon schiefgelaufen ist?

»Könnten wir nicht einfach nur eine Woche an die Nordsee fahren? Das würde mir als Reise völlig genügen.«

Therese lachte erneut, doch mir fehlte dazu mittlerweile jede Kraft. Ich hing auf ihrer Couch und fühlte mich wie ein ausgewrungener Waschlappen. Ich hatte noch nicht mal mehr eine läppische Träne übrig, die ich über mein Elend hätte vergießen können.

Thereses Smartphone auf dem Tisch leuchtete zum wiederholten Male auf, und sie nahm es zur Hand, um sich die Nachrichten anzusehen.

»Dein Vater. Die Großeltern sind weg, und er fragt, wann du wiederkommst.«

Ich konnte mich kaum noch bewegen. Und selbst wenn ich meinen ausgelaugten Kadaver nach Hause schleppen konnte, sah ich mich außerstande, dann noch ein vernünftiges Gespräch zu führen. Mir eine Standpauke anzuhören oder mich rechtfertigen zum müssen, beides könnte ja durchaus auf mich zukommen.

»Darf ich heute bei dir bleiben?«, fragte ich schließlich meine Patin und sah sie mit möglichst bemitleidenswertem Blick an. »Ich brauch eine Pause, ich kann nicht mehr.«

Sie nickte. »Natürlich. Lass mich nur kurz mit Christoph telefonieren.«

Therese ging in die Küche, und ich hörte ihre melodische, leicht raue Stimme bis zu mir. Sie sprach ruhig und leise, und das gab mir Hoffnung, dass auch Papa einigermaßen ruhig war. Trotzdem wollte ich noch nicht heim. Ich würde einfach hier auf diesem Sofa bleiben und mich erst dann wegbewegen, wenn es wirklich sein musste. Vielleicht fiel mir auch bis dahin ein, wie ich meiner Familie gegenübertreten konnte.

Zum Glück hatte Papa nichts dagegen, dass ich hier übernachtete. Und ich schaffte es sogar, mich eine Stunde später von besagtem Sofa aufzuraffen, weil Therese ihren göttlichen Kaiserschmarrn für mich gemacht hatte.

»Der hilft einfach immer, wenn man Probleme hat«, hatte sie schon damals zu mir gesagt, als ich noch in der Grundschule war und meine Probleme im Vergleich zu heute praktisch nicht vorhanden waren.

Doch mit dieser Wunschsache änderte sich plötzlich alles.

Ich hatte gerade meinen ersten Teller leergegessen und griff nach dem Löffel, um mir noch etwas aus der Pfanne, die auf dem Tisch stand, nachzulegen, als Therese noch mal von den Karten und den Wünschen anfing, von denen ich ihr erzählt hatte.

»Sag mal, Lina … hast du eigentlich mal jemand Fremdes in der Nähe deines Postfachs gesehen?«

Ich nahm mir noch einen Schlag Zwetschgenkompott und schüttelte den Kopf. »Niemand, außer den Tauben, die sich immer ins Foyer verirren.«

»Hm.«

»Wieso?«

Therese stand auf, um sich einen Espresso zu machen. »Weil *ich* dir diese Karten ins Fach gelegt habe. Als kleine Hilfestellung, sozusagen, bis du selbst die Wünsche deiner Mitmenschen erkennen kannst. Aber Jonas zum Beispiel hat sich gar keinen Hund gewünscht.«

Ich ließ meine Gabel sinken. »Ich wusste es.« Ein komisches Gefühl machte sich in meiner Magengegend breit. »Was wollte er denn stattdessen?«

»Eine Gitarre.«

»Oh.« Mir blieb mein letzter Bissen fast im Halse stecken.

»Und Mathilde wollte Xenias Freundin sein. Und Vincent wollte gewinnen, aber das weißt du ja jetzt schon selbst.«

»Aber – was bedeutet das?«

Therese lehnte an ihrem Küchenschrank, während ihre Kaffeemaschine leise summte.

»Wenn ich das nur wüsste.« Ihr Blick ging in die Ferne, sie wirkte einen kurzen Moment total abwesend, ehe sie zwei-, dreimal blinzelte und wieder bei mir war.

»Aber darüber musst du dir jetzt nicht den Kopf zerbrechen. Das liegt hinter uns. Verlasse dich in Zukunft lieber auf das Flimmern und die Wünsche, die du selbst sehen kannst. Und dann entscheidest du einfach nach Bauchgefühl, welchen Wunsch du erfüllst und welchen nicht, in Ordnung?«

»In Ordnung«, murmelte ich und schob meinen Teller weg.

Mit vollem Magen war ich plötzlich noch erschöpfter als vorhin.

Dieser Tag fühlte sich an, als ob er hundert Stunden hatte. Hundert lange, aufregende, schreckliche Stunden, und am liebsten hätte ich in diesem Moment die Zeit nach vorne gedreht. Eine Woche, oder besser: einen Monat. Denn Zeit heilte ja vieles, zwar nicht alle Wunden, aber vermutlich würde ich dann einige ernste Diskussionen schon hinter mir haben. Ja, das wünschte ich mir in diesem Augenblick wirklich. Fast so sehr wie ein Bett, in das ich mich verkriechen konnte.

»Komm, wir gehen schlafen. Es ist schon gleich Mitternacht. Haben wir wirklich so lange gequatscht?«

»Das Thema gab ja auch einiges her«, murmelte ich und stemmte mich auf die Beine.

Eine halbe Stunde später lagen wir nebeneinandergekuschelt in Thereses Bett. Ich kämpfte schon mit dem Schlaf, hatte aber eigentlich noch so viele Fragen.

»Was ist denn mit meinen eigenen Wünschen? Meinen Herzenswünschen? Kann ich mir die selbst erfüllen?«

Therese drehte sich zu mir. »Was meinst du – wäre das in Ordnung?«

»Moralisch?« Ich seufzte. »Vermutlich nicht.«

»Ich weiß übrigens gar nicht, ob es funktionieren würde.«

»Du hast es selbst überhaupt nicht versucht?«

Therese zuckte mit den Schultern und drehte sich wieder auf den Rücken. »Meine Wunschpatin damals hatte einen sehr strengen Ehrenkodex. Dagegen bin ich gar nichts.«

»Wer ist denn deine Wunschpatin?«

»Das kann ich dir nicht sagen. Du kennst sie sowieso nicht. Und es wäre gut, wenn auch du mit niemandem über deine Fähigkeiten sprichst. Und über mich.«

Sofort dachte ich an Kim, die ich natürlich von Anfang an eingeweiht hatte. In alles. Sie war ja sogar bei ein paar Aktionen dabei gewesen.

»Äh … Kim weiß davon. Aber schon immer! Und Mama hat mich auch immer ermutigt, es zu tun.«

»Die beste Freundin ist *immer* eine Ausnahme. Aber nur sie, okay? Vielleicht ist es besser, wenn du deine Mutter in Zukunft ein wenig außen vor lässt, auch wenn es dir schwerfällt. Aber Erwachsene haben manchmal, auch wenn man sie sehr liebt, zu wenig Phantasie, um bei der ganzen Sache überhaupt mitzukommen. Das wäre für euch beide nur frustrierend.«

Ich hatte mir die Decke bis zur Nase hochgezogen, weil ich fröstelte. Gemessen an diesem Tag würden viele folgende ein Kinderspiel werden. Französisch-Schulaufgaben, Physik-Abfrage, Mathe im Allgemeinen … das war alles nichts gegen das, was heute alles geschehen war.

»Ich habe es damals auch meiner besten Freundin erzählt. Bis heute wahrt sie mein Geheimnis, und ich hätte diese Zeit – gerade die Anfänge – bestimmt nicht ohne sie überstanden, auch wenn ich wie du jetzt noch eine erwachsene Patin an meiner Seite hatte.«

»Und für die bin ich so, so dankbar«, murmelte ich, tastete im Dunkeln nach Thereses Kopf und drückte ihr einen Gutenachtkuss auf die Wange. »Ohne dich wüsste ich nicht, was ich tun soll.«

»Gute Nacht, Schatz. Wir schaffen das, glaub mir. Alles wird gut. Und vergiss nicht, das ist unsere gemeinsame Reise.«

»Nordsee, Therese. Nordsee. Hätte auch gereicht«, murmelte ich noch mal, ehe mir die Augen zufielen.

25

Entgegen meiner Befürchtungen konnte ich ziemlich gut schlafen. Therese wirkt auf mich immer so beruhigend wie eine Großpackung Johanniskraut. Oder ich war einfach so erschöpft, dass mein Körper aufgegeben hatte.

Vermutlich war ich auch deswegen kurz vor sechs hellwach und schlüpfte aus dem Bett. Es war Sonntag, draußen war es noch stockdunkel, und ein Blick aus dem Fenster verriet, dass ich offenbar die Einzige in der Straße war, die schon wach war. Alle Fenster waren dunkel, kein Auto fuhr, und alles war wunderbar friedlich.

Bis mir der vorherige Tag wieder nach und nach ins Gedächtnis kam. Die flimmernden Wünsche der Leute. Vincents Sturz. Die Großeltern, der Streit zu Hause. Und die Wunscherfüllungssache, die mich mit voller Breitseite umgehauen hatte.

Fröstelnd tappte ich ins Bad und nahm eine heiße Dusche. Und nachdem ich mich dick mit Thereses Shampoo und Duschgel eingeschäumt hatte, die sie immer in diesem kleinen Laden in der Sternstraße kaufte und die so unglaublich gut nach Vanille und Pfirsich dufteten, ging es mir tatsächlich besser.

Ich fühlte mich gewappnet, denn es half ja nichts. Ich konnte nicht mehr ändern, was passiert war. Oder dass ich Glücksbringerfähigkeiten hatte.

Aber zumindest konnte ich versuchen, so gut wie möglich damit umzugehen.

Als ich in die Küche kam, stand Therese im Morgenmantel an der Kaffeemaschine. Bei dem Berg Milchschaum, den sie gerade in ihre Tasse gab, musste ich plötzlich an Arthur denken. Hoffentlich sprach er noch mit mir, nach meinem Auftritt gestern.

»Magst du auch Kaffee? Oder lieber heiße Schokolade? Tee?«

»Ein Tee wäre nett, danke. Aber Hunger hab ich keinen.«

Therese lächelte verständnisvoll. Selbst so verschlafen und mit dem Abdruck ihres Kissens an der Wange sah sie toll aus und verströmte eine so angenehme Energie, dass ich sie spontan umarmte, um meine eigene an ihr aufzutanken.

»Du bist immer so optimistisch. Und strahlst und scheinst immer zu wissen, was zu tun ist.«

Ich spürte sie an meinen feuchten Haaren lächeln. »Immer weiß ich es nicht. Aber ich vertraue auf mein Gefühl. Und ich bin ganz sicher, dass du das genauso schaffst. Ich glaube, du wirst eine ganz hervorragende Glücksbringerin.«

»Ich werde nie mehr jemandem weh tun«, murmelte ich an ihre Schulter.

»Dann hast du die erste wichtige Lektion schon gelernt, das ist doch gut. Denk immer daran: Der Weg ist das Ziel – zumindest ein großer Teil davon. Und der Weg wird sehr schön werden, du wirst sehen. Diese Erfüllung, wenn es dir gelingt, jemandem Glück zu bringen, findet man sonst im Leben praktisch gar nicht. Na ja, höchstens, man trifft seine große Liebe. Liebe und Glück. Das ist es, Lina. Das sind die großen Zwei.«

Nun, dann hatte ich jetzt wenigstens etwas, wenn es mit der Liebe schon nicht klappte.

Doch dann machte ich mich von ihr los, weil mir in diesem Augenblick noch etwas anderes in den Sinn kam.

»Sag mal – wie ist das denn eigentlich bei dir? Welche Utensilien hast oder hattest du denn immer so?«

»Utensilien für was?«

»Na, zum Wünscheerfüllen. Den Kompass, die Käsereibe und den Spielzeughubschrauber, du weißt schon. Den Erdbeerquark. Und dieses Kinderlied.«

Thereses Augenbrauen schossen nach oben, und sie ließ die Teedose sinken, die sie gerade aus dem Schrank genommen hatte. »Das hast du immer alles dabei? Und du – singst???«

»Na ja, nicht immer. Deswegen funktioniert es ja auch nicht immer, schätze ich mal.«

Meine Patin biss sich kurz auf die Unterlippe, und ich sah sie aus zusammengekniffenen Augen an. »Warum musst du dir gerade das Lachen verkneifen?«

Ihr entfuhr ein Kichern. »Weil du gar keine Utensilien brauchst. Die Fähigkeit steckt doch in *dir* und nicht in irgendwelchen … Sachen!«

»Oh.«

Das war ja wirklich dämlich. Und … toll. Nie wieder muss

ich diesen Blödsinn mit mir rumschleppen! Und nicht mehr an die gruseligen Glatzköpfe denken, von meinem Tanz ganz zu schweigen.

»Also, gut, okay, dann … mache ich das in Zukunft nicht mehr. Und du brauchst wirklich nicht zu lachen, hey, hör sofort auf damit!« Therese gackerte trotzdem weiter. »Woher hätte ich es denn wissen sollen?«

»Entschuldige, Schatz, aber … mir war nicht klar, wie ähnlich wir uns sind.« Sie wischte sich eine Lachträne aus dem Augenwinkel. »Weißt du, was ich früher immer gemacht habe? Ich bin auf einem Bein um einen Stuhl gesprungen, weil ich dachte, das hilft beim Wünscheerfüllen! Nur gibt's ja nicht überall einen Stuhl. Deswegen hab ich angefangen, einen Klapphocker mit mir herumzuschleppen.«

»Also, das ist jetzt aber wirklich uncool. Dagegen waren meine Sachen ja noch fast normal!«

»Fast.«

Und dann mussten wir beide lachen.

Gegen neun Uhr machte ich mich auf den Weg. Sosehr ich gestern vor der Konfrontation Angst hatte, so schnell wollte ich sie nun hinter mich bringen und mit meinem normalen Leben weitermachen. So normal, wie es eben bei den neuerlichen Entwicklungen ging.

Als ich zu Hause ankam, war bei uns alles still. Nur aus Beas Wohnung klangen leise Stimmen durch die offenstehende

Brandschütztür in unseren Flur, und mit klopfendem Herzen ging ich nach drüben.

Ich tapste angespannt den Gang entlang zur Küche. Ich hatte keine Ahnung, was mich dort erwarten würde.

Und deswegen blieb ich auch wie angewurzelt im Türrahmen stehen, als ich meine komplette Familie entdeckte.

Bea stand am Herd, briet etwas in einer Pfanne und summte dabei vor sich hin, und Papa und die drei Jungs saßen auf den Barhockern um die Kücheninsel und diskutierten angeregt. Für einen Sonntagmorgen waren die alle schon ungewöhnlich munter.

»Hallo«, krächzte ich, die Gespräche verstummten, und sofort ließ Bea den Löffel in die Pfanne fallen und eilte zu mir.

»Lina, Schatz!« Eine Sekunde später fand ich mich in einer stürmischen Umarmung wieder. Sie drückte mich so fest an sich, dass ich kaum noch Luft bekam.

»Du sprichst noch mit mir?«, ächzte ich, und Bea löste sich nur so weit, dass sie mich ansehen konnte.

»Wieso sollte ich denn nicht? Lina, was du da gestern gesagt hast … ich bin so stolz. So, so stolz auf dich. Und stolz, dass ich dich kenne. Ich hab dich sehr lieb, weißt du das?«

Plötzlich hatte ich einen dicken Kloß im Hals. »Aber … was ich gesagt habe, war so schrecklich. So hab ich wirklich noch nie mit jemandem gesprochen, ehrlich, aber deine Eltern waren so gemein, und sie haben mich plötzlich bis aufs Blut gereizt.«

Papa war an unserer Seite aufgetaucht und löste Beas Umarmung ab.

»Das war schon so lange mal nötig«, flüsterte er mir zu, und ich traute meinen Ohren kaum.

»Echt jetzt? Ich bekomme keinen auf den Deckel?«

»Nicht von mir jedenfalls«, flüsterte Papa zurück, und wir mussten beide kichern.

»Mach dir keine Sorgen«, fuhr er fort. »Es wird keine Auswirkungen haben, nicht auf dich und auch nicht auf den Rest der Familie. Nun, außer im Positiven.«

»Wie, *im Positiven?*«

»Wir müssen nicht zum Ball!«, jubelte Vincent und grapschte ebenfalls nach mir, kaum dass Papa mich losgelassen und Mats mit mir abgeklatscht hatte.

»Die sind so sauer, dass sie erst mal niemanden von uns sehen wollen. Weißt du, wie lange ich schon auf so was warte? Danke, danke, danke!«, rief er, hob mich trotz seiner Verletzung am Fuß hoch und gab mir einen Schmatz auf die Wange.

Als er mich schließlich wieder abgesetzt hatte, hatte ich Beine wie Wackelpudding.

Dann sah ich zu Arthur.

Er war nicht wie die anderen aufgesprungen, sondern auf seinem Platz geblieben. Er nickte mir nur anerkennend zu, aber sein Lächeln war so strahlend, dass es mich bis in die Fußspitzen wärmte. Mehr, als es Vincents bullige Umarmung und alle anderen es zusammen geschafft hatten.

Ich lächelte zurück, doch mein wild hämmerndes Herz hatte noch nicht gemerkt, dass alles wieder gut war. Zumindest für den Augenblick.

»Ich werde natürlich noch einige Gespräche mit ihnen vor

mir haben. Ich habe ernsthaft erwogen, einen Termin beim Notar zu machen und offiziell auf mein Erbe zu verzichten, dann hätten wir unsere Ruhe vor ihnen. Aber ich fürchte, so einfach ist das alles nicht. Aber setz dich doch, und reden wir von was anderem. Frühstück ist schon fertig, ich hoffe, du hast Hunger!« Bea schob mich liebevoll zu einem Platz am Esstisch.

Wie auf Befehl fing mein Magen an zu knurren.

Und dass sie mir tatsächlich nicht böse waren, merkte ich daran, dass alle darauf achteten, dass ich auch wirklich genug zu essen bekam. Das größte Stück Omelette, die schönsten Früchte, und meine Teetasse füllte sich immer wieder wie durch Zauberhand.

Was zur Folge hatte, dass ich eine Stunde später vollgefuttert in meinem Sessel hing und mir den Bauch hielt.

»Das war Wahnsinn, Bea. Allein dein Frühstück ist so toll, dass ich kaum aufhören kann.«

Bea lachte. »Wer weiß, vielleicht werde ich euch jetzt wirklich in Zukunft öfter beglücken, auch abends. Langsam macht es mir nämlich wieder Spaß. So ohne Zeitdruck und so. Und wenn wir zum Essen so schön zusammensitzen wie jetzt.«

Sie nahm einen Schluck aus ihrem Kaffeebecher und sah uns der Reihe nach nachdenklich an.

»Wisst ihr, was ich neulich gelesen habe? Es soll angeblich sieben Jahre dauern, bis eine Patchworkfamilie richtig zusammengewachsen ist.«

Vincent, der links von mir saß, streckte sich auf seinem Platz. »Die ersten sechs haben wir mit dem gestrigen Tag abgehakt, würde ich sagen.«

Arthur nickte. »Und das siebte schaffen wir locker bis Weihnachten.«

Mats lachte, und Bea und Papa tauschten einen Blick, der keiner weiteren Worte bedurfte. Pure Erleichterung und Glückseligkeit.

Und ich?

Ich konnte auch nicht mehr aufhören zu lächeln. Arthur, der mir gegenüber saß, machte das nämlich die ganze Zeit.

Und weil er es bisher nicht so oft gezeigt hatte, war es umso ansteckender.

Ich war sehr froh, dass Therese erlaubt hatte, dass ich Kim in die ganze Sache mit einweihte. Ansonsten wäre ich vermutlich geplatzt.

Ich hatte sie sofort zu mir nach Hause zitiert und erzählte ihr noch am selben Abend von meinem Gespräch mit meiner Patin. Und natürlich auch von allem, was am Tag zuvor alles geschehen war, und das war sogar für mich wirklich viel. Ich glaube, ich redete eine Stunde ununterbrochen, ohne dass sie überhaupt zu Wort kam.

Und meine beste Freundin war zwar hinterher für einen Moment sprachlos (was wirklich sehr, sehr selten vorkommt), doch dann breitete sich ein breites Grinsen auf ihrem Gesicht aus, und ihre dunklen Augen leuchteten.

»Das ist Wahnsinn, Lina. Einfach Wahnsinn!«

»Du glaubst das alles? Einfach so?«

»Warum denn nicht? Alle Anzeichen haben doch praktisch schon darauf hingewiesen. Eigentlich war ich die Erste, die es wirklich wusste! Oh, das wird so spannend!«

Sie warf sich ihre glatten Haare über die Schulter und strahlte mich an.

»Weißt du, was? Ich glaube, du hast am ersten Schultag falsch gelegen. Nicht da war die Stunde Null, sondern sie ist jetzt. Hier. Heute!«

Sie sprang auf mein Bett, die Arme ausgebreitet, als ob sie losfliegen wollte. Für Kim, die sonst immer so beherrscht und aufgeräumt ist, war das ziemlich außergewöhnlich.

»Heute beginnt ein neuer Abschnitt, Lina! Denk doch nur, was du alles bewegen kannst! Was du alles Gutes tun kannst!«

»Ich kann vor allem auch viel Schlimmes anrichten. Denk nur an Vincents Fuß.«

»Ach, das verheilt schnell wieder, der macht mir einen recht robusten Eindruck. Außerdem: Die Jungs müssen nicht zu dem Debütantinnenball, und ich glaube, dafür sind sie dir noch ewig dankbar!«

Ich setzte mich auf meinen Schreibtischstuhl und drehte mich, bis mir schwindelig wurde.

»Ja, schon. Klar sind sie das.«

»Und außerdem hast du ja mich!« Sie hüpfte vom Bett und bremste meine Drehung, indem sie sich auf meine Armlehnen stütze.

»Ich bin ab sofort deine Wunschberaterin. Dein ausgelagertes Gewissen, wenn du mal nicht weiterweißt. Wir überlegen dann einfach gemeinsam, was zu tun ist!« Ihre Augen leuchteten. »Das wird super! Meine beste Freundin ist eine echte Fee!«

»Die echte Fee hat aber noch so viel zu lernen. Und außerdem hab ich ja alleine in den letzten Wochen schon so viele Baustellen hinterlassen. Denk nur an Mathilde und Xenia oder an Jonas mit dem Hund. Der wollte eigentlich eine Gitarre, hat Therese gesagt.«

»Dann werden wir eben dafür sorgen, dass er eine bekommt! Mit oder ohne Wunschzauber. Und für Mathilde und Xenia lassen wir uns auch noch was einfallen. Am Ende werden das die allerbesten Freundinnen sein, du wirst sehen!«

Mein Handy vibrierte auf meinem Schreibtisch, und ich zog die Nase kraus, als ich die Nachricht las.

Kim schnappte es sich und überflog die Zeilen. »Und um deinen Verehrer Tom müssen wir uns auch kümmern, hab ich den Eindruck.«

Ich nickte erschöpft, ließ mich aber von meiner besten Freundin auf die Füße ziehen.

»Das ist der Anfang, Lina. Und es wird ganz groß!«, flüsterte sie verschwörerisch.

Und fast war ich so weit, dass ich ihr glaubte.

26

Dank Kims Zuspruch fühlte ich mich einigermaßen gewappnet für das, was da kommen mochte. Die darauffolgende Woche in der Schule lief inklusive Biotest ganz gut, und ich hatte es sogar ein-, zweimal geschafft, jemanden flimmern zu sehen. Beide Fälle waren leider weniger erfreulich, denn das erste Mal war es Timo aus meiner Klasse, der Frau Blum eine eklige Krankheit wünschte, nachdem sie ihm in Geschichte eine Fünf gegeben hatte, und das zweite Mal hatte ich unseren Hausmeister flimmern sehen. Der wollte ganz klischeehaft eine riesige, protzige Segelyacht haben – wieso, war mir allerdings schleierhaft. Beide Wünsche erfüllte ich nicht, aber damit ging es mir auch ganz gut.

Umso mehr freute ich mich am Freitagnachmittag, dass das Wochenende vor uns lag. Und ich freute mich auf Beas kleine Party, die am nächsten Tag steigen sollte. Als Gegenveranstaltung zum bösen Kuppelball der Großeltern sozusagen. Und weil Bea schon einiges an Essen eingekauft und vorbereitet hatte, das jetzt durch ihr Nichterscheinen einfach übrig war.

Papa hatte noch einen Kurzstreckenflug am Morgen, aber

als er am Nachmittag wieder nach Hause kam, hatten wir Beas Küche schon präpariert: Büfett auf Arbeitsflächen und Kücheninsel, einen zweiten Esstisch, Blumen, und die Jungs hatten ein paar Lautsprecher aufgestellt und sogar eine Diskokugel an die Stuckdecke gehängt.

»Jede gute Geschichte endet mit einer Party«, sagte Bea, die sich gerade umgezogen hatte und in einem schicken nachtblauen Kleid in die Küche zurückkam.

»Oder fängt mit einer an!«, erwiderte plötzlich jemand, und Bea quiekte vor Freude, als Therese als erster Gast in der Tür stand.

Und noch ehe ich sie überhaupt richtig begrüßen konnte, ging wieder die Türglocke, und keine halbe Stunde später standen mindestens zwanzig Leute in der Küche.

»Das kommt daher, weil alle Mamas Essen so lieben«, raunte Arthur mir zu, als er sich im Vorbeigehen eine Jakobsmuschel schnappte und in den Mund schob.

Vincent hatte eine andere Strategie für den Tag. Er hatte sich taktisch klug am Esstisch platziert und seine Mutter – unter leicht schmerzverzerrtem Gesicht – gebeten, ihm von allem etwas auf einen Teller zu packen.

»Mein Fuß tut heute echt weh, und es ist ein bisschen voll hier …«

Bea ließ es ihm durchgehen und versorgte ihn mit den besten Häppchen. Und wenn sie es nicht gemacht hätte, hätte ich ihm das Essen gebracht. Das hatte ich nämlich schon die ganze vergangene Woche getan, weil ich immer noch so ein schlechtes Gewissen hatte. Doch außer einem Ziehen im Knöchel und einem dreiwöchigem Sportverbot (was für ihn weit schlimmer war als der Schmerz) ging es Vincent zum Glück super.

Zufrieden zwinkerte er mir zu, als ich mich zu Papa an die Kücheninsel durchdrängelte, um selbst noch etwas abzukriegen.

Irgendjemand hatte die Musik ein wenig lauter gedreht, und als Kathrin und ihr Mann anfingen, zu einem Song von Adele zwischen Esstisch und Kamin einen Foxtrott zu tanzen, stellte sich plötzlich Mats neben mir und Papa auf und verkündete:

»Ich will übrigens einen Tanzkurs machen.«

Papa, der sich gerade die dritte Garnele mit Kräutersenfmarinade in den Mund geschoben hatte, verschluckte sich beinahe vor Überraschung. Und ich prustete auch los. Mats und Tanzen, das war wie Herrn Giesekes Vorschlaghammer in Madame Clements Wohnung.

Mats schaute beleidigt. »Ihr werdet schon sehen«, sagte er würdevoll. »Und wenn du jetzt aufhörst zu lachen, verrate ich dir auch, dass Jannis aus meiner Mannschaft neulich nach dir gefragt hat. Ich dachte, ich sag es dir mal, von wegen, weil du ja immer noch nach der großen Liebe suchst. Jannis ist zwar Mittelstürmer und sieht nicht so gut aus wie ich, aber trotzdem ein echt netter Kerl. Du sagst ja immer, dass vor allem die inneren Werte zählen.«

Ich schluckte. »Das tun sie auch«, sagte ich, während ich krampfhaft versuchte, unverkrampft zu wirken. Denn dass Mats das Thema ausgerechnet hier und jetzt anschnitt, störte mich erstaunlicherweise tierisch. Normalerweise war ich da ja überhaupt nicht so, ich hatte vorher nie Probleme gehabt, persönliche Dinge am Esstisch zu besprechen, nur heute – heute war etwas anders. Da war mir es aus unerfindlichen Gründen unangenehm. Vor allem, weil Arthur neben uns stand und auch Papa und Bea in Hörweite waren.

Trotzdem setzte ich ein strahlendes Lächeln auf.

»So, so. Jannis hat nach mir gefragt. Und du bist sogar so nett, es mir auszurichten? Es geschehen ja noch Zeichen und Wunder. Nur, tja, das ist zwar jetzt leider blöd, aber ich ... ich kann nicht. Das heißt, ich würde ihn natürlich wahnsinnig gerne kennenlernen, du weißt ja, Liebe auf den ersten Blick und so, da muss man einfach jedem die Chance geben. Und wenn sogar *du* schon sagst, dass er nett ist ... ja, hm ... ich hab nur leider gerade viel zu tun, aber vielleicht so in – sagen wir: vier Wochen? Oder besser in sechs. Ich glaube, da habe ich wieder mehr Zeit.«

Ich schaute Arthur erst gar nicht an, denn ich konnte direkt spüren, dass er mir einen ziemlich merkwürdigen Blick zuwarf. Aber noch mehr brachte mich mein dummdämlicher Bruder aus dem Konzept, der sich mit einem süffisanten Grinsen auf einen der Barhocker schob.

»Oh-oh, Lina.« Sein Blick glitt kurz zum Zwilling, ehe er wieder mich fixierte. »Das wird ja alles interessanter, als ich dachte.«

»Was soll das denn jetzt heißen? Bei mir ist gar nichts interessant, und jetzt hör auf, mich so anzusehen. Kümmere du dich lieber um dein eigenes Liebesleben. Gibt's denn da vielleicht etwas, was wir noch nicht wissen?«

»Da gibt's nichts!«, sagte Mats, und seine prompte Antwort ließ mich die Augenbrauen nach oben ziehen.

»Ah, da wird aber jemand empfindlich«, sagte ich und seufzte aber dann. Ich hasse diese Art von Gesprächen. Die, bei denen man sich nur anfrotzelte, ohne Grund, obwohl alles eigentlich gerade so harmonisch ist.

»Sorry, das war blöd von mir. Können wir nicht einfach das Thema wechseln?«

Im selben Moment ging die Türglocke.

»Ich gehe schon!«, rief ich als Erste und sauste sofort in den Flur. Egal, wer da jetzt vor der Tür stand – alles war besser, als in der Küche solche Gespräche zu führen.

Eine Stunde später hatte sich die Anzahl der Gäste noch einmal verdoppelt. Neben einigen guten Freunden von Bea und Papa waren noch Herr Hegemann und Madame Clement gekommen, und dann auch noch Susanne aus unserem Haus. Das war die Polizistin, die ich auf Mandy und Ralf ansetzen wollte.

»Hör mir bloß mit denen auf«, sagte sie zu mir, als ich bei erstbester Gelegenheit das Thema anschnitt. »Ich wohne ja genau über ihnen. Glaubst du denn, dass die für mich auch nur ein einziges Mal ein Paket angenommen hätten? Obwohl die den ganzen Tag zu Hause hocken? Außerdem kommen aus deren Wohnung immer komische Geräusche. Ich vermute ja, die spielen die ganze Zeit fiese Videospiele. Oder auf jeden Fall immer dann, wenn ich mal einfach meine Ruhe haben und lesen will!«

Puh, ich konnte mir vorstellen, dass das nervte. Denn Susanne hatte manchmal ziemlich ungünstige Dienstpläne mit Nachtdiensten und so, und sie hatte mir mal erzählt, dass sie am besten entspannen kann, wenn sie in ihrer Freizeit Liebesromane liest. Allein deswegen war sie mir sehr sympathisch, und ich besuchte sie gerne ab und zu und lieh mir dann ein paar Bücher von ihr.

Doch den Vogel schoss leider unser aller neuer Lieblingsnachbar ab. Ich hatte keine Ahnung, wer ihn reingelassen hatte, aber plötzlich stand Heiko Flöter in der Tür, flankiert von – o Schreck – Mandy und Ralf. Als Trio waren die noch gruseliger als so schon.

Doch Bea blieb ganz die strahlende Gastgeberin. Papa hatte mir mal erzählt, dass sie damals im Restaurant mit so vielen Prominenten zu tun hatte, dass sie diesbezüglich ein sehr dickes Fell hatte. Und genügend Tricks auf Lager, dass die sich alle immer gut fühlten. Und so schwebte sie ihnen an diesem Abend entgegen, hauchte allen dreien ein Küsschen auf die Wange und hängte sich dann bei Heiko ein.

»Ach, ist das toll, dass ihr gekommen seid. Keine Sorge, hier sind wir ganz unter uns. Keine Presse. Du kannst ganz du selbst sein, wir sind hier nur ein paar Freunde, die ein bisschen was essen. Wie gefällt's dir denn bei uns im Haus?« Heiko antwortete irgendwas und lachte dann wieder keckernd, ehe er sich von Bea die Spezialitäten vom Büfett aufzählen ließ. Mandy und Ralf kamen derweil ebenfalls vorsichtig näher, als ob sie keine Ahnung hatten, wo sie waren, aber möglichst nicht auffallen wollten. Das klappte ziemlich prima, denn niemand kümmerte sich um die beiden, nur Papa, der ihnen zeigte, wo Beas extrastarke Bowle stand, zu der sich die beiden auch sofort trollten.

Vielleicht lag es an genau dieser Bowle oder an Beas Kochkünsten – die Stimmung wurde jedenfalls immer ausgelassener. Vom Essen waren am frühen Abend nur noch ein paar Reste übrig, aber es sollte später noch Dessert geben, und die Leute standen in Grüppchen herum und unterhielten sich lautstark, manche wippten sogar schon zur Musik mit, die im Hintergrund lief.

Trotz der echt coolen Party – für Erwachsenenmaßstäbe – war ich heute irgendwie nervös. Ich fühlte mich fast ein bisschen so, als ob ich an etwas sehr Wichtiges denken sollte, mich aber partout nicht erinnern konnte. Und das machte mich ganz hibbelig. Doch ich kam nicht dazu, weiter darüber nachzugrübeln, denn ich wurde von Kathrins Kindern in Beschlag genommen, die alle mittlerweile rund um Beas Kochblock saßen und auch schon Mats und Arthur belagerten.

Ich setzte mich auf den letzten freien Barhocker und angelte gerade nach einer Praline, die Kathrin mitgebracht hatte, als ein spitzer Zeigefinger mich zwischen die Rippen pikte.

»Du, Lina, hast du eigentlich einen Freund?«, quakte mich da Kira auch schon von der Seite an. Kira war elf und seit ein paar Wochen sehr interessiert auf diesem Gebiet, hatte Kathrin mir entsetzt erzählt.

»Nein«, antwortete ich ihr. »Hast *du* einen?«

»Nein, auch nicht. Aber es gibt da jemanden, den ich mag, ich verrate dir aber nicht, wie er heißt. Magst *du* vielleicht jemanden?«

Ich spürte, wie Mats mir gegenüber anfing zu grinsen.

»Ach, Lina, da versuche ich, dich zu verkuppeln, dabei gibt's vielleicht schon jemanden! Ist es vielleicht doch Tom? Der Literat vom Französischen Platz?«

»Nein, ist es nicht«, sagte ich, doch Mats hörte mir gar nicht zu und quatschte einfach weiter.

»Vielleicht habe ich ja doch überreagiert, als ich die Zwillinge geschickt habe. Vielleicht ist er ja doch ganz nett. Verabrede dich doch noch mal mit ihm! Ich verspreche auch, diesmal nicht zu stören. Besser gesagt, *wir* versprechen das. Oder, Arthur? Versprechen wir ihr das?«

Arthur sah meinen Bruder an, sagte aber nichts. Es war wirklich verflixt, dass der so ein gutes Pokerface draufhatte. Ich konnte nämlich überhaupt nicht erkennen, was er dachte.

Das Einzige, was ich sah, war, dass er so viel netter war als noch vor ein paar Wochen. Irgendwie hatte es sich so ergeben, dass ich jetzt immer ein wenig darauf achtete, wo er sich aufhielt, weil mir seine Gegenwart so angenehm war. Na ja, die von Vincent natürlich auch. Den mochte ich richtig gern, auch wenn er seine Verletzung gnadenlos ausnutzte. Wie gerade eben, als er im Sessel vor dem Kamin lungerte und Kathrins vierjährigen Sohn Samuel ständig zu Bea schickte, um etwas Neues zu essen heranzuschaffen.

Ich steckte mir noch eine Praline in den Mund, und Kira löcherte mich weiter mit Fragen.

»Wer ist denn Tom? Magst du ihn? Wie sieht er aus? Habt ihr schon geknutscht?«

»Er sieht gut aus, aber wir haben nicht geknutscht!«

»Wirklich?«, fragte Mats, und ich warf ihm einen bösen Blick zu.

»Halt die Klappe«, sagte ich und rutschte von meinem Barhocker.

Mir war nicht gut. Und in dieser Küche war es eindeutig zu laut und zu voll und zu neugierig für meinen aktuellen Gemütszustand.

Was war denn nur los? Hatten wir Vollmond? Oder war ein Sturm im Anmarsch? So etwas brachte die Leute bekanntlich ja auch völlig durcheinander.

Ich bahnte mir den Weg aus Beas Küche, durch den Flur in unsere Wohnung.

Doch auch die Stille in unserer eigenen Küche konnte mich an diesem Tag nicht beruhigen. Vielleicht sollte ich kurz rausgehen. An die frische Luft, einen strammen Spaziergang machen. Oder, noch besser, gleich laufen gehen. Lang. Aber das fänden Bea und Papa sicher nicht so toll, jetzt, wo so viele Leute da waren.

Während ich noch so vor mich hin überlegte, tauchte plötzlich Arthur im Türrahmen auf.

»Huch!« Mein Herz klopfte erschrocken. »Ist es dir auch zu voll da drüben? Man kann ja teilweise sein eigenes Wort nicht mehr verstehen. Und diese neugierigen Kinder. Normal mag ich die echt gern, aber heute sind mir die eine Spur zu zutraulich.«

Er hatte immer noch sein unergründliches Gesicht aufgesetzt. »Ich dachte, du bist vielleicht gegangen wegen dem, was Mats gerade gesagt hat.«

Ich schüttelte nur den Kopf. »Nein. Mats nervt einfach. Der redet den ganzen Tag nur dummes Zeug.«

»Leider nicht nur.« Er kam einen Schritt in die Küche und sagte: »Zumindest ist er nicht auf den Kopf gefallen.«

»Doch, eigentlich sogar schon zweimal. Einmal mit fünf, da ist er von Opas Traktor in Schweden gesprungen und hatte eine Gehirnerschütterung. Und sich dazu noch das Schlüsselbein gebrochen. Und das andere Mal, da war er vierzehn, glaube ich. Wollte vor irgendwelchen Mädels posen und lässig über ein Geländer springen – nur ging es auf der anderen Seite zwei Meter nach unten. Na ja, da ist er zwar nicht wirklich auf den Kopf gefallen, aber dafür hat er sich beide Füße verstaucht. Für ein paar Wochen hatte er einen Gang wie Quasimodo. Sah echt schräg aus.«

Arthurs Mundwinkel zuckten verräterisch, und mir wurde bewusst, was für einen Blödsinn ich da gerade redete.

Und weil mir plötzlich tierisch heiß wurde, ging ich zu unserem Kühlschrank und riss ihn auf.

Ich brauchte dringend Abkühlung. Ich tippte ganz klar auf Vollmond. Und vielleicht war auch eine Migräne im Anmarsch.

»Lina.«

»Hm? Magst du auch was trinken? Wir haben hier Wasser und Orangensaft, allerdings nur den mit Fruchtfleisch, den anscheinend außer mir niemand leiden kann.«

»Ich mag nichts, danke.«

Mechanisch griff ich nach einer Wasserflasche und machte schweren Herzens den Kühlschrank wieder zu. Jetzt hatte ich Gänsehaut und schwitzte trotzdem irgendwie immer noch. Zumindest innerlich.

Arthur stand vor mir und hatte die Hände in die Taschen seiner Jeans geschoben.

»Oder magst du einen Kaffee?«, versuchte ich es noch einmal.

Ein Lächeln stahl sich über seine Lippen. »Nein.« Dann sog er tief Luft ein und sagte: »Was ich sagen wollte: Mats ist nicht doof und hat mich ziemlich schnell durchschaut. Er – und Vincent sowieso schon lange. Aber sonst hoffentlich keiner.« Abwartend sah er mich an.

Ich hielt mir die Wasserflasche an meine erhitzte Wange.

»Was denn durchschaut?« Mann, war mir flau im Magen. Oder hatte ich drüben eben eine schlechte Praline erwischt?

Arthur legte den Kopf schief.

»Alle, außer dir, scheint es.« Er griff nach vorne, nahm mir die Wasserflasche aus der Hand und stellte sie auf die Anrichte.

»He, ich wollte gerade –«

Ich stockte.

Denn dann sah ich es.

Das Flimmern, das ich schon die ganze Woche so hartnäckig versucht hatte, bei meinen Mitmenschen heraufzubeschwören, war plötzlich zurück. Ausgerechnet bei Arthur. Und zwar so heftig, dass ich sogar kurz die Augen zusammenkniff.

Doch als ich sie wieder aufmachte, war sein Wunsch immer noch da.

Noch deutlicher als vorher.

Arthurs Herzenswunsch schwirrte direkt vor mir. Um ihn herum. Zwischen uns.

Und dann fing mein Herz an, wie verrückt zu klopfen, denn ich sah – MICH.

MICH am Flughafen.

MICH zu Hause in Beas Küche.

MICH in der Schule.

MICH im Eishockeystadion.

MICH in der Leichtathletikhalle.

MICH in der U-Bahn.

MICH im Salon.

MICH … in seinen Armen.

MICH.

Wie ich ihn küsste.

Immer wieder MICH.

Ich war Arthurs Herzenswunsch. Und so hell, wie der flimmerte, war er wohl ziemlich echt. So echt, dass er sich seit Wochen überhaupt nichts anderes gewünscht haben konnte.

Mich am Flughafen.

Dann wünschte er sich mich seit … seit unserer allerersten Begegnung?

»Oh. Du … du, äh … du magst mich?«, fiepte ich.

Arthur schluckte, und obwohl er sonst so cool war, wurde er tatsächlich ein wenig rot.

»Ja. Wenn du es so ausdrücken willst. Ich … *mag* dich.«

Ich tastete nach hinten, bis ich eine Stuhllehne zu fassen bekam, und ließ mich auf den Sitz fallen. Meine Beine versagten ihren Dienst, und ich war froh, dass Arthur mir vorsichtshalber die Flasche aus der Hand genommen hatte.

Er setzte sich mir gegenüber auf die Bank. Und während er

dann so dasaß, abwartend, um mich die Erkenntnis verdauen zu lassen, fühlte ich mich, als ob jemand meine Eingeweide auf links gedreht hatte.

Ganz schrecklich einerseits.

Und andererseits so, als ob endlich irgendetwas Klitzekleines in mir an seinen richtigen Platz gerutscht war. Wie bei diesen Geduldspielen, wo man eine Kugel in so einem Kästchen auf eine bestimmte Stelle rollen lassen musste.

Nach einer Weile sagte Arthur schließlich leise: »Hör mal … ich weiß, dass dich das jetzt überrascht. Und mich hat es auch überrascht, das kannst du mir glauben. So was ist mir noch nie passiert, vorher. Du musst auch überhaupt nichts dazu sagen. Es ist sowieso schräg genug, dass du jetzt Bescheid weißt. Wobei es ja nur eine Frage der Zeit war. Nachdem Mats vorhin solche Sprüche losgelassen hat, hätte es mich nicht gewundert, wenn er das Thema gleich noch bei der Party vor der ganzen Familie und den Nachbarn angeschnitten hätte. Da wollte ich es dir lieber selbst sagen.«

Ich versuchte hartnäckig, die Bilder aus meinem Kopf zu verbannen, die ich gerade gesehen hatte. Die, bei denen er mich im Arm hielt oder sogar küsste. Die machten nämlich etwas ganz Komisches mit meinen ohnehin schon verdrehten Eingeweiden.

Mittlerweile hatte er wenigstens aufgehört zu flimmern – oder ich hatte es endlich geschafft, meinen Superspezialröntgenwünscheblick wieder abzustellen.

»Und jetzt, äh – weiß ich auch nicht weiter«, sagte Arthur, rieb sich die Hände an seiner Jeans ab und stand auf. »Aber so geschockt wie du schaust, verziehe ich mich jetzt besser erst mal.«

Langsam ging er zur Tür, als ob er eigentlich nicht gehen wollte, aber auch nicht wusste, ob er bleiben sollte.

»Arthur«, krächzte ich schließlich, und sofort drehte er sich um.

Ich räusperte mich. »Warum warst du dann von Anfang an so doof zu mir? Du, und auch Vincent? Ich dachte, ihr könnt mich nicht ausstehen!«

»Das tut mir wirklich leid«, sagte er und fuhr sich mit den Händen durch die Haare. »Aber ich war so von der Rolle, dass ich nicht wusste, was ich machen sollte. Das geht nämlich schon … länger.«

»Ich konnte dich wirklich nicht leiden, ganz am Anfang!«

»Hm.« Etwas in seinen Augen blitze auf. »Und jetzt?«

»Äh, also –« Mein Hals war staubtrocken, und die Worte steckten darin fest.

Arthur legte den Kopf leicht schräg und sah mich aus diesen wunderschönen Augen an. Doch ich hatte keine Ahnung, was er genau sah. Seine Miene war wieder unergründlich.

»Meine Karten liegen auf dem Tisch, Lina. Jetzt bist du dran. Aber wenn es dir nichts ausmacht, wäre ich froh, wenn das nicht jeder erfährt. Also, unsere Eltern und so.«

»Na klar.« Das konnte ich genauso wenig gebrauchen wie er.

Er war schon in der Tür, als er sich noch einmal umdrehte.

»Ach, und noch was. Falls du dich fragst – es war gar nicht Mats' Idee, als Aufpasser zu deinem Date mit Tom vorbeizukommen.«

»Nicht Mats? Aber wer –«

Und dann kapierte ich es. Endlich.

Du meine Güte.

»Dann weiß Mats *seitdem* Bescheid!«

Arthur nickte.

»Dann ist Mats auch *deshalb* im Klettergarten so ausgeflippt.«

Wieder nickte er.

Und deswegen hatte Mats vorhin auch diese Sprüche gebracht.

O Gott, und ich hatte die ganze Zeit über nichts gemerkt!

Plötzlich fühlte ich mich einfach nur dämlich, und entgegen meiner üblichen Kommunikationsfreude fiel mir so überhaupt nichts mehr ein.

Zum Glück rettete unbewusst Bea die Situation.

»Ah, hier seid ihr. Das passt ja prima, wir wollten gerade die Eisbombe anschneiden, die ist noch hier im Gefrierschrank, drüben war kein Platz mehr. Arthur, kannst du die vielleicht für mich tragen? Die wiegt bestimmt zwölf Kilo, ich glaube, ich habe etwas zu viel gemacht!« Sie war in der Küche erschienen und strahlte uns an.

»Klar«, antwortete Arthur, offenbar ebenfalls froh über die Ablenkung, und ließ sich von ihr den riesigen Behälter in die Hände wuchten.

Und während Bea noch in unserem Kühlschrank rumkramte und ich wie ein ausgewrungenes Handtuch auf dem Stuhl hing, marschierte Arthur samt Eisbombe aus der Küche, als ob die nix wöge. Und als ob er sogar erleichtert wäre darüber, dass ich jetzt über seine Gefühle für mich Bescheid wusste.

»Kommst du, Lina? Du bist ein bisschen blass, ist alles in Ordnung?«, fragte Bea.

Ich nickte mechanisch. »Ja, alles gut. Geh nur schon vor, ich bin gleich da.«

Keine Ahnung, wie lange ich dann noch in unserer Küche saß. Ich wusste nur, dass ich eben einen Fehler gemacht hatte. Mir war nämlich klar geworden, warum ich die ganze Zeit schon so nervös war.

Die Sache, die sich wie eine verlorengegangene Erinnerung anfühlte.

Was sie aber nicht war.

Sie war eigentlich genau das Gegenteil davon.

27

Plötzlich wusste ich genau, was ich tun wollte. Mit zitternden Knien stand ich auf, ging aus unserer Küche und durch den neuen Durchgang hinüber in Beas Wohnung. Dort standen einige Gäste mittlerweile schon im Flur und unterhielten sich, weil jemand in der Küche die Musik so laut gestellt hatte.

Entschuldigungen murmelnd, schob ich mich an den Leuten vorbei und sah mich suchend um. Aber Arthur war nicht hier. Ich hoffte, er war immer noch in der Küche bei der Eisbombe.

Dort hatte jemand die Sessel vor dem Kamin beiseitegeschoben, damit genug Platz zum Tanzen war. Herr Hegemann hatte sich Madame Clement geschnappt, und gemeinsam legten sie einen Discofox hin, dass Madames geblümtes Kleid bis zu den Oberschenkeln nach oben schwang, und ich drehte mich schnell wieder weg, weil man dabei ihre halterlosen Strümpfe sah, du meine Güte.

Es waren sicher sechzig, siebzig Leute hier – wo waren die denn nur alle hergekommen? Waren Arthur und ich so lange drüben bei uns gewesen? Auf der Kücheninsel entdeckte ich die Eisbombe, Kathrin und ihre Kinder hatten sie in Beschlag genommen und luden sich riesige Portionen auf ihre Dessertteller.

Doch von Arthur – keine Spur. Nicht bei Mats und Noah da hinten in der Ecke, nicht am Büfett, und auch nicht an der Kaffeemaschine.

Er musste doch hier irgendwo sein! Hektisch suchte ich noch mal den Rest der Wohnung ab, leider ohne Erfolg. Niemand in Wohn- oder Esszimmer, niemand im Salon, und in seinem oder Vincents Zimmer war Arthur auch nicht.

Leicht panisch eilte ich zurück in die Küche. Dort entdeckte ich wenigstens Vincent. Er lehnte neben dem Kamin und sah, auf seine Krücken gestützt, den Leuten beim Tanzen zu – offenbar froh, die allerbeste Entschuldigung zu haben, um nicht mitmachen zu müssen. Zum Glück war er gerade in diesem Augenblick alleine, und ich kämpfte mich hektisch zu ihm durch.

»Wo ist Arthur?«, raunte ich in sein Ohr und war froh, dass niemand weiter auf uns achtete.

»Er war eben noch da und hat das Eis gebracht. Dann ist er wieder verschwunden.« Er sah mich prüfend an und fragte: »Wieso? Was ist los?«

»Wir ... haben geredet«, wisperte ich, und offensichtlich reichte Vincent ein Blick in mein Gesicht, um zu wissen, worüber.

Gespannt sah er mich an.

»Und – wie ist es gelaufen?«, flüsterte er schließlich.

»Na ja, also, ich ... ich ... muss ihm noch was sagen, aber jetzt finde ich ihn nicht mehr, dabei hab ich schon in der ganzen Wohnung gesucht. In seinem Zimmer ist er auch nicht.«

Vincent legte den Kopf schräg und sah mich an. »Könnte sein, dass es ihm hier zu voll war und er rausgegangen ist«, sagte er schließlich und verzog den Mund zu einem aufmunternden Lächeln. »Ruf ihn an, Lina. Er wird rangehen, wenn er sieht, dass du es bist.«

Ich nahm seine Hand und drückte sie.

»Danke«, murmelte ich und rannte im nächsten Augenblick aus der Küche.

»Lina?«

»Arthur, wo bist du?« Ich hatte mir in Windeseile eine Jacke übergezogen und war die Treppe hinuntergerannt, während ich mir mein Smartphone ans Ohr presste.

»Musste an die frische Luft.« Nach einer kurzen Pause fragte er: »Wo bist *du*?«

»Ich suche dich, ich stehe unten auf der Straße. In welche Richtung bist du denn?«

»Warum suchst du mich?«

»Weil, äh … ich dir auch noch was sagen muss. Bitte, Arthur.«

Ein paar Sekunden herrschte Stille am Ende der Leitung, und meine Finger verkrampften sich um mein Handy.

»Treffen wir uns beim Prinzenbrunnen«, sagte er gefühlt nach einer halben Ewigkeit, und ich stieß die Luft aus, die ich angehalten hatte.

»Danke«, flüsterte ich und rannte los. Der Platz mit dem Brunnen lag nur drei Blocks entfernt von der Königinstraße, und ich legte die komplette Entfernung in Sprintgeschwindigkeit zurück. Zum Glück war Samstagabend nicht viel los, so dass ich keine zwei Minuten später schwer atmend auf dem Platz eintraf.

Normalerweise sprudelte tagsüber das Wasser aus der Figur eines Reiters, der sehr grazil über dem Sandsteinbecken thronte. Um diese Uhrzeit war es allerdings schon abgestellt, und die bunten Herbstblumen in den Beeten um mich herum rauschten sanft im Wind, der aufgekommen war. Ich war immer sehr gerne hier, im Sommer hatten wir auf dem Rasen dort drüben sogar schon mal Picknick gemacht, und in das Wasserbecken warf ich jedes Jahr zum Neujahrstag eine Münze über die Schulter, damit sie mir Glück brachte.

Keine Minute später kam Arthur um den Brunnen herum auf mich zu, und sofort kribbelte mein ganzer Körper vor Nervosität. Er steckte gerade sein Handy zurück in die Tasche seiner schwarzen Jacke, und der Wind wehte ihm die Haare aus der Stirn. Es war schon ziemlich dunkel, so dass ich seinen Gesichtsausdruck noch weniger deuten konnte als sonst schon.

Ich hatte mir zwar ein paar Sätze zurechtgelegt, doch kaum war er vor mir stehengeblieben, übernahm leider meine Aufregung das Kommando und ließ mich wieder völlig unkontrolliert losquatschen.

»Arthur, ich bin so froh, dass ich dich gefunden habe, du warst auf einmal weg, und ich, ich … hab einen Moment gebraucht, bis ich verarbeitet habe, was du zu mir gesagt hast, na ja, und dann hab ich dich überall gesucht, aber du warst nicht mehr da, und ich hab Vincent gefragt, der wusste aber auch nicht, wo du steckst. Zum Glück bist du ans Handy gegangen, ich hätte keinen Schimmer gehabt, wo du sein könntest, ich meine, wir kennen uns ja schließlich noch nicht so gut, und ich habe keine Ahnung, wo du gerne hingehst in solchen Situationen. Na ja, ich hoffe, dass es so viele Situationen noch nicht gab, aber egal, jetzt hab ich dich ja gefunden. Tut mir leid, ich wollte vorhin nicht so stumm dasitzen, aber ich war so überrascht, und ich wusste gar nicht, was ich sagen soll. Aber jetzt weiß ich es, und ich dachte, ich kann dich nicht so einfach gehen lassen, weil, na ja …«

Mein Herz hämmerte, und ich wusste, dass das nur zum Teil am Sprint lag. Zum anderen Teil lag es daran, dass Arthur jetzt direkt vor mir stand. Groß und stark, ein bisschen düster und sehr präsent. Doch sein sonst so perfektes Pokerface war ein wenig verrutscht. Er war zwar cool, aber er wirkte angespannt. Neugierig. Vorsichtig. Er hatte keine Ahnung, was ich sagen wollte.

Aber ich wusste es. Ich war mir nur bis zu diesem Zeitpunkt nicht sicher gewesen, ob ich den Mut haben würde, es auszusprechen.

»Lina«, sagte er nur, und alleine die Art, wie er meinen Namen aussprach, bescherte mir eine Gänsehaut.

»Tut mir leid. Ich hab wieder geplappert. Das mache ich immer, wenn ich nervös bin.«

»Warum bist du nervös?«, fragte er leise.

»Weil ich so was noch nie gemacht habe. Also, solche Gespräche geführt, meine ich.«

Ich schloss kurz die Augen und atmete tief ein.

Jetzt oder nie.

»Frag mich noch mal.«

Überrascht sagte Arthur: »*Was* soll ich dich noch mal fragen?«

»Na, was du vorhin schon wissen wolltest. Ob ich dich jetzt besser leiden kann als noch am Anfang, als wir uns kennengelernt haben.« Ich schluckte. »Bitte.«

Seine Augen blitzten kurz auf. Doch er wirkte immer noch vergleichsweise aufgeräumt, während meine Eingeweide sich zum wiederholten Male kollektiv auf links drehten.

»Okay.« Er holte tief Luft. »Lina – kannst du mich jetzt besser leiden als ganz am Anfang?«

Ich nickte vorsichtig.

»Ja.« Ich räusperte mich. »Ja, ich kann dich besser leiden. Viel besser. Weil, weißt du … ich … ich glaube, ich mag dich auch. Ziemlich sehr. So wie du mich, meine ich«, schob ich hinterher, doch dann gingen mir die Worte aus.

Mit Wohlwollen bemerkte ich, dass Arthur kurz mit seiner Fassung kämpfte. Ungläubig weiteten sich seine Augen, er machte den Mund auf – und klappte ihn dann wieder zu.

»Ganz schön verrückt, was? Ich weiß selbst gar nicht, wie das kam, am Anfang hast du dir nämlich wirklich alle Mühe gegeben, dass ich dich hasse. Und ganz kurz hattest du es auch geschafft, nur dass du es weißt!« Ich stemmte die Hände in die Hüften. »Die Gute-Kumpel-Schublade war zum Beispiel unterstes Niveau! Oder war das Vincent? Nein, sag nichts. Ist jetzt ja auch egal. Ihr habt dafür ja bekommen, was ihr verdient habt.«

Ich dachte an die Kastanien. Arthur offenbar auch, und wenigstens guckte er ein wenig zerknirscht.

»Du kannst auf jeden Fall super werfen.«

»Ich weiß. Und das würde ich auch immer wieder machen, wenn so was noch mal vorkommt!«

Jetzt grinste er, und ich schaffte es ebenfalls nicht, ernst zu bleiben. Warum auch. Das hier war irgendwie alles total schräg.

Der Wind wurde stärker, und mir wurde kalt, obwohl mir innerlich so heiß war. Trotzdem wollte ich mich keinen Millimeter wegbewegen. Und Arthur schien es ähnlich zu gehen. Er musterte mich aufmerksam, so als wollte er prüfen, ob ich wieder anfangen würde zu plappern. Und tatsächlich lagen mir tausend Sätze auf den Lippen, einer idiotischer als der andere.

Doch weil ich mich nicht schon wieder zum Deppen machen wollte, nutzte ich einen winzigen Augenblick an Courage, den ich plötzlich hatte. Mir gingen nämlich immer noch nicht die Bilder von vorhin aus dem Kopf. Deswegen stellte ich mich auf die Zehenspitzen – und drückte ganz sanft meine Lippen auf seine. Das Ganze dauerte nicht länger als zwei Sekunden, und trotzdem war mir, als ob die Zeit ganz kurz stehengeblieben war. Noch nie hatte sich in meinem Leben etwas so gut angefühlt, so – *richtig*. So einzigartig. So perfekt. Mein ganzer Körper kribbelte, als ob jede einzelne Zelle in mir tanzte.

Ich konnte förmlich spüren, wie Arthur die Luft langsam ausstieß, die er angehalten hatte, als ich mich von ihm löste. Er hatte noch nicht mal Zeit gehabt, während des Kusses die Hände aus den Taschen zu nehmen, aber das war mir fast recht.

»Mehr schaffe ich heute nicht, sonst falle ich wirklich in Ohnmacht«, murmelte ich, weil ich mich tatsächlich kaum noch auf den Beinen halten konnte vor Aufregung.

Arthur lachte leise, und dann murmelte er:

»Ich bin so froh, dass meine Mutter und dein Vater sich kennengelernt haben.«

Ich konnte nur nicken.

Und dann musste ich daran denken, was Therese mir erst neulich gesagt hatte:

Liebe und Glück. Das sind die großen Zwei, Lina.

Und wie es aussah, hatte ich gerade beides gefunden.

Als ich mein Zittern vor Kälte nicht mehr ignorieren konnte, machten wir uns auf den Heimweg. Es dauerte nur ein paar Minuten zurück, und wir sprachen wenig, weil wir beide erst mal verdauen mussten, was passiert war. Doch ich war stolz und erleichtert, dass ich den Mut gehabt hatte, ihm nachzugehen und mit ihm zu sprechen.

Arthur hatte auf dem Rückweg seine Hände genau wie ich in die Taschen seiner Jacke gestopft. Aber so dicht neben ihm zu gehen, fühlte sich einfach nur verdammt richtig an, und meine linke Seite wurde sogar ohne Berührung wohlig warm.

Als wir in der Königinstraße vor seiner Haustür ankamen, machte keiner vor uns Anstalten, aufzuschließen. Wir standen nur da und sahen uns an. Arthur hatte seine coole Fassade komplett abgelegt, und ich fühlte mich, als ob ich vor einem offenen Fenster stand, durch das die Sonne auf mich fiel und mich bis in jeden Winkel meines Körpers wärmte. Seine Augen glitzerten im Licht der Straßenlaterne, und unter seinem Blick verknoteten sich meine Eingeweide noch mehr. Ich Trottel hatte beim Verlieben auf ein paar läppische Schmetterlinge gewartet. Stattdessen drehte jetzt in meinem Magen eine Abrissbirne ihre Runden.

»Und … was passiert jetzt?«, fragte ich schließlich, und Arthur verzog seinen Mund zu diesem wunderschönen kleinen Lächeln.

»Jetzt gehen wir wieder nach oben und versuchen, diese Party hinter uns zu bringen.«

Ich rieb ein wenig über meinen Bauch, um die Abrissbirne unter Kontrolle zu halten. »Und dann? Ich meine, morgen? Oder nächste Woche? Nächsten Monat?«

»Also, für den Anfang könnten wir versuchen, uns besser kennenzulernen. Allein, und außerhalb unserer Wohnung. Wenn du magst, meine ich.«

Mein Magen machte vor Freude einen Salto. »Das hört sich gut an.«

Er grinste. »Finde ich auch.«

Ich dachte an Bea und Papa.

»Aber … das erzählen wir erst mal niemandem, oder?«, fragte ich vorsichtig, denn ich konnte mir gerade überhaupt nicht vorstellen, was die beiden dazu sagen würden, wenn sie von unserem Gespräch eben wüssten.

Arthur schüttelte schnell den Kopf. »Nein! Ich meine, vielleicht erst mal besser nicht. Und sonst auch niemandem, ja?«

Ich nickte. Das kam mir nur entgegen. »Aber wie wird es ab jetzt zu Hause sein?«

Er zuckte mit den Schultern, sein Lächeln war vorsichtig. »Ich schätze, da machen wir einfach weiter wie bisher. Zu Hause sind wir eine Familie.«

Ich runzelte die Stirn, während ich darüber nachdachte. »Ist es schräg, dass ich mich auch *darauf* freue?«

»Nein. Darauf freue ich mich auch.« Er zwinkerte mir zu. »Ich mag nämlich deinen Häschenbademantel. Und die Einhornsocken.«

»Warte nur, bis du meinen Weihnachtspyjama siehst!«

»Kann's kaum erwarten.«

Wir grinsten uns an, und ich dachte an die vielen Momente, die noch vor uns lagen. Wir kannten uns jetzt erst ein paar Wochen, aber allein die waren verdammt turbulent gewesen. Die gemeinsame Wohnung, die große Familie, das neue Schuljahr, diese Riesensache mit den Wünschen … und dass Arthur und ich diese Gefühle füreinander hatten. Und dass wir jetzt neben allem auch noch versuchen wollten, uns heimlich zu treffen …

»Das könnte alles verdammt kompliziert werden«, murmelte ich.

Doch in Arthurs Augen blitzte das Abenteuer. »Aber irgendwie auch ziemlich spannend.«

In diesem Moment trat einer von Beas Partybesuchern aus dem Haus. Er nickte uns zu und hielt uns die Tür auf, als er uns da stehen sah.

Und plötzlich sah ich, wie einen Lichtblitz, seinen Wunsch aufflimmern. Ein Taxi. Er wünschte sich nichts sehnlicher als ein stinknormales Taxi, das ihn nach Hause brachte.

Ich lächelte, schloss ganz kurz die Augen und sagte im Geiste: *Ich wünsche mir, dass jetzt ein Taxi für ihn kommt.*

»Einmal hab ich Glück!«, sagte der Mann dann auch schon,

und lief los – in Richtung des hellgelben Wagens, der gerade um die Ecke bog. »Schönen Abend noch!«

»Danke«, murmelte Arthur, stemmte mit einer Hand den schweren Holzflügel auf und bedeutete mir, vorauszugehen.

Und als wir dann nebeneinander die Treppe hinaufgingen, sahen wir uns immer noch von der Seite an, als ob wir beide nicht glauben konnten, was an diesem Abend geschehen war. Ich für meinen Teil zumindest konnte mein Glück kaum fassen.

Denn ich war endlich verliebt.

Und – ich war eine echte Wunscherfüllerin.

Eine richtig echte, verliebte Wunscherfüllerin.

Gab es etwas Tolleres auf der Welt?

~ *Ende Teil Eins* ~

Liebe Leserinnen und Leser,

Lina hat tatsächlich gefunden, was sie sich so sehnlichst gewünscht hat: Glück – und Liebe! Aber das alles war natürlich nur der Anfang, denn sie hat ja schon ganz richtig bemerkt, dass ihr Leben nun ganz schön kompliziert werden könnte.

Und damit, womit sie es in Teil Zwei noch zu tun bekommt, hat sie beim besten Willen nicht gerechnet:

Mit neuen Nachbarn, zum Beispiel. Oder mit Beas Familie, die weiterhin versucht, sich hartnäckig in ihrer aller Leben einzumischen. Mit Mats, der sich neuerdings so komisch verhält. Und mit ihren Mitmenschen, deren Wünsche sie nun sehen kann – und deren Erfüllung nicht nur *ein* Leben auf den Kopf stellen würde.

Außerdem liegt ihr immer noch die Sache mit ihrem Postfach im Magen. Warum sind die Postkartenwünsche jedes Mal so schiefgegangen? Was ist da los?

Das alles – und natürlich noch viel mehr – erfahrt ihr im zweiten Teil ›Glück & wieder!‹.

Bis dahin!

Eure Dagmar Bach

Leseprobe

Kennst du schon die ›Zimt‹-Serie
von Dagmar Bach?
Hier kannst du in den ersten Band
der zweiten Staffel reinlesen. Viel Spaß!

4.

»Du hättest wirklich nicht mitkommen müssen«, sagte ich, als ich neben Konstantin die Stufen des Gebäudes hochstieg, in dem Dad seine Kanzlei hatte. Seit mein Vater und meine Mum wieder zusammengekommen waren, hatte er in allen Bereichen versucht, noch näher bei uns zu sein, und hatte sogar seine Büroräume gewechselt. »Das hier geht ganz schnell, du hättest einfach in meinem Zimmer warten können.«

Ich hielt das Laptop-Ladekabel hoch, das mein Vater heute Mittag zu Hause vergessen hatte. Weil Mum gerade im *B&B* so eingespannt war und Dad gleich zu einer Besprechung musste, hatte ich es mir kurzerhand geschnappt und mich auf den Weg gemacht – und Konstantin hatte darauf bestanden, mich zu begleiten.

»Macht mir nichts aus, ehrlich«, sagte Konstantin.

Ich musste ein Lächeln unterdrücken und sah ihn von der Seite an, während ich mit der Schulter die schwere Holztür aufstemmte. »Sicher?« Konstantin hatte vor nichts Angst, nicht mal vor einem Sprung vom Zehnmeterbrett oder vor den immer neuen Spleens meiner Großeltern. Nur meinen Vater starrte er manchmal so paralysiert an wie ich seit Neuestem Herrn Völke, wenn ich ihm auf dem Schulflur begegnete.

Mein Freund senkte die Stimme zu einem Flüstern, als wir durchs Treppenhaus gingen. »Nicht wirklich sicher. Dein Dad, er … ist so …«

»Furchteinflößend?«

»Väterlich. Er traut mir, glaube ich, nicht.«

Ich seufzte leise, als wir nebeneinander die Stufen nach oben gingen. »Er hat einfach das Gefühl, auf mich aufpassen zu müssen. Für ihn werde ich immer seine kleine Tochter sein.«

Wir waren im dritten Stockwerk angekommen, und gemeinsam betraten wir die Kanzlei. Herr Rosenhahn, Dads Assistent, saß im Vorzimmer und sah lächelnd zu uns auf.

»Hallo, ihr beiden! Was kann ich für euch tun? Kenneth muss leider gleich los zu einer Besprechung.«

Ich holte das Kabel aus meiner Tasche und hielt es ihm hin. »Dad hat das hier vergessen.«

»Oh, du bist ein Engel!«, rief Herr Rosenhahn und griff danach, »Er hat es schon gesucht, ich werde es ihm gleich –«

In diesem Moment ging die Tür auf, und Dad kam aus seinem Büro. Wie immer ganz seriös in dunklem Dreiteiler, dazu ein lavendelfarbenes Hemd mit passender Krawatte. Ich kannte niemanden, der so cool und selbstsicher Pastellfarben trug wie Dad. Aber vielleicht lag es einfach daran, dass er Engländer war. Und Stilbewusstsein sozusagen in seinen Genen lag.

Ich spürte, wie Konstantin neben mir die Schultern straffte und einen halben Schritt von mir weg machte, während er eine leise Begrüßung murmelte.

Fast musste ich darüber grinsen, aber irgendwie war es auch süß. Vor Dad achtete er immer peinlich genau darauf, dass wir keine Zärtlichkeiten austauschten oder sogar herumknutschten.

»Hi, Dad. Wir bringen dir dein Ladekabel.« Ich ging zu ihm und gab meinem Vater ein Küsschen auf die Wange. »Hier. Und von Mum soll ich dir ausrichten, dass du dich heute Abend nicht beeilen musst, weil sie vor sechs nicht fertig ist.«

»Alles klar. Danke.« Dad drückte mich kurz an sich, und sein

Blick wanderte zwischen Konstantin und mir hin und her. »Und was habt ihr heute noch vor?«

Was er nicht aussprach, war ganz eindeutig: *Und was habt ihr so vor, während ihr beiden ganz brav und mit Abstand den Nachmittag verbringt?*

»Gleich kommen noch Pauline und Nikolas zu Vicky«, beeilte sich Konstantin zu sagen. »Wir lernen zusammen beziehungsweise Vicky und Pauline lernen, und Nik und ich müssen etwas an den Computern arbeiten.«

Dad sah ihn kurz prüfend an, und das Parkett knarzte laut, als Konstantin nervös von einem Bein aufs andere trat.

Doch Dad schien mit seiner Antwort zufrieden zu sein. »Schön. Dann bis später, ja?«

»Bis später, Dad. Tschüs, Herr Rosenhahn!« Ich winkte Dads Assistenten noch mal zu, und auch Konstantin murmelte einen Abschied, ehe wir die Kanzlei verließen.

Als wir wieder auf dem Gehweg standen, musste ich kichern.

»War es wirklich so schlimm?«, fragte ich ihn.

Konstantin verzog das Gesicht. »Lach nicht!«, sagte er.

Ich grinste noch mehr. »Doch, doch.« Ha, das war die perfekte Retourkutsche für gestern.

Jetzt grinste auch Konstantin. »Na ja«, sagte er. »Könnte schon sein, dass ich deinem Vater gegenüber ein klitzekleines bisschen verkrampft bin. Aber ich will eben, dass er mich mag.«

Mein Herz hüpfte. Ich schob meine Hand in seine, als wir uns auf den Rückweg machten. »Das tut er. Er kann es halt manchmal nicht so zeigen. Weißt du, er –«

Mehr konnte ich nicht sagen, denn plötzlich schlug mir ein starker Zimtschneckengeruch entgegen, der nur eines bedeuten konnte.

»Warte dort auf mich. Ich werde dich finden«, hörte ich Konstantin noch rufen, doch dann war ich weg. Und einen Wimpernschlag später fand ich mich im Körper meines Parallel-Ichs wieder.

»Hey, Süße, bist du öfter hier?«, fragte plötzlich jemand hinter mir, und ich zuckte entsetzt zusammen.

Verdammt! Musste mich genau in diesem Moment jemand ansprechen, wo ich quasi noch nicht mal richtig angekommen war?

Vor Schreck verlor ich beinahe das Gleichgewicht, konnte mich aber gerade noch mit einer Hand an der Hausecke neben mir festhalten. So konnte ich einen ziemlich uncoolen Abflug abwenden.

Normalerweise mache ich nach einem Sprung immer zuerst eine Bestandsaufnahme. Wo war ich hingesprungen? Wie war mein anderes Ich so ganz grundsätzlich? Familie, soziale Kontakte, Aussehen, Hobbys? Über allem steht, keine Aufmerksamkeit auf mich zu ziehen, und das läuft eigentlich immer ganz gut. Wenn ich springe, ist es recht oft so, dass ich alleine bin, und wenn nicht, versuche ich mich sofort aus der Situation herauszumanövrieren, zur Not mit einem schnellen Abgang auf die Toilette. Nicht besonders elegant, aber eben auch nicht verdächtig.

Doch jetzt hatte mich hier direkt jemand angequatscht, wo ich immer ein paar Sekunden brauchte, um anzukommen und mein Gehirn neu zu booten.

Mein Herz hatte angefangen, wie wild zu galoppieren, während ich panisch die Hauswand anstarrte, auf die ich mich abstützte. Aber dann hörte ich hinter mir ein mir wohlbekanntes Glucksen.

Ich wirbelte herum und schnaubte empört. »Ein blöderer Spruch ist dir nicht eingefallen, oder?«

Konstantins Lachen wurde lauter. Er stand direkt vor mir, die

Hände in den Taschen seiner Jeans vergraben, und grinste breit. Seine blauen Augen blitzten herausfordernd unter kinnlangen, hellbraunen Haarsträhnen hervor, die er sich sofort aus der Stirn strich.

»Meine Haare sind hier länger. Deine auch, übrigens. Aber ansonsten sehen wir ziemlich gut aus.« Er zwinkerte mir verschwörerisch zu, und ich blickte an mir herab.

Ich trug Jeans, Sneakers und einen tollen dunkelgrünen Regenparka. So einen suchte ich schon ewig! Ich durfte nicht vergessen, noch aufs Etikett zu sehen, damit ich Mum in meiner Welt bequatschen konnte, mir auch so einen zu kaufen. Mein alter Regenmantel war beinahe so löchrig wie das Alibi von diesem Typen neulich bei dieser True-Crime-Serie, die Dad immer so gerne schaut.

»Wie cool, dass es endlich mal wieder passiert ist«, flüsterte Konstantin und drehte sich einmal um sich selbst. »Ich dachte schon, es wäre vorbei. Dass die Botenstoffe in unseren Körpern langsam abgebaut werden oder so.«

»Aber wir sind doch schon letzten Sonntag gesprungen. Du hast es nur leider verschlafen.«

Er lächelte verlegen. »Das wirst du mir noch ewig vorhalten, oder?«

»Klar doch!« Diesmal zwinkerte ich und sprang dann lachend einen Schritt zurück, als mein Freund mich in die Nase zwicken wollte. »Hey, lass das. Schau lieber, wo wir sind.«

Konstantin und ich standen an einer der belebtesten Ecken unserer Kleinstadt. Hinter uns begann die Fußgängerzone durch die Altstadt, während linker Hand vor uns das Rathaus lag und ein Stück weiter rechts die Bäckerei der Ludwigs, bei denen ich in meiner Welt jobbte. Vor uns, im hellen Licht der Aprilsonne, lag die Gemeindewiese.

Meine Augen glitten zu dem Haus neben der Bäckerei, und Enttäuschung durchströmte mich.

»Das Café von Polly und Frank gibt es hier nicht«, sagte ich leise zu Konstantin, und er legte einen Arm um mich. Obwohl ich es mittlerweile schon gewohnt war, fühlte es sich immer merkwürdig an, falls etwas in einer Parallelwelt nicht so war wie in meiner Welt. Vor allem, wenn es sich um einen Ort wie das Café handelte.

Polly und Frank hatten in meiner Welt eine bewegte Vergangenheit hinter sich. Während meine Tante nach ihrem Studium von der Uni geflogen war und danach alles Mögliche gemacht hatte, war Frank lange als Wissenschaftler angestellt gewesen. Ein Burn-out hatte ihn aber den Job wechseln lassen. Er hatte eine Lehre bei der örtlichen Bäckerei Ludwig gemacht und sich mit einem Café einen Traum erfüllt, der nun auch meine Tante glücklich machte.

»Die beiden haben sich in diesem Leben bestimmt auch was Tolles ausgedacht«, sagte Konstantin zuversichtlich. »Aber der Rest der Stadt sieht eigentlich ziemlich normal aus, oder? Außer, dass sie in unserer Welt mal dringend das Rathaus neu streichen müssten. Die rote Farbe hier hat was.«

Ich ließ meinen Blick die Häuserzeile entlang und über die Gemeindewiese streifen. Konstantin hatte recht, es war so ziemlich alles da, was es auch bei uns gab. Die meisten Läden, das Rathaus, die Bäckerei, die Eisdiele, der Schuhladen am anderen Ende. Und natürlich die Statue von Sigismund dem Schönen, unserem mittelalterlichen Stadtgründer. Ursprünglich hatte die Steinfigur in unserer Welt ein Schwert in der Hand gehabt, allerdings war ihm das über die Jahre abhandengekommen. Seitdem gab es in unserem Ort quasi einen Contest, wer den absurdesten Ersatz dafür fand. Regenschirme, Golfschläger, Besen, Schneeschaufeln, Staubwedel – all das wurde dem Ärmsten schon in die Hand gegeben. Hier hatte er auch kein Schwert mehr, sondern – was war das?

»Hat Sigi da eine Angel in der Hand?«, fragte Konstantin, als ob er meine Gedanken gelesen hatte.

Ich kicherte los und spürte die Erleichterung fast körperlich. Darüber, dass dieses Leben hier nicht komplett anders war als mein eigenes. Zumindest nicht auf den ersten Blick. Ich war schon in einige andere Welten gesprungen, und die schlimmsten Erlebnisse hatte ich gefühlt immer dort, wo sich die Dinge vollkommen von meinem angestammten Leben unterschieden.

Ob es daran lag, dass wir Menschen Gewohnheitstiere sind und erst mal misstrauisch gegenüber allem Neuen? Vielleicht. Oder daran, dass es unbequem ist, sich schnell auf eine unbekannte Situation einzustellen? Mit Sicherheit. Aber wenn ich herausfinde, dass mir in meinem parallelen Leben so wichtige Personen wie Pauline oder Konstantin oder sogar ein Elternteil fehlen, stürzt mich das in tiefe Verzweiflung. Deswegen habe ich immer ein kleines bisschen Angst, wenn ich dabei bin, herauszufinden, wie es in einer neuen Welt läuft. Und andersherum denke ich in der echten Welt viel häufiger darüber nach, ob ich oder jemand aus meiner Familie gerade eine Entscheidung trifft, die unser Leben in eine ganz andere Richtung lenkt, als wir das absehen können.

Das ist alles ziemlich kompliziert, verwirrend und schwer zu verarbeiten, zumindest manchmal. Doch Konstantin wusste ganz genau, wie ich mich fühlte, auch in diesem Moment. Er zog mich enger an sich, ehe er mir einen Kuss auf die Schläfe gab. »Wir sind zusammen. Das ist alles, was zählt.«

Er hätte keine besseren Worte finden können, denn nachdem ich mich kurz an ihn gedrückt hatte, fühlte ich mich sofort besser.

Sanft strich er mir eine Haarsträhne aus der Stirn. »Bereit für den Faktencheck?«

Konstantin und ich waren mittlerweile ein eingespieltes Team in Sachen Parallelweltsprünge. Sobald wir gesprungen waren, versuchten wir als Erstes, den jeweils anderen zu finden. Zu zweit war alles weniger angsteinflößend.

Die kurze Bestandsaufnahme der Dinge, die wir dabeihatten, war der nächste Schritt. Offenbar kamen wir hier gerade erst aus der Schule und nicht aus der Kanzlei, denn ich trug meinen Schulrucksack auf den Schultern, den ich zu Boden gleiten ließ.

Im dritten Schritt bemühten Konstantin und ich uns immer darum, so viel wie möglich über uns selbst und diese Parallelwelt herauszufinden. Also alles über die jeweilige Familie, Freunde, Wohnsituation, Schule, Hobbys und so weiter.

Ich kramte in Parallel-Vickys Rucksack und zog ihr Handy aus der aufgesetzten Reißverschlusstasche, das zum Glück mit dem Fingerabdruck gesichert war.

Konstantin machte dasselbe, und so standen wir für einen Moment Schulter an Schulter da und hofften, durch ein bisschen Scrollen in kürzester Zeit so viel wie möglich über unser Leben herauszufinden, in das wir gerade geschlüpft waren.

Erschienen bei FISCHER KJB

Hedderichstraße 114, D-60596 Frankfurt
Vignetten: Inka Vigh
ISBN 978-3-7373-4275-9

Geheime Wünsche, eine moderne Fee und jede Menge romantisches Liebeschaos!

Band 1: Glück und los!
400 Seiten
ISBN 978-3-7373-4145-5

Bestsellerautorin
Dagmar Bach
lässt Herzenswünsche
wahr werden!

Band 2: Glück und wieder!
400 Seiten
ISBN 978-3-7373-4149-3

Band 3: Glück und selig!
400 Seiten
ISBN 978-3-7373-4150-9

Das gesamte Programm gibt es unter
www.fischerverlage.de

Alle Bücher von Dagmar Bach

Habe ich *Wünsche ich mir*

Habe ich		Wünsche ich mir
	›Zimt und weg‹ (Staffel I, Band 1)	
	›Zimt und zurück‹ (Staffel I, Band 2)	
	›Zimt und ewig‹ (Staffel I, Band 3)	
	›Zimt und verwünscht‹ (Staffel I, Sequel)	
	›Zimt – Auf den ersten Sprung verliebt‹ (Staffel II, Band 1)	
	›Zimt – Zwischen den Welten geküsst ‹ (Staffel II, Band 2 – erscheint im Herbst 2022)	
	›Zimt‹ (Staffel II, Band 3 – erscheint im Frühjahr 2023)	
	›Glück und los!‹ (Band 1)	
	›Glück und wieder!‹ (Band 2)	
	›Glück und selig!‹ (Band 3)	

Das gesamte Programm gibt es unter
www.fischerverlage.de

AZ_Wunschzettel_Bach / 6

Deine Wunschliste bitte hier ausschneiden.